dtv

premium

JON EWO

AM HAKEN

Ein maximalistischer Roman
über das Leben, die Liebe
und den großen Hecht

Aus dem Norwegischen
von Christel Hildebrandt

Deutscher Taschenbuch Verlag

Das gesamte lieferbare Programm
von dtv und viele andere Informationen
finden sich unter www.dtv.de

Deutsche Erstausgabe 2010
Deutscher Taschenbuch Verlag GmbH & Co. KG, München

Norwegian edition published by
Imprintforlaget AS (Omnipax), Norway
Published by agreement with Hagen Agency, Norway
Titel der norwegischen Originalausgabe: ›XXL‹,
2007 erschienen bei Omnipax, Oslo

Umschlagkonzept: Balk & Brumshagen
Umschlaggestaltung unter Verwendung einer
Originalillustration von Yokoland
Lektorat: Bettina Neu
Satz: Fotosatz Reinhard Amann, Aichstetten
Gesetzt aus der Palatino 11,25/14,25'
Druck und Bindung: Kösel, Krugzell
Gedruckt auf säurefreiem, chlorfrei gebleichtem Papier
Printed in Germany · ISBN 978-3-423-24804-4

DER FANG

1. MINI-PLÖTZE = MONTAG

2. PLATTE FORELLE = DIENSTAG

12. Der Held des Tages 13. Der schwarze Dämon aus der Hölle 14. Bist du eifersüchtig? 15. Bud an der langen Leine 16. Der Fang des Tages 17. Bud kriegt die Schuld, wer denn sonst? 18. Buds zweiter Brief an Starbokk 19. Zwei Sternschnuppen – was ergibt das?

3. FISCHSTÄBCHEN IM ANGEBOT = MITTWOCH

1. Ein Essenswrack begegnet einem schlaffen Hering 2. Eine Wand von einer Wand 3. Neue Laune, neuer Jerry 4. Mit dem Teufel huckepack 5. Dreißig schöne Minuten 6. Doktor Dieseldunst lauert überall 7. Essen für eine Maus 8. Eine Dusche von Essensresten 9. Merkwürdige Schatten 10. Vom Scherz zum reinen Ernst 11. Der Foltermeister des Jahres 12. Die Rettung 13. Ein schlechter Nachmittag 14. Buds dritter Brief an Starbokk 15. Wolfsträume 16. Hinunter in den Abgrund

4. EIN DICKER BROCKEN = DONNERSTAG

1. Das Frühstück des Wolfsjungen 2. Die große Selma 3. Zwei Quatschköpfe und ein Idiot 4. Eine Stimme im Wald 5. Der Nebelfürst kommt 6. Der Wahnsinnsfang 7. Nach Hause zu all dem Mist 8. Wie eine Stunde endlich zu einer Stunde wird 9. Ein schöner Schlaf wird zu einem Albtraum 10. Buds vierter Brief an Starbokk 11. Zweimal wortloser Schock

5. TAKE-AWAY-FLUSSBARSCH = FREITAG

1. Eine tickende Bombe 2. Eine Party, das ist die Hölle 3. Zwei Morgennudisten auf Joggingtour 4. »Oh Jerry. Oh Jerry, oh, oh!« 5. Ugh ugh ugh 6. Ein Mann mit einem Leck im Schrank 7. Jerry + Donald = die Wahrheit 8. Loses Gelächter 9. Bomben-Bud macht weiter mit … 10. Maggie an der Wand 11. Gedanken einer Maus 12. Ein linker Haken und ein Knuff 13. Buds fünfter Brief an Starbokk 14. Was für ein Fest … 15. Weich weich dicht dicht 16. Fischgerede 17. Danke, vielen Dank. Es kommt alles zusammen! 18. Zwei Dummköpfe tanzen 19. Mein Vater liegt im Hinterhalt

6. DÜNNE FISCHSUPPE = SAMSTAG

1. Ein morgendliches Treffen 2. Dumm und dümmer, das ist das Motto des Tages 3. Jerry auf den Knien 4. Gespräch im Gras 5. Natürlich ist das Buds Tag 6. Das Sumpfloch 7. Ein Seeräuber begegnet einem Monster 8. Vater ist Sherlock 9. Jerry wird abgeschossen 10. Jerrys Fall 11. Der Tod, Depri, Down und Beschissen 12. Buds sechster Brief an Starbokk 13. Der Rest des Abends

7. DER RIESENHECHT = SONNTAG

1. Ein Mann Mit Einem Plan und Ein Kranker Mann Mit Einem Kranken Plan 2. Der Blitz schlägt bei Jerry ein 3. Duell mit dem großen, weiß gestrichenen Bock 4. Wirk-

lich wahr! 5. Sterbender Mann? 6. Das kocht über! 7. Eine Hand wäscht die andere 8. Alles tanzt 9. Erster Abschied 10. Das Würstchen Bud 11. Buds siebter Brief an Starbokk 12. Bud wird XXL 13. Armes Tipling und armer Bud 14. Alles

1. MINI-PLÖTZE = MONTAG

NULLPUNKT

Im Lotto zu gewinnen, ist mindestens 37-mal wahrscheinlicher, als von einem glühenden, tödlichen Stein aus dem Weltall getroffen zu werden. Mit anderen Worten: Die Chance, glücklich zu werden, ist unglaublich viel größer als die Gefahr, zu einem kross gebratenen Stück Frühstücksspeck gebrutzelt zu werden.

Trotzdem werde ich den Gedanken nicht los, dass ausgerechnet ich dazu verdammt bin, von einem Asteroiden aus dem Weltraum getroffen zu werden.

Dieses Gefühl, verurteilt zu sein, verdammt, verloren, ohne Chance auf das Siegerlos und auf dem Weg nach unten, während die Fallschirme zerreißen, das habe ich seit dem Abend nach dem Feuer auf dem Sportplatz hinter der Schule.

Und die E-Mail, die ich heute Morgen erhalten habe, bestärkt dies nur. Sie kam von Herman Starbokk und fühlte sich an wie eine erste Vorwarnung, dass ein Riesenkomet auf dem Weg ist, sich durch meine Pupillen und meinen Sehnerv durchzuschlagen, um in meinem Gehirn zu explodieren. Das liegt an den knochentrockenen, grausamen Sätzen, mit denen die E-Mail endet: »… und ich kann immer noch nicht behaupten, dass ich eine Erklärung von Dir erhalten hätte über das, was in der Nacht, als es brannte, passiert ist, so, wie wir es verabredet hatten. Ich erinnere daran, dass die Frist, mir besagten Bericht abzuliefern, entweder per Brief oder per E-Mail, in genau sieben Tagen abläuft, spätestens aber am kommenden Sonntag. Wenn ich bis dahin nichts von Dir gehört habe, dann geht Dein Platz in der weiterführenden Schule von Tipling, Kfz-Mechanikerausbildung, automatisch an den Ersten auf der Warteliste. Mit freundlichen Grüßen H. Starbokk, Schulpsychologe.«

Niemand versteht, was daran so grausam ist. Man braucht sich doch nur an einen Computer zu setzen, alles einzutippen und auf den »Senden«-Knopf zu drücken.

Aber ich habe keine Lust dazu, will es nicht, schaffe es nicht, bin nicht in der Lage, wieder an das zu denken, was dazu geführt hat, dass ich hinter der Schule von Tipling ein Feuer entzündet habe. Das ist einfach zu traurig und zu blöd.

Meine Eltern glauben, ich hätte mit Starbokk alles geregelt. Aber ich habe sie angelogen.

Selma glaubt, ich hätte es geregelt. Ich habe auch sie angelogen.

Jetzt ist schon Montag und die Zeit rennt nur so davon. Mittlerweile bin ich mir absolut sicher, dass es sich nur noch um Tage oder Stunden handeln kann, bis der Komet mich mittschiffs treffen und meine Schute auf den moddrigen, finsteren Meeresgrund versenken wird.

Nach dem Lesen der E-Mail war mein erster Gedanke, dass ich mich jetzt zusammenreißen und an Starbokk schreiben muss. Doch nur eine Sekunde später fiel mir ein, dass ich ja gar keine Zeit habe. Denn eine weitere Naturkatastrophe ist auf dem Weg hierher.

Mein Cousin, Jerry, wird in Kürze hier eintreffen und er bleibt eine ganze Woche.

Was bedeutet, dass ich meinen Bericht in der Zeit schreiben muss, in der er hier ist. Sofern ich Kfz-Mechaniker werden und vielleicht einen Job in der Werkstatt meines Onkels kriegen will, bei dem ich bis jetzt nur zur Aushilfe arbeite. Das Problem ist nur, dass ein Besuch von Jerry einem Erdbeben und einem Vulkanausbruch in einem gleichkommt, was ganz klar und sehr effektiv meine Pläne durchkreuzen wird, irgendetwas anderes zu tun, als ihm bei den 122 Abenteuern und Chaossituationen beizustehen, in die er uns verwickeln wird. Ich werde keine Zeit für etwas anderes haben. Also kann ich alles andere auf dieser Welt auch einfach gleich vergessen.

Das ist im Großen und Ganzen der Stand der Dinge. Ich versuche zu frühstücken, schicke aber lieber schnell eine SMS an Selma und latsche hinunter zum Unterstand an der Bushaltestelle, um dort mit ihr zusammenzusitzen und zu vergessen, dass die Welt bald untergehen wird.

1. NERVENWRACK

»Mit 99%iger Wahrscheinlichkeit wird diese Woche katastrophal enden«, vertraue ich ihr zehn Minuten später mit finsterer Miene an.

»Du bist so negativ, Bud Martin«, antwortet Selma mit ihrer tiefen, heiseren Stimme, die mich immer an eine Bluessängerin erinnert. »Dann gibt es doch immer noch 1 % Hoffnung, dass alles gut geht.«

»Du kennst meinen Cousin nicht«, antworte ich und schiebe mir mit schmatzendem Geräusch eine dicke Schokogeleebanane in den Mund.

»Doch, das tue ich«, antwortet sie. »Jerry ist ein süßer Typ. Und ein hoffnungsloser Typ. Und total verrückt. Ist es jetzt der fünfte Sommer, dass er zu Besuch hierherkommt?«

»Nein, es ist der sechste. Und es wird zum sechsten Mal in einem hoffnungslosen Desaster enden, in dem er mich sitzen lässt. Und dieses Mal wird es schlimmer als je zuvor ...« Meine Stimme nähert sich der Fistellage. Aber ich verrate nicht, warum ich plötzlich der Meinung bin, dass es dieses Jahr noch so viel schlimmer sein wird, wenn Jerry kommt.

»BUD!«, sagt sie streng, denn sie glaubt, dass ich gleich hyperventilieren werde. (Ich habe das bisher erst zweimal gemacht, aber Selma glaubt, dass ich es die ganze Zeit tue.) »Wie stehen die Chancen, dass es so schlimm wird, wie ... wie es möglicherweise ... schon mal war?«

»Die Chancen stehen grottenschlecht«, antworte ich und strecke die Hand nach einer weiteren Geleebanane aus. Ziehe sie aber schnell wieder ein, weil Selma mir brutal auf die Finger haut.

»Stopp!« Sie starrt mich ernst an. »Die letzte gehört mir.«

»Und ich?«, erwidere ich ebenso ernst. »Ich bin ja schon ein Wrack, bevor Jerry überhaupt hier ist.«

»Du hast schon eine zu viel gegessen, Dickerchen«, antwortet sie, stopft sich die letzte in den Mund und grinst mit schokoladenbraunen Zähnen. »Aber zum Trost kannst du ja einen von deinen Zappasongs spielen. Da ist bestimmt einer dabei, der zu einer Situation wie dieser passt.«

»Ich bin verdammt«, seufze ich.

»Hehehe«, kichert sie.

»Du hast gut lachen«, murmele ich verbittert. »Aber ich werde sterben.«

2. BUSSE KOMMEN UND GEHEN

Wir sitzen in dem Wartehäuschen, an dem der Bus hält, der zwischen Angler und Dorg hin- und herfährt. Wir, das sind Selma Mardou und Bud Martin, Nachbarn in einem kleinen Kaff, das Tipling heißt. So ein Ort, der entstanden ist, weil irgendwann einmal zwei Männer mit einer Motorsäge hier strandeten. Und da sie nichts anderes zu tun hatten, während sie darauf warteten, gerettet zu werden, fingen sie an, Bäume zu fällen. Und als endlich ein paar Leute kamen, die nach den beiden suchten, hatten die zwei bereits einige Häuser gebaut. In die zog die Rettungsmannschaft ein. Und sie sägten und bauten weiter, alle zusammen. So wurde Tipling zu einer Ortschaft.

Und dann tauchte eine weitere Rettungsmannschaft auf, die nach der ersten Rettungsmannschaft suchte. Und so weiter und so weiter. Ich denke, so in etwa muss es gewesen sein. Tipling wuchs zum führenden Holzlieferanten des Landes heran.

Und ist es heute noch. Hinzu kommen die Leute, die herkommen, um zu angeln oder zu jagen. Einige arbeiten in der Türfabrik. Einige in einem der 53 Läden im Zentrum.

Abgesehen von denen, die wegziehen.

Nach Angler. Nach Dorg.

In die Welt außerhalb unserer kleinen Welt.

Um niemals wieder zurückzukommen.

Früher hatte auch ich große, tolle Pläne. Ich war stark und mutig. Ich wollte reisen. Ich wollte etwas Außergewöhnliches machen. Aber das war, bevor es brannte. Bevor alles begann. Bevor … bevor.

Jetzt möchte ich nur noch eine Maus sein, die sich tief unten in ihrem dunklen Mauseloch versteckt.

Jetzt hat nur noch Selma große, tolle Pläne.

3. SELMAS GROSSER TRAUM

»Ist nicht mehr lange hin, bis du fährst«, sage ich. Um über was anderes zu reden und um Jerry und das, was ich eigentlich zu tun habe, zu vergessen.

»Nur noch eine Woche«, sagt sie verträumt. »Und dann komme ich direkt auf den Bildschirm.«

Selma wurde nämlich als eine der zwölf übergewichtigen Jugendlichen ausgewählt, die bei TeleVisio-Worlds neuer Realityshow »Fat-Burning-Camp« mitmachen soll. Die Teilnehmer müssen versuchen, so schnell wie möglich so viel wie möglich abzunehmen. Jeden zweiten Tag werden sie gewogen, und derjenige, der am wenigsten abgenommen hat, wird nach Hause geschickt. Gleichzeitig können die Zuschauer einen Teilnehmer, den sie mögen, schützen. Und einen, den sie hassen, rausschmeißen.

Selma hofft darauf, berühmt zu werden. Und ich glaube an sie. Sie hat einen Willen aus rostfreiem Stahl und eine Ausdauer wie Titan.

»Ich habe zwei Träume«, erklärte sie, als sie erfuhr, dass sie ausgewählt worden war. »Zum einen, ins Fernsehen zu kommen. Schließlich will ich doch Model werden, und da MUSS man einfach auf den Bildschirm. Und zum anderen, einen Liebsten zu finden. Warum nicht beim Dreh?«

»Ich dachte, du magst keine dicken Jungs«, entgegne ich und versuche mit aller Kraft, meinen Bauch einzuziehen. Mir gefällt es nicht, über Körpergewicht zu reden.

»Doch, doch, ich mag dich. Aber jetzt reden wir über einen Liebsten, mein Dickerchen«, antwortet sie. »Und irgendwo auf dem Filmset werde ich einen durchtrainierten Typen finden, der ein Gesicht wie Tom Darter hat. Weißt du, der Supercharmeur aus der Serie »Zu zweit ist es am schönsten«. Einer, der tagsüber einem wichtigen Job nachgeht und in seiner Freizeit solche Männersachen macht.«

»Zum Beispiel an Autos herumbasteln?«, frage ich.

»Du und dein Autobasteln«, antwortet sie lächelnd. »Eines Tages werde ich dir zeigen, was richtige Männersachen sind. Da geht es dann darum, mit Eingeborenen im Dschungel zu leben, zum Südpol vorzudringen oder tiefe Meere zu erforschen. Nicht seinen Kopf in einen Motor zu stecken.«

Meiner Meinung nach ist das Herumbasteln an Autos eine typische Männersache. Nun mal ehrlich – wie viele Mädchen interessieren sich für Autos? Wenn ich im Herbst die Mechanikerausbildung anfange, dann sind wir zwanzig Sechzehnjährige – garantiert alle männlich.

Ach, nein. Mein Platz ist ja gar nicht mehr so sicher. Und die Wahrscheinlichkeit, dass ich ihn bekomme, sinkt mit jeder Minute. Ich glaube, die Chance, auf der Mechanikerschule in Tipling anzufangen, liegt maximal noch bei 10 %.

Als ich mich vor den Ferien dazu bereit erklärt habe, Starbokk einen Bericht zu schreiben, dachte ich, ich hätte tausend Millionen Tage und Stunden vor mir. Genügend, damit ich in der Lage sein würde, um über das Feuer und die Gründe, warum ich es angezündet habe, zu schreiben.

Die Stunden vergingen. Die Tage rannen nur so dahin. »Heute werde ich schreiben«, sagte ich zu mir selbst. Doch ich tat es nicht.

»Heute Abend tue ich es«, sagte ich mir jeden Morgen. »Ich werde es morgen in aller Frühe tun«, sagte ich mir jeden Abend, wenn ich ins Bett ging. »Bald,

bald mache ich es. Ich will mir nur erst diesen Zappa-Song anhören«, sagte ich jeden Tag.

Und Tag für Tag fühlte ich, wie ich immer mehr zu einer ängstlichen kleinen Maus wurde.

Einer ängstlichen kleinen Maus, die nicht an die Flammen und an die Polizei denken mochte.

Für eine ängstliche kleine Maus war es einfacher, einen großen Bogen um den PC zu machen. Nicht zu schreiben. Die Vereinbarung vor sich herzuschieben. Sie einfach zu vergessen.

Und das tat ich. Ich vergaß alles.

Bis ich heute Morgen die E-Mail von Starbokk erhalten habe.

Aber wenn Jerry jetzt kommt, dann kann ich es ohnehin vergessen, irgendwann noch die Zeit zum Schreiben zu finden.

Nein! Ich muss mir etwas einfallen lassen. Etwas hakt in meinem Gehirn. Die gleichen grausamen Gedanken drehen sich immerzu im Kreis.

Denk an Männersachen! Hör Selma zu, die weiter über Männersachen quatscht! Denn ich weiß ja, was sie meint. Ihr Vater ist ein tüchtiger Jäger und Skiläufer. Er hat einen Jeep mit Vierradantrieb und Schlittenhunde. Er hat Haare, einen Bart und riecht nach Kiefern und Fichten. Als junger Mann ist er Marathon gelaufen. Früher war er mal Arzt in einem Flüchtlingslager und hat Menschen vor dem Tode gerettet. Er ist ein Schrank von einem Mann. Jetzt ist er Arzt an der Sporthochschule in Angler.

Allein der Ortsname Angler lässt mich wieder an Jerry und meine Probleme denken.

4. DER RIESE JERRY

Nach der SMS zu schließen, die ich heute Morgen bekommen habe, sitzt Jerry in diesem Moment in dem Bus aus Angler. In meiner Vorstellung mutiert Jerry gerade zu einem riesigen Riesen – einer Art Riesen-Jerry, der, rittlings auf dem Bus sitzend, auf mich zugedonnert kommt.

Ich spüre, wie die Erde bebt. Es vibriert in meinen Beinen. Das Bushaltestellenhäuschen wackelt, während der Riese auf mich zukommt. Es geht mir genau wie Vögeln, Hunden und anderen Tieren, die spüren, dass ein Erdbeben bevorsteht.

Spannung liegt in der Luft.

Jerrys riesiges, manisches Gesicht presst sich gegen die Frontscheibe des Busses, seine Augen haben die Größe von Parabolantennen und starren in meine Richtung. Er gleicht einer gewaltigen Flutwelle, die auf Tipling zurollt. Eine riesenhafte Kraft, die mich bald unter Tonnen katastrophaler Ideen erdrücken wird.

Selma versteht meine Gedanken.

Das ist das Beste an einer Freundschaft wie unserer. Wir kennen einander, seit sie mir im Kindergarten eine riesige Sahnetorte in mein verrotztes Gesicht gedrückt hat. Woraufhin ich ihr Saft über den Kopf geschüttet habe. Wir waren vier Jahre alt und saßen die nächste Stunde lang einträchtig zusammen, aßen Schlagsahne von meinem Gesicht und tauschten mit einem breiten Grinsen unsere Popel aus.

Das ist zwölf Jahre und viele Kilos her. Jetzt wiegt

Selma 83 Kilo und findet sich unwahrscheinlich fett. Aber was soll ich dann sagen, wo ich die 105-Kilo-Grenze bereits überschritten habe?

Für junge Männer mit meinem Gewicht, die täglich Süßigkeiten essen, besteht zu 77 % die Gefahr, dass sie Probleme kriegen. Und zwar mit: Herz, Beinen, Magen, Rücken und einem ganzen Haufen anderer Teile im Körper auch noch.

Trotzdem muss ich zugeben, dass mir mein Gewicht gefällt.

Im Winter wärmt es besser. Das Fett wirkt wie eine mitgeführte Isolation.

Ich habe einen Hintern, auf dem es sich gut sitzen lässt.

Mein Bauch ist perfekt, um eine Coladose darauf abzustellen. Und weich, wenn ich meine Hände darauf ablege.

Der Nacken hat eine schöne Rolle, die wie ein Kopfkissen funktioniert.

Arme, Ober- und Unterschenkel können problemlos einen Knuff vertragen.

Kurz gesagt: Für den Fall einer Kollision bin ich mit natürlichen Airbags ausgerüstet – die aber wohl eher Fatbags heißen müssten.

Und nicht zuletzt verschafft das Gewicht Respekt. Auf den Letzten, der versucht hat, mich zu mobben, habe ich mich einfach draufgesetzt. Und schon war Schluss mit dem Ärgern von Bud.

Andererseits habe ich nicht besonders viele Freunde.

Abgesehen von Selma. Ich bin nicht verliebt in sie. Sie ist ganz einfach nur eine äußerst treue Freundin.

Ich wünschte, wir könnten für den Rest unseres Lebens Nachbarn bleiben. Und uns treffen – so wie wir es jetzt jeden Tag tun –, beispielsweise in einem Wartehäuschen.

Das ist ein schöner Traum. Denn Selma ist die Einzige, bei der ich momentan wirklich entspannen kann. Bei ihr gibt es kein Erröten, kein Stottern, keine halben Sätze, nervösen Ausreden oder Gedächtnislücken. Ich denke nicht eine Sekunde lang an das, was im Frühling passiert ist und was mich dazu gebracht hat, das Feuer zu legen.

Aber jetzt fährt sie bald. Und ich bleibe im Mäuseloch sitzen. Und bald kommt J… Die Gedankenschleife in meinem Gehirn dreht wieder eine Runde um meinen Cousin. Und ich spüre bereits, wie seine manische Energie mir entgegenströmt.

5. FETT IST SCHÖN

»Du guckst dir doch die Einführung in die Serie an?«, fragt Selma und reißt mich damit aus meinem Land der Sorgen.

Heute Abend läuft nämlich das »Fat-Vorspiel«. Das ist die erste von sechs Folgen, in der die Höhepunkte der letzten Fat-Burning-Camp-Staffel gezeigt werden.

»Aber selbstverständlich!«, antworte ich. »Abgesehen davon, dass es zu 75 % sein kann, dass Jerry ein Lieblingsprogramm hat, das wir einfach sehen müssen.«

»Nicht, wenn er erfährt, dass es zu den alten Folgen

auch eine Vorstellung der kommenden Teilnehmer gibt«, erwidert sie, steht auf und wippt mit ihren Hüften und ihrem Po. »Shake it, shake it, baby«, singt sie mit ihrer Bluesstimme.

Seit sie sich das erste Mal begegnet sind, ist Jerry verliebt in Selma. Er hat versucht, sich das nicht anmerken zu lassen. Aber Selma hat ihn durchschaut. Jetzt ärgert sie ihn damit gnadenlos.

»Sei nett zu ihm«, bitte ich.

»Ja, ja«, antwortet sie und lässt sich wieder auf die Bank plumpsen, dass das ganze Wartehäuschen seufzt. »Aber wenn er noch einmal über mein Gewicht seine Späße macht, dann werde ich ihn zerquetschen!«

Ich habe Selma Leute zerquetschen sehen. Und bekomme eine Gänsehaut.

»Guck mal«, sagt sie und rollt die Speckfalten auf ihrem Bauch zwischen den Fingern hin und her. »Ich bin die so satt. Jetzt kommen sie endlich weg. Und niemand – ich wiederhole: niemand – wird sie je wieder erwähnen. Und schon gar nicht Jerry! Ich bin seine Kommentare über Dicke wirklich leid. Er wird mich vor dem Camp nicht mehr fertigmachen.«

Ich schaue weg.

Mir ist es unangenehm, wenn die Leute so persönlich werden und an ihrem Körper herumfummeln. Außerdem mag ich Mädchen, die aussehen wie Selma. Mädchen mit schönen Speckfalten, großem Busen, einem runden Po und kräftigen Schenkeln. Sollte es da draußen ein Mädchen für mich geben, dann muss es ungefähr so wie Selma aussehen. Andere würden sie vielleicht als fett oder verfressen bezeichnen. Für mich sind sie nur schön.

Jemand sollte Selma sagen, dass sie hübsch ist, so wie sie ist. Aber mir ist es zu peinlich, ihr das zu sagen.

»Da kommt der Bus!«, ruft Selma plötzlich und ich werde wieder ins Land der Sorgen katapultiert.

6. »NENN MICH GANZ EINFACH NUR JERRY!«

Dort unten aus dem Tal nähert sich der Bus aus Angler. Ich recke den Kopf, um besser sehen zu können, und entdecke eine Gestalt auf einem der vordersten Sitze, die heftig winkt.

Ich stehe auf.

Und setze mich.

Und stehe wieder auf.

Ich weiß nicht so recht, was ich tun soll.

»Immer mit der Ruhe!«, kommandiert Selma. Und ich lasse mich einfach fallen. Das hätte ich nicht tun sollen. Denn plötzlich knackt die Sitzbank und ich befinde mich im freien Fall. Meine 105 Kilo stürzen senkrecht hinab und treffen auf dem Boden auf wie ein Container, der aus zwanzig Metern Höhe von einem Kran fallen gelassen wurde. Ich fühle einen heftigen Stoß im Rückgrat, das mir wie eine gekochte und durchgebratene Karotte vorkommt.

Als Nächstes spüre ich, wie auch Selma, als der Sitz durchbricht, das Gleichgewicht verliert und mich unter sich begräbt. Als der Bus mit quietschenden Bremsen anhält, liege ich in eine Ecke der Haltestelle gequetscht da. Selmas Haare hängen mir vor dem Gesicht, aber ich bekomme dennoch mit, wie die Bustür sich mit einem zischenden Geräusch öffnet. Und höre den Fahrer rufen: »Sieh zu, dass du aus meinem Bus kommst, du verrückter Kerl!«

»Aber ich wollte doch nur wissen, was Sie noch so aus Ihrem Leben machen wollen«, antwortet eine Stimme, die ich nur allzu gut kenne. »Ist es so schwer, darauf eine Antwort zu geben?«

»Oh ja, wenn du fast schon bei mir auf dem Schoß sitzt und mich stundenlang zuquatschst«, schreit der Fahrer und zeigt auf das Schild über dem Spiegel. »Ich sollte dich anzeigen, weil du den Fahrer gestört hast.«

Jetzt kommt Jerry die drei Stufen herunter. Ich sehe seine Beine. Sie sind schnell und wendig. Doch als er den Haufen sieht, den Selma und ich bilden, da bleibt er stehen.

Wahrscheinlich sehen wir wie zwei Flusspferde beim Ringkampf aus. Oder wie ein zusammengemixter Fetthaufen.

»Hallöchen!«, sagt er mit dünner Stimme. »Da bin ich.«

»Hallo … hallo …«, murmle ich, komme auf die Knie und dann in die Senkrechte. Ich bin ganz rot im Gesicht. Nicht allein von der Anstrengung, sondern auch weil ich mir Sorgen mache, was Jerry wohl nun von mir und Selma denken wird.

Und vielleicht glaubt Selma, das wäre ein plumper Versuch gewesen, ihr näherzukommen.

Ich bin ein dunkelrot-rot-roter erwischter Trottel von einem Dummkopf.

Man kann zu 100 % sagen, dass ich am liebsten unsichtbar wäre. Dass ich die Zeit zurückspulen möchte zu dem Moment, bevor die Bank zerbrach. Um von Neuem zu starten. Plötzlich ein weltgewandter Bud wäre, der auf eine zivilisierte Art und Weise seinen Cousin empfängt und nicht all die tollpatschigen Dinge tut, die ich sonst zu tun pflege.

»Ja, weißt du …«, sage ich und spüre die Röte selbst auf den Stimmbändern. Ich zeige mit der Hand in Richtung Selma. Aber unglücklicherweise bemerke ich nicht, wo meine riesigen Hände sich hinbewegen. Ich schlage ihr so heftig gegen den Kopf, dass sie schräg nach vorne fällt. Sie ist eine Lawine von 83 Kilo, die auf Jerry zurast.

Selma landet an Jerrys Brustkasten. Als hätte sie ihn seit tausend Jahren vermisst.

Selma wird noch röter als ich.

Jerrys Blick wandert von ihr zu mir und wieder zurück. »Was für eine Begrüßung!«, sagt er schließlich. »Das war wirklich … unerwartet.«

Das lässt mich zu ungefähr 2 % triumphieren. Jerry ist sprachlos! Im tiefsten Inneren glaubt er nämlich, dass hier die Zeit stillsteht und sich das Leben in Tipling um keinen Deut verändert. Jetzt spüre ich, wie ihn das Gefühl beschleicht, dass hier irgendetwas nicht stimmt. Etwas ist passiert. Wir sind in gewisser Weise nicht mehr die Gleichen wie letzten Sommer. Und das verschlägt ihm die Sprache.

Selma befreit sich von seinem Brustkorb und starrt

mich wütend an, gerade so, als hätte ich das mit Absicht getan.

»Wie ich euch vermisst habe!«, erklärt Jerry. »Besonders dich!«, sagt er etwas schüchtern zu Selma. »Obwohl du …«

Und da weiß ich, was kommen wird. Etwas Dummes bezüglich ihres Gewichts. Selma weiß es auch. Der Blick, den sie in seine Richtung wirft, erinnert an den eines psychotischen Massenmörders, kurz bevor er seinem Opfer mit einer zwanzig Zentimeter langen Stahlklinge den Bauch aufschlitzt. Aber auch Selma hat bei dem Zusammenstoß die Sprache verloren.

»Wie nett … äh, nun ja … dass du hier bist, Storm«, werfe ich ein, bevor Jerry irgendetwas Dummes sagen kann, wie zum Beispiel, dass Selma wohl einen Wettbewerb mit mir ausficht, wer in Tipling die breitesten Hosen kaufen muss oder einen ähnlichen Blödsinn, der Selma dazu bringen wird, aufzubrausen und ihn zu zerquetschen. Ich fühle mich so weltgewandt wie ein Büffel in einem Supermarkt.

»Nenn mich Jerry, Bud«, grinst er. »Nenn mich ganz einfach nur Jerry.«

Jerry sammelt sich langsam wieder. Er war für einige Sekunden außer Gefecht gesetzt. Aber das ist jetzt vorbei. Jerry Storm, dieser verrückte Typ, der stets die anderen Menschen an den Rand der Kante eines Abhangs direkt vor dem Abgrund treibt, er ist zurück.

7. JERRY STORM, EIN ÜBERBLICK

Jerry und ich, wir sind im gleichen Jahr geboren, im Mai, mit drei Tagen Unterschied. Er ist der Sohn meiner Tante, die wiederum die Schwester meines Vaters ist. Wir sind verwandt und fast gleich alt. Aber damit ist dann auch schon Schluss mit den Ähnlichkeiten.

Denn Jerry ist dünn. So dünn, dass man die Rippen zählen kann.

Er ist groß. Obwohl ich 1,87 m bin, überragt Jerry mich mit seinen 1,96 m deutlich.

Er ist schnell. Schnell mit dem Mund. Und schnell im Kopf. Ich bin eher eine Schildkröte.

Jerry muss alles, was ihm über den Weg läuft, ausprobieren. Er muss daran schnuppern, es erforschen, es in die Hände nehmen und befühlen. Jerry gefällt es, wenn kein Tag wie der andere ist.

Der einzige Bereich, in dem wir uns ziemlich ähnlich sind, der betrifft die Musik – und zwar die des amerikanischen Gitarristen und Komponisten Frank Zappa. Wir haben fast alle CDs von ihm und auch ein paar der seltenen Platten. Wir haben beide eine lexikalische Übersicht über seine Songs angelegt, die Nicht-Zappafans in die Flucht schlagen könnte. Deshalb will ich hier nicht länger mit allen möglichen Details langweilen. Im Übrigen habe ich seit Anfang des Sommers keine einzige Zappascheibe gespielt, seit ich eine Maus in einem Mauseloch geworden bin. Also, genug davon.

Jerrys Eltern haben sich jahrelang gefragt, ob er ein Hyperirgendwas ist. Doch Tausende von Tests und

Millionen von Besuchen bei ernst dreinschauenden Ärzten haben ergeben, dass er mit 99,99%iger Wahrscheinlichkeit einfach so ist, wie er ist. Ganz einfach heiß aufs Leben.

In den letzten sechs Jahren hat er mich jeden Sommer für eine Woche besucht. Es gibt den berechtigten Verdacht, dass seine Eltern feiern, wenn er wegfährt. Jerry findet, dass der Besuch eine nette Tradition ist, und ich glaube, dass Jerry mich wirklich mag. Meine Eltern liebt er. Aber für mich ist diese Woche mit einer Horrorwoche beim Militär vergleichbar.

Doch, ja, ich mag Jerry. Aber immer nur für ein paar Stunden. In der Woche, die wir zusammen sind, verliere ich mehrere Kilos. Man sollte Jerry in kleine Stückchen schneiden und als Schlankheitspulver verkaufen.

Jerry ist XXL, wenn es um Energie geht.

8. JERRY FINDET SEINE SPRACHE WIEDER

»Dieser Ort hat was an sich«, sagt er, während er sich um 360 Grad dreht und dabei den Geruch von Tipling einsaugt, vom Bushaltestellenhäuschen, von frischer Katzenpisse am Straßenrand und gerade gemähtem Gras vom nächsten Nachbarn. »Spürt ihr das?« Er fordert uns dazu auf, in uns hineinzuhorchen, ob wir etwas erahnen, das neu und anders ist. »Riecht mal!«, sagt er.

Das Merkwürdige an Jerry ist, dass er Leute dazu bringen kann, die Dinge anders zu sehen.

Nach nur wenigen Sekunden bemerken wir einen unbekannten Duft in Tipling. Etwas Würziges. Etwas Fremdes. Etwas, von dem wir bislang nichts wussten.

Jerrys Nase schnuppert und schnüffelt wie ein Hund mit Asthma. »Ich habe die ganze Zeit im Bus daran gedacht, nur nicht in dem Moment, als ich den Fahrer dazu bringen wollte, über sein Leben & all die Dinge nachzudenken, über die er sicher noch nie nachgedacht hat, & ich dachte mir, dass es doch wie ein kleines Wunder ist, dass ich jedes Mal, wenn ich hier an Land gehe, fühle, wie die Zeit langsamer läuft. Die Zeit hier geht anders als bei mir zu Hause. Als würdet ihr in einer anderen Dimension leben, die nur über eine Zeitmaschine zu erreichen ist. Das ist so merkwürdig & ich wünschte, ich könnte euch all das beschreiben, was mir da durch den Kopf gegangen ist, während ich im Bus saß & in Richtung Tipling gestarrt habe, das immer näher kam, & dann habe ich an dich gedacht, Bud, du großer Teddybär, & ich habe mir überlegt, dass du mir dieses Jahr all diese unglaublichen Sachen beibringen musst, die mit Motoren zu tun haben, & nicht zuletzt, was eigentlich Autos & andere Fahrzeuge so antreibt. Das ist doch einfach toll zu wissen, wie man Stempel & Muttern & Schrauben in Zylinder raus- & reinhämmert, vielleicht tausend Mal in der Minute, & mir wurde klar, dass ich einfach versuchen muss, das zu verstehen, & Bud ist der Mann, der mir das erklären kann. & ich habe an dich & an das Selma-Mädchen gedacht & mir sind tausend Dinge eingefallen, die ich …«

So redet Jerry. Wie bei einem Wasserfall schießen die Meinungen und Gedanken, die er mit uns teilen will, nur so aus ihm heraus. Wir sind mit dem Leben an sich bereits ausreichend beschäftigt. Aber Jerry ist der Typ, der davon überzeugt ist, er entdecke das Leben von Neuem.

Doch jetzt ist er in gefährlichem Fahrwasser. Ich spüre, dass er kurz davor ist, etwas über Selmas Pfunde zu sagen. Und ich muss versuchen, das zu verhindern. Jerry ist ein wackliger Kahn auf einem Meer, dessen Wellen ihn jeden Moment zerschmettern können. Im Wasser lauert Selma wie ein blutrünstiger Hai und will ihn zerfleischen, schneller, als er auch nur zwei Gedanken fassen kann.

»Komm, wir müssen schnell mal ins Zentrum«, sage ich und ziehe ihn mit mir. In dem ernsthaften Bestreben, die Katastrophe aufzuhalten.

9. JERRY MUSS GERETTET WERDEN

»Aber ich bin doch gerade erst angekommen«, protestiert Jerry verwundert. »Ich habe Selma noch so viel zu sagen. Dinge, über die ich lange nachgedacht habe, die von größter Wichtigkeit sind, Dinge, an die ich früher nie gedacht habe. Aber jetzt sind sie da & müssen raus.«

Meine braunen Augen bohren sich in seine grünen und ich sehe, dass er hinter dem Clown, dem Wahnsinnigen, dem Manischen und dem Plappermaul immer noch verliebt ist. (Glaube ich zumindest.)

Vielleicht ist er ja in der Tat ernsthaft in Selma verliebt?

Bis jetzt war er ziemlich unstabil, was die Frauen betrifft. Aber wenn ich in diesem Augenblick in seine grünen Augen sehe, dann frage ich mich, ob er möglicherweise verloren ist, sich verknallt hat und ihr seine Liebe direkt ins Gesicht erklären will. (Nun ja. Es ist nicht ganz einfach, Jerry zu durchschauen. Aber ich ahne da so etwas.)

Und weil er so durcheinander ist, wird er garantiert etwas Falsches sagen. Und wenn Selma das dann als Ärgern oder als Sich-lustig-Machen über ihr Aussehen interpretiert, dann wird sie ihn auf jeden Fall zerquetschen.

Sie wird ihm die Seele wie einen Strick aus dem Hals ziehen und ihm dann mit diesem Strick direkt eins ins Gesicht verpassen!

Ich bin es Jerry schuldig, ich muss ihn retten. Ich muss ihn aus der Reichweite des Hais, des Zermalmers und des Seelenherausreißers Selma bringen.

»Nun komm schon!«, sage ich und ziehe ihn mit mir.

Und wenn sich 105 Kilo voll in die Seile hängen, dann kann ein dünner Typ wie Jerry nicht dagegenhalten.

»Tschüs«, ruft er Selma hinterher. »Wir müssen unbedingt miteinander reden. Später.«

Ich ziehe und zerre und lege mehrere Meter zwischen Selma und uns.

»Wartet!«, ruft sie, während ich anfange zu laufen und Jerry wie ein Segelflugzeug hinter mir herziehe.

»Ich komme mit euch ins Zentrum.« Sogar bergab fange ich an zu keuchen und die Muskeln in meinen Oberschenkeln sagen mir, dass wir es lieber ruhig angehen sollten, Bud!

Der Hai ist hinter uns her!, ist alles, was ich denken kann.

»Nun macht nicht so einen Stress«, beschwert sie sich.

»Ja, mach mal langsam, Bud«, sagt Jerry und versucht, mich zu bremsen, indem er die Hacken in den Kies bohrt. Aber da hätte er genauso gut versuchen können, einen durstigen Elefanten aufzuhalten, der in letzter Minute zum Wasserloch eilt. »Warum hast du es denn so eilig?«

»Ich … ich …« Ich bin so schlecht im Lügen. »Ich muss einen Brief einwerfen«, sage ich schließlich.

»Meine Güte, was ihr für einen Stress macht«, sagt Selma, die uns eingeholt hat.

»Hallo, Selma«, sagt Jerry mit Honig und Zucker in der Stimme. »Schön, dich so bald wiederzusehen.«

»Ach, wirklich?«

Habe ich mir doch gedacht: Sie ist bereits auf der Hut.

»Tut mir leid … keine Zeit«, keuche ich. Mein Herz hämmert und die Lunge pfeift. Es kostet einiges an Kraft, Jerry mit sich zu ziehen, während der mit emsiger Fußarbeit dagegenhält.

Wir eilen den langen Hang hinunter. Glücklicherweise ist das Tempo so hoch, dass bei allen die Lunge übers Stimmband gestülpt ist.

»Tut mir leid, Selma, aber wir müssen erst noch hier

rein.« Ich ziehe Jerry in das erste braune Haus linker Hand.

»Hä?«, sagt sie und ich versuche, freundlich zu lächeln. Aber wahrscheinlich sehe ich aus wie ein kranker Dracula. »Du bist doch noch nie in der Stadtbibliothek gewesen!«

»Ich muss aber … äh …« Meine Gedanken rasen. Was haben sie eigentlich in der Bibliothek, was ich gebrauchen könnte? »Ich … ich brauche eine Broschüre über … äh … Kindergärten«, antworte ich, weil mir nichts Besseres einfällt.

Selma bleibt der Mund offen stehen, als ich Jerry in die Räume zerre, an dem Tresen vorbei in eine Ecke mit Bücherregalen und einem Zeitungsständer.

Kommt sie hinterher?

Nein, sieht nicht so aus.

10. MURMELN UND SCHNARCHEN AUF DEM SOFA

»Was ist denn mit dir los?«, fragt Jerry. »Du störst mich mitten im wichtigsten Augenblick meines Lebens. Ich habe nämlich ziemlich viel an Selma gedacht & jetzt weiß ich, dass ich sie liebe, & das ist ein unglaubliches Gefühl & ich war mir zuvor nur noch nicht sicher, als ich im Bus saß & gedacht habe & gedacht. Ich wollte sie erst sehen, nur um dann absolut sicher zu sein, dass es auch wirklich so ist. Aber nachdem ich sie an der Bushaltestelle gesehen habe – was habt ihr da eigentlich auf dem Boden gemacht? Zuerst habe ich gedacht, ihr knutscht, & da habe ich mich gefragt, ob ich dich umbringen sollte, weil du mit der schönen Selma abgehauen bist – ja, ich gebe es zu: Sie ist schön, abgesehen davon, dass sie ein paar Kilo weniger haben könnte – so ungefähr zehn. Aber was ich sagen wollte: Als ich sie vom Bus aus da draußen gesehen habe, da wurde mir klar, dass ich absolut 100%ig in sie verliebt bin & sie haben muss, & jetzt ist die Zeit gekommen, dass ich ihr das sagen will, & was wäre romantischer, als aus dem Bus zu steigen & sich einfach hinzugeben? Liebe ist doch ein Wahnsinnsgeschenk, nicht wahr? Wirklich XXL, oder, Bud? Deshalb …«

»Jerry!« Ich versuche, seinen Redeschwall zu stoppen. »Das ist … äh … das ist nicht so einfach«, setze ich an und verfluche meine Unfähigkeit, mich klar auszudrücken.

Ich sollte ihm sagen, dass Selma ein Hai ist.

Ich sollte ihm sagen, dass solche Liebeserklärungen zu 92 % missglücken. (Wenn sie an Bushaltestellen stattfinden, stehen die Chancen noch schlechter – 96 %.)

Ich sollte ihm sagen, dass Selma nach einem Typen Ausschau hält, der cooler und angesagter ist als wir beide und definitiv besser aussieht. Wir gehören in die Loser-Liga, während Selmas kommender Lover aus der Superstar-Liga stammt.

Stattdessen stammele und stottere ich etwas in der Art, dass Selma in einer Woche abreisen und bis zur Unkenntlichkeit abnehmen wird, eine Karriere als Model beginnen und den Mann fürs Leben finden will. Ich brauche fünf Minuten für etwas, das andere in einer herausgespuckt hätten.

Zuerst kapiert Jerry nicht, was ich sagen will. Er plappert was über Sinn und Ziel solcher Schlankheitskuren und wie ungesund es ist, sein Gewicht auf eine brutale Art und Weise zu verlieren, und dass Selma natürlich …

Dann bricht er ab. Als wäre die Bibliothekarin dahinten ein Scharfschütze und hätte aus ihrer Elefantenbüchse einen Schuss abgefeuert und ihn mitten in der Brust getroffen.

»Öhhh«, murmelt er mit glasigem Blick. »Ähhh.«

Nach einigen weiteren Murmel- und Grunzgeräuschen kommt sein Motor wieder in Fahrt: »Aber das wird sie ja vollkommen verändern?! Wenn sie ins Fernsehen kommt, dann wird sie nicht mehr so sein wie vorher, oder wieder so werden, wie sie einmal war, oder die Selma sein, die wir aus unzähligen Sommern kennen, & nicht zuletzt wird sie überhaupt nicht wieder hierher zurückkommen – denn es ist noch niemand wieder hierher zurückgezogen, der von hier weggegangen ist, & all das zusammen ist eine totale Katastrophe für mich & jetzt muss ich meine Pläne vollkommen ändern & habe ich dir eigentlich erzählt, was für ein unglaubliches Gefühl das war, im Bus zu sitzen & die Gedanken um Selma kreisen zu lassen – als wäre sie eine Statue – eine schöne Statue –, & jetzt muss ich erst einmal nachdenken.«

Seine Worte schwappen wie kleine Wellen am Strand, an einem lauen Sommertag, über mich hinweg. Kann sein, dass ich einnicke. Mein Gehirn ist ein Stück Kork, das in den Wellen schwimmt und sich von ihnen wiegen und einlullen lässt.

Schlafe ich fünf Minuten lang? Oder nur drei? Vielleicht sogar zehn?

Auf jeden Fall werde ich aus dem Land ohne Sorgen zurück zu Jerry gespült, der mir gnadenlos aufs Knie klopft.

Er schiebt mir ein altes, abgegriffenes Buch zu.

»Hier ist die Antwort«, sagt er aufgekratzt und wirft mir das Buch in den Schoß. Das Buch ist grün, abgewetzt und riecht etwas merkwürdig, was mich an das Säubern von Fischen erinnert. Ich nehme es in die Hand und lese auf der Titelseite: »Henry Walden: Der Fisch meines Lebens. Die Jagd auf den Riesenhecht.«

Ich ziehe meine Augenbrauen fragend nach oben und er erwidert verschmitzt: »Das ist einfach genial & oft entspringen die genialsten Dinge direkt dem Zufall – ist dir das schon mal aufgefallen? Ich habe nur den Arm ausgestreckt & willkürlich irgendein Buch herausgeholt – das hier! Ich habe nur kurz darin geblättert & Walden hat mich zu meinem raffiniertesten Plan aller Zeiten inspiriert. Du wirst es nicht glauben!«

Ich werde es nicht glauben.

Ich will eigentlich gar nichts davon hören.

In meinen Gedanken entfaltet eine ganze Woche mit angenehmen Sommerferientagen ihre Flügel und flattert davon, irgendwohin. Und meinen Bericht, den ich eigentlich erledigen müsste, kann ich im Grunde gleich vergessen.

Ich weiß, dass ich ins Schwitzen kommen müsste, weil meine Chancen, die nächsten Tage unbeschadet zu überstehen und nicht mental zerstört zu werden, nur etwa bei 5 % liegen. Denn Jerrys Ideen sind immer XXL. Und das ist nach meinem Geschmack sieben Nummern zu groß.

11. JERRYS FANTASTISCHE IDEE

»Du meinst also, dass Selma einen Könner haben will. Einen, der etwas zustande bringt & der voller Tatendrang ist & möglichst noch jede Menge Charme hat. & was mir in den Sinn gekommen ist, als ich in dem Buch von Walden geblättert habe, ist, dass die Lösung meines Problems – Selma davon zu überzeugen, dass ich der Richtige für sie bin – hier im Wald zu suchen ist. Du kennst doch den Riesenhecht, nicht wahr, Bud, alter Sportangler? Du gehörst doch zu denen, die bei Wind & Wetter losgehen & einen dicken Fisch nach dem anderen rausziehen & ihn einfach an Land holen & dranbleiben …«

Es stimmt, ich gehe angeln. Aber Jerry übertreibt. Es kommt vor, dass ich zu einem der Seen gehe, die 30, 40 Minuten von unserem Haus entfernt liegen, und dort meine Angel auswerfe. Aber meistens nachmittags. Was nicht gerade die beste Angelzeit ist. Nur eine nette Art, den Tag zu verbringen.

Nur damit es auf den Tisch gebracht wurde – zweimal habe ich was gefangen – einen kleinen Flussbarsch und eine winzige Forelle. Aber von dem Riesenhecht habe ich natürlich gehört. Er ist in Tipling eine Legende. Früher haben die Jungs in meiner

Klasse immer gewettet, wer den riesigen Hecht aus dem Wasser holen wird. Sie haben es mit allen möglichen Haken, Angeln, Ködern und Methoden versucht.

Doch bis jetzt hat es keiner geschafft. Das muss ein schlauer alter Hecht sein. Denn jetzt blättere ich in Waldens Buch und stelle fest, dass es vor zehn Jahren geschrieben wurde. Damals war also der Riesenhecht schon bekannt.

Doch nicht einmal Walden hat es geschafft.

»Das verstehe ich jetzt nicht«, sage ich und gebe ihm das Buch zurück.

»Ist doch ganz logisch«, erwidert er, seine Augen glühen vor Begeisterung. »Die Tipps von diesem Waldentypen werden mir helfen, den Riesenhecht zu fangen, & wenn ich ihn am Haken habe, dann ist die Sache geritzt.«

»Geritzt …?« Fragend lege ich die Stirn in Falten und schaue ihn ungläubig an.

»Selma will einen Typen, der etwas zustande bringt, nicht wahr? & dann komme ich daherspaziert mit dem legendären & größten & unglaublichsten Fisch, der in Tipling je gesehen wurde, & damit werde ich nicht nur Held des Tages, sondern der ganzen Woche – ja der Held des Jahres & mein Foto kommt in die Zeitung & ich werde berühmt – nun ja, nicht ganz so berühmt wie sie – aber trotzdem, ich werde so eine Art halbe Berühmtheit – ich werde mindestens eine oder zwei Ligen aufrücken & damit mache ich Eindruck auf sie – denn alles in der Liebe dreht sich doch darum, Eindruck zu machen – gesehen zu werden, nicht wahr? Wie schwer kann es schon sein, einen großen Fisch zu fangen?«

»Es gibt statistische Beweise, dass nur ... äh ... 11 % aller Mädchen von einem Typen beeindruckt sind, der einen ... äh ... großen Fisch anschleppt«, antworte ich. »Und die werden auch nicht ... äh ... besonders ...«

»Bud, Bud, Bud«, seufzt er. »Hat dir schon mal jemand gesagt, dass du ein bisschen negativ bist? Das ist dein großes Problem. Du siehst Probleme, bevor sie überhaupt da sind, & wenn dann nur ein Bruchteil von ihnen wirklich zu Problemen wird, dann sagst du dir selbst, dass du das ja schon immer gewusst hast, & wenn die meisten der Probleme, die du dir vorgestellt hast, gar keine werden, dann sagst du dir selbst: ›Wartet nur! Das werden noch richtige Probleme. Das ist nur eine Frage der Zeit!‹ Du siehst das Leben einfach nur schwarz, obwohl es doch voll ist mit grauen, weißen & allen anderen Farben. Wenn du so weitermachst, dann läuft dir das Leben davon & du stehst da & fragst dich, was eigentlich passiert ist. Habe ich recht? Oder habe ich recht? Oder habe ich wirklich recht?« Er unterstreicht seine Worte, indem er mit dem Zeigefinger auf den Tisch klopft.

Das Klopfen weckt die Bibliothekarin am Tresen. »Alles in Ordnung, Jungs?«, fragt sie.

»Absolut«, antwortet Jerry und beugt sich zu mir, flüstert dann jedoch trotzdem so laut, dass selbst die Leute draußen auf der Straße es verstehen müssten. »Jetzt müssen wir den Walden mitgehen lassen!«

12. IST ES MÖGLICH, NOCH RÖTER ZU WERDEN?

»Aber wir … äh … können wir ihn nicht einfach ausleihen?« Ich bin ganz verzweifelt.

»So ein Buch muss man besitzen«, stellt Jerry fest. »Du musst dich beeilen.« Mit aller Macht schiebt er mir das Buch unters Hemd, presst es mir zwischen Gürtel und Rückgrat, während ich versuche, ihn mir vom Leibe zu halten, ohne dabei so viel Lärm zu machen, dass die Bibliothekarin aufmerksam werden könnte.

Er schiebt weiter und plötzlich rutscht das Buch ein Stück nach unten, sodass es auf die Pobacken drückt.

»Ich kann doch so nicht rausgehen!«, zische ich. »Ich bin der schlechteste Schauspieler auf der Welt. Ich schaffe es nicht, an ihr da vorbeizukommen, ohne dass ihr auffällt, dass ich ein Buch in der Hose habe. Du kennst mich doch!«

»Das stimmt«, nickt er. »Dich durchschaut jeder, wenn du so tust, als ob du unschuldig wärst. Wir brauchen einen Plan B.« Er greift sich irgendein Buch aus dem Regal und sagt: »Das leihst du aus. Damit hast du ein Buch ausgeliehen. Du brauchst nicht zu lügen oder so zu tun als ob. Du vergisst einfach das, was sich in deiner Hose versteckt.«

»Ich habe keinen Leseausweis«, zische ich zurück.

Das emsige Flüstern auf dem Sofa bringt die Bibliothekarin erneut dazu, zu uns rüberzuschauen. Sie blickt uns forschend an.

Unter diesem Blick kann ich nicht ruhig sitzen bleiben. Ich stehe unsicher auf und wanke auf sie zu. Ich sehe bestimmt aus, als wäre ich kurz vor einem Anfall von etwas Unaussprechlichem, denn sie sieht mich besorgt an.

»Er hat die Sommergrippe«, erklärt ihr Jerry im Vertrauen. »Fieber, nervöser Magen, schwache Nerven & überhaupt nicht ausgeglichen. Aber ich übernehme die Verantwortung. Nun komm, Bud, gib der netten Dame das Buch, das du ausleihen willst.«

Jerry muss mich das kurze Stück bis zum Tresen vorstoßen und führt meine Hand mit dem Buch in ihre Richtung.

»Der Leseausweis?«, fragt sie.

»... äh ... öh ... hab ich nicht«, antworte ich verzagt. Es besteht zu circa 12 % die Chance, dass ich im Laufe der nächsten zehn Sekunden in Ohnmacht falle. Ich atme in doppeltem Tempo und habe Probleme, scharf zu sehen.

»Dann brauche ich deinen Ausweis«, sagt sie freundlich und zeigt auf einen Stuhl. »Wenn es dir schlecht geht, kannst du dich setzen.«

Ich gebe ihr meinen Schülerausweis, schleppe mich zu dem Möbelstück, lass mich darauf niederfallen und merke, wie sich etwas in der Stuhllehne löst. Aber er hält.

Jerry redet in einem fort und die Bibliothekarin schaut ihn neugierig an, während sie die Leihkarte ausfüllt.

Warum kann nicht Jerry dieses blöde Buch klauen?

Warum lässt er mich damit nicht in Ruhe?

Ich umklammere fest die Armlehnen. Mit dem Resultat, dass der Stuhl zu knarren beginnt. Ich erstarre und bleibe so ruhig sitzen, als hätte ich einen nervösen Magen, angespannt und steif wie ein Knäckebrot. Vorsichtig drücke ich mich schließlich hoch. Spanne Schenkel und Beine an und schraube mich zu 1,87 Meter in die Höhe. Ich sehe bestimmt aus wie eine Person mit einem Gaga-Magen. Als presste ich die Pobacken zusammen, um alles drinnen zu behalten.

Die Bibliothekarin und Jerry starren mich an.

»Eine Sommergrippe kann so unterschiedliche Symptome haben«, sagt Jerry ruhig. »Ich erinnere mich noch, wie mein Vater sie im letzten Frühling hatte …«

Jerrys Mund arbeitet und bemüht sich um ihre Aufmerksamkeit, während ich wie eine sterbende Schildkröte zum Tresen stolpere.

»Jetzt muss ich nur noch das Buch registrieren«, sagt die nette Dame und lächelt den flinken jungen Mann Jerry an.

Ich dagegen bin alles andere als flink.

Ich bewege mich wie in fast getrocknetem Leim.

Langsam, ganz langsam, laaangsam streckckckckcke iiiich ddddie Haaaaand mmmit ddddem Buuuuuch vvvvor undddd ssssage laaangsam laaaaangsam laaaaaaangsam: »Hiiiiieeeeeerrrrrrr iiiiiissssssstttttt eeeeeeeeessssssssss.«

Sie wirft einen Blick darauf und schaut mich verwundert an. »Das … nun ja …«

Sie schiebt meinen Leseausweis unter den Laser und der Strichcode wird mit einem leisen »Piep!« registriert. Dann nimmt sie das Buch und fummelt lange damit herum. Doch zum Schluss piept die Maschine ein zweites Mal und das Buch ist meins.

Meine Hand gehört einer langsamen, sterbenden Schildkröte ohne Biss. Das Buch rutscht mir aus den Fingern. Fällt zu Boden und öffnet sich ungefähr in der Mitte. Dort ist eine riesige Illustration der weiblichen Geschlechtsorgane zu sehen, mit Bezeichnungen von Dingen und Punkten, von denen du am liebsten nie etwas wissen wolltest.

Es ist jetzt zu 100 % sicher, dass ich hier nicht lebend herauskomme.

»Mein Vater hat auch alle möglichen merkwürdigen Dinge getan, als er so eine Sommergrippe hatte«, wirft Jerry schnell ein, um die Peinlichkeit zu überdecken. Als ob das möglich wäre. »Er hat Marmelade auf Leberwurst geschmiert & hat sieben Mal beim Rückwärtsfahren den Nachbarshund überfahren & nicht zuletzt hat er geredet, als hätte er eine Fleischtomate im Mund.« Jerry lacht hysterisch und bekommt einen abwesenden Blick, als sähe er seinen verwirrten Vater vor sich.

Die Bibliothekarin und ich, wir sehen ihn an, als hätte er gerade gestanden, dass er seine Mutter mit einem weich gekochten Frühstücksei umgebracht hätte.

Jerry beugt sich hinunter, weil ich mich nicht bewegen kann. Er schenkt der Bibliothekarin ein nettes, freundliches Lächeln und überreicht mir das Buch mit dem Titel »Frauen mitten im Leben. Krisen und Veränderungen im Sexualleben reifer Frauen«.

Ich sehe Jerry schockiert an, so wie Jesus Judas angestarrt haben muss. Die Bibliothekarin weiß offensichtlich nicht, was sie sagen soll.

»Noch einen schönen Tag«, presst Jerry mit dünner Stimme hervor.

In diesem Moment bricht der Stuhl, auf dem ich gerade noch gesessen habe, zusammen.

Ich schließe seufzend die Augen.

Jerry zerrt an meinem Arm und selbst eine sterbende Schildkröte weiß, wann es Zeit für den Rückzug ist. Ich nicke der Bibliothekarin zu, die abwechselnd uns und den Stuhl anstarrt.

Hier werde ich meinen Fuß nie wieder hereinsetzen. Und wenn sie jahrelang das blöde Buch anmahnen und mir mit Strafen und Haft für viele Jahre drohen, ich werde nie wieder hierher zurückkommen.

13. NACKTES VORSPIEL

Ich würde Jerry am liebsten mit dem Buch eins überziehen und ihm erklären, dass er seine Diebstähle in Zukunft selbst regeln soll.

»Du bist genial, Bud«, sagt er, bevor ich überhaupt den Mund aufkriege. »Sie wird nie auf die Idee kommen, dass wir etwas gestohlen haben könnten.«

Ich hätte erwidern können, dass sie uns auch niemals vergessen wird. Und dass ich aber möglichst schnell vergessen werden möchte. »Du ... äh, hättest doch das Buch auch selbst klauen können«, sage ich verbissen.

»Wo hätte ich es denn verstecken sollen?«, fragt er. Und da hat er recht. Sein Rucksack ist so voll, dass nicht einmal mehr ein Buch hineinpassen würde.

Jerry selbst ist dünn wie ein Streichholz und trägt ein eng anliegendes T-Shirt, auf dem steht: »Das Leben ist erste Sahne!« Seine Hose sitzt so eng, dass ich sehen kann, wie viele Münzen er im Portemonnaie hat.

»Wir … äh … öh … sollten sehen, dass wir nach Hause kommen«, sage ich schließlich. »Meine Leute warten mit Heringen auf uns.«

»Heringe! Sie sind einfach spitze, deine Eltern! Sie sind geradezu …«

Sein Mundwerk läuft wie geschmiert, erzählt von meinen unglaublichen Eltern und dass sie irgendwie ganz anders sind als seine.

Das ist gut möglich.

Mein Vater, Georg Martin, ist ein berühmter Professor der amerikanischen Literatur. Er weiß alles über den Schriftsteller Herman Melville, der das Buch »Moby Dick« geschrieben hat. Das ist ein Buch, das von einer Wahnsinnsjagd auf einen weißen Wal handelt.

Wohingegen meine Mutter, Liss, eine noch berühmtere Professorin für tote Sprachen ist, so etwas wie Latein und andere Sprachfossilien, die wir heutzutage nicht mehr sprechen. Beide arbeiten an der Universität in Angler. Sie sind Romantiker und glauben, dass sie der Natur und dem, was »das wahre Leben genannt wird« näher sind, wenn sie auf dem Land leben. Merkwürdigerweise nutzen sie aber nie die Natur, die direkt vor unserer Haustür liegt.

Aber für mich sind sie nicht so etwas Besonderes.

»Ich glaube, das wird eine fantastische Woche«, fährt Jerry auf seine manische Art und Weise fort. »Ich habe so viel, was ich mit dir besprechen will, wahrscheinlich werden wir auch die Nächte brauchen, um das alles zu schaffen.« Er sieht mich nachdenklich an. »Aber zurück zu dem, worüber wir vorher gesprochen haben – du siehst so ... so ... steif & irgendwie angespannt aus. Es ist doch nichts passiert? Ist noch alles, wie es war? Dieser Sommer wird doch hoffentlich wie all unsere anderen unglaublichen Sommer zuvor?«

Ich grunze etwas in der Art, dass nichts passiert ist. Selbst Jerry weiß nichts von dem Brand und soll auch nichts davon wissen. Er könnte sonst auf die Idee kommen, mir zu »helfen«. Das würde ich nicht ertragen.

»Ist ja auch gleich – ich bin mir sicher, dass du jede Menge Power & verrückter Ideen auf Lager hast, Bud«, fährt er fort. »Dein Problem ist nur, sie auszuspucken. Alle Menschen haben einen Hahn, der geöffnet werden kann, damit die Freude herauskommt, & wenn sie erst einmal diesen Hahn gefunden haben, dann wird alles ganz anders. & wenn nicht, dann baut sich in ihnen ein Druck auf, Cousin Bud. Es geht darum, dass die Sachen rauskommen, & darum, zu zeigen, wer du bist, & irgendwie einfach nur hier auf der Welt zu sein, als würdest du dich an nichts stören. & wo wir schon einmal dabei sind – deine Eltern – sie machen es noch immer wie bisher? Oder? Ich meine – das mit der Kleidung & so weiter?«

Und natürlich tun sie das.

Ich habe ein großes Problem – nein, ich habe mehrere –, aber eines davon sind meine Eltern im Sommer.

Ich kann nie wie andere Sechzehnjährige meine Freunde mit nach Hause bringen. Die Sache ist nämlich die: Die beiden laufen splitterfasernackt herum!

Meine Eltern sind Naturfreunde. Wer nicht weiß, was das bedeutet, der kann sich glücklich schätzen. Naturfreunde glauben, dass die Menschen eine bessere Gesundheit, eine bessere Moral und ein gesünderes Verhältnis zu sich selbst entwickeln, wenn sie nackt herumlaufen. Sie werden auch Nudisten genannt.

Die Nachbarn nennen sie … nun ja, ich weiß nicht. Aber ich habe so eine Ahnung, dass es keine besonders netten Bezeichnungen sind. Obwohl meine Eltern Rücksicht auf unsere Nachbarn nehmen: Sie haben eine hohe, dicke Hecke gepflanzt, sodass sie überall im Haus und draußen im Garten nackt herumlaufen können, ohne dass es jemanden stört.

Niemanden außer mir.

Man könnte natürlich meinen, ich hätte mich daran gewöhnt. Wie ich mich an ihre anderen Macken gewöhnt habe – ökologisches Essen, lange Vorträge darüber, wie unsere Erde sauberer sein könnte, wenn nur die Kühe weniger furzten, Listen, die am Kühlschrank hängen und alle Zusatzstoffe in den Lebensmitteln aufweisen sowie die Krankheiten, die sie verursachen können. Ganz zu schweigen von ihren täglichen Übungen. Die machen sie draußen auf der Terrasse auf einer Matte mit einem riesigen silberfarbenen Ball. Abwechselnd rollen, rutschen, sitzen sie auf dem Ball oder fallen von ihm herunter. Wodurch es für andere nahezu unmöglich ist, sich auf der Terrasse aufzuhalten. Diese Übungen, die Einblick in die tiefsten Winkel des Körpers gestatten, sind mir jedenfalls reichlich peinlich.

Man könnte meinen, dass ich sie mit der Zeit gar nicht mehr sehen würde. Dass es für mich normal oder ganz gleich geworden wäre. Ich weiß. Ich sollte drüber lachen. Stattdessen werde ich rot, wenn mein Vater den Rasen mäht, während die Sonne seinen nackten Hintern bräunt. Ich bekomme eine Gänsehaut, wenn meine Mutter nackt auf dem Sofa sitzt. Ich mag gar nicht daran denken, dass sie nur mit ihrer Haut bekleidet das Mittagessen kochen.

»Doch, ja, sie … äh … du weißt … wie immer … ja«, stottere ich.

»Die sind einfach unglaublich«, sagt Jerry und vertraut mir an, dass er wünschte, seine Eltern würden auch ihre Kleidung fallen lassen.

Ich möchte kein Bild von Jerrys nackten Eltern vor meinem inneren Auge sehen. Also murmle ich etwas und verschließe die Ohren.

14. NICHT GUCKEN

Zu Hause steht die Haustür wie üblich sperrangelweit offen, damit der Sommer das warme Haus gut durchlüften kann. Jerry schmeißt seinen Rucksack in den Flur und wir gehen durch das Haus auf die Terrasse.

»Wir dachten schon, ihr kommt nicht mehr!«, ruft mein Vater von der Hollywoodschaukel aus, auf der er ausgestreckt liegt.

Meine Mutter ist gerade dabei, den Tisch zu decken, und kommt angeeilt, um Jerry in die Arme zu schließen.

Schrecklich nackt.

Auch mein Vater steht auf.

Ohne eine Faser am Leib.

Das ist ein Dingeldiding und ein Schlabber-schlabber.

Nein, eigentlich ist es gar nicht so schlimm. Meine Eltern sind gut durchtrainiert und in Form, dafür, dass sie Mitte vierzig sind. Das liegt sicher an all den Mühen auf der Matte mit dem silberfarbenen Ball. Aber dennoch ist nicht mehr alles so straff wie bei einem Zwanzigjährigen. Es hängt ein bisschen hier und schlabbert ein bisschen da.

Jerry liebt sie und sie lieben Jerry. Aber die Begrüßung selbst ist auch für ihn ein wenig schwierig. Er beugt sich so weit vor, dass nur sein Kopf Kontakt mit ihren Köpfen nimmt.

»Ihr seht gut aus!«, plappert er nervös.

»Findest du?«, antwortet mein Vater und reibt sich über seinen fast flachen Bauch. »Gesundes Essen, keine Kohlenhydrate, ökologischer Lebensstil, du weißt schon.«

Meine Mutter kichert zufrieden, wobei sie mit dem Hintern wackelt, und ich bekomme eine Gänsehaut und schließe für fünf schwindelerregende Sekunden die Augen. »Wir versuchen die gefährlichsten E-Stoffe im Essen zu vermeiden«, sagt sie. »Man ist, was man isst.«

Wir setzen uns und Mutter zeigt auf die Heringszubereitungen in den verschiedenen Geschmacksrichtungen – Gewürzhering, Pfefferhering, Kräuterhering, Knoblauchhering, Curryhering plus plus. Nicht zu vergessen das, was meine Mutter »vegetarischen Hering« nennt, wobei ich nie verstanden habe, was das sein soll. Sie kauft die Heringe im Ganzen, säubert und filetiert sie eigenhändig und legt sie auch selbst ein. Und glaubt daran, dass auch Jerry gerne Hering isst.

Falls doch nicht, ist er zumindest so höflich, dies nicht zuzugeben.

»Herrlich!«, sagt er. »Lecker!«, sagt er. »Ungewöhnlich!«, sagt er und schmatzt und lächelt und spült mit Saft nach und redet über Heringe, als wäre er ein Experte auf diesem Gebiet. »Es sind die Vitamine & Wirkstoffe & all die fantastischen Öle, die diesen Fisch zu dem Gesündesten machen, was man essen kann«, erklärt Jerry. »Habt ihr schon mal drüber nachgedacht, wie es dem Fisch geht, wenn er durchs Wasser schwimmt & all die leckeren Nährstoffe schluckt & uns nur als wackelpuddingartige Formen an der Wasseroberfläche wahrnimmt, & wie er zusammenzuckt, wenn so ein riesiger Holzklotz von einem Kahn über ihm vorbeizieht. Ganz zu schweigen von den Motoren, die gurgeln & Geräusche machen, die für Fischohren bestimmt ganz merkwürdig klingen – aber vielleicht haben sie ja gar keine Ohren & keinen Hörsinn, so wie wir uns das vorstellen – vielleicht hört sich das für sie so an, wie …«

Jerry kann über jedes Thema unendlich lange reden, auch wenn er keine Ahnung davon hat.

»Übrigens haben Bud & ich ein Projekt für diese Woche«, sagt er. »Wir wollen den Riesenhecht fangen. Bud soll mir alles übers Angeln beibringen & zusammen wollen wir den alten Kerl aufs Kreuz legen.«

»Ja, wenn es überhaupt jemand schafft, dann du, Jerry«, lächelt meine Mutter und nippt an ihrem Kaffee.

»Ich habe ein richtig gutes Gefühl. Es wird ja wohl nicht so schwer sein, so einen lächerlichen Fisch zu fangen?«, grinst Jerry. »Und ich verspreche euch, dass wir jeden Tag genügend Fische für eine gute Mahlzeit fangen werden. Und das hier wird uns dabei helfen!« Er wirft Waldens Buch auf den Tisch.

»Das ist ein richtiger Junge!«, stellt mein Vater fest und nimmt das Buch in die Hand. Er wirft meiner Mutter einen begeisterten Blick zu, wobei beide sicher denken: Besteht wohl die Möglichkeit, das Modell Bud gegen das Modell Jerry zu tauschen? Vielleicht bin ich ja paranoid, aber nach dem Feuer in der Schule habe ich das Gefühl, dass meine Eltern ziemlich häufig solche Blicke wechseln.

»Fisch soll gut gegen Orangenhaut an den Oberschenkeln sein«, sagt meine Mutter und will schon aufstehen, um Jerry zu zeigen, dass an ihren Oberschenkeln noch keine Spur von einer Apfelsine zu entdecken ist. Doch da klingelt zum Glück (zu meinem Glück) das Handy meines Vaters. Er springt vom Tisch auf und wirft dabei die Kaffeetasse um, sodass meine Mutter beinahe glühend heißen Kaffee an nicht zu benennende Stellen bekommt. Sie rettet sich, indem sie schnell ihren Stuhl nach hinten schiebt.

Während mein Vater telefoniert, zieht er seine Kreise im Garten. Das ist kein angenehmes Gespräch. Sein Gesicht wird immer röter und die Kreise, die er zieht, werden immer kleiner.

Schließlich legt er auf, kommt zurück, setzt sich mit heruntergezogenen Mundwinkeln und schenkt sich so hastig den Kaffee ein, dass er überschwappt.

»Das waren die Maler«, erklärt er mürrisch. »Sie kommen nicht. Krankheit oder was weiß ich, verdammte Schlitzohren!«

»Was?«, fragt Mutter.

»Ich muss das Haus selbst streichen, Liss.« Vater starrt missmutig unser wettergeplagtes Haus an.

15. VATER UND SCHWIEGERVATER

Das Haus, in dem wir wohnen, ist ein Geschenk. Mein Großvater mütterlicherseits wohnt nämlich auf dem Nachbargrundstück und unser Haus hat er als ein Geschenk für meine Eltern gebaut.

Ein Geschenk mit Beigeschmack.

Mein Großvater ist ein mürrischer, verbissener Mann. Er mochte keinen der Freunde, die meine Mutter hatte. Meinen Vater eingeschlossen. Meine Eltern sind mittlerweile seit achtzehn Jahren verheiratet, aber mein Opa nennt Vater immer noch »den Mann, mit dem Liss verheiratet ist«.

»Hast du keine größeren Ambitionen«, murmelte mein Opa, als meine Mutter das erste Mal meinen Vater mit nach Hause gebracht hat. »Ist der da alles, was du aus deinem Leben machen willst? Der weiß ja nicht einmal ein saftiges Steak zu schätzen! Isst nur so komisches Grünzeug!«

Meinem Großvater gehört die Türfabrik von Tipling, er hat sie aus dem Nichts aufgebaut. Für ihn zählte ein Mann, der sich nur mit Literatur beschäftigte, überhaupt nicht. So einer war für ihn eher ein Spinner. Es nützte nichts, dass mein Vater von Eiern von freilaufenden Hühnern oder von ökologisch gezogenen Tomaten erzählte und dass er meinem Großvater den Ratschlag gab, in der Verbrennungsanlage seiner Fabrik ein Filtersystem einzubauen.

Als mein Großvater mit dem Bau unseres Hauses (das ungewöhnlich viele schöne Türen hat) fertig war, soll er gesagt haben: »Diese jungen Leute wissen ja gar nichts zu schätzen. Sie lassen das Haus bestimmt verfallen und verrotten. So ein Geschenk können sie gar nicht würdigen. Aber jetzt habe ich meinen Teil erledigt, meine Tochter hat ein Dach über dem Kopf. Und so kann ich mit gutem Gewissen schlafen.«

Opa ist, wie wohl hier schon herausgekommen ist, nicht gerade ein Ausbund an Charme. Als ich ihm erzählt habe, dass ich Kfz-Mechaniker werden will, meinte er, das sei das Beste, was in der Familie seit Jahren passiert sei. Doch dann stellte sich heraus, dass er das nicht gesagt hatte, weil er meinte, dass Kfz-Mechaniker ein guter Beruf ist. Ganz im Gegenteil – er war der Meinung, dass es nur der Beweis dafür war, dass alles Negative, was er über meine Eltern vorausgesagt hatte, auch zutraf. Dass zwei verrückte Professoren nichts Besseres als einen albernen Automechaniker zustande bringen konnten, so war die Welt nun einmal konstruiert. Zumindest seiner Meinung nach. Vielen Dank, Opa!

Nun, wie dem auch sei – nach Großvaters mürrischer Rede über die Jugend und das Haus schwor mein Vater, dass er einsame Spitze sein wollte, was die Instandhaltung des Hauses betraf. Und in den ersten Jahren war Vater wirklich ein Fuchs, was Flicken, Reparieren und Streichen betrifft. Aber die letzten Jahre hat er deutlich nachgelassen. Jetzt ist es schon fünf Jahre her, seit er sich das letzte Mal das Haus vorgenommen hat.

Opa lässt fast täglich einen seiner bissigen Kommentare hören. Bis auf die Zeit im Sommer, wenn er in Urlaub ist.

Und deshalb hat Vater die Maler bestellt. Sie sollen die Außenwände streichen, solange Opa weg ist. Das soll eine Überraschung für ihn sein, wenn er am Sonntagabend zurückkommt.

Es ist wichtig für den nachbarschaftlichen Frieden.

Wichtig für Vater.

Daher macht ihn die Absage der Maler jetzt völlig fertig.

16. EIN ANGEBOT, ZU DEM MAN NEIN SAGEN SOLLTE

Wir essen schweigend unsere Heringe. Mutter schlürft fast lautlos ihren Kaffee. Nur die Grashüpfer sind zu hören, die im Gras hocken und ihre zittrige, zarte Melodie zirpen.

»Das geht so nicht«, sagt Jerry plötzlich und stellt sein Glas ab. Alle sehen ihn an, als hätte er gerade vorgeschlagen, dass wir aus Rache Opas Haus anzünden sollen. »Alle haben einen schönen Sommer verdient. Bud! Wir müssen deinem Vater helfen!«

Ich starre Jerry an und erwarte das Schlimmste.

»Ist doch klar, Bud & ich werden das Haus streichen«, sagt Jerry.

»Nein«, piepse ich leise. Doch niemand hört mich.

»Das können wir nicht annehmen«, sagt meine Mutter.

»Nein«, zische ich. Aber wer kann schon eine Mücke hören?

»Aber natürlich«, widerspricht Jerry. »Schließlich komme ich hier jeden Sommer her & esse euch die Haare vom Kopf & zerwühle eure Betten & nutze eure Großzügigkeit. Keine Frage, dass das zurückgezahlt werden muss. Am besten noch mit Zinsen. Deshalb hier mein Angebot, das ihr nicht ablehnen könnt. Ich bin nämlich so etwas wie ein Malermeister. Im Frühling habe ich die Garage meines Vaters gestrichen. Grundierung & zwei Schichten an einem Tag. Davon verstehe ich etwas. Also, was sagt ihr?« Er breitet die Arme aus, als wollte er die ganze Welt umarmen.

»Nun ja …«, erklärt mein Vater. Er hat solch eine Lust, Ja zu sagen, dass es ihm schon wehtut. Wird aber von meiner Mutter, die skeptischer ist, zurückgehalten.

»Aber du hast doch Ferien, Jerry«, sagt sie und streicht ihm über den Arm. »Es ist wichtig, auch die psychische Gesundheit im Auge zu behalten.«

»Ferien? Ach, Ferien, das ist etwas für Weicheier«, erwidert Jerry. »Außerdem bleibt noch genug Zeit für Ferien. Das schaffen Bud & ich so schnell, dass ihr wünschen würdet, ihr hättet noch einen Malerjob in Reserve.«

»Also, was soll's, Liss, wenn er unbedingt möchte, dann wollen wir ihn doch nicht daran hindern«, erklärt mein Vater, sein Lächeln wächst dabei in die Breite und die Höhe. Bis es von einem Ohr zum anderen und von der Stirn bis zum Bauchnabel reicht. (Weiter nach unten mag ich nicht denken.)

»Super!«, ruft Jerry.

»Ich muss mal aufs Klo«, lüge ich resigniert, während der ganze Tisch jubelt und sich über den großzügigen Jerry freut.

17. DER YOGAMEISTER

Ich gehe ins Haus, aber statt auf die Toilette schleiche ich mich aus der Haustür und hinunter in mein eigenes Zimmer. Im Sommer, als der Kampf zwischen mir und meinem Sportlehrer Valen begann, habe ich das Mutigste getan, was ich je in meinem Leben gemacht habe. Ich bin ins Kellergeschoss gezogen. Mehrere Jahre lang haben meine Eltern dort ein Zimmer von dreißig Quadratmetern vermietet, neben der Garage. Aber als die Hypothek abbezahlt war, brauchten sie die Mieteinnahmen nicht mehr. Also habe ich eines Tages im Mai meine Sachen nach unten geschafft, ohne dass sie protestiert haben.

Das war ein Gefühl, als ließe ich einen schweren dunklen Sack in meinem alten Zimmer im ersten Stock liegen und finge noch einmal von vorne an. Obwohl in der Schule alles schieflief, gab es zumindest zu Hause eine Veränderung, und das half.

Jetzt stehe ich in meinem Zimmer und schaue mich um. All meine Dinge. All das Sichere. Der Sessel, auf dem ich immer sitze. Das Bett, in dem ich schlafe. Der Schreibtisch, an dem ich arbeite. Der Computer, an dem ich die Hausaufgaben mache. Der kleine Fernseher, an dem ich »Fat-Burning-Camp« sehen werde.

Meine eigene kleine Welt.

Hier sollten keine ein bis zwei Erdbeben pro Stunde einschlagen.

Ich gehe zu meinem Kleiderschrank. Er ist riesig, vom Boden bis zur Decke mit Schiebetüren und Spiegel. Ich ziehe eine Tür auf und krieche hinein. Ziehe die Tür hinter mir zu. Lehne den Rücken gegen die Schrankwand und hole Luft.

Ich atme das erste Mal in aller Ruhe, seit Jerry vor 90 Minuten angekommen ist.

Atme ein.

Atme aus.

Nicht nur, dass ich bereits engagiert bin, den Riesenhecht zu fangen und auch noch jeden Tag Fisch fürs Mittagessen zu angeln. Jetzt muss ich auch noch das Haus streichen. Und das sind unsere Projekte nach nur anderthalb Stunden.

Jerry ist dieses Mal wahnsinniger als je zuvor. Den Bericht, den ich an Starbokk über das Feuer und Valen schreiben soll, kann ich vergessen.

Es vergeht eine herrliche Ewigkeit, während ich im Schrank sitze. Dunkelheit und Frieden. Ich bin nur vom Geruch meiner eigenen Kleidung umgeben.

»Bud!«, wird draußen gerufen.

Ich komme, denke ich. Komme gleich. Muss nur noch ein bisschen in meiner Dunkelheit sitzen und nach Luft schnappen. Genau wie es der Riesenhecht nach einem langen Tag tut, an dem ihn die Haken an den Kiemen gekitzelt haben. Wenn ich leise bin wie eine Maus oder wie ein Hecht, dann komme ich vielleicht auch davon – dann kriegt mich keiner …

»Bud!«, ruft Jerry ganz in meiner Nähe. Er ist in meinem Zimmer. Mein Magen verkrampft sich. »Nein, hier ist er auch nicht«, ruft er meinen Eltern zu, die draußen sein müssen. Dann schließt er die Tür und verschwindet.

Ich verhalte mich wie ein Hecht, bleibe ruhig.

Ganz ruhig.

Wie erstarrt.

Still.

Stehe nach ein paar Minuten auf und lausche.

Schiebe die Tür zur Seite und schleiche mich aus dem Schrank hinaus.

Lausche, ganz still.

Gehe ans Fenster und schaue hinaus.

Atme zufrieden aus. Ich bin dem hässlichen Haken entkommen.

»Du bist mir ja vielleicht einer, mein lieber Bud«, ertönt es vom Bett.

Ich sterbe drei Tode. Mein Herz wird von siebzehn messerscharfen Haken durchbohrt, bevor ich herumwirbele und einen grinsenden Jerry auf meinem Bett liegen sehe, die Hände hinter dem Kopf verschränkt.

»Du kannst ja viele anschmieren, Bud«, sagt er. »Aber einen Super-Schlaukopf wie mich legst du nicht herein. Du hast es noch faustdicker hinter den Ohren, als man so denkt. Das ist mir schon ein paar Mal aufgefallen, dass Leute, die eigentlich ganz normal wirken, es in Wirklichkeit gar nicht sind. Wir alle haben eine Art Schrank in uns, voll mit merkwürdigen Dingen, von denen die anderen keine Ahnung haben. Das Leben ist so vollgestopft mit unerwarteten Dingen, dass mir ganz schwindlig wird. Das ist, als würde man in den Sternenhimmel starren & versuchen, sich vorzustellen, dass jeder Stern eine eigene Welt verkörpert, um die andere Planeten & Monde kreisen, auf denen genauso merkwürdige Wesen leben wie du und ich. Wesen, die auch in den Himmel starren & all die merkwürdigen Dinge beobachten, & hier bist du, Bud, ein heimlicher Yogameister, der im Kleiderschrank meditiert, wenn du von dem ganzen Genöle & Gemecker genug hast. Aber keine Sorge – ich kann dir versichern, das werden die besten & schönsten Ferien auf der ganzen Welt. Ein bisschen angeln, ein bisschen streichen, sich ein bisschen sonnen, das Leben genießen, während wir es leben …«

»Und was ist mit Selma?«, erinnere ich ihn, während mein Herz zurück in den alten, üblichen Trab fällt.

»Ach ja, Selma«, sagt er verwundert. »Die habe ich für ein paar Sekunden doch tatsächlich vergessen.

Aber Selma, das ist eine Sache für sich. Ein unglaubliches Mädchen. Wollen wir bei ihr vorbeischauen & einfach nur Guten Tag sagen? Ich meine, sie ist so süß, dass ich, sobald ihr Name fällt, nur an Zucker & Honig & Lakritz & Bonbons gleichzeitig denken kann. Es bleiben ja nicht mehr viele Tage, bis sie in dieses Fat-Burning-Camp zieht. Wollen wir nicht …?«

»Aber was ist mit dem Riesenhecht?«, frage ich. »Sollten wir den nicht zuerst fangen?«

»Du bist genial!« Er springt vom Bett, stürzt auf mich zu und drückt mir einen feuchten Kuss auf die Stirn. »Du hast ja so recht, mein lieber Bud. Wir – nein, ich – ich muss mit diesem dicken Monster von Fisch zu ihr gehen, ihn ihr direkt auf den Tisch schmeißen & sagen, hier hast du mich – nun ja, nicht mich natürlich –, aber ich werde das Miststück auf den Tisch werfen & ihr zeigen, dass ich diesen riesigen Fisch nur für sie gefangen habe, & dann wird sie erkennen, was wirklich in mir steckt, & das glaube ich tatsächlich, dass sie das tun wird. Ich meine, wie schwierig kann es denn sein, auf jemanden Eindruck zu machen, wenn man mit einem Fisch, so groß wie ein Haus, ankommt? Ich meine – aber hallo!«

Ich öffne den Schrank und hole die Angelruten heraus.

Es wird höchste Zeit, von hier wegzukommen.

18. ANGELN IN TIPLING

Ich wohne zehn Minuten vom Zentrum von Tipling entfernt, oben auf dem sonnigen Hügel, der von den Leuten das Paradies genannt wird. Um in den Wald zu gelangen, musst du nur weiter hinaufgehen, bis du zu den Bäumen kommst und die Straße zu einem Fußweg wird.

Nach zwanzig Minuten Weg bergauf kommst du auf ein lang gestrecktes, leicht hügeliges Gelände, das Reveheia genannt wird. Kleine Hügel und tiefe Senken wechseln sich in der Landschaft ab. Hier kann man sich schnell verlaufen. Die Hügel ähneln einander und es gibt keine Hinweisschilder, die die Richtung nach Tipling anzeigen.

Aber gestandene Waldbewohner orientieren sich an den Seen. Die achtzehn Waldseen sind durch Flussläufe miteinander verbunden. Das Gelände eignet sich nicht nur für Leute, die angeln wollen, sondern auch für Leute, die mit dem Kanu paddeln gehen.

Der größte Teil des Wassers mündet schließlich im Digern, dem ersten See, zu dem der Weg führt. Woher er seinen Namen hat – Digern bedeutet nämlich der Riesige –, kann ich nicht sagen, weil er der kleinste unter den Seen ist. Beim Digern kriege ich immer so ein ekliges Gefühl, mit seiner dunklen Farbe und den hohen Bäumen, die übers Wasser ragen.

Vom Digern aus führt ein gerader Fluss hinunter nach Tipling. Der heißt – Überraschung! – Tiplingelva, also Tiplingfluss.

Die anderen Seen haben ihre Namen nach der Form

bekommen, der sie ähneln. Es gibt den Korketrekkern, Halvmånen, den Niern oder den Ørnen, also den Korkenzieher, den Halbmond, den Neuner, den Adler und so weiter. Ich selbst habe erst vier bis fünf von ihnen gesehen.

19. EIN SCHWARZER TAG

Mit 99%iger Wahrscheinlichkeit werden wir den Riesenhecht nie fangen. Daher habe ich auch keine große Lust, Jerry dorthin zu schleppen, wo die bekannten Hechtgewässer liegen. Wir gehen nur bis zum ersten See nach dem Digern.

»Was ist denn so schlecht am Digern?«, fragt er, während wir an ihm vorbeilaufen. Er späht über die schwarze Wasserfläche.

»... äh ... es bringt Unglück ... hier zu angeln«, brumme ich und bekomme selbst eine Gänsehaut – und das an einem warmen, hellen Sommertag. Das Wasser ist schwarz und von gekrümmten Schatten bedeckt. Der Digern hat so einen Sog an sich, der mir Angst macht. Einen Sog, der an tote Menschen und Unglück erinnert.

Wir kommen zum Bassenget, dem Bassin. Und der Waldsee sieht wirklich aus wie ein Bassin. Er ist länglich und hat die Form eines Vierecks. Auf allen Seiten führen die Ufer langsam zum Wasser hinunter, als wäre der See aus der Reveheia ausgeschachtet worden.

Ich zeige Jerry, wie man die Angel vorbereitet, spanne die Schnur und befestige den Köder.

Ich setze ihm ein Käppi auf. »Wozu ist das denn gut?«, fragt er.

»Warte nur ab«, antworte ich und wir werfen zum ersten Mal aus. Ich zeige ihm, wie wichtig der Schwerpunkt und das Gleichgewicht sind.

Hebe die Rute und führe sie nach hinten.

Den Finger auf der Spule.

Lasse Rute und Körper nach vorn schnellen.

Gehe sozusagen im Wurf mit.

Sehe, wie der Haken und die Leine weit draußen verschwinden.

Das heißt – Jerrys Leine und Haken sausen nach vorn und treffen mit einem schönen »Splosch« auf die Wasseroberfläche.

Der Haken an meiner Leine dagegen bleibt im Gebüsch hinter uns hängen. Ich muss mich abmühen, ihn loszubekommen.

Nachdem ich Jerry das wenige beigebracht habe, was ich über Angelruten, Leinen und den Wurf weiß, sagt er: »Du kannst so viel, Bud. Ich bin beeindruckt. Da komme ich als eingefleischte Stadtratte an & erfahre tausend Dinge, von denen ich nicht die geringste Ahnung hatte, & mir wird klar, dass das hier eine eigene Welt für sich ist, von der ich bisher nichts wusste – während du ganz ruhig & souverän dastehst & auswirfst, als hättest du dein ganzes Leben lang nichts anderes getan, & das ist einfach toll anzusehen. Du solltest dich selbst sehen! Du bist der Boss, Bud. Und was für ein BOSS! Warum hast du mich bis jetzt noch nie mit auf eine Angeltour genommen?«

Ich genieße den Augenblick und fühle mich tatsächlich ein wenig wie ein Weltmeister, trotz des missglückten Versuchs. Und er hat recht. Wir haben noch nie zusammen geangelt. Irgendwie hatten wir nie die Zeit dafür.

Ich mache einen guten zweiten und dritten Wurf, lande mit dem vierten aber wieder in den Büschen. Knurre, ziehe und zerre. Schließlich muss ich die Leine kappen, weil ich sie nicht herausbekomme.

Währenddessen wirft Jerry. Er holt die Leine ein und wirft erneut. Und er ist gut. Das muss ich zugeben. Das ist nicht nur Anfängerglück. Er ist ein Naturtalent.

Ich befestige einen neuen Köder an der Leine und hole aus.

Aber dieses Mal nimmt der Haken meine Mütze mit ins Wasser.

»Ach so«, sagt Jerry und versucht, nicht zu lachen. »Die Käppis sind dafür da, dass man den Haken nicht in den Nacken kriegt. Genial, Bud! Pass auf, mein Käppi fliegt bestimmt auch gleich hinterher.«

Doch dem ist nicht so.

Jerry ist ein Siegertyp.

Für mich ist und bleibt es ein schwarzer Tag, ganz gleich, wo ich mich auch befinde. Schon mit der E-Mail von Starbokk heute Morgen war dieser Tag zum Scheitern verurteilt.

Kann es noch schlimmer kommen?

Ja, das kann es.

Noch schlimmer.

20. EIN NOCH SCHWÄRZERER TAG

»Hallo!«, ruft es direkt hinter uns und ich bin kurz davor, vor Schreck ins Wasser zu fallen.

Es ist ein Mädchen. Sie ist wohl so achtzehn, neunzehn Jahre alt, mit schwarzem Haar, das sie zu einem Zopf geflochten im Nacken trägt. Sie läuft in so einem kakifarbenen Anzug herum, wie ihn nur die härtesten Waldburschen tragen, und sieht aus, als wäre sie zwischen den Bäumen aufgewachsen. Eine Mischung aus Tarzan und Rambo – in weiblicher Ausgabe. Sie wiegt vielleicht genauso viel wie Selma. Aber die Kilos sind an ganz anderer Stelle platziert. Hier ist die Rede von einem gut durchtrainierten Mädchen. Sie hat solide Bizeps, Trizeps, Schenkel und Waden. Sie sieht aus, als würde sie jeden Morgen zwei Tonnen Gewichte stemmen und anschließend die Hanteln zum Frühstück verspeisen. Sie wirft uns böse Blicke zu.

»Seht ihr nicht, dass das mein Angelplatz ist?« Sie deutet auf etwas hinter uns. Und jetzt entdecke ich ein paar Meter entfernt einen zusammenklappbaren Stuhl mit einem kleinen Beutel und eine Angel, die an einen Baum gelehnt ist.

Mein Tag ist bereits so schwarz, dass ich dazu bereit bin, über fast alles zu streiten. »Nun ja, du hast … äh, du warst ja gerade nicht hier und … äh, hast hier nicht besonders eifrig geangelt«, antworte ich. »Wir sind ja schon seit einer halben Stunde da.«

»Das spielt überhaupt keine Rolle«, erwidert sie. »Das ist mein Platz. Ich bin nur eine Runde gelaufen, um mich aufzuwärmen.« Sie zieht ein Handtuch aus ihrer Tasche und wischt sich den Schweiß ab.

»Kannst du nicht … äh … einfach ein paar Meter weitergehen?« Ich zeige vage in die Richtung.

»Nix da«, erklärt sie entschieden und öffnet ihren Beutel. »Haut ab!«

»Das ist nicht dein Privatsee«, sage ich, überraschend entschlossen.

»Nein, aber ich bin der Profi hier«, erwidert sie und holt eine Dose mit Ködern und ein Messer heraus. »Ich will von euch nicht gestört werden. Amateure machen das Angeln kaputt.«

Was soll ich erwidern? Schnelle Antworten sind nicht gerade meine Stärke.

»Entschuldige, aber wie heißt du?«, fragt Jerry plötzlich.

»Was spielt denn das für eine Rolle?«, erwidert sie misstrauisch, während sich plötzlich ihr Zopf löst und ihr das Haar ins Gesicht fällt.

»Gar keine.« Seine Augen bekommen diesen merkwürdigen Glanz, der nur eins bedeuten kann: Er ist an ihr interessiert.

»Maggie«, antwortet sie und schiebt sich das Haar irritiert zur Seite. »Und wie heißt du?« Sie versucht immer noch, sauer zu sein. Aber ich kenne das. Es fehlt nicht mehr viel, dann kippt sie um. Nur dass sie das selbst noch nicht weiß.

»Jerry«, antwortet er leise.

»Jerry.« Sie lässt sich den Namen wie eine Pastille auf der Zunge zergehen. »Schöner Name.« Schmeckt noch nach und zeigt ein schiefes Lächeln.

»Ich mag deine Art«, sagt Jerry.

»Hm«, antwortet sie. Sie wirft den Kopf zurück, um das Haar wegzubekommen. Und diese Bewegung entlarvt sie. Sie will uns ihr Gesicht zeigen, die Augen, den Mund und den Blick.

Und es scheint, als würde von hier aus eine breite Autobahn geradewegs zum Küssen und Knutschen und zur großen Liebe führen – ein richtiger Highway, auf dem Jerry und Maggie Hand in Hand dem Sonnenuntergang entgegengehen.

Es ist nur noch eine Frage der Zeit.

Derjenige, der Jerry nicht kennt, wird verwirrt sein. Denn was ist mit Selma, die er doch liebt? Die Antwort ist folgende: Jerry ist in der Lage, viele gleichzeitig zu lieben. Sein Herz ist ein großes Haus mit vielen Räumen und Stockwerken. Außerdem ist er fantastisch darin, das zu vergessen, was er vor einer Stunde gesagt hat.

Was mir egal sein könnte.

Aber ausnahmsweise ist es mir nicht egal.

Jetzt ist der Tag noch schwärzer als die Nacht.

Gerade jetzt würde ich am liebsten in meinem Schrank hocken, ohne einen einzigen Gedanken zu denken. Nur ein wenig atmen. Ein und aus.

Genau in diesem Moment würde ich am liebsten in ein schwarzes Loch in der Erde versinken.

21. DAS GEBET DES FETTSACKS

Warum? Der Grund ist, die Liebe hat mich erwischt – flink, wie eine Forelle am Haken hängt. Ausgerechnet mich, der ich nicht einmal geahnt habe, dass die Leine ausgeworfen wurde!

Ich sehe, wie sich ihr Zopf löst und ihr das Haar über die Augen fällt. Sehe die Hand, die es zur Seite schiebt. Und später, wie sie den Kopf zurückwirft, um es wegzubekommen.

Die Liebe schleicht sich heran, während Maggie ganz gewöhnliche Dinge tut.

Mein Herz krampft sich zusammen, als wäre es in allen Kammern von vergifteten Liebeskugeln getroffen worden. Ich weiß, dass ich sie haben will. Ich will Maggie. Ich will sie lieben. Ich will der Ihre sein.

Ich liebe jedes Milligramm ihres kräftigen, schönen Körpers und würde mich am liebsten unter ihm begraben, mich in ihm vertiefen und von ihm umfasst werden.

Gleichzeitig bin ich verzweifelt, da ich weiß, dass dies nie geschehen wird. Nicht, wenn Jerry sich & sein Interesse angemeldet hat. Und schon gar nicht, wenn sie Jerry mag … Was sie offensichtlich tut.

Ich kenne nicht viele Gebete. Aber ich improvisiere eines vom Fleck weg: »Lieber Gott. Ich bete nicht oft. Und nicht viel. Ich weiß, es gibt nicht ein einziges Beispiel dafür, dass ein Fettsack überhaupt etwas Bemerkenswertes in der Weltgeschichte ausgerichtet hat. Aber ich flehe dich an: Lass mich diese Liebe erobern! Jerry kann alle anderen haben. Wenn ich nur Maggie bekomme, bin ich zufrieden. Ich werde dich auch nie wieder nerven. Viele Grüße und amen, Bud.«

22. EIN MIKROSKOP-FISCH

»Okay, Jungs, ihr habt fünf Minuten, um den Fang des Tages einzuholen«, erklärt Maggie, jetzt etwas sanfter. »Länger brauche ich nicht, um mich fertig zu machen.«

Während sie sich mit ihren Angelutensilien auf ihren Stuhl setzt, werfen wir aus, als würde es um Leben und Tod gehen.

»Die Zeit ist bald um«, sagt sie wenige Minuten später. »Jerry, so heißt du doch, oder?«

Jerry dreht sich halb zu ihr um, als es in seiner Rute zuckt. Nicht heftig. Nur so ein winziger Ruck.

Er holt die Leine ein und bald sehen wir seinen Fang. Oder besser gesagt – wenn wir uns anstrengen, können wir seinen Fang sehen.

»Vielleicht habe ich sogar schon mal einen Kleineren gesehen«, sagt Maggie. »Nein, doch nicht. Habe ich nicht.« Ihr Lachen hört sich an wie kleine Perlen.

Jerry studiert den Fisch von allen Seiten. »Ist das wirklich ein Fisch?«, fragt er verwundert. »Guck ihn dir mal bitte an.«

»Tut mir leid, ich habe mein Mikroskop nicht dabei«, lacht Maggie.

»Übrigens – da du doch so ein Waldmensch bist«, nutzt Jerry die Gelegenheit. »Wir sind eigentlich hinter dem Riesenhecht her. Wo würdest du den suchen?«

Maggie schüttelt resigniert den Kopf. »Amateure mit Ambitionen! Der legendäre Riesenhecht, von dem so viele behaupten, sie hätten ihn schon mal gesehen! Doch, ich habe gehört, dass ein Sportangler namens Walden ihn schon mal fast am Haken hatte. Aber ich zweifle dran, dass es den Riesenhecht überhaupt gibt. Schließlich werden mehr Geschichten über Hechte erzählt, als es überhaupt Fische gibt.«

»Aber wenn du einen Tipp abgeben müsstest«, lässt Jerry nicht locker. Eine kräftige blaue Schweißerflamme knistert zwischen ihnen. Ich mag gar nicht hinsehen, drehe mich weg und fummele an der Angeltasche herum.

»Wenn ich einen Tipp geben sollte, dann würde ich den Klo-tjern, den Klauensee, nehmen«, antwortet sie. »Aber da alle Seen hier miteinander verbunden sind, kann der legendäre Hecht ja wandern und sich Gott weiß wo befinden.«

Sie wünscht uns weit weg von ihrem eigenen See. Zum Klo-tjern ist es eine gute Stunde zu laufen – und das ist nur der Hinweg.

Und wer muss dann dahin gehen? Unter anderem ich.

Jerry wird es nicht einmal merken. Sein Mund geht für ihn.

Aber jetzt müssen wir nach Hause.

23. FISCH ZUM MITTAG

»Es gibt Fisch zum Mittag, Leute«, ruft Jerry, als hätte er einen riesigen Fang gemacht.

Er legt die winzige Plötze auf die Küchenanrichte. Die Rede ist von weniger als fünf Zentimetern.

Mein Vater beugt sich hinunter und mustert ihn. »Ist das wirklich ein Fisch?«

»Ja, eine Plötze«, erklärt Jerry weltgewandt und fügt hinzu: »*Rutilus rutilus*, so heißt er auf Lateinisch.« (Das hat er natürlich aus der Liste hinten in Waldens Buch.)

»Meine Güte, was du alles weißt.« Meine Mutter ist beeindruckt. »Heutzutage interessieren sich nicht mehr viele junge Menschen für Latein.«

»Ach, ich liebe Latein geradezu«, antwortet Jerry lässig. »Überhaupt diese ganzen klassischen Dinger – die Griechen, Römer, Gallier & anderen Völker, die eine Sprache gesprochen haben, von der wir heute nur noch träumen können, dass wir sie verstehen. Wenn man bedenkt, was die vor Tausenden von Jahren schon gedacht & geschrieben & philosophiert haben, & das in einer Sprache, die bestimmt mindestens so schwierig war wie unsere heute. Das kann einen geradezu ins Schwitzen bringen. Diese ganze Geschichte, die über diese Erde hinweggefegt ist. All die Völker, die vor uns gelebt haben. All die Schicksale anderer Menschen & all die Geschichten, die sie uns hätten erzählen können. Ist es nicht unglaublich, wenn wir versuchen, uns das vorzustellen? Das ist, wie in den Sternenhimmel zu gucken & zu wissen, dass …« Und damit ist er wieder bei seinen ausführlichen Erklärungen zu Sternen und anderen Planeten.

Ich starre die winzige Plötze an. Der mickrigste Fisch, der jemals in einem See der Reveheia gefangen wurde.

Aber meine Eltern sind begeistert. Zuerst über Jerrys Redefluss. Und dann darüber, dass er es geschafft hat, einen so … so außergewöhnlichen Fisch zu fangen. Das war eine Großtat. Für sie. Denn meine Eltern lieben die Natur. Auch wenn sie selbst nur selten ihren Garten und ihre Terrasse verlassen. Sie finden ihren Fisch, ihr Fleisch, ihr Obst und Gemüse im Supermarkt und würden nie auf die Idee kommen, Jäger und Sammler zu werden. Doch, es kommt schon mal vor, dass sie mit unserem Biodieselauto davontuckern und einen gut ausgeschilderten Wanderweg entlangwandern. Für sie ist Jerrys »Großtat« vergleichbar mit Tarzans täglichem Überlebenskampf im Dschungel. Jetzt starren sie ihn beeindruckt an, während er ein unglaublich scharfes Tapetenmesser nimmt und die kleine Fischleiche filetiert. Die Eingeweide entfernt. Kopf und Flossen abtrennt. Zwei Filets herausschneidet, die er wiederum in zwei Teile teilt – damit alle davon probieren können.

»Wir müssen reichlich Kartoffeln & Gemüse hinzufügen, Leute«, grinst er, während meine Mutter andächtig die vier kleinen Stückchen in die Pfanne legt.

»Na, das wird vielleicht schmecken«, erklärt mein Vater, während der Fisch in der Butter zischt.

»Oh, oh, das wird lecker«, sagt mein Vater, als sich sein Teller mit Gemüse füllt und meine Mutter ein gut durchgebratenes Mikro-Mini-Fischstückchen obendrauf platziert.

»Mmmm, du kannst wirklich leckeren Fisch fangen, Jerry!«, ruft mein Vater aus, kaut auf der Plötze herum und schmatzt, als äßen wir zartes Büffelsteak mit Sahnesauce.

Ich nicke und möchte gern begeistert wirken, aber niemand interessiert sich für mich.

»Übrigens«, sagt mein Vater beim Dessert. »Liss und ich haben noch einmal darüber gesprochen und wir wissen ja, dass du kein ausgebildeter Maler bist, Jerry. Aber wir haben uns überlegt, dass wir – auch wenn du uns angeboten hast, das Haus umsonst zu streichen – das nicht annehmen können. Du bekommst die Hälfte von dem, was die Maler gekriegt hätten.«

»Das ist ein Deal, Georg«, sagt Jerry gespielt männlich und reicht meinem Vater die Hand.

Mein Vater hat eine Träne im Augenwinkel. Er streckt ebenfalls die Hand aus, als wären sie zwei Staatsmänner, die nach einem äußerst kräftezehrenden Weltkrieg ein Friedensabkommen unterzeichnen.

»Gut, hier ist das Geld«, sagt Vater.

»Nein, zuerst müssen wir den Job erledigen«, wendet Jerry ein.

»Ich bestehe darauf«, sagt mein Vater und schiebt ihm das Geld rüber. »Ach ja, natürlich kriegst du auch deinen Anteil.« Er dreht sich zu mir um und reicht mir ein Bündel Scheine.

»Das wird ein Wahnsinnssommer«, sagt Jerry und folgt meinen Eltern ins Wohnzimmer.

Dort bleiben sie sitzen und unterhalten sich den Rest des Abends.

Ich sitze dabei. Sage jedoch nichts. Welchen Sinn hätte das auch?

Um acht Uhr ziehe ich mich zurück, um das Fat-Vorspiel zu sehen, und komme in den Genuss von zwei Minuten und dreißig Sekunden mit einer errötenden, glücklichen Selma, die erzählt, was sie sich vom Leben erhofft und wie glücklich sie ist, dabei sein zu dürfen, und wie sehr sie sich wünscht zu gewinnen.

Jerry hätte sehen sollen, wie hübsch sie ist.

Aber bei ihren Abschlussworten zucke ich zusammen: »Ich möchte gern einen Freund von mir daheim grüßen, dessen Name mit B anfängt. Hätte er mich nicht überredet, es zu wagen, ich hätte mich nie getraut, mich zu melden. Hallo, B! Wenn du jetzt zuguckst – denk dran, man muss etwas wagen, auch du!«

24. BUDS ERSTER BRIEF AN STARBOKK

In der Ruhe nach der Ruhe, die entsteht, nachdem ich das Fernsehprogramm ausgeschaltet habe, erscheint alles schwierig, sowohl zu denken wie auch nicht zu denken. Ich schwebe in einem luftleeren Raum. Ich schwebe wie direkt nach einer Explosion. Treibe voran, ohne zu wissen, wohin es geht.

Als hätte ich ein Zeichen bekommen.

Direkt aus dem Nichts. Direkt an mich gerichtet. Direkt aus dem Bildschirm. Direkt, unerwartet, hart und unbarmherzig und dennoch mit so viel Fürsorge, dass ich ganz gerührt bin. Selma hat mich gegrüßt und mich aufgefordert, etwas zu wagen – via Fernsehen –, das ist fast, als hätte Gott mir seinen Zeigefinger auf die Brust gesetzt und mich gebeten, endlich etwas zu tun. Und wenn es nur eine Kleinigkeit ist.

Und das passiert ausgerechnet mir, wo ich heute Morgen noch das Gefühl hatte, alles wäre verloren und hoffnungslos! Ich habe den Bericht viel zu lange rausgezögert und jetzt, seit Jerry hier ist, erscheint es sowieso unmöglich.

Aber diese Aufforderung von Selma, die wird mein Rettungsring! Ich beschließe, dem Schicksal zu trotzen. Ich will!

Deshalb werde ich ganz verbissen. Und tue etwas, von dem ich nie geglaubt hätte, dass ich es tun werde. Ich schalte den Computer ein, gehe ins E-Mail-Programm, drücke auf das Feld »E-Mail schreiben« und fange an zu tippen.

Das kostet mich einiges. Ich muss mich für die richtigen Worte entscheiden. Der Mann ist trotz allem Psychologe. Wie sehr ich auch versuche, die Dinge zu umschreiben und auszuschmücken, er wird mich durchschauen. Außerdem kennt er die Sache von der anderen Seite – von Valens Seite. Aber ist Valen ehrlich gewesen? Sicher nicht! Ich kann mich an jedes Wort erinnern, das er … gesagt hat. Und so viel habe ich schon kapiert, dass der Witz bei dem Ganzen darin besteht, diesem Psychologen zu zeigen, dass mir der Zusammenhang schon klar ist. Das erscheint wie eine Strafe. Das soll eine Strafe sein. Und das ist eine Strafe. Usw. usw.

An: Herman_Starbokk@schulpsychologischerdienst.tipling
Von: bumartin@ishmaelpost.net
Betreff: Erster Bericht

Ich glaube, es hat damit angefangen, dass alle Sportgeräte weiß lackiert waren. Wir hatten Valen im Sportunterricht und er bestand darauf, dass unsere Körper immer in Bewegung blieben. Er liebt seine Sportgeräte und in diesem Schulhalbjahr hat er sie alle weiß angemalt. »Das bedeutet Reinheit, hochverehrte, desinteressierte Versammlung«, erklärte er. »Eine reine Seele in einem reinen Körper in einem reinen Raum auf reinen, weißen Geräten. Das wird sogar Persönlichkeiten wie euch in die richtige Stimmung versetzen, sodass es euch möglich sein wird, das kleine bisschen Extra zu leisten, durch das eure schlaffen Leiber zu den Adoniskörpern werden, die sie sein sollten. Vorausgesetzt, dass ihr euch überhaupt für derartige Dinge interessiert.«

So hat er geredet. Wort für Wort.

Umständlich und mit vielen Andeutungen, die nichts anderes ausdrücken sollten, als dass wir Idioten seien. Aber ich hatte mich an Valen und seine unfeinen Kommentare über mein Körpergewicht gewöhnt. Ich hatte mich daran gewöhnt, seine Reden zu hören – vielmehr zu überhören. Das waren die Stunden, in denen ich gelernt habe, die Ohren zu verschließen.

Aber da war dieses Weiß. Im Laufe der Winterferien war Valen stundenlang damit beschäftigt gewesen, alle Geräte weiß zu streichen – das Sprungbrett, das Pferd, den Schwebebalken und nicht zuletzt – den Bock. Das war kein gewöhnlicher Sportgeräte-Bock. Das war der Bock aller Böcke. Er hatte nicht einmal die normale Größe. Valen muss für die

Schule von Tipling einen XXL-Bock angeschafft haben. Denn alle hatten Mühe, über diesen Bock zu kommen.

Aber es war das Weiß, das mich provozierte. Dass diese Farbe für etwas Reines und Schönes stehen sollte. Für Frieden, Leben und positive Dinge.

Denn meine Erfahrung mit Sportgeräten entsprach einer vollkommen anderen, sie bereiteten mir die größten Niederlagen in meinem Alltag. Zweimal pro Woche verlor ich gegen die Sportgeräte. Sie waren meine Feinde.

»Versuch es noch einmal, wenn du dich traust«, pflegte Valen zu sagen.

»Los, bring deinen dicken Hintern in Schwung«, pflegte Valen zu sagen.

Doch darum scherte ich mich nicht.

Aber dass die Geräte dastanden und mich weiß angrinsten – das ertrug ich nur schwer.

Ich balancierte, kletterte, hüpfte und sprang schlechter als je zuvor.

Weil sie mich gleichzeitig wütend machten und verzweifeln ließen und noch mehr demütigten als vorher.

Das Weiß verhöhnte mich und erzeugte eine weiße Wut in mir.

So vergingen Januar, Februar, März und April.

Weißer Hohn und weiße Wut.

Weiße Demütigung und weiße Verzweiflung.

Ich schaffte es einfach nicht über den Bock. Alle anderen hatten sich offenbar eine Geheimtechnik angeeignet, die es ihnen ermöglichte, wie die Ziegen über das weiße Monstrum zu springen.

Während ich – während ich gegen den Bock rannte. Ich kollidierte mit dem Bock. Ich schlug mir die Eier am Bock blau. Ich blieb auf dem Bock hängen und ruderte mit den Armen. Ein einziges Mal gelang es mir hochzukommen. Dann musste ich mich aber mit den Armen weiterziehen, um auf die andere Seite zu kommen.

»Was für eine Masse dieser Junge hat!«, sagte Valen.

»Das sieht ja aus, als würde er sich mit dem Bock prügeln, statt zu versuchen, über ihn drüberzuspringen«, sagte Valen.

»Das sieht aus, als hättest du sowohl vorne als auch hinten einen Hintern«, sagte Valen.

Weißer Hohn und weiße Wut.

Im Mai hielt ich es nicht mehr aus.

Wir standen in einer langen Reihe hintereinander, um über meinen ärgsten Feind zu springen – über den weißen Bock. Ich war Nummer drei.

Zuerst sprang Sanner. Und kam drüber. »Prima!«, sagte Valen.

Dann sprang Kent. Und kam drüber. Perfekte Landung. »Schön!«, sagte Valen.

Dann war ich an der Reihe. Aber ich blieb still stehen.

»Nun komm schon. Der beißt nicht«, sagte Valen. »Das traut er sich gar nicht nach all den Prügeln, die du ihm schon verpasst hast.«

Alle lachten, ich blieb still stehen.

»Nun komm, Martin«, sagte Valen. »Zier dich nicht wie ein Mädchen. Alle haben schon mal gesehen, wie du dich blamierst. Das ist doch nichts Neues, dass du beim Bock ein Loser bist.«

Ich blieb ganz ruhig stehen.

Valen kam auf mich zu und dachte, das würde mir Angst machen. Aber da er einen halben Kopf kleiner ist als ich, war es fast komisch, als der kleine Mann zu mir aufschaute und sagte: »Nun sieh zu, dass du springst!«

Ich blieb still stehen und sah ihn lange an, bevor ich antwortete: »Nein.«

Er versuchte, mich zu schieben. Aber ein Floh wie Valen schafft es nicht, mich zu bewegen.

»DU SPRINGST JETZT!«, schrie er.

»Nein«, antwortete ich, immer noch vollkommen ruhig.

Valen drehte mir den Rücken zu, während die anderen Jungs mich verwundert anstarrten. Valen ging ans Fenster und schaute hinaus. Wir sahen, dass er sich zusammenreißen musste, um nicht zu explodieren. Es fehlte nicht viel, und aus seinen Ohren wäre Dampf aufgestiegen.

Dann fasste er offenbar einen Entschluss und drehte sich wieder zu uns um. »Tritt zur Seite, Martin.«

Ich latschte davon.

»Nein! Du bleibst an der Startlinie stehen. Du hast die Aufgabe nicht erfüllt. Und dort bleibst du so lange stehen, bis du es tust.«

Also stand ich da, während Finn, John, Alex und all die anderen einer nach dem anderen sprangen.

Ich stand treu und brav an der Startlinie.

Auch noch, als die anderen zu anderen Geräten gingen.

Valen passte auf. Er achtete darauf, dass ich mich nicht einen Zentimeter vom Strich wegbewegte. Und dort blieb ich stehen, bis die Stunde zu Ende war und er sagte: »Jetzt hast du hoffentlich etwas gelernt, Martin. Nächste Stunde kommst du nicht wieder mit solchen dummen Streichen, nicht wahr?«

Doch seine Hoffnung ging nicht auf.

Mit freundlichen Grüßen

Bud Martin

25. BUDS NÄCHTLICHER AUSFLUG

Ein Schaudern durchläuft meinen Körper. Ich schaffe es nicht, weiter zu berichten. Weiß nicht einmal, ob ich es irgendwann schaffen werde.

Also mache ich Schluss, schicke Starbokk die E-Mail und schalte den Computer aus.

Genau in dem Moment kommt ein gut gelaunter Jerry ins Zimmer. Er will reden, aber ich will nicht. Deshalb redet er, während ich als Antwort nur etwas murmele, und so gucken wir ein paar Stunden fern.

Bis Jerry mitten in einem endlosen Satz einschläft. Ich lege ihm die Decke über die Schultern und sehe auf die Uhr. Es ist fünf nach zwei in der Nacht und ganz Tipling schläft.

Das Einzige, was zu hören ist, das sind die Holztransporter auf der Hauptstraße. Sie dröhnen davon mit ihren Brettern, die hinaus in die Welt sollen, um sie zu verändern.

Ich habe einen Entschluss gefasst!

Ich muss ein paar Kleinigkeiten erledigen, während Jerry hier ist. Sonst werde ich noch total wahnsinnig! Und werde die letzten 3 % Selbstsicherheit auch noch verlieren.

Ich mache einen großen Schritt über die Matratze, auf der das schlafende Plappermaul Jerry Storm zum Laden liegt. Schnappe mir ein T-Shirt und schleiche mich aus dem Zimmer. Ich öffne die Kellertür und trete in die Dunkelheit.

Gehe den Gang entlang, dann nach rechts. Zu dem

hintersten Regal. Hocke mich davor. Wie viele Tage wird Jerry hierbleiben?

Sieben Tage.

Aber tagsüber werde ich nie allein sein.

Es muss also nachts passieren.

Heute ist Montag, am Sonntag fährt er wieder.

Bleiben sechs Nächte.

Ich schnappe mir sechs Flaschenhälse und trage meine Beute aus dem Keller.

Meine nackten Fußsohlen treffen auf das kühle Gras, die Zehen krümmen sich. Mir gefällt das Gefühl von nachtkaltem Gras und der Erde unter meinen Füßen.

Man kann viel über meinen Großvater sagen. Aber Stil hat er. Ich denke an seinen Pavillon. Dort will ich nämlich hin. Ich schleiche mich übers Gras – zu dem Loch in der Hecke – auf das Grundstück meines Großvaters und kann dort bereits den gefliesten Weg erkennen, der zu der Treppe hinauf zum Pavillon führt. Großvater hat sein Gartenhaus nämlich auf eine Kuppe gebaut, sodass er den Blick über die ganze Nachbarschaft hat.

Den Pavillon hat er selbst gezimmert. Aus groben Planken, ohne einen Nagel zu benutzen. Er hat gesägt, geschmirgelt, gebohrt und zum Schluss die ganze Pracht lackiert. Mich erinnert der Pavillon an ein Gebäude in einem japanischen Garten, das ich mal gesehen habe. Einfach und elegant. Es sieht aus, als wäre es aus dem Hügel herausgewachsen, und passt sich ganz der Natur an.

Ich nehme den gefliesten Weg hinauf, bis ich zur

Kuppe komme. Von hier gibt es zwei Wege. Zum einen eine rostige Eisenleiter, die geradewegs nach oben führt, vielleicht sechs, sieben Meter. Das andere ist ein kleiner, mit Steinen befestigter Weg, der im Zickzack den östlichen Teil der Kuppe hinaufführt und nicht so steil ist.

Ich fürchte, ich habe nicht genug Puste, um die Leiter zu erklimmen. Also der Pfad. Nach wenigen Minuten bin ich an dem Satelliten angekommen. So nennt er seinen Pavillon – den Satelliten. Und jetzt – mitten in der Nacht – verstehe ich, woher der Name kommt.

26. NACHTS, WENN DIE STERNE BLINKEN

Hier oben ist ein leichter Hauch des Sommerwinds auf der Haut zu spüren.

Ich sitze da, eine Hand um eine Bierflasche, und schaue mich um. Ich fühle mich wie ein Astronaut, der eine Weltraumrakete in die Nacht hinauslenkt, mit Kurs auf die fernsten Sterne.

Oder ist es eher ein Gefühl, als säße ich mit dem Rücken gegen einen gutmütigen Hund gelehnt, der sich auf der Terrasse zusammengerollt hat?

Ich setze die Flasche an den Mund und trinke Vaters Bier. Es schmeckt bitterer, als ich es gewohnt bin. Ist das altes Bier?

Ich habe das schöne Gefühl, der einzige wache Mensch in ganz Tipling zu sein. Der Einzige, der aufpasst, dass die Welt sich weiterdreht, wie sie soll –

auch in der Nacht. Ich bin der Wachtmeister, der seinen Stärkungstrunk leert, um die Nacht zu überstehen. Gerüstet, um Schurken, Dämonen und Gespenstern zu begegnen.

Ich schaue über die Häuser. Die Nachbarhäuser liegen wie Schafe einer Herde um uns herum – in sicherer Nähe. Sie vertrauen darauf, dass Nachtwächter Bud Ausschau hält. Bereit, einen feindlichen Angriff abzuwehren.

Dahinten liegt das Nachbarhaus, in dem Selma hinter einem offenen Dachfenster schläft. Sie träumt vom Fernsehen, vom Berühmtwerden, von Reichtum und all dem, was es hier nicht gibt. All dem XXL-artigen, das sich nur in so große Worte fassen lässt, dass sie gar keinen Platz in unserem Mund finden.

Wo wohnt Maggie? Ich wünschte, ich wüsste, welches Haus ihrs ist. In welcher Richtung sie wohnt. Und wenn nur der Schornstein herausragte, damit ich ihn sehen und erklären könnte, dass dort das süßeste, aber unerreichbarste Mädchen der Welt lebt.

Das wäre ein Trost.

Stattdessen bin ich Nachtwächter Bud. Was aber auch nicht schlecht ist.

Ich trinke so schnell, dass ich spüre, wie es hinter meinen Schläfen saust. Die Sterne blinken immer wieder und vielleicht sehe ich sogar eine Sternschnuppe.

Ich leere die Flasche und rülpse zufrieden.

Stelle sie auf den Tisch zu den anderen Flaschen.

Aber ich habe wohl zu schnell getrunken. Oder die Welt meint, ich hätte für diesen Tag genug Glück gehabt. Wie dem auch sei – auf jeden Fall verfehle ich den Tisch. Als ich die Flasche loslasse, fällt sie geradewegs auf den Boden und zerbricht mit einem klirrenden Geräusch.

Voller Panik starre ich ins Halbdunkel, mir fallen meine nackten Füße ein. Ich sehe Splitter um meine Beine und befehle mir, ganz still sitzen zu bleiben. Großvater hat nämlich für fast alles eine Lösung. In einer der Bänke liegen Schaufel und Handfeger. Ich strecke mich und versuche, die Füße möglichst nicht zu bewegen, um keinen Zeh in eine kleine Silberscherbe zu bohren. Finde die Sachen und lasse mir reichlich Zeit, alles zur Seite zu fegen, damit ich wieder freie Bahn zum Weg hin habe.

Anschließend verstecke ich die übrigen Flaschen in der Bank, werfe Handfeger und Schaufel hinterher und schleiche mich nach Hause.

»Wahnsinn«, flüstere ich auf dem Heimweg – sonderbar zufrieden mit mir selbst.

Ich lege mich ins Gras und schaue zu den Sternen hoch, die Löcher in die Nachtschwärze stechen. Sie zwinkern mir bling-bling zu und sagen: »Wir sehen dich, Bud. Wir denken an dich. Das ist noch mal gut gegangen.«

Ich wünschte, ich wäre wie Jerry. Ich wünschte, ich müsste nicht mehr die kleine Maus in ihrem Mauseloch sein.

Da kommt mir die Idee, dass ich ja vielleicht tatsächlich mein Mäuseleben loswerden könnte. Ich könnte versuchen, jemand anderes zu sein. Zum Beispiel morgen. Ich kann von Jerry lernen. Wie er zwischen Stimmungen und Persönlichkeiten hin und her springt – und das mehrere Male am Tag.

Morgen werde ich … wer werde ich sein … das Einzige, was mir einfällt, ist »der Dämon aus der Hölle«. Eine zweifelhafte Rolle. Aber vielleicht kann ich ja ein Minidämon sein?

Vielleicht nur ein Mäusedämon?

Ein Mikrodämon … hähä …

»Wahnsinn«, flüstere ich noch ein letztes Mal und schlafe im Gras ein, eingelullt von den Geräuschen der Holztransporter, die Tag und Nacht von hier zu anderen, geheimnisvolleren Orten fahren.

ZITAT AUS: »Henry Walden. Der Fisch meines Lebens. Die Jagd auf den Riesenhecht.«

»Ich bin altmodisch. Das gebe ich gern zu. Deshalb benutze ich eine Bambusstange, die ich vor vielen Jahren für ein Vermögen gekauft habe – eine ›Paradise de Luxe‹. Sie ist handgemacht und besteht aus sechs kleineren Bambusrohren, die in dreieckige Späne zerschnitten und zusammengeleimt wurden. Aus dem besten Cassadybambus aus Südchina.

Nachdem das Material lange getrocknet wurde, wird die Stange zugespitzt und geputzt. Anschließend werden nur die allerbesten Ruten – ungefähr 25 % – ausgesucht und kommen in die ›de-Luxe-Klasse‹. Sie können ein ganzes Leben lang halten.

Die meisten Sportangler begehen den Fehler, dass sie ihre Angelrute auf den Dachboden werfen und sie erst wieder herunterholen, wenn sie das nächste Mal angeln gehen wollen.

Doch so fängst du keinen Fisch wie den Riesenhecht. Nun ja, jeder kann mal Glück haben. Aber jetzt rede ich davon, wie man ganz gezielt seine Chancen verbessern kann, diesen legendären Fisch zu fangen.

Würdest du ein teures Gewehr einfach Wind und Wetter aussetzen und die Patronen unachtsam auf die Erde fallen lassen? Würdest du deinen Rolls-Royce draußen im Schneetreiben parken?

Na also!

Deshalb nehme ich die Angelrute aus ihrem Futteral, sobald ich nach Hause komme. Ich trockne sie nach jedem Angelgang gut ab und hänge sie vorsichtig im Haus drinnen auf – gern im Wohnzimmer –, damit sie in Ruhe durchtrocknen kann.

Wenn die Fischsaison vorbei ist, zerlege ich die Rute in all ihre Einzelteile. Dann hänge ich sie an einem Ort im Haus auf, wo es weder zu trocken noch zu nass ist. Ein feuchter Keller ist der Tod! Jedes Teil wird für sich aufgehängt, mit einem Gewicht, das es nach unten zieht. So wird die Stange den Winter über gerade gezogen.

Eine Angelrute, die feucht oder krumm steht, geht kaputt. Außerdem zeigt sie, dass ihr Besitzer keine Ahnung von der Ernsthaftigkeit des Hechtfangs hat.

Ich beginne diese Jagd, indem ich voller Ehrfurcht meine ›Paradise de Luxe‹ in die Hand nehme und hoch und heilig schwöre, dass ich mit ihr den größten Fisch in Tipling fangen werde. Das ist mein Ausgangspunkt.«

2. PLATTE FORELLE = DIENSTAG

1. ERÖFFNUNG MIT SONNE

Der Dämon aus der Hölle träumt davon, zu einer schönen Morgenstunde aufzuwachen – so gegen halb zehn oder zehn. Ein sanftes Erwachen. Stattdessen wird hart an seiner Schulter gezogen und gezerrt – was ihm im Traum wie der Angriff eines verrückten Hundes vorkommt.

Ich drehe mich um und schlage nach dem Köter.

Ich treffe etwas Weiches und dieses »Etwas« stöhnt. »Auuh!«, sagt es. »Bist du total verrückt geworden?«

Ich rolle herum, um diesem »Etwas« zu entkommen, bekomme aber zu viel Fahrt. Ich habe mich zum Schlafen auf einen Abhang gelegt und rolle direkt in Vaters Johannisbeerbüsche.

Der Dämon landet mit einem kräftigen Rums in den Büschen. Und nicht genug damit, dass mir die Johannisbeeren um die Ohren fliegen. Das Schlimmste ist, dass hier jede Menge Brennnesseln wachsen. So muss es sich anfühlen, wenn man in einem Ameisenhaufen landet! Die ersten Sekunden lang juckt es, als würden Tausende winziger Tierchen langsam über mich hinweglaufen. Doch dann fängt es an, in den Beinen zu brennen und zu stechen. Ich springe schneller in die Höhe, als du sagen kannst: »Neuer Rekord in der Anzahl von Brennnesselblasen!«

Ich sehe, wie Jerry sich krümmt. Er reibt schmerzverzerrt an einer Stelle am Schenkel, die langsam, aber sicher dunkelblau wird. Die Sonne ist noch hinterm Horizont und hat sich noch nicht entschieden, von welcher Zeit wir eigentlich sprechen.

Ich schaue auf die Uhr. Es ist fünf Uhr morgens. Jetzt verstehe ich, warum die Sonne gähnt und zögert aufzustehen.

»Äh … Jerry …? Was machst du … äh, denn da?«, bringe ich mühsam hervor.

»Wir sind nicht zu unserem Vergnügen hier«, erwidert er.

»Nein, sind wir das nicht?« Ich schaue auf meine zermarterten Beine. Sie sehen aus, als wären sie im Krieg gewesen. Aber das passt ja zu einem Dämon.

»Wir wollen doch den Riesenhecht fangen, oder?«, fragt Jerry verärgert und breitet die Arme aus, als hätte ich gerade die dümmste Idiotenfrage auf der ganzen Welt gestellt. »Ich habe es bei Walden nachgelesen. Er schreibt, dass du keine richtig großen Fische später am Tag fangen kannst. Jedenfalls normalerweise nicht. Walden rät allen richtigen Anglern, früh anzufangen. Was außerdem ein unglaubliches Naturerlebnis verspricht. & das dürfen wir uns nicht entgehen lassen. Nicht wahr, Bud?«

»Äh … ich … ich lasse mir das gern entgehen«, muss ich zugeben.

»Quatschkopf!«, sagt Jerry, als hätte ich nichts kapiert. »Sieh zu, dass du dich fertig anziehst. Wir müssen los. Es ist von äußerster Wichtigkeit, ganz ehrlich, dass wir so schnell wie möglich in den Wald & an einen der Seen kommen. Wir wollen uns doch die Chance nicht entgehen lassen, den Hecht zu fangen, nach dem sich schon Tausende von Anglern alle zehn Finger lecken. Genau in diesem Moment tummelt er sich in einem See da oben im Wald & wartet nur darauf, unseren Köder zu schnappen, & kann sich kaum noch zurückhalten bei dem Gedanken, auf dem Mittagstisch deiner wunderbaren & freundlichen Eltern zu landen, die doch Fisch so lieben. Gibt es einen besseren Platz, seine Tage zu beenden, als in dieser Küche?«

Ich könnte mir gut vorstellen, auch Jerry in diesem Moment seine Tage beenden zu lassen. Seine Seele in die Hölle zu schicken. Hier mitten im Garten. Ganz umsonst. Ich würde mir sogar die Mühe machen, seine Leiche unter den Brennnesseln bei den Johannisbeersträuchern zu vergraben. Nur um ein, zwei Stunden weiterschlafen zu können.

»Frühstück«, piepse ich stattdessen wehmütig.

»Wir essen etwas, während wir gehen«, erklärt er gnadenlos und zeigt mir, was er in seinem Rucksack hat: Angelausrüstung, Butterbrote und eine gefüllte Thermoskanne. »Warum hast du auf dem Rasen geschlafen?«

Ich zucke mit den Schultern, aber er kommandiert: »Nun komm schon! Hopp, hopp!« Er zeigt auf den Haufen von Kleidern und Schuhen, der mir gehört.

Ich seufze schwer.

Und komme schwerfällig auf die Beine.

Alles ist mühselig.

Und dieser Morgen ist grausam.

»Sei nicht so ein Weichei.« Er schnürt den Rucksack zu. »Ich gehe jetzt los & dann kommst du gleich hinterher. Oder ist das so schwierig?«

Ich ziehe mich an, schnüre meine Schuhe und sehe Jerrys Rücken den Weg hinaufwandern. Neben meinen Füßen steht der Rucksack. Also ist es mein Job, Packesel zu sein. Was habe ich anderes erwartet?

Ich eile los, hole ihn aber erst ein, als wir schon oben auf der Reveheia sind.

»Was für ein Leben«, sagt Jerry und dreht sich der Sonne zu, die ihre Stirn über den Horizont schiebt und einen Strahl von blassem Morgenlicht herüberschickt. »Spüre es in dir, Bud!«

Ich drehe mich um, blinzle in die Sonne und denke, wie dumm es ist, dass ich das Mückenspray vergessen habe. Denn es besteht eine Wahrscheinlichkeit von 75 %, dass wir von allem möglichen ekligen Kriechzeug gestochen werden. Ich kann mir vorstellen, wie sehr Mückenstiche auf Brennnesselblasen jucken. Zu 95%iger Sicherheit wird es grausam.

»Was erwarten wir eigentlich von unserem Leben?«, fragt Jerry. Ich weiß nicht, ob er mit mir oder mit der Sonne spricht. »Solange wir das hier haben – das alles sehen – die Wärme der Sonne auf dem Körper spüren – hier im Wald stehen & seinen Geruch wahrnehmen & und all die Tiere in ihm – ich glaube, dann brauchen wir sonst nichts auf der Welt. Dann ist es perfekt. Mir fällt nichts ein, was uns fehlen könnte.«

Während er redet, öffne ich das Paket mit den Butterbroten und esse zwei Scheiben. Brot, Käse, Schinken werden zu einer göttlichen Einheit und verhelfen mir dazu, etwas von alldem zu verstehen, was Jerry offenbar fühlt.

Er plappert weiter über die Schönheit des Lebens und ist in seine eigenen Worte verliebt. Ich schaffe es, eine gute Tasse Kaffee zu trinken, während wir unsere Nasen in der Morgensonne wärmen.

»Aber jetzt haben wir einen Fisch zu fangen!«, ruft Jerry plötzlich und eilt weiter den Weg entlang.

2. EIN INTENSIVER AUGENBLICK DES GLÜCKS

Wir kommen am Digern vorbei, der so früh am Morgen noch unheimlicher wirkt. Ein Waldsee für die Toten. Der Dämon aus der Hölle spürt einen schwachen Hauch von vermoderten Knochen beim Vorbeigehen. Einen scharfen Geruch, der in der Nasenspitze beißt.

Wir gehen am Bassenget vorbei und ich meine das Geräusch einer Angelrute zu hören, die Köder und Leine übers Wasser wirft. Das ist sicher Maggie. Wäre Jerry nicht dabei, ich wäre zu ihr gegangen – wenn auch nur, um sie dort stehen zu sehen. Ihr Haar. Ihre Angelrute. Ihre kräftigen Arme …

Jerry hört sie nicht, er redet ununterbrochen.

Wir kommen an See Nummer vier vorbei und gelangen an den fünften See. Die Uhr zeigt Viertel nach sechs, als wir das Ufer des Niern erreichen.

Nach der gestrigen Lektion ist Jerry bereits Weltmeister im Angeln. Ich lasse ihn machen. Vielleicht kann ich ihn ja sich müde angeln lassen – so wie man es mit Kindern macht, die zu viel Süßes gegessen haben – ihn einfach weitermachen lassen, bis er mit seinen Kräften am Ende ist?

Wir werfen und schaffen es, dass sich unsere Haken ineinander verhaken. Wir kommen überein, dass wir mindestens zwanzig Meter voneinander entfernt stehen müssen, um weitere Unfälle zu vermeiden. Ich schnappe mir den Rucksack und verschwinde das Ufer entlang.

Tröste mich mit dem Proviant.

Der dritten und vierten Scheibe Brot.

Versuche einen Wurf und lass mir die Sonne auf den Bauch scheinen.

Alles wird leichter.

Als wäre mein Schädel ein Vogel, der sanft mit seinen Flügeln schlägt. Der Kopf schwebt elegant über den Schultern – schwerelos.

Ich werfe aus, genieße die Sonne und habe das Gefühl, dass alles irgendwie perfekt ist.

Wir sind tief drinnen im Wald und noch dazu mit einem verzwickten Projekt beschäftigt.

Und trotz allem ist es schön.

Körper und Angel gehören zusammen. Hand, Spule, Leine und Schwimmer scheinen wie aus einem Guss – und arbeiten perfekt miteinander.

Der Wald, der See, der große Hecht – der sicher noch schläft und davon träumt, den Sportanglern in die Waden zu beißen – und ich, wir gehören zusammen.

Das ist ein intensiver Moment des Glücks.

Es gibt also doch noch Glück auf dieser Welt. Das hatte ich nach all der Aufregung vor den Sommerferien ganz vergessen.

Ich denke, dass meine nächste Angeltour wieder genau so werden soll – in aller Herrgottsfrühe, mit Proviant und Kaffee im Rucksack. Nur ich, die Stille, der Wald und die Angel.

Der Fang selbst ist nicht wichtig. Nur das Zusammengehören bedeutet etwas.

Die Uhr geht auf sieben zu.

Wir werfen aus und unsere Köder beschreiben einen schönen Bogen nach dem anderen. Ich grinse Jerry zu, er winkt zurück und ausnahmsweise hält er mal die Klappe – denn laut Walden, der Jerrys neue Bibel darstellt, sollst du so wenig Lärm wie möglich beim Angeln machen. Die Fische sind da irgendwie empfindlich.

Und wenn Walden das geschrieben hat, dann stimmt es.

Was mir nur recht ist. Ich kann gut mit der Stille umgehen. Aber als die Uhr die Acht erreicht, sehe ich, dass es mit Jerrys Geduld zu Ende ist. Schon ein Wunder, dass er überhaupt so lange ausgehalten hat.

Gleich wird er etwas über Walden, das Angeln und die Uhrzeit erzählen.

3. EIN SEUFZER EINER ALTEN MAUS

»Walden schreibt, dass die Möglichkeit, einen richtig guten Fisch zu fangen, nach acht Uhr beträchtlich sinkt«, sagt er und zeigt auf seine Uhr.

Damit ist es vorbei. Aber es waren zwei schöne Stunden. Selbst Dämonenmäuse in winzigen Löchern können zwei Gramm Glück erleben.

Ich frage nicht, wie er das Mittagessensproblem lösen will, da wir uns auf der Minusseite befinden, was den Fang betrifft. Das wird ihn auf der Stressskala nur noch weiter nach oben treiben.

Aber vielleicht denkt Jerry ja auch ans Mittagessen, ohne etwas davon zu sagen?

Oder denkt er an Selma? Oder an Maggie?

Sein Mund ist geschlossen wie ein Geschäft nach Ladenschluss.

Wir erleben noch weitere zwanzig Minuten Frieden und ich lasse mich wieder in dieses Glücksgefühl gleiten. Es gibt nur mich, den Wald und den großen Fisch. Mir fällt auf, dass ich mir gar keine Sorgen wegen der Mücken hätte machen müssen. Jede Menge Brennnesselblasen, aber nicht ein Mückenstich.

Wir machen uns auf den Weg zum Bassenget.

»Hör mal!«, sagt Jerry.

»Ich höre nichts«, erwidere ich gleichgültig.

Er macht mir ein Zeichen, dass ich still sein soll. Wir schleichen uns an die Grenze, wo der Wald aufhört und der See anfängt.

Zunächst sehen wir nur eine Angel. Wir schleichen näher heran.

Es ist Maggie.

Heute trägt sie nur T-Shirt und Shorts. Der Waldanzug von gestern liegt ordentlich zusammengelegt auf dem Hocker hinter ihr. Das Haar ist in einem dicken Knoten oben auf dem Kopf zusammengefasst.

»Oi«, seufzt Jerry.

Und ich schließe die Augen. Es tut weh, sie anzusehen. Sie ist einfach so – unglaublich – schön!

Das findet Jerry offenbar auch. Doch dann sagt er: »Guck mal ihren Stil an! Wie sie auswirft! Einholt. Oi, oi.«

Ich habe nicht einen Moment an ihren Angelstil gedacht. Stattdessen habe ich ihren tollen Busen gesehen. Wie ihre Schenkel sich anspannen, wenn sie auswirft. Ich habe ihre muskulösen Oberarme betrachtet und mir vorgestellt, wie sie mich umarmen.

»Aber sie sollte nicht so viel trainieren«, sagt Jerry nüchtern. »Mädchen stehen so viele Muskeln nicht.«

Da bin ich ganz anderer Meinung. Maggie hat nicht ein Gramm zu viel. Sie ist perfekt. Wenn ich mit ihr zusammen wäre, dann wäre ich so ein Typ, der sich auf seinem Lehnstuhl zurücklehnt und voller Stolz seine tolle Freundin anschaut. Garantiert!

Bei diesen Gedanken werde ich gleich deprimiert.

Denn die Wirklichkeit sieht anders aus. Sie mag Jerry. Sie hat mit ihm gesprochen. Mich hat sie kaum angesehen. Nicht einmal nach meinem Namen gefragt. Nicht gesagt, was für einen hübschen Namen ich habe.

Ich setze mich ins Gras, den Rücken gegen einen Baum gelehnt. Starre zunächst in den Himmel. Dann schaue ich Jerry an. Er ist ein Kind. Naiv, leicht und verspielt. Als würde er jede Sekunde die Welt von Neuem entdecken. Jerry ist ein ewiger Vierjähriger.

»Oi!«, sagt er.

»Unglaublich!«, sagt er.

»Fantastisch!«, sagt er.

Der kleine Junge Jerry.

Wer kann einen so intensiv lebensfrohen Vierjährigen nicht mögen? Einer, der immer wieder neue Wunder in der Welt entdeckt und sich darüber freut. Einer, der vor Eifer brennt, vor Freude strahlt und wie eine Silvesterrakete explodiert, wenn er auf etwas Unerwartetes trifft.

Neben ihm sehe ich alt aus.

Eine alte, erschöpfte Dämonenmaus von sechzehn Jahren.

Ich beneide den vierjährigen Jerry, der wie eine Lunte lebt, die auf beiden Seiten brennt. Der die Welt als seinen Kuchen ansieht. Er ist bereit, sich an ihr zu bedienen! Ein Vierjähriger, dem alles in den Schoß fällt, worauf er Lust hat – ganz einfach, weil er so unglaublich glühend brennt, dass man eine Sonnenbrille braucht, wenn man ihm begegnet.

Ich kann Maggie verstehen. Und andere Mädchen. Ich kann meine Eltern verstehen.

Seufz, seufz, seufz von einer alten Maus.

»Oi!«, kommt es von Maggie – wie das Echo auf Jerrys »Oi, oi«.

4. DIE EWIGE JAGD

Sie hat einen Fisch an der Angel. Die Rute biegt sich, es zuckt in der Leine. Der Fisch zieht vom Ufer weg und Maggie lässt ihn gewähren. Das Einzige, was zu hören ist, das ist ein Drrrrrrr von der Spule.

Dann hört der Fisch auf zu ziehen – das Drrrrrrr verschwindet und schnell holt sie die Leine ein. Ringt mit dem Fisch.

Aber der Wasserbewohner denkt gar nicht daran, so schnell aufzugeben.

Er zieht wieder davon. Drrrrrrrr! Mehrere Meter.

Bis er aufhört und sie die Leine erneut einholt.

Das muss ein riesiger Brocken sein da unten im Wasser.

Denn sie kämpft. Selbst die kräftige Maggie muss mit diesem Typen kämpfen, der sich heftig wehrt.

»Vielleicht hat sie ja … den Riesenhecht!«, japst Jerry.

Sie holt die Leine ein, zieht die Rute hoch und zieht den Fisch zu sich heran, aber der versucht auszuweichen, zappelt und schlägt mit dem Schwanz in der Tiefe.

Sie lässt die Rute wieder sinken und holt ein paar Meter ein.

Lässt etwas Leine. Lässt ihre Beute hinausschwimmen und ihre Kräfte vergeuden.

Holt ein.

Der Fisch hält dagegen. Es zieht und zerrt. Die Leine macht mehrere Umdrehungen auf der Wasseroberfläche – wie ein Küchenmixer.

Langsam bugsiert sie ihn in Ufernähe. Sie schnappt sich den Kescher. Dann tritt sie mit einem Fuß ins Wasser.

Holt ein und zieht nach oben.

Das ist ein Kampf zwischen zwei Naturgewalten. Jäger und Tier.

Als sähe man einen Naturfilm und hörte eine Stimme, die die ewige Jagd zwischen dem Jäger und der Beute kommentiert.

Neben mir keucht Jerry. »Guck dir diese Technik an!«, sagt er, als wäre er der Rektor einer Angelschule und verstünde alles von der Angelrutentechnik.

Ich dagegen sehe das schönste Mädchen auf der Welt mit einem riesigen Fisch kämpfen. Ich sehe nur ihren tollen Körper.

Der Fisch durchschneidet mit einem Sprung die Wasseroberfläche.

Er zappelt und Maggie holt ein.

Der Fisch müht sich ab und wehrt sich, während sie ihn ans Ufer zieht. Jetzt ist er müde. Er will nicht aus dem Wasser heraus – und gleichzeitig will er einfach nur aufgeben.

Die Jägerin ist zu stark.

Der Fisch schwimmt um ihre Beine und das ist der Moment, in dem sie mit dem Kescher Schwung holt und ihn fängt. Maggie wirbelt herum und der Fisch landet auf dem Ufer. Ein paar schnelle Griffe mit dem Messer und den Händen und schon hat sie ihn getötet.

Jerry keucht schlimmer als je zuvor, sodass ich fürchte, er könnte einen Anfall bekommen. Sein Kopf ragt so weit durch das Laub hindurch, dass ich ihn zurückziehe. Wir wollen doch wohl nicht entdeckt werden!

»Guck mal, die vielen Fische!«, flüstert Jerry und zeigt nach vorn.

In der Tat – der dicke Fisch landet in einem Fischeimer, aus dem bereits fünf Schwänze hervorschauen – und das sind nicht gerade die Schwänze von irgendwelchen Miniplötzen.

Wir ziehen uns leise auf den Weg zurück. Schauen einander an. »Amateure – wir sind dagegen nur Amateure!«, sagen wir fast im Chor. Und trotten heim.

Bald geht Jerrys Mundwerk wieder wie geschmiert – als hätte sich alles angestaut, das jetzt rausmuss: »Hast du die Würfe gesehen? Stell dir vor, welche Kraft dieses Mädchen hat! Ich hätte sie bitten sollen, mir alles beizubringen, was sie vom Angeln & vom Fischen & von Anglern & allen anderen fantastischen Dingen weiß, die sie hier schon erlebt hat. & nicht einen Moment denkt sie an den Riesenhecht! Aber ich glaube trotzdem, dass sie zu weichem Lakritz wird, sobald ich den Riesenhecht gefangen habe. Schließlich lebt sie für alles, was mit Ruten, Ködern & Leinen zu tun hat. Vielleicht sollte ich mich einfach nur hinter sie setzen & ihr zuschauen.« Er bleibt abrupt stehen und dreht sich zu mir um: »Vergiss das nicht, Bud; das haben wir nur erlebt, weil ich dich zu diesem Abenteuer überredet habe – denn es ist doch ein Abenteuer – nicht wahr, mein Freund?«

Er gibt mir genau eine Sekunde Zeit für eine Antwort.

Erwartet aber gar keine.

Und fährt dann fort. »Das hätte ich mir nie träumen lassen – als ich in meinem kalten & trübsinnigen Heimatort hockte –, dass sich mir hier so ein außergewöhnliches Erlebnis bieten sollte, bei dem einem die Ewigkeit wirklich ins Auge springt – der Anblick von Jäger & Beute, die wir – zumindest die ich – niemals vergessen werde. Es ist von größter Wichtigkeit, so etwas nicht aus dem Gedächtnis zu verlieren. Das hätten wir filmen sollen. & ich meine das ernst, Bud. Filmen!«

Er wirft mir einen ernsthaften Blick zu, als hätte ich ihm widersprochen, und fährt fort, über die Ewigkeit, das Universum und all solche Dinge zu reden, den ganzen Weg nach Hause.

5. WIDERWILLIGER MALERTOLLPATSCH

»Na, heute fangt ihr doch sicher mit dem Haus an«, sagt mein Vater zufrieden, als wir auf der Einfahrt erscheinen. Er steht – wie nicht anders zu erwarten – splitterfasernackt da und jätet das Rosenbeet. »Gibt es heute Fisch?« Mein Vater ist ein entschlossener, praktischer Mann. Gestern hat er gleich nach dem Mittagessen das Biodieselauto genommen, ist davongebraust und hat Farbe, Rollen und Pinsel gekauft. Dazu sogar Maleranzüge. Er hat uns alles bereitgelegt.

»Wir arbeiten daran«, antwortet Jerry. »Wir haben einen Plan am Laufen. Aber mehr können wir noch nicht verraten. Und natürlich gibt es Fisch zum Mittag. Vertraut auf Jerry!«

»Einen Plan?« Ich schüttele den Kopf.

Während Jerry schnell das Thema wechselt, gehe ich ums Haus herum. Und höre noch, wie die beiden ein Gespräch über Gartenblumen und die Vorteile von Rosen beginnen.

In dem harten Morgenlicht wirkt das Haus riesig. Das sind reichlich Quadratmeter.

Und dann die Höhe!

Ich habe Höhenangst. Jerry wird die Wand vom ersten Stock bis hinauf zum Dachgiebel streichen müssen. Bräuchten wir dazu nicht eigentlich ein Gerüst?

Was ist mit Farbspritzern im Gesicht? Ich habe Angst, Farbe in die Augen zu bekommen. Ist das nicht giftig? Kann man blind davon werden?

Dann die Farbdünste – sind die nicht lebensgefährlich? Krebs und all so etwas. Jetzt klinge ich ja schon wie meine Mutter!

Und hat mein Vater nicht über etwas gesprochen, das Lösungsmittel heißt? Das bestimmt schreckliche Krankheiten verursacht.

Mit 49%iger Wahrscheinlichkeit erleiden Menschen, die als Maler arbeiten, so schwere Schäden, dass sie zum Arzt gehen müssen. 2 % sterben. Das habe ich irgendwo gelesen. Was bedeutet, dass wir eine 50:50-Chance haben, dass es übel ausgehen wird.

Und ich bin dazu noch ein Tollpatsch.

Auf der anderen Seite des Hauses unterhalten sich Jerry und mein Vater. Warum machen die sich nie Sorgen? Warum immer nur ich?

»Bud!«, sage ich zu mir selbst. »Du bist kein Tollpatsch! Du bist ein Dämon aus der Hölle!« Trotzdem fühle ich einen Hauch von Panik in der Lunge.

Ich lehne mich an die Hauswand und schließe die Augen. »Ich bin kein Tollpatsch. Ich bin ein Dämon«, flüstere ich und wünsche es mir ganz fest. Lehne meinen Kopf gegen das Regenrohr, das das Regenwasser aus den Dachrinnen die Wand hinunter- und vom Haus wegführt.

»Bitte, ich will kein Tollpatsch mehr …« Doch bevor ich den Satz beendet habe, löst sich das Regenrohr aus seiner Befestigung. Ich meine – wirklich das ganze Rohr – vom Dach bis zum Boden. Ich versuche, es zu halten. Doch das Rohr rutscht mir weg.

Fällt in voller Länge zu Boden. Das gibt einen Knall, dass man es noch im Zentrum von Tipling hören muss.

Zuerst zerschmettert das Rohr nämlich den ganzen Stolz meines Vaters – einen Springbrunnen, der durch Solarzellen gespeist wird. Das ist eine imitierte Marmorfontäne, in der ein rundlicher Engel in ein großes Becken pinkelt. Es ist hässlich, aber mein Vater putzt es jedes Jahr und stellt es immer an der gleichen Stelle im Garten auf.

Dann zerbricht das Rohr das flache Treibhaus, den ganzen Stolz meiner Mutter – ihren ökologischen Kräutergarten.

Wie tollpatschig kann man überhaupt sein? Ein kaputter Springbrunnen und ein zerstörtes Treibhaus. Auf der Erde verstreut liegen zerquetschte Petersilie, Oregano, Paprika, Knoblauch und Rosmarin. Drei Kürbisse sind in elegantem Muster geplatzt, wie um die Katastrophe perfekt zu machen.

Mein Vater und Jerry kommen angelaufen.

»Oh nein«, stöhnt mein Vater. »Unser schönes, gesundes Essen.« Im nächsten Moment starrt er wie gelähmt auf den Springbrunnen. Der Engel hat seinen Kopf verloren. Schockiert öffnet mein Vater seinen Mund und schließt ihn wieder – ungefähr so wie ein Fisch auf dem Land.

»Ist dir was passiert?«, fragt Jerry. »Denk nicht weiter dran. Das wird sich schon regeln.«

Aber natürlich regelt sich das nicht von allein. Jerry ist derjenige, der alles regelt. Er fängt gleich damit an. »Mein Vater & ich, wir hatten auch mal einen Kräutergarten & da war ziemlich viel zu tun, aber meine Güte, das hat ja auch so viel Spaß gemacht. & natürlich hat das höchste Priorität, & wenn wir erst ein bisschen gemalt haben, werden wir das gleich in Ordnung bringen – warte es nur ab. So ein bisschen Tischlerarbeit, das kann ja nicht so schwer sein, nicht wahr?«, erklärt er aufmunternd meiner zweifelnden Mutter.

Sie wirft mir – dem tollpatschigen Bud – einen verletzten, wütenden Blick zu und verschwindet im Haus.

Wir ziehen uns die Malerklamotten an und sehen fast wie Profis aus. Aber als wir die riesigen Farbeimer erblicken, wird sogar Jerry ernst. »Ich glaube, es ist von größter Wichtigkeit, dass wir mit einer der einfachen Wände anfangen«, sagt er. »Dann haben wir das Gefühl, dass wir bereits etwas geschafft haben, & dann können wir danach das Schwere & Große & Schwierige in Angriff nehmen.«

Wir entscheiden uns für die Westwand. Die Wand

zur Terrasse. Denn da gehen ziemlich viele Quadratmeter für Fenster und Schiebetüren drauf. Erst wenn wir mit ihr fertig sind, wollen wir uns die Nordwand vornehmen. Die ist riesig – wie ein Fußballfeld.

Ich arbeite.

Jerry plappert.

Ich male.

Jerry redet über Tischlerarbeiten.

Ich bedecke die Wand mit weißer Farbe.

Jerry rennt ums Haus, um für das Treibhaus Maß zu nehmen.

Ich kippe neue Farbe nach und nehme mir ein Brett nach dem nächsten vor.

Jerry fummelt mit dem Pinsel herum, als wäre das ein Werkzeug für Aliens.

So sind die Ferien mit Jerry immer verlaufen.

»Hallöchen!«, ruft es von der Straße her.

6. EIN JERRY OHNE WORTE

»Wow, habt ihr einen Ferienjob übernommen?«, fragt Selma.

Jerry richtet sich auf wie ein Jagdhund, der Beute gewittert hat.

Er hat alles vergessen, Maggie, das Streichen und mich.

Er sieht nur noch Selma, und sein Blick und sein Kopf und alles, woran er denkt, sind auf sie gerichtet.

Das Einzige, was ihn im Stich lässt, ist sein Mundwerk.

»Hi … äh … hey«, murmelt er und hört sich an wie eine schlechte Kopie der alten Maus Bud.

»Ihr seid aber fleißig«, sagt Selma. »Braucht ihr Hilfe?«

»Ja!«, rufe ich seufzend.

»Nein!«, quakt Jerry. »Wir können dich doch … äh, nicht damit belästigen.«

»Kein Problem«, sagt Selma, packt eine Farbrolle und stellt sich neben mich. »Irgendwie ist er komisch, oder?«, flüstert sie mir zu.

»Das ist halt einer dieser Tage«, erkläre ich vielsagend und hoffe, das beantwortet alle Fragen.

Nun ergreift auch Jerry eine Rolle und zwängt sich zwischen Selma und mich. Schiebt mich geradezu beiseite.

Aber das ist schon in Ordnung.

Ein Tollpatsch muss eben so einiges ertragen.

Ich ziehe mich zurück und tue so, als musterte ich die Wand.

Ich wünschte, ich könnte sagen, dass es flott vorangeht.

Aber das tut es nicht.

Wenn alle drei gearbeitet hätten, dann wären wir schnell vorangekommen. Wenn mindestens zwei von uns dabeigeblieben wären, hätten wir die Wand in zwei Stunden geschafft. Aber wenn Jerry die gleichen zehn Zentimeter immer wieder streicht, während er dabei Selma halbe Silben zumurmelt – die dadurch bei ihrer Arbeit gestört wird und nur zaghafte Striche vollführt –, dann ist das eine Rechenaufgabe, die nicht aufgeht.

Ich ziehe mich resigniert nach rechts zurück. Weg von den Fenstern und der Tür. Fange in der Ecke an, um von den beiden wegzukommen.

In mir brodelt ein merkwürdiges, schmerzhaftes Gefühl. Das Gefühl, allein zu sein. Ich habe 105 einsame Kilo und könnte mir nicht verlorener vorkommen.

Aber woher kommt dieses schmerzhafte Gefühl?

Ich glaube, dass es etwas mit dem Geruch von Mädchen zu tun hat – als Selma ganz dicht neben mir stand, hat dieser Mädchengeruch etwas in mir ausgelöst. Einen Traum, von dem ich wünschte, ich hätte ihn nicht.

7. EIN SCHÖNER TRAUM

Mein Gehirn arbeitet nur mit halber Kraft. Mein Gehirn träumt einen kunterbunten Film, in dem ich Maggie durch den Wald führe. Wir sind fast eins miteinander und spüren beide, dass wir ein Teil von etwas Größerem sind – da sind wir, der Wald, die Fische, die Jagd und alles, was lebt und atmet.

Maggie und ich können unsere Gedanken lesen. Unsere Hände sind wie Hochspannungsleitungen, unsere Finger verschränken sich elektrisch ineinander und senden unsichtbare Signale zwischen unseren Köpfen hin und her, die somit zu einem Kopf werden.

Und wie auf Signal drehen wir uns zueinander und unsere beiden Lippen verschmelzen zu einem Kuss, werden eins. Maggie und ich, wir lehnen uns mit unserem gewaltigen Gewicht gegeneinander. Das ausreichen würde, um einen Planeten zu verschieben – sofern wir das wollen.

Und im Traum wollen wir unbedingt einen Planeten verschieben. Wir finden eine leicht hügelige Wiese mit weißen und gelben Blumen, legen uns hin, küssen uns, unsere Lippen sind vereint, unsere Köpfe sind vereint, unsere Körper sind vereint. Traum-Bud flüstert Worte, von denen er nie geglaubt hat, dass er sie sagen könnte, und bekommt Worte zu hören, die er bisher nur im Film gehört hat.

Und das allein genügt, um einen Planeten zu verschieben. Nicht nur so einen albernen Zentimeter. Sondern zehn Kilometer. Der Himmelskörper hüpft hoch, springt aus seinem Drehpunkt und rollt ins Weltall, wobei er vor Freude jubelt.

Und im Traum knöpfe ich Maggie die Bluse auf, und im Traum erlaubt sie mir das und schaut mir dabei zärtlich in die Augen. Und wünscht sich, dass ich den Planeten, der sie ist, weiter verschiebe, und ich knöpfe weiter und schiebe die Bluse zur Seite. Und nehme eine Brust in die Hand und küsse sie.

Und so rollt und kullert der Planet und verschiebt sich und freut sich.

Wie in einem Traum.

Leider ist es nur ein Traum.

8. LASS MICH NICHT ALLEIN!

Ich lege die Sachen hin, um aufs Klo zu gehen.

»Du willst doch wohl nicht schon aufhören?«, fragt Jerry sofort. »Wir müssen das durchstehen. Das ist dir doch wohl klar?«

»Ich muss nur … aufs … äh … du weißt schon«, antworte ich überrascht.

»Das kann ja wohl noch ein bisschen warten, oder?« Jetzt baut sich ein Jerry auf, wie ich ihn nicht kenne. Er ähnelt einem strengen Vorarbeiter. Oder einem Feldwebel aus Stahl und Titan, der Dynamit zum Frühstück isst und die Rekruten zwingt, alles zu ertragen.

»Schon, aber …« Ich wedele verwirrt mit den Händen, um zu unterstreichen, wie dringend es ist.

»Unglaublich! Du hast eine Blase wie eine Erbse«, sagt er und schaut auf die Uhr, als hätten wir gleich keine Zeit mehr.

Ich verschwinde Richtung Badezimmer. Überlege, ob ich abhauen und mich in den Schrank setzen soll, aber das ist ja kein Versteck mehr. Ich schließe mich auf der Toilette ein und setze mich aufs Klo.

Ich kann mich an einen alten Film erinnern, in dem der Hauptdarsteller nur damit beschäftigt ist, auf der Toilette die Zeitung zu lesen, und sich von nichts aus der Ruhe bringen lässt. Während er auf dem Klo sitzt, fällt der Spiegel herab und das Waschbecken zerbricht. Die Wände um ihn herum stürzen ein und ein Zug fährt dicht neben ihm vorbei. Zwei Autos stoßen hinter ihm zusammen und Menschen flüchten vor einem Löwen.

Der Mann in dem Stummfilm steht auf, zieht seine Hose hoch, will sich die Hände waschen und stellt fest, dass das Waschbecken weg ist. Das verwundert ihn, aber er zuckt mit den Schultern, als wäre das nur etwas merkwürdig. Dann dreht er sich um, um zu spülen, doch in der Zwischenzeit haben zwei Männer die Toilette weggetragen. Er zuckt wieder mit den Schultern, schiebt sich die Zeitung unter den Arm und will die Tür öffnen – die ja auch verschwunden ist – und nun sieht er wirklich verblüfft aus. Dann geht er verwundert die Straße hinunter, durch eine flüchtende, schreiende Menschenmenge, vorbei an Autos, die zusammenstoßen, und Häusern, die in sich zusammenfallen. Und er bleibt stehen und schaut und schaut.

So geht es mir jetzt.

Nur mit einem Unterschied: Ich bemerke das Chaos. Die Welt um mich herum bricht zusammen. Und ich bin machtlos. Außerstande, dem Einhalt zu gebieten. Genau wie der Typ in dem Film wundere ich mich und betrachte alles, lass es jedoch geschehen.

Denn ich weiß, dass Jerry eine Naturgewalt ist, die sich nicht aufhalten lässt. Wie ich ihn vor mir gesehen habe, als ich am Tag zuvor an der Bushaltestelle gewartet habe – ein Riese, eine Flutwelle von einem Jerry.

Noch sechs Tage. Ich frage mich, wie lang sechs Tage eigentlich sein können, als es an der Tür hämmert. »Die Uhr läuft, Bud!«

Feldwebel Jerry hämmert.

Keine Ruhe für Dämonen – nicht einmal auf dem Klo.

»Ich komme«, sage ich und rühre mich nicht.

»Nun mach schon!«, sagt er.

Ich stehe auf und bewege mich, damit es sich anhört, als würde ich mich anziehen. Öffne den Wasserhahn und befeuchte die Finger, um sie dann mit dem Handtuch abzutrocknen. Öffne die Tür und stehe Nasenspitze an Nasenspitze mit Jerry: »Du MUSST mir helfen!«, erklärt er verzweifelt.

Ich habe mich geirrt. Das ist nicht der Feldwebel. Das ist ein verzweifelter Jerry.

»Lass mich nicht mit ihr allein«, flüstert er. »Was soll ich denn SAGEN? Was soll ich denn TUN?«

»Aber …« Deshalb wollte er nicht, dass ich gehe. Jerry hat Angst. Angst und Panik. Eine instabile, gefährliche Kombination.

»Du kennst sie – ich meine Selma – so gut wie deinen eigenen Vater«, sagt er hektisch. »Du weißt, wofür sie sich interessiert & was sie denkt & wer sie ist & worüber man mit ihr reden kann & was sie so macht, wenn sie nicht hier ist, & ob sie mich überhaupt mag, & vielleicht ist sie ja gar nicht scharf auf mich – jedenfalls nicht so, wie ich es mir vorstelle, & das wäre einfach schrecklich & vielleicht gibt es potenzielle Minenfelder, Themen, die man lieber nicht aufgreift …« Er macht eine Pause, um Luft zu holen.

Er ist ganz weiß im Gesicht.

Vielleicht ist das aber auch nur die Wandfarbe?

Dann packt er mich bei den Schultern und starrt

mir ernst in die Augen: »Du musst mir helfen! Du weißt doch auf alles eine Antwort, Bud!« Er zischt und scheint verrückt und wie von Sinnen zu sein.

»Kannst du nicht einfach … äh … sie fragen, was sie will … äh … mit ihrem Leben?«, frage ich. »Sei doch ganz … normal … äh … direkt. Frag sie, warum sie ein Model werden will? Warum sie bei dieser Fernsehserie mitmacht?«

Er denkt nach. Dann schüttelt er resigniert den Kopf. »Du hast leicht reden, Bud Martin. Ich wünschte, ich wäre so wie du. Die Ideen fallen dir in den Schoß wie die Äpfel von einem Baum.«

»Na gut«, sage ich. »Genau. Stimmt schon.« Und dann gehen wir zurück auf die Terrasse, wo Selma alleine vor sich hin arbeitet. Sie hat einen Farbklecks auf der Stirn. Das sieht richtig süß aus.

9. GESCHENKPROBLEME

Ich glaube, Kaffee und Schokolade lösen die meisten Probleme.

Trotz Jerrys verzweifeltem Blick und den mimisch gesprochenen Worten »BLEIB HIER!« koche ich in der Küche eine Kanne Kaffee, zerbreche eine Tafel dunkle Schokolade und lege die Stückchen in eine Schale, hole Tassen, Milch und Würfelzucker.

Rufe nach meinen Eltern, bringe den Kaffee hinaus und decke den Tisch.

Jerry plappert. Er allein hat das Wort. Hält es krampfhaft fest. Aber eigentlich redet er vollkommen unzusammenhängend. Als würde er verzweifelt versuchen, die Stille auszufüllen. Er redet und fragt, ohne eine Antwort zu erwarten. Oder antwortet selbst auf etwas, nach dem niemand gefragt hat.

So habe ich ihn noch nie erlebt.

Ganz im Gegenteil – er hat doch sonst immer alles unter Kontrolle. Aber jetzt ist er ganz rot im Gesicht und schwitzt und stottert, sobald sie ihn ansieht.

»Ach, übrigens«, sagt Selma plötzlich. »Ich gebe Freitag eine Geburtstagsparty. Jerry und du, ihr kommt doch?«

»Meine Güte! Siebzehn Jahre! War das ein Alter!«, sagt mein Vater verträumt.

»Ja, wir … äh … kommen«, antworte ich für Jerry und mich. »Was wünschst du dir denn?«

»Ach, weißt du, Glanz und Glitter, Jungs und alles, was Spaß macht«, antwortet Selma lachend.

»Genau was ich mir auch zu meinem letzten Geburtstag gewünscht habe«, wirft meine Mutter gespielt verbittert ein. »Und habe ich irgendetwas davon gekriegt? Nein!«

»Aber … was … äh … was wünschst du dir nun wirklich?«, frage ich.

»Ich wünsche mir …« Selma macht eine Pause, um die Spannung zu verlängern.

»SAG NICHTS!«, schneidet ihr Jerry das Wort ab.

Und schon ist er wieder in voller Kraft und Lautstärke präsent. Jerry ist ein Mann der Pläne. Der alles organisiert und schafft. Der Riese, die Flutwelle Jerry kann so etwas.

»Ich! Weiß! Genau! Was! Du! Bekommst!«, sagt er

und schafft es dabei, wirklich auf jedes Wort die Betonung zu legen.

Manche haben ein Naturtalent dafür, die Aufmerksamkeit einer Gruppe auf sich zu ziehen. Jetzt weiß ich, dass es so etwas gibt wie den »Sog der Erwartung«. Dieser Sog vibriert in uns – ein lautloses Flüstern, das allen Beteiligten Abenteuer und Spannung verspricht.

Mein Vater, meine Mutter und Selma malen sich Schatzkammern aus, angefüllt mit Edelsteinen und Perlen, Reisen in exotische Länder oder eine romantische Nacht mit einem dunklen, geheimnisvollen Liebhaber.

Ich sehe eher etwas in der Art von einem unerwarteten, unberechenbaren Chaos vor mir.

»Kannst du uns nicht vielleicht einen kleinen Tipp geben?«, fragt mein Vater neugierig.

»Das ist wie mit den Weihnachtsgeschenken, lieber Onkel«, antwortet Jerry. »Man darf nicht vorher schnüffeln oder schon mal fühlen.« Er wendet sich mir zu: »Wollen wir eine kleine Tour ins Zentrum machen?«

»Ich komme mit«, sagt Selma. »Nur um aufzupassen, dass ihr auch die richtige Größe kauft.« Sie grinst.

»Du bleibst hier«, erkläre ich entschlossen.

»Okay. Ist mir sowieso egal, was ihr kauft«, sagt sie gespielt beleidigt. »Hauptsache, es ist teuer!«

Wir ziehen die Maleranzüge aus, winken meinen Eltern zu, die Matte und Trainingsball herausgeholt haben. Mein Vater hat die CD mit den Walgesängen aufgelegt, zu der sie immer bei ihrem Training meditieren. Wir dagegen verlassen den Garten, Selma dicht auf den Fersen.

»Denkt dran, dass es TEUER sein soll!«, ruft sie uns hinterher, setzt sich auf die Bank an der Bushaltestelle und schiebt sich drei Kaugummis in den Mund.

»Was willst du ihr denn kaufen?«, frage ich nach ein paar Minuten.

»Ich? Keine Ahnung«, antwortet Jerry, der doch soeben der Dame grüne Wälder, Abenteuer und andere Träume versprochen hat. »Mir war nur klar, dass sie etwas richtig Schönes braucht. Gibt es etwas richtig Schönes hier in Tipling?«

»Hmm, das ist die Frage«, überlege ich.

»Was willst du kaufen?«, fragt er.

»Glitzer-glitzer«, antworte ich. »Sie liebt Schmuck.«

Und im Laufe von zehn Minuten bin ich zwei Hunderter los. Ein Herz aus Silber, das man um den Hals hängen kann. Ich finde es richtig schön.

Aber Jerry … »Ich weiß nicht so recht«, sagt er. »Es ist irgendwie so billig, etwas zu kaufen. Es müsste etwas sein, das sie nie vergisst – oder etwas, damit sie MICH nie vergisst. Daher ist es auch so wichtig, dass es sich um ein schönes Geschenk handelt. Denk, denk nach, Jerry!« Er schlägt sich mit der Hand an die Stirn. »Ein Geschenk, das geheimnisvoll & spannend riecht. Ein Geschenk, größer als das Leben. Ein Geschenk, das die Fantasie weg von allen bekannten Pfaden lenkt. Ein Geschenk, das …«

»Rosen?«, frage ich.

»Du denkst zu kleinkariert, Bud«, antwortet er.

»Ein Buch?«

»Zu langweilig.«
»Schuhe?«
»Geht's noch schlimmer?«
»Eine Handtasche?«
»Ja, es geht noch schlimmer!«
»Eine CD?«
»Sonst noch was?«
»Ein Schaumbad?«
»Sie ist keine neunzig, Bud!«
»Eine Reise auf die Malediven?«

Er will das mit der Hand abwehren, hält aber plötzlich inne. Wartet zwei Sekunden lang, während die Gänge in seinem Gehirn wechseln. »Da sagst du etwas. Selbst eine Schnecke wie du, Bud, kann mal ein Korn finden. Oder wie auch immer dieses Sprichwort heißt. Sie soll ein ERLEBNIS HABEN: ein Erlebnis, das sie nie vergisst.«

Mir gefällt dieses Wort nicht. Das hört sich verdächtig an, als wäre es mit dem Wort KATASTROPHE verwandt.

Da hören wir ein merkwürdiges Thump-thump-Geräusch.

Wir drehen uns um.

10. BUD IST GEMACHT AUS …

Auf dem Parkplatz vor dem Sportheim steht ein roter Bus, der aussieht, als würde er immer wieder mit dem Kopf gegen eine unsichtbare Mauer fahren. Das ist der Bus der hiesigen Mädchenhandballmannschaft

TIGERS OF TIPLING. Sie sollen auswärts spielen und der Bus ist voll mit Spielerinnen, Trainern und Ausrüstung.

Doch statt loszufahren, macht der Bus nur merkwürdige Bocksprünge. Kommt jedes Mal ein paar Zentimeter voran, bevor er ruckelt und stoppt.

Der Motor brummt und erstirbt.

Erneutes Starten, erneutes Ruckeln, Brummen und Ersterben.

Der Bus hoppelt wie ein Känguru mit schlechten Batterien.

»Da gibt es Probleme«, sagt Jerry. »Fragt sich, ob die überhaupt loskommen.«

»Hm«, nicke ich.

Der Bus macht ein paar letzte Rucke, bevor der Motor absäuft. Der Fahrer und ein Trainer kommen heraus, kratzen sich am Kopf und treten gegen die Reifen. Der Fahrer öffnet die Motorhaube und kratzt sich erneut am Kopf.

»Ist bestimmt nur eine Kleinigkeit. Doch mehr ist nicht nötig, um Pläne platzen zu lassen«, erklärt Jerry. »Eine Bagatelle & das Leben ändert sich. Sie kommen nicht zum Spiel & das bedeutet, dass sie möglicherweise – wobei ich natürlich nicht weiß, wie die Regeln beim Handball so lauten – aber vielleicht wird das Spiel gegen die andere Mannschaft nicht wiederholt, sondern sie verlieren gleich Punkte. Dann steigen sie aus ihrer Liga ab. Das bedeutet, dass mindestens eines der Mädchen zu Hause bleiben wird & vielleicht der ganz großen Liebe begegnet – einem Typen, den sie sonst nie getroffen hätte –, &

schwups ist sie in fünf Jahren schwanger & bekommt ein Mädchen, das die nächste Ministerpräsidentin wird. Eine Person, die die Weltgeschichte verändern wird.«

»Oder aber … äh … vielleicht bekommt sie auch einen Serienmörder«, unterbreche ich ihn.

»Du bist so negativ, Bud«, sagt er verärgert. »Ich würde dich am liebsten schütteln, bis du aufhörst, immer nur das Schlimmste zu sehen. Man sollte dir eine Urkunde für bad vibrations geben. Siehst du nicht unsere Chance? Siehst du nicht, welche Möglichkeiten sich für uns ergeben, dadurch, dass die Mädchen nicht zu ihrem Spiel kommen?«

In diesem Augenblick steigen auch die Spielerinnen aus dem Bus und bilden einen Kreis um ihren Trainer und den Fahrer. Eine aufgeregte Diskussion folgt und das größte der Mädchen – sicher die Mannschaftsleiterin – breitet wütend die Arme aus und hält wohl dem Trainer ein Standpauke über Planung und Bus und Wartung und Verantwortung und so.

»Was für Mädchen!«, ruft Jerry aus. »Sind die nicht süß!«

Und ich gucke und gucke.

Das sind Mädchen verschiedener Größe. Die meisten sind kräftig und groß. Sie sind schön. Ich gebe nur ein Grunzen als Antwort von mir, aber auch mir gefallen diese Mädchen. Sie haben Körper, die du festhalten kannst und spüren. Nicht so kleine fiepsige Körper, die in deiner Hand verschwinden.

»In die da könnte ich mich verlieben«, sagt Jerry

und nickt in Richtung Mannschaftsleiterin. Sie hat die breitesten Schultern. Sie ist fast so groß wie ich, aber deutlich durchtrainierter. Während ich aussehe wie eine Birne, sieht sie aus wie eine Birne, die auf den Kopf gestellt wurde.

»Vielleicht ... äh ... kann ja sein ... äh ... wenn sie nicht loskommen, dass eine NICHT ihre große Liebe trifft ... äh ... da, wo das Spiel stattfinden soll ... äh ... und so weiter«, stammele ich und finde selbst, dass dieser Einfall genial ist.

»Da ist was dran«, nickt Jerry gedankenverloren. »Aber ich habe eine Idee.«

»Äh ... oh ... nein, bitte, keine ... Idee!«, sage ich und höre mich an wie das unsichere Ferkel von Pu der Bär.

»Habe ich ein einziges Mal eine nicht geniale Idee gehabt?«, fragt er mit strengem Blick. Lässt mir aber gar keine Zeit, um zu antworten. »Du wirst jetzt der Held des Tages, Bud. Bist du bereit?«

Ich schüttele nur den Kopf.

»Der Bus ist kaputt«, sagt er und zieht mich zu den Mädchen und dem Fahrer, die jetzt ernsthaft miteinander streiten. »& du bist der Mann, der das in Ordnung bringen kann. Diesen Bus wirst du doch in null Komma null null nichts wieder in Gang bringen. Geh & zeig ihnen, was du draufhast, Bud!«

Wir stehen jetzt direkt hinter den Rücken der hintersten Mädchen. »Ich habe einen Mechaniker hier!«, ruft Jerry.

Ich hätte am liebsten »Nein!« gerufen. Stattdessen zeige ich, woraus ich gebaut bin – ich bin gebaut aus wabbeligem Gelee, flüssigem Kartoffelmus und schlabberigen Waffeln. Ich sage gar nichts.

Habe einfach nur Angst.

11. ARMER BUD

Ich hasse Aufmerksamkeit. Möchte lieber sterben, als dass sich alle Blicke auf mich richten. Dann erstarre ich zu Eis. Dann werde ich zu einer Stoffpuppe, der die Arme fehlen. Dann geben meine Muskeln den Geist auf. Mehr als zwei Blicke auf Bud und er funktioniert nicht mehr.

Armer Bud – ich Armer.

Konfrontiert mit einer Handballmannschaft mit so großen, hübschen Mädchen, sterbe ich. Erlebe den grausamen Moment, den jeder Feigling kennt – ich sterbe, immer und immer wieder. Sterbe und möchte heulen. Sterbe und möchte Jerry umbringen. Sterbe und hyperventiliere fast. Sterbe und spüre, wie mein Körper taub und gefühllos wird.

Ich wünschte, es gäbe etwas, das mir helfen könnte.

Aber das gibt es nicht.

Und nicht genug damit, dass alle mich ansehen, wie ich hier stehe. Ich soll auch noch den Wagen reparieren, während alle zugucken.

Die Sache mit den Autos habe ich bisher fast gar nicht erwähnt. Was seinen Grund hat. Der Entschluss, Kfz-Mechaniker zu werden und in die Kellerwohnung zu ziehen, das sind die einzigen beiden Dinge, die ich jemals durchgesetzt habe.

Ich weiß ja, was meine Eltern von Autos halten. Und von Mechanik und Mechanikern.

Sie reden nie über Autos – über Kupplung, Bremsen, Handbremsen, Motoren und Ölwechsel.

Ich dagegen liebe diese Dinge. Aber ich habe gelernt, den Mund zu halten.

Das ist ein No-Thema.

Das ist ein ganz empfindliches No-Thema.

Es ist fast so privat wie die Liebe. Der Unterschied ist nur, dass du einen Motor anfassen kannst. Während eine Maggie außerhalb meiner Reichweite liegt. Wenn es doch nur ebenso erlaubt wäre, sie anzufassen wie einen Ford, einen Volkswagen, einen Toyota, einen Mitsubishi oder einen alten Buick!

Es gibt viel, was ich lieber täte als das, was Jerry jetzt für mich vorgesehen hat.

Ich meine – all das auf einen Schlag! Das ist, als träfe man auf Sonne, Mond, Sterne und eine oder zwei Galaxien – und das auf einmal!

12. DER HELD DES TAGES

Ich gehe wie ein Schlafwandler auf den Bus zu. Nicht, weil ich Angst habe, an dem Motor etwas falsch zu machen. Ich musste nur das Geräusch des Busses hören und ihn ein paar Sekunden in Aktion sehen, da wusste ich schon, wo das Problem liegt.

Aber ich hätte niemals meine Hilfe angeboten.

Nicht, weil ich nicht helfen will. Aber ihr versteht schon … All das andere … Das ist zu viel für mich.

Der Schlafwandler, der ich bin, guckt sich den Motor an. Wie ich es mir gedacht habe. Ich schaue hinein, schnuppere, kremple die Ärmel hoch und schiebe einen Arm ins Dunkle.

»Seht euch den an«, prahlt Jerry. »Er ist ein Naturtalent. Ich sollte ihn an einen Zirkus ausleihen, damit er da seine Künste vorführen kann. Oder ihn zu einem Quiz über Motoren anmelden. Seht ihn euch an, Mädels!«

Er bringt sie dazu, den Hals zu recken und mich anzustarren, als würde ich gleich ein Kaninchen oder ein Krokodil aus den Tiefen des Motorraums hervorzaubern.

Ich muss so tun, als gäbe es dies alles gar nicht um mich herum. Sonst überlebe ich das hier nicht. Ich tue so, als wäre ich in einem Film, in dem ich in der Werkstatt meines Onkels stehe und an einem alten Fiat herumbastele, während mein Onkel zeigt und erklärt.

Meine Hände tasten sich durch die Tiefe des Motorraums.

Ich weiß, wonach ich suche.

Meine Finger finden den Zapfen und drehen ihn. Drücken den kleinen Hebel nach links.

Dann lege ich mich auf den Boden.

»Warte!«, sagt die Mannschaftsleiterin und holt ein Handtuch. Zieht mich hoch. Wow! Welche Kräfte dieses Mädchen hat!

Jerry hat sie und ihre Muskeln auch bemerkt, ihre Kraft, und ist Feuer und Flamme. Er ist bereit, sich zum dritten Mal innerhalb von zwei Tagen zu verlieben.

Es sieht zu 75 % so aus, dass Jerry in Sachen Mädchen ein geistiger Problemfall ist.

Aber ich springe aus der Wirklichkeit, zurück in meinen Film – in die Werkstatt meines Onkels. Jetzt ist er derjenige, der mir ein Handtuch unterlegt, während ich unter den Bus rutsche. Glücklicherweise ist er so hoch, dass sogar ich – mit meinem Brustkorb, um es genauer zu sagen – die notwendigen Zentimeter unter die Karosserie komme.

Mein Onkel hat sich hingehockt und fragt, wie die Chancen stehen, den Bus wieder in Gang zu bekommen.

Ich grummele etwas als Antwort, so wie es die Werkstattleute tun. Aber mein Onkel versteht, was ich meine, und stört mich nicht weiter.

Hier unter dem Bus bin ich in Sicherheit. Wenn ich den Kopf ein wenig hebe, sehe ich Tausende von Füßen vor meinem sicheren Mauseloch. Doch die anderen sehen mich nicht. Hier unter dem Bus bin ich ein selbstsicherer Dämon aus der Hölle.

Jetzt hebe ich den Blick und schaue mir die Unterseite des Motors an.

Ich sehe, dass ein Kabel lose herunterhängt. Das muss befestigt werden und ich bitte um Werkzeug. Bekomme es ehrfürchtig in die Hand gelegt, eines nach dem anderen – wie ein Gehirnchirurg, der sich das wichtigste Organ des Körpers vornimmt.

Ich löse die Muttern und Schrauben und nehme den Deckel ab. Mache das, was bei einem kranken Motor nötig ist. Prüfe und überprüfe, ziehe leicht an dem Kabel und stelle fest, dass jetzt alles so ist, wie es sein soll. Befestige den Deckel wieder. Ziehe die Schrauben nach.

»Startet mal den Bus – aber bitte nicht losfahren!«, sage ich und sie tun, was ich ihnen sage. Bud – der Gehirnchirurg – gibt seiner Mannschaft Befehle, die sie sklavisch befolgen. Er hat magische Kräfte und Eigenschaften und kann alles heilen!

Der Bus startet und als Allererstes bekomme ich eine Öldusche ins Gesicht und auf die Brust. Im Reflex krümme ich mich zusammen und stoße mit dem Kopf gegen den Unterbau, dass ein falsches C ertönt.

Ich sage etwas, das nur in Werkstätten gesagt wird.

Da draußen zwischen den Füßen wird es still. Die Mannschaftskapitänin schaut herunter und sieht mich da liegen, schwärzer als die Rückseite der Nacht, sie reicht mir etwas, womit ich mein Gesicht abwischen kann.

Ich hatte eines der elementarsten Dinge vergessen. Ich hatte vergessen, die letzte Mutter festzuziehen. Ich sage das, was nur in Werkstätten gesagt wird, noch einmal und ziehe sie fest. Bitte darum, den Bus noch einmal zu starten.

Der Motor läuft, wie er soll. Die Mädchen können hineinspringen, der Fahrer kann seinen Hintern auf den durchgesessenen Sitz schieben. Und die Mannschaft kann losfahren und das Spiel gewinnen.

Ich krieche hervor und ein Seufzer fährt durch die gesamte Versammlung.

13. DER SCHWARZE DÄMON AUS DER HÖLLE

Ich sehe achtzehn verschiedene Variationen von Schock und Verblüffung. Als hätte ich einen Monsterkopf und Reißzähne bekommen.

Ich schaue auf meine Kleidung.

Hmmm … Ziemlich schwarz.

Reichlich schwarz.

Die ganze Vorderseite meines T-Shirts klebt vom Öl und das Schwarze sickert langsam zu meinem Nabel und zu meinem Hosenbund hinunter.

Nicht sehr hübsch!

Ich fasse mir an die Wange und sehe meine Finger an.

Schwarz.

Fasse mir auf die Stirn.

Schwarz.

Nase, Kinn, Hals.

…

Ich wende mich Jerry zu.

Er guckt mich entschuldigend an. »Tut mir leid, Kumpel, aber du siehst aus wie eine Reklame für die schwärzeste Schuhcreme der Welt«, sagt er. »Nein, du siehst sogar noch schlimmer aus. Da ist etwas Rotes & Blaues in all dem Schwarz, was dir einen ekligen, verrückten Ausdruck verleiht. Als kämst du direkt aus der Hölle & wärst bereit, uns alle zu schlachten.«

Womit ich auch das weiß.

Ich – der laut sicherer Quellen der Held des Tages werden sollte – sehe jetzt tatsächlich aus wie ein richtiger Dämon aus der Hölle – wie ein Massenmörder und ein Wahnsinniger.

»Wir müssen los«, sagt die Mannschaftsleiterin. »Vielen Dank für die Hilfe!«, sagt sie leicht in meine Richtung. »Und einen besonderen Dank an dich, der du das alles geregelt hast!«, sagt sie zu Jerry und gibt ihm einen Kuss auf die Wange.

Der eigentliche Held des Tages steht da und tropft vor Öl und anderem Dreck. Und Jerry bekommt alle Küsschen von den süßen Spielerinnen. Das letzte der Mädchen stellt sich auf die Zehenspitzen und küsst Jerry mitten auf den Mund, bevor es grinsend in den Bus springt.

Ich stehe reglos da, erstarrt, gelähmt. Die Arme hängen an den Seiten herunter – so wie du es machst, wenn du möglichst nicht in die Nähe von dir selbst kommen willst. Alle anderen winken, werfen Handküsschen, lächeln. Der Fahrer hupt und sie fahren los, an einen schöneren Ort.

Bis auf den dämonischen Helden des Tages und einen Jerry, der durch die Tausende von Küsschen total aus dem Häuschen ist.

»Was für Ladys. Was du so alles erlebst, Bud«, sagt er mit einem dummen Lächeln. »Komm, lass uns nach Hause gehen.«

Er sieht mich nicht an. Findet das peinlich. Und ich kann ihn gut verstehen.

Ich sehe mein schwarzes Gesicht in einem Schaufenster – schwarz und keine Spur mehr dämonisch. »Was ist mit dem Geschenk, das du kaufen wolltest?«, frage ich mit finsterer Miene.

»Nun komm schon, Bud«, sagt er. »Vergiss es. Das regeln wir später. Jetzt musst du erst einmal nach Hause zu Wasser & Seife kommen, damit alles wieder so wird wie vorher. Übrigens habe ich mir überlegt, dich auszufragen über all das mit Autos & Reparieren & so …«

Ich gehe, als hätte ich ein Ei in der Hose gelegt. Die Kleidung klebt unanständig an meinem Körper. Das Öl dringt in alle Poren.

Ich sterbe tausend jämmerliche Tode, bevor wir zu Hause ankommen.

In mir drinnen ist es schwärzer als die Nacht.

Der Held des Tages ist der Loser des Tages.

Wir kommen zur Bushaltestelle und nicht einmal Selma bringt einen anderen Kommentar zustande als: »Meine Güte! Was habt ihr denn im Zentrum getrieben?«

Mein Blick hält sie von weiteren witzigen Kommentaren ab.

Jerry dagegen bleibt stehen und fängt an zu erzählen. Er hängt an ihr wie eine Fliege an einer Eistüte. Umkreist sie, setzt sich zum Schluss neben sie, redet und schwitzt aufgeregt. Kommt ihr näher und bald zupft er an ihren Haaren und redet von Shampoo und Cremes. Und anderen Dingen, von denen er so tut, als verstünde er etwas davon.

Ich seufze. Hat es einen Sinn hierzubleiben? Ich sollte mich in meinen Schrank setzen, die Tür von innen verschließen und erst wieder herauskommen, wenn alles vorbei ist.

»Geh schon mal vor, Bud, wir kommen hinterher«,

wirft Jerry so dahin, als würde ich für ihn arbeiten. »Wir müssen in zwanzig Minuten los, weißt du. Selma soll mit zum Angeln. Außerdem haben wir deinen Eltern gegenüber ein Versprechen zu halten. Das Mittagessen muss auf den Tisch. Da bleibt keine Zeit zum Trödeln. Hopp, hopp, Kumpel!«

Ich gehe nach Hause.

Das Auto meiner Eltern ist nicht da, mir kommt niemand entgegen.

Der Dämon aus der Hölle steigt unter die Dusche.

Schwärzer als die Nacht.

Stelle mich unter den Duschstrahl.

Der Dämon aus der Hölle starrt sich selbst im Spiegel an.

Immer noch Flecken im Gesicht und Haar.

Wieder unter die Dusche für eine neue Runde.

Schwärzer als die Nacht.

Der Dämon aus der Hölle ist schließlich ganz rot geschrubbt. Aber fleckenfrei.

Ich beschließe, in den Wald zu fliehen. Ich kenne dort eine Hütte, tief drinnen zwischen den Bäumen. Dort kann ich meinen Frieden finden. Und im Herbst wieder herauskommen.

Der Dämon aus der Hölle beschließt, seinen Rucksack zu packen. Ihn mit Proviant zu füllen und in den Wald zu laufen, bevor der Riese Jerry mich zerquetscht.

Da donnert es an die Badezimmertür.

Meine Flucht muss abgeblasen werden. Das steht zu 100 % fest.

14. BIST DU EIFERSÜCHTIG?

Mein Vorschlag, den Fisch für heute zu kaufen, anstatt ihn zu fangen, fällt schlaff wie eine Waffel zu Boden.

»Fisch muss gefangen werden!«, stellt Jerry fest.

»Aber natürlich!«, fügt Selma hinzu, als ob sie das etwas anginge.

Deshalb sind wir 29 Minuten später auf dem Weg den Pfad hinauf nach Reveheia. Ich kann kaum glauben, dass es das zweite Mal am gleichen Tag ist.

Der Tag war schon so lang wie einer von Jerrys Vorträgen.

Ich meine mich noch vom Vormittag daran erinnern zu können, dass ich das Gefühl genossen habe, das der Wald mir gab. Jetzt kommt es mir vor, als wäre das in einem anderen Leben gewesen.

Ich weiß, wohin Jerry will. Er hat Selma im Schlepptau und will zu Maggie, genauso sicher, wie eine Brieftaube ihren Weg nach Hause findet. Sein Gehirn arbeitet auf einem alternativen, nicht nachvollziehbaren Niveau, auf dem das, was für uns andere große Probleme darstellt, gar kein Problem ist. Deshalb lenkt er seine Schritte dorthin, wo Maggie angelt.

Ist sie den ganzen Tag dort gewesen?

Geht sie nie nach Hause?

Es durchfährt mich ein Stoß von Verliebtsein, als ich sehe, wie sie ihre Muskeln beim Werfen anspannt.

Jerry, Selma und ich suchen uns eine Stelle fünfzig Meter entfernt. Aber selbst auf diese Entfernung hin können wir spüren, dass es Maggie nicht gefällt, dass wir hier sind.

»Ich werde mit ihr reden«, bietet Jerry an, rennt zu ihr und fängt an zu plappern.

Angel, Leine, Haken. Ich bringe Selma sorgfältig das wenige bei, was ich weiß. Und bald werfen wir beide unsere Köder aus und lassen den Schwimmer auf der Wasseroberfläche treiben – am Haken die Hoffnung aufgespießt.

»Worüber reden die denn so lange?«, fragte Selma missmutig.

Ich schiele zu Maggie und Jerry hinüber, Jerry grinst. Maggie schlägt sich auf die Schenkel und lacht laut. Ihr Lachen rollt wie ein ferner Donner über das Wasser.

»Hmm«, sage ich.

»Genau«, sagt sie verschmitzt.

»Was?«, frage ich verwirrt.

»Bud ist eifersüchtig«, sagt sie.

»Halt den Mund!«, belle ich. »Spinnst du?«

»Immer mit der Ruhe«, erwidert sie. »Ich kann ja verstehen, dass es blöd ist, wenn dein bester Freund dich total vergisst und sich nur noch um das Mädchen kümmert, in das er verliebt ist. Da würde ich mir auch fast wünschen, dass sich jemand in mich verliebt. Und dass ich einen so guten Freund hätte.«

Man könnte durchaus glauben, dass es so zusammenhängt.

Aber die Welt besteht nun mal zu 99 % aus Missverständnissen, der Rest ist Zufall. Das ist Buds Weisheit in Reinkultur. Doch es passt dem Dämon aus der

Hölle ausgezeichnet, dass niemand seine Gefühle für Maggie durchschaut hat.

Und es ist nur gut, dass Selma nicht begriffen hat, dass Jerry in sie verliebt ist. Weniger gut ist es, dass Selma nicht begriffen hat, dass ihr allerbester Freund neben ihr steht.

15. BUD AN DER LANGEN LEINE

Unser Angelabenteuer wird zu einer merkwürdigen Show.

Jerry ist ein Magnet, der ständig den Pol wechselt.

Er redet lange mit Maggie. Sie finden einen gemeinsamen Ton. Es zerschneidet mir das Herz wie ein Angriff mit sieben Messern. Ich mag nicht einmal die Sandwichs essen, die ich geschmiert habe. Fünf mit Schinken und Käse. Fünf mit Hähnchen in Curry.

Doch dann – ungefähr so, als wäre ein Gong im Wald ertönt und hätte signalisiert, dass die Runde vorbei ist – kommt er zu uns gerannt. Hektisch. Atemlos. Selma grinst, sagt jedoch nichts. Ich starre ihn ernst und möglicherweise wütend an.

Vielleicht begreift sogar Jerry – mitten in seinem eigenen Durcheinander –, dass es da etwas gibt, was ich nicht mag. Er versucht, überfreundlich zu sein. »So, jetzt läuft es, mein Lieber, Bud, der beste aller meiner Freunde. Wie schön, dass du die Stellung gehalten hast. Was würde ich nur ohne dich machen? Alles ist unter Kontrolle. Ich glaube, es ist von äußerster Wichtigkeit, dass wir unsere Charmeoffensive gegenüber Maggie fortsetzen. Ich habe es geschafft, sie zu besänftigen, & jetzt ist es in Ordnung für sie, dass wir hier angeln. Anfangs wollte sie uns vorschreiben, wo wir unsere Angeln auswerfen dürfen. Ganz zu schweigen von den Haken. Was für ein Temperament dieses Mädchen hat! Übrigens ist sie gerade erst nach Tipling gezogen. Vor vierzehn Tagen. Jetzt müssen wir dafür sorgen, dass sie einen guten Eindruck von der Lokalbevölkerung bekommt.«

(Was erklärt, warum ich sie hier oben noch nie zuvor gesehen habe.)

Dann bemerkt Jerry, dass Selma neben uns steht.

Die süße Selma, in die er auch verliebt ist. Und ihm fällt ein, dass sie der Grund ist, warum er zu uns zurückgekommen ist – schließlich wird er ja auch von Selma angezogen. Der Magnet in ihm ändert den Pol um 180 Grad und bald hat er nur noch sie im Blick. Seine Gehirnzellen laden alles über Selma. Und er wird ganz aufgedreht von dem Gespräch mit ihr.

Es gibt viel, was ich bei Jerry nicht verstehe. Und das ist jetzt so ein Augenblick.

Ich begreife nicht, wie sein Körper überhaupt Platz hat für all diese unglaubliche Energie, die nach allen Seiten ausströmt. Die ständig wechselt zwischen Rastlosigkeit, Unruhe, Zielstrebigkeit und Chaos. Ich begreife diesen Jerry einfach nicht, der tausend Jerrys sein kann. Jerry, der wie ein Vulkan ist, der zwischen Ausbruch und Ruhezustand wechselt. Jerry, der traurig sein kann, manisch, verdammt cool oder vollkommen erledigt – und das Ganze im Laufe von nur einer Stunde.

Jetzt schwitzt er und müht sich ab und redet mit Selma und sein Gehirn schmiedet hundert kleine, verzwickte Pläne, wie er sie rumkriegen kann.

Und dann kommt es ganz unerwartet: »Bud, ich denke, du solltest mal rübergehen & mit Maggie reden. Wir müssen aufpassen, dass sie nicht sauer wird. Schenke einem Neuankömmling eine kräftige Dosis der guten alten Gastfreundschaft von Tipling. Na los, Bud!«

Ich bin kein Jerry-Magnet.

Ich bin stattdessen 105 zitternde Kilo, die eine Scheißangst vor dem süßen Mädchen dahinten haben, das gerade jetzt einen zappelnden Fisch an Land zieht. Sie tötet ihn schnell und sicher, direkt vor unseren Augen.

»Beeil dich, Bud«, sagt Jerry verärgert. »Das kann doch nicht so schwer sein, mit ihr zu reden. Maggie ist cool.«

»Ich muss …«, sage ich, ohne zu ahnen, was ich muss.

»Ja, ich denke, du solltest zu ihr gehen«, sagt Selma.

Selma hat einen merkwürdigen Glanz in den Augen. Der in mehreren Farben blitzt und blinkt. Etwas, das die Spur eines Traums in sich trägt. Etwas von einem Regenbogen und anderem, nicht Benennbarem.

Selma ist Jerry verfallen. Sie hat vergessen, dass sie einen Tom-Darter-Typ beim Fernsehen finden wollte.

Die Probleme türmen sich haushoch. Zuerst weiß ich gar nicht, warum ich mich eigentlich um sie kümmern soll. Doch dann fällt mir ein, dass ich ja hier in Tipling bleiben werde, auch wenn der Wirbelwind, der Riese, die Flutwelle Jerry sich wieder nach Angler zurückgezogen haben wird. Eventuelle Probleme werden an mir hängen bleiben. Das ist faktisch – nach den Erfahrungen aus früheren Sommern – zu 100 % sicher.

Ohne weitere Einwände trotte ich hinüber zu Maggie und gucke mir ihren Fisch an. »Äh … äh … hübsch …«, äußere ich mich intelligent und nicke der Fischleiche zu.

»Äh … ja«, antwortet sie. Ebenso intelligent wie ich.

»Sind es noch mehr …?«, frage ich, obwohl ihr Eimer voll ist von den Wasserbewohnern.

»Nee … doch …« Sie wirkt unzufrieden.

»Schöne … äh … Fische.« Ich werde das Stottern nicht los.

»Ja, ja … äh … schon«, antwortet sie.

Ein Gespräch ist nicht gerade unsere stärkste Seite. Wir halten lieber den Mund.

Ich sehe ihren Arm an – ihren schönen braunen Arm –, während sie wieder auswirft.

Ich schiele verstohlen auf ihren Po, ihren Busen, das Haar, die Wange und denke jede Menge Gedanken, die wie kleine Sardinen herumwimmeln.

Ich weiß nicht, wie lange ich so dastehe. Aber ich wache davon auf – als hätte ich geschlafen –, dass Jerry mich in die Seite stößt. »He, alter Gauner!«, sagt er. »Hier stehst du also & redest die arme Maggie um Kopf & Kragen! Ihr müssen die Ohren ja schon klingen! Du musst dich ein bisschen zurückhalten, Bud. Das geht nicht, einfach immer nur kopflos drauflosrennen & erwarten, dass die Leute weiterhin höflich bleiben. & ich denke, Selma wird dahinten ziemlich einsam. Kannst du sie nicht ein wenig mit ein paar Angelgeschichten aufmuntern?«

Ich werde an einer langen Leine zwischen Selma und Maggie befestigt.

Ich trotte ohne Protest hinüber zu Selma und höre nur noch, wie Jerry zu Maggie sagt: »Du, dieser Riesenhecht. Darüber würde ich gern was wissen …«

Sobald ich mich selbst neben Selma geparkt habe, sagt diese sauer: »Worüber REDEN die eigentlich so lange?«

Ich seufze und hole Sandwich Nummer eins, zwei und drei heraus. Schiebe sie mir hinter die Kiemen und füttere die Maschine.

Gebe Selma Sandwich Nummer vier, aber sie lehnt dankend ab und murmelt etwas vom Fat-Camp, in das sie ziehen wird.

Wir schielen beide zu Jerry und Maggie hinüber. Die quatschen im 100-Kilometer-pro-Stunde-Tempo. Das ist kein zähes Gespräch mit Räuspern und vielen »Ähs«. Jerry ist total auf Maggie konzentriert und hat Selma vergessen. Sie wird neben mir immer saurer.

»Was MACHEN die da?!«, zischt sie.

Ich seufze und konzentriere mich auf Sandwich Nummer vier, fünf und sechs.

Und bald ist Jerry zurück.

Selma wird gleich wieder sanft, während er nur SELMA, SELMA, SELMA sieht.

»Könnte ich dich um einen kleinen Gefallen bitten, Bud?«, fragt er und ich gebe als Antwort nur einen Seufzer, stehe auf und gehe zu Maggie. Er redet zu meinem Rücken, während ich mich schon entferne: »Maggie wollte so gern wissen, welche Blinker du benutzt. Da ich kein Experte bin & du fast alles weißt, habe ich gedacht, dass lieber du darauf antwortest. Bud kann mit dem Mädchen in einer Sprache sprechen, die es versteht, habe ich gedacht. Ihr seid ja geradezu Zwillingsseelen. Geh zu ihr, Bud. Sie wartet auf eine Antwort.«

Auch dieses Mal bekommen wir kein Diplom für Redekünste. Es bleibt in erster Linie bei »schöne Fische« und »feine Fische«. Der Blinker wird nicht erwähnt.

Ich bin am besten darin, den Mund zu halten. Maggie auch.

Zehn Minuten später bin ich zurück bei Selma.

Und dann zwanzig Minuten später bei Maggie.

»Gehst du … äh … auf die MOTO-Show …?, bringt sie mit Mühe hervor. »Morgen?«

»Hä? MOTO-Show? Wie meinst du das?«, erwidere ich und glaube, dass sie sich bestimmt im Datum geirrt hat. Sonst hätte ich doch davon gehört.

»Ach … nichts«, sagt sie und damit ist unser Gespräch beendet.

Wir schauen auf das Wasser und die Leine, die Striche auf die Oberfläche malt.

Denken an die Fische, die sich unten in der Tiefe tummeln und hinauf zu all dem Spannenden schielen, mit dem wir sie locken. Was diese Wasserbewohner wohl denken? Wissen sie, dass das eine Falle ist? Ist das der Grund, dass sie nicht anbeißen? Angler haben sich seit Tausenden von Jahren schlaue Gedanken über die Haken gemacht. Das ist eine ganze Wissenschaft. Trotzdem hat noch keiner den perfekten Haken erfunden.

Zwei Stunden lang sind wir schon hier.

Hin und zurück werde ich gescheucht.

Ich sollte mir einen Schrittzähler zulegen. So oft bin ich von dem zweifach verliebten Jerry hin- und hergejagt worden.

Übrigens hat nur Maggie Fische gefangen.

Sie zieht sie aus dem Wasser, als hätte sie ein Fisch-Abo abgeschlossen.

Bis …

16. DER FANG DES TAGES

Ich habe kein Anglerglück. Heute nicht. Sofern ich überhaupt zum Angeln komme. Denn Jerry schickt mich die ganze Zeit an der langen Leine hin und her. Trotzdem gelingt es mir, einen Köder zu verlieren, der an irgendetwas hängen bleibt. Davon abgesehen, besteht mein Fang aus grünen Büscheln vom Grund des Waldsees.

Jerry hat nur ein einziges Mal die Angel ausgeworfen. Er ist viel zu sehr damit beschäftigt, seine Liebesmaschine am Laufen zu halten.

Da zuckt es in Selmas Angel.

»Oi!«, ruft sie, dass es übers Wasser hallt. »OI, OI, OI!«

Es zieht und zerrt und ich will ihr dabei helfen, den Fisch einzuholen. Aber sie wehrt sich. »Das kriege ich schon hin!«, sagt sie atemlos.

Sogar Jerry hat bemerkt, was da passiert, und kommt angerannt. Sie schiebt ihn weg, als er versucht, ihr die Angel abzunehmen. Das ist ihre erste Angeltour und sie ist diejenige, die einen Fisch gefangen hat! Ist doch klar, dass sie das auch zu Ende bringen will!

Also gucken wir nur zu und geben ihr zweifelhafte Ratschläge, während sie Leine gibt, wieder einholt und mit dem Fisch kämpft.

Im Hintergrund lacht Maggie laut über uns.

Plötzlich hebt Selma die Angel hoch und der Fisch kommt auf uns zugesegelt. Jerry und ich, wir greifen beide nach ihm. Aber er rutscht uns aus den Händen.

Wir haben so viel Fahrt, dass wir zusammenstoßen, während der Fisch nach links abdriftet. Unsere Köpfe donnern in einem ekligen, dumpfen Knall gegeneinander und wir sehen Sternenangler und Planetenwobbler in den grellsten Farben.

Wir sinken in die Knie und hören aus der Ferne Selmas warnenden Ruf, während der Fisch zurückkommt. Er trifft Jerry genau am Kopf, woraufhin dieser schräg zu Boden geht.

Ich sehe neue intergalaktische Wobbler, Blinker, Schleppangeln und Schwimmer, die vor meinen Augen vorbeisausen.

Ich meine, Selmas Fisch zu sehen.

Ich stehe auf und greife nach ihm.

Fange nur Luft.

Doch dann wird mir so schwindlig und ich verliere mich im Traumland, dass ich mich hinsetzen muss.

Ich lasse mich auf einen Stein fallen und hoffe, dass

mein Po das aushält. Der Stein erscheint merkwürdig weich und bequem und ich denke, dass ich es hier eine ganze Weile aushalten kann.

Ich stütze den Kopf in die Hände, um den letzten Rest von Sternschnuppen loszuwerden. Da zerrt Selma an meinem Arm. »Bud!«, ruft sie mehrere Male.

»Ja …?«, antworte ich, nur zu 20 % anwesend.

»Kannst du mal aufstehen?«, fragt sie.

»Wo ist denn der Fisch geblieben?«, fragte ich verwirrt. Sehe, wie Jerry mich resigniert anstarrt. Und Maggie, die sich auf den Boden hat fallen lassen und sich den Bauch hält, während sie prustet und lacht.

»Ich habe eine gute und eine schlechte Nachricht«, sagt Selma trocken.

»Die gute zuerst«, erwidere ich.

»Okay, ich habe nur Quatsch gemacht. Ich habe nur eine Nachricht. Und die ist schlecht«, sagt sie. »Und die schlechte Nachricht lautet: Du sitzt auf dem Fisch.«

17. BUD KRIEGT DIE SCHULD. WER DENN SONST?

»Was ist denn mit dem Fisch passiert?«, fragt mein Vater.

Wir stehen am Küchentisch und schauen hinunter auf die platteste Forelle der Welt. In der Mitte sieht sie eher aus wie eine Flunder. Vorne Forelle, hinten Forelle und in der Mitte Flunder. Das ist definitiv ein »etwas anderer« Fisch.

Ich wechsle einen Blick mit Jerry. »Äh, ja, das war

also so«, sagt Jerry, »wir haben diesen wirklich schönen Fisch herausgeholt & wir waren auf dem Heimweg & da erzählt Selma eine unglaubliche Geschichte – ja, ihr hättet sie selbst hören sollen – über … über … einen Freund von ihr, der ein Auto repariert hat & ganz schwarz im Gesicht wurde, weil er vergessen hat, etwas zu überprüfen – hmm, war das ein Hebel oder eine Schraube? –, auf jeden Fall hat sie so witzig erzählt, dass wir laut loslachen mussten. Bud hat sich auf die Schenkel geschlagen & total die Kontrolle verloren & mich geschubst & genau in dem Moment kam ein Auto vorbei & dabei ist die Forelle aus der Tasche gerutscht & unter dem linken Reifen gelandet – ich glaube, ihr könnt sogar den Abdruck sehen – ein Michelinreifen – & das war vielleicht ein Anblick. Aber der Fisch ist immer noch voll in Ordnung, oh ja. Gesundes, leckeres Essen.«

Mein Vater guckt mich an und meine Mutter sagt das, was beide denken: »Du bist so ein Tollpatsch, Bud. Der arme Jerry.«

»Du hast recht, Jerry. Es ist nicht das Aussehen, das zählt. So sind wir in unserer Familie, wir schauen etwas tiefer in die Dinge. Wir sehen die Natur, wie sie wirklich ist. Das ist ein schöner Fisch, den du da gefangen hast«, sagt mein Vater. »Das wird ein Festmahl!«

Ich bringe es nicht über mich, zu verraten, dass es Selmas Fisch ist. Sie ihn aber nicht selbst mit nach Hause nehmen wollte. »Fisch essen? Ich? Spinnst du? Nein, bei uns gibt es richtiges Essen. Und zwar Würstchen!«, sagte sie und warf ihn in unseren Fischeimer.

Meine Eltern haben außerdem vergessen, dass wir heute nur eine halbe Wand gestrichen haben. Alles ist in Ordnung, wenn nur Jerry da ist.

Jerry brät den Fisch, als wäre er Mitglied in der Kochnationalmannschaft. Und ich bin seiner Meinung – der Fisch schmeckt wirklich gut. So gut, dass selbst Mutters Einwände hinsichtlich möglicher Krebserkrankungen, die du bekommen kannst, wenn du Gebratenes isst, fast erträglich sind.

Nach dem Essen streichen wir.

Wir streichen beide wie Dämonen. Wir liegen deutlich hinter dem Plan und es eilt.

Um acht Uhr am Abend ist die erste Wand fertig.

Mein Vater räuspert sich und sagt: »Mutter und ich müssen morgen nach Angler zum Arbeiten. Aber hier läuft es wohl trotzdem normal weiter, oder?«

»Aber auf jeden Fall!«, ruft Jerry aus und berichtet von den Plänen für den nächsten Tag. »Morgen machen wir uns an die schöne Nordwand!« Er erzählt das, als würde es sich um einen netten Ausflug ins Grüne handeln und nicht um etwas, das schon fast an eine Expedition zum Nordpol erinnert.

An der Nordwand gibt es nur ein Fenster. Der Rest besteht aus lang gestreckten, unendlichen Holzlatten, die gestrichen werden müssen, um wieder schön weiß zu werden. Ein Quadrat nach dem anderen.

Wenn der Dämon aus der Hölle noch weitere Seufzer in sich hätte, würde er diese jetzt von sich geben. Aber stattdessen manövriert er seine erschöpften Arme ins Haus, schlummert vor dem Fernseher ein, während meine Eltern von Jerrys vielen Plänen ganz entzückt sind, er durch ihre Bewunderung noch mehr an Fahrt gewinnt und neue Ideen beim Reden entwickelt usw.

Wir ziehen uns früh zurück. Leute, die eine Wand geschafft haben, haben das verdient.

Zum Glück schläft Jerry schnell ein.

Selbst er ist erschöpft.

Nur ich schlafe nicht.

Denn ich habe meine Pläne. Nachdem ich sowieso den größten Teil der Wand gemalt habe, kann ich es ebenso gut noch ein wenig länger mit den Schmerzen aushalten.

18. BUDS ZWEITER BRIEF AN STARBOKK

An: Herman_Starbokk@schulpsychologischerdienst.tipling
Von: bumartin@ishmaelpost.net
Betreff: Zweiter Bericht

In der nächsten Sportstunde nickte Valen mir zu. Als wollte er sich vergewissern, dass an diesem Tag alles nach Plan laufen würde. »Wir sind in einer Liga, nicht wahr, Martin?«, fragte er und schlug mir kameradschaftlich auf den Rücken.

Ich murmelte etwas, das er beliebig interpretieren konnte. Liga? Was bildete er sich ein?

Die Stunde begann und Valen sagte: »Ich denke, wir fangen heute mit dem Bock an, Leute.« Er wollte gleich zur Sache kommen und mich testen.

Wir bugsierten die Geräte auf ihre Plätze und stellten sie in einer langen Reihe auf, um zu springen.

»Martin«, sagte er. »Du als Erster.«

Valen wollte gerne wissen, woran er bei mir war.

Ich stellte mich als Erster in der Reihe auf, was ihm gefiel. Jetzt glaubte er, dass der Vorfall vom letzten Mal erledigt war.

»Und … Sprung!«, rief er.

Aber ich blieb ruhig stehen.

»Martin?«, fragte er und kämpfte mit sich, ruhig zu bleiben.

»Äh … ja?«, erwiderte ich.

»War das nicht klar, was ich gesagt habe? Du bist dran mit Springen.«

»Nein«, sagte ich.

Es verging eine Minute mit Schweigen. Es wirkte jedenfalls wie eine ganze Minute. Wenn eine ganze Sporthalle mit rund dreißig Schülern und einem wütenden Lehrer eine ganze Minute lang still ist, dann erscheint diese Minute wie eine Ewigkeit.

Jetzt schlich sich die Ewigkeit durch die Halle.

»Tritt zur Seite und bleib da stehen, Martin«, sagte Valen, mit rotem Gesicht. »Dann ist Alex dran.«

Und Alex sprang. Landete brauchbar. »Schön«, sagte Valen.

Usw., usw.

Auch diese Stunde über weigerte ich mich. Ich stand an der Absprungmarke und konnte nur daran denken, wie sehr ich doch all dieses Weiß hasste. Die Geräte. Valen. Und ich spürte, wie ich mich ungerecht behandelt fühlte. Das war vielleicht nicht logisch. Aber es erschien mir logisch. Als wäre in meinem Leben alles schiefgelaufen und als müsste jetzt alles verändert werden.

Ich fühlte mich bloßgestellt. Und das hatte ich viel zu lange zugelassen. Ich war nicht für mich selbst eingetreten. Für meine Interessen. Und das Schicksal hatte die Gelegenheit genutzt, mir gegenüber gemeiner zu sein, als ich es verdiente. Ja, ich weiß, dass das Ganze nicht logisch klingt. Aber so sahen meine Gefühle aus.

Ich stand ruhig an der Markierung und sah den anderen beim Springen zu. Sah ruhig Valen an. Und sah, so ruhig ich konnte, den verhassten Bock an. Und spürte, dass er mich in all seiner weißen Pracht verhöhnte. Und ich dachte, dass das hier nicht meine Absprungmarke ist. Meine Absprungmarke ist ganz woanders. Ich will selbst entscheiden, wo und wann ich abspringe und welche Hindernisse ich zu überwinden habe.

Nach der Stunde gingen alle in den Umkleideraum, aber Valen hielt mich zurück. »So kann das nicht weitergehen«, sagte er.

»Nein«, sagte ich.

»Nächste Stunde musst du springen«, sagte er.

»Nein«, antwortete ich.

»Kannst du dir vorstellen, was das für Konsequenzen hat?«, fragte er, als hätte ich die Auswahl zwischen Gefängnis und Todesstrafe.

Ich zuckte mit den Schultern.

»Glaube mir. Hier wird es eine Veränderung geben«, sagte er. »Und jetzt sieh zu, dass du unter die Dusche kommst. Nach all dem Schwitzen heute hast du das nötig.«

Und es gab wirklich eine Veränderung. Denn das war der Tag, an dem ich in die Kellerwohnung zog. Mein Entschluss dazu fiel auf dem Heimweg. Jetzt wollte ich etwas entscheiden. Alles, was weiß und schön war, sollte nicht länger über mich bestimmen. Jetzt wollte ich einmal das Sagen haben. Jetzt sollte ich den Absprungpunkt setzen und den ersten Schritt machen, der mein eigener war.

Ich brauchte zwei Stunden, um hinunter in die Einliegerwohnung zu ziehen.

Das war ein unglaublich gutes Gefühl. Es war das beste Gefühl, das ich seit Jahren erlebt habe.

Mit freundlichen Grüßen

Bud Martin

19. ZWEI STERNSCHNUPPEN – WAS ERGIBT DAS?

Mit dieser schönen Stimmung beende ich die E-Mail an Starbokk und schicke sie los. Lehne mich zurück und wünschte, der Rest meiner Geschichte wäre ebenso nett. Was er aber definitiv nicht ist.

Ich muss raus. Dieses Mal denke ich daran, Schuhe anzuziehen. Keine Glassplitter in die Pfoten, oh nein!

Ich gehe summend über den Rasen.

Ich gehe den Weg entlang, vor mich hin summend.

Ich komme zu dem Absatz und dem gefliesten Pfad und singe leise einen Song, den ich mal eben so komponiert habe. Eine Art Wanderlied, das vom Wegziehen von etwas und vom Ankommen bei etwas anderem handelt.

Ich begrüße den Pavillon, der mich oben auf dem Hügel erwartet.

Keuche und puste und spüre ein leichtes Brennen in der Lunge, während ich mir einen freien Stuhl heranziehe.

»Wäre es möglich, ein Bier zu kriegen?«, frage ich und lache über mich selbst, als hätte ich etwas ungemein Witziges gesagt.

»Aber ja doch, kleiner Buddie«, antworte ich gutmütig, öffne die Bank und ziehe eine Flasche heraus.

Setze sie an den Mund und gluck-gluckse das Bier in mich hinein. Lauwarm, aber dennoch herrlich nach so einem Tag.

In dem Moment sehe ich eine Sternschnuppe.

Das erscheint mir wie ein Zeichen. Vielleicht werde ich ja abergläubisch. Aber ich habe das Gefühl, als wäre die Sternschnuppe nur für mich gewesen.

Ich leere die Flasche.

Bleibe mit der leeren Flasche in der Hand sitzen. Probiere Tricks mit ihr aus. Werfe sie in die Luft und fange sie auf. Schaue hinüber zu dem Haus meines Großvaters. Blicke über die Nachbarhäuser, denke an ... denke an ein Mädchen, das da draußen irgendwo ist.

Sage »Wahnsinn!« ins Nichts und stelle die Flasche unter den Tisch.

Male mir aus, wie ich diesen Satelliten von einem Gartenhaus in einem perfekten Bogen direkt auf Maggie zusteuern würde.

Ich kann nicht gerade sagen, dass der Tag perfekt war. Aber ich habe überlebt und kann mit größerer Freude als gestern nur wiederholen: »Wahnsinn!« Noch fünf Tage und vier Nächte.

Ich kann es schaffen. Ich fühle mich mutig, verwegen und in Topform. Ich beschließe, für den Weg hinunter die Leiter zu nehmen. »Willst du noch hundert Jahre leben, Bud?«, frage ich mich selbst. »Höchste Zeit, etwas anderes zu tun, als dem Pfad zu folgen!«

Ich öffne die kleine Pforte, die Großvater gezimmert hat, fasse das Geländer auf der rechten Seite und setze den ersten Fuß auf die Eisenstufe.

Mache noch einen Schritt. Beschließe, nicht nach unten zu gucken. Gucke stattdessen über die Schulter, um ein wenig von der Aussicht mitzubekommen. Gehe Schritt für Schritt hinunter, bis mein Kopf unter der Plattform ist, auf der das Gartenhaus steht.

Und was passiert weiter? Ich sehe Sternschnuppe Nummer zwei.

»Wow!«, rufe ich aus und folge dem Stern mit meinem Blick. Drehe mich, um ihn bis zuletzt sehen zu können. Was katastrophale Folgen hat.

Hinzu kommt das Bier, das mir dieses Mal schneller in den Kopf gestiegen ist. Als ich mich wieder der Leiter zuwende, merke ich, wie schlecht mein Gleichgewichtssinn ist. Ich versuche, mit einer Hand, die plötzlich so feucht zu sein scheint, dass ich das Geländer nicht mehr halten kann, besser nachzufassen.

Und dann komme ich ins Rutschen.

Ich greife fester nach dem Geländer, bekomme es wieder zu fassen. Ziehe mich an die Leiter heran, wobei mein Herz rast. Und ich erneut den Halt verliere und nach hinten kippe.

Bis zu einem gewissen Punkt.

Meine Gürtelschnalle hat sich an einer Leiterstufe verhakt.

Das ist das Einzige, was mich jetzt noch am Leben hält!

Ich schaue auf meine Füße hinunter, an ihnen vorbei. Sehe den Abgrund.

Es geht steil nach unten, ziemlich tief.

Das wird ein harter Fall.

Das bedeutet gebrochene Arme und Beine und Krankenhaus und vielleicht den Teufel selbst, der da unten wartet.

Eine Maus in einem Mauseloch verkraftet diesen Gedanken nicht.

In reiner Panik werfe ich mich wieder nach vorn, fühle, wie sich die Gürtelschnalle löst, sause aber weiter auf die Leiter zu und pralle gegen sie. Das gibt einen Knall in der Brust und den Kniescheiben, aber ich klammere mich an eine Stufe, die ich zu fassen bekomme.

Ab da klettere ich äußerst ruhig und konzentriert die Leiter hinunter. Es ist nicht zu glauben, wie schnell man so ohne Weiteres zu einer verwegenen Person werden kann. Dass man einer wie Jerry wird – was wir nicht weiter kommentieren wollen – und damit davonkommt.

Mit zitternden Beinen gehe ich nach Hause.

Denke daran, dass ich innerhalb nur weniger Minuten zweimal eine Sternschnuppe gesehen habe.

Das muss doch ein Zeichen sein?

Ein Zeichen wofür? Für etwas Bestimmtes?

»Wahnsinn!«, flüstere ich, verängstigt. Und erwartungsvoll.

Krieche in mein Bett und versuche einzuschlafen.

ZITAT AUS: »Henry Walden: Der Fisch meines Lebens. Die Jagd auf den Riesenhecht.«

»Für denjenigen, der kleine Hechte fangen will, ist die Spinnrolle ideal. Aber mein Traum war es, den riesigen, gewaltigen, unglaublichen Hecht zu fangen! Davon hatte ich schon seit Jahren geträumt.

Deshalb habe ich mich für die *Multiplikatorrolle* entschieden. Die ist für große oder hungrige Fische. Ein klarer Entschluss bei meiner Vorbereitung.

Außerdem habe ich die teuerste Sehne gekauft. Hier kann man Geld sparen. Aber es ist die Qualität, die zählt.

Einige schwören auf farbige Sehnen. Ich glaube, der Hecht sieht die Farbe und wird misstrauisch. Ich respektiere den Jäger dort unten in der Tiefe. Und der Riesenhecht ist garantiert ein gerissener Bursche, hat er es doch so viele Jahre geschafft, nicht erwischt zu werden. Deshalb ist meine Sehne durchsichtig.

Wenn du mit Schwimmer und Köder angelst, musst du ein Vorfach zwischen Köder und Sehne haben. Ein Hechtmaul hat große Zähne im Unterkiefer, die das, was sie zu fassen kriegen, durchbohren und es gegen Hunderte winziger Zähne im Oberkiefer pressen. Und sie beißen fest zu! Der Riesenhecht wird so viel Kraft in den Kiefern haben, dass er es schafft, bei den Anglern, die nur Haken und Köder an der Sehne hängen haben, wieder loszukommen. Wenn ich so angeln wollte, würde ich mich für ein vernünftiges Vorfach entscheiden – mit mehrfachem Stahldraht.

Ich dagegen ziehe es vor, mit Blinker zu angeln.

Es gibt Blinker genug für ein ganzes Leben als Hechtangler. Wie alle anderen Angler bin ich abergläubisch. Ich habe meine besten Blinker aus einer Serie von Wobblern ausgesucht, die ›Dream Catch‹ heißt, denn ich bilde mir ein, dass sie mir schon oft zu Anglerglück verholfen haben.

Sie haben die Eigenschaft, dass sie sich im Wasser zu verrenken scheinen. Sowohl wenn sie sinken, aber auch wenn sie eingeholt werden. Und sie verrenken sich ruckweise und unregelmäßig – was meiner Meinung nach dem Fisch den falschen Eindruck vermittelt, dass sie echt sind – dass sie etwas Lebendiges sind, das da durchs Wasser schwimmt. Etwas, das – hoffentlich – den wirklich riesigen Hecht aus dem Wasser locken wird.«

3. FISCHSTÄBCHEN IM ANGEBOT = MITTWOCH

1. EIN ESSENSWRACK BEGEGNET EINEM SCHLAFFEN HERING

Während ich langsam aufwache, drängt sich mir ein Gedanke auf.

Es ist der Gedanke an Essen.

Seit Jerry gekommen ist, habe ich nicht sonderlich viel ans Essen gedacht.

Merkwürdig! Denn ich esse eigentlich immer. Während der Mahlzeiten, vor den Mahlzeiten, nach den Mahlzeiten. Es kommt vor, dass ich mitten in der Nacht aufstehe und den Kühlschrank plündere, dass er nur noch heult.

Ich kann riechen, wo meine Mutter Kekse, Schokolade und Mineralwasser versteckt hat. Ich erschnuppere den Duft guten Essens kilometerweit. Ich habe eine große Maschine und diese Maschine braucht Futter. Und meine Maschine kann das Futter orten, das sie bevorzugt.

Aber jetzt habe ich seit zwei Tagen nur ganz normale Mahlzeiten zu mir genommen. Okay, plus einige Sandwiches gestern. Das gebe ich ja zu. Aber plötzlich ist der Gedanke, Unmengen an Nahrung in meine Maschine zu stopfen, klar und deutlich geworden.

Ich schließe die Augen, während ein wunderbarer, etwas unscharfer Tagtraum von einem herrlichen Fresstag mir im Kopf rumflattert. Ich würde gern ein leckeres Gericht nach dem anderen serviert bekommen. Ich möchte schön, schlank, witzig, ironisch und weltgewandt sein und mir den Teller mit frischer Bruschetta mit Tomaten und Mozzarella füllen, mit Ravioli und Schinken und Käse, Pasta Bolognese mit Parmesan, einem zarten Steak mit Pilzen, Zitronensorbet, ein wenig Käse und salzigen Keksen …

In meinem Tagtraum reiße ich meinen Mund für ein riesiges Baguette mit Mayonnaise, Roastbeef, Tomaten und Brie auf … ja, alles auf einmal! Doch da kommt ein Typ von der Seite angebraust und zerrt an meinem Arm.

Das Baguette explodiert in tausend Traumscherben – und ich schaue Jerry in die Augen.

»Was?«, frage ich.

»Ich weiß nicht so recht«, sagt er. »Was ist eigentlich der Sinn von allem? Gibt es überhaupt einen Sinn? Warum sind wir hier? Was soll passieren?«

Seiner Stimme nach zu urteilen müsste die Welt in zehn Minuten untergehen. Das Essenswrack stützt sich im Bett auf die Ellenbogen hoch und reibt sich die Nacht aus den Augen.

»Jetzt mal ruhig … Jerry«, sage ich und sehe ihn mir genauer an. Er sieht aus wie etwas, das ein deprimierter Angler aus einem schwarzen, trüben Wasser herausgefischt hat. Ein schlaffer, kleiner Hering.

»Manchmal habe ich das Gefühl, dass die Welt so riesig ist, dass ich niemals mehr als nur einen winzigen Bruchteil von ihr erleben werde«, sagt er. »So ging es mir heute Morgen. Denn als ich hierherkam, da wurde mir bewusst, wie viel es auch noch außerhalb von Angler zu erleben gibt. & ich habe *dich* getroffen, der du so viel machst & denkst & erlebst & fühlst, & da wurde mir klar, dass ich von der Welt niemals so viel aufnehmen kann, wie ich es gern möchte.«

Ich schließe wieder die Augen und frage mich, ob er wirklich über *mich* redet. Denn die Maus in ihrem Mauseloch erlebt nicht besonders viel. Denkt auch nicht besonders viel.

»Manchmal ist alles hoffnungslos & ich blute aus allen Poren des Körpers gleichzeitig & sämtliche Energie rinnt aus mir heraus«, sagt er. »Ich bin so deprimiert über alle Dinge, bei denen ich im Hintertreffen liege.«

»Wie wäre es mit … äh … einer Zappa-CD? Die hilft … immer«, sage ich und arbeite mich aus dem Bett heraus, trete ans Regal und will das Konzertalbum »Roxy & Elsewhere« herausziehen, als Jerry mich zurückhält.

»Du bist ein guter Freund, Bud«, sagt er. »Ich weiß, dass ich viel Platz einnehme & mit meinen Dingen viel Staub aufwirble. Aber jemand, der dein Freund ist, hat etwas Sicheres & Garantiertes hier auf der Welt. Das man pflegen muss.«

Jerry hat mal wieder eine seiner berühmten Stimmungsschwankungen. Heute beginnt er den Tag mit dem Gefühl, am Boden zerstört zu sein.

In aller Stille duschen wir und ziehen uns an.

In aller Stille verlassen wir meine Einliegerwohnung und blinzeln in die grelle Sonne.

Leider stoßen wir gerade da auf meine Eltern, die auf dem Weg zur Bushaltestelle sind.

»Ein fantastischer Morgen«, sagt mein Vater.

»Habt ihr gut geschlafen?«, fragt meine Mutter.

»Ja, danke«, antworte ich.

»Ihr müsst heute wie zum Tode verurteilte Dämonen die Wände streichen«, erklärt mein Vater etwas nervös und starrt in Richtung Großvaters Haus. Gibt sich dabei alle Mühe, dass es nicht wie ein Befehl klingt.

Vielleicht bedarf es gerade eines Essenswracks und eines deprimierten Wahnsinnigen, um so riesige Wandflächen zu bewältigen? Ich weiß es nicht, aber irgendwie scheinen unsere Rollen getauscht worden zu sein. Jerry ist schwer und ich bin leicht. Und so können wir möglicherweise die XXL-artige Nordwand meistern. Ich arbeite still und beharrlich. Während er so weit unten ist, dass er tatsächlich imstande ist, seinen Job zu machen, ohne tausend Einfällen hinterherzulaufen.

Jerry lächelt tapfer und geht auf meinen Vater zu. Er klopft ihm beruhigend auf die Schulter. »Das kriegen wir hin«, sagt er.

Es ist ein rührender Anblick, wenn erwachsene Personen eine Träne im Augenwinkel haben. Es sieht aus, als unterzeichne Jerry einen Vertrag, um eine genaue Kopie des Panamakanals in unserem Garten zu bauen, und verspräche, ein Meisterwerk zu präsentieren – und das in nur fünf Tagen.

»Das lässt sich doch hören«, sagt mein Vater mit einem gerührten Lächeln.

Jerry klopft meinem Vater ein letztes Mal auf die Schulter. Und damit hat er alles aufgebraucht, was er an Kräften besitzt, und wir trotten hinein, um zu frühstücken.

Nach zwanzig Minuten, in denen ich eine doppelte Frühstücksportion in mich hineinschiebe und Jerry über das grausame, deprimierende Elend im Leben philosophiert hat, ziehen wir uns die Malerklamotten an und gehen ums Haus.

»Mein Gott!«, sagt Jerry, als er die Wand hinaufschaut.

2. EINE WAND VON EINER WAND

Die Nordwand ist seit gestern doppelt so groß geworden!

Mein Vater muss mit Hammer und Nägeln unterwegs gewesen sein und noch ein paar Zimmer an unser Haus angebaut haben.

Als ich die Nordwand sehe, denke ich, dass wir im Vergleich mit ihr nur Ameisen sind.

»Mein Gott«, seufzt Jerry noch einmal und stellt deprimiert den Farbeimer ab.

Ich bemühe mich, die Ruhe wiederherzustellen, doch das ist unmöglich.

»Wenn wir einen Schlauch hätten, könnten wir die Farbe an die Wand spritzen. Das würde ungefähr fünf Minuten dauern«, sagt Jerry.

»Wir bräuchten einen Hubschrauber, dann könnten wir die Farbe aus großer Höhe hinunterwerfen«, sagt er. »Dann hätten wir in einer Stunde den ersten Anstrich fertig.«

Das und ähnliche Donald-Duck-Vorschläge bringt er hervor, während seine Laune deutlich besser wird und meine wie ein Stein in einem Waldsee sinkt.

Ich stelle die Leiter so steil wie möglich an die Wand. In die linke Hausecke. Selbst eine Person mit sehr, sehr langen Armen müsste die Leiter vierzehn, fünfzehn Mal versetzen, um die ganze Breite zu streichen. Über solche Dimensionen reden wir hier.

»Wie sieht der Plan aus?«, fragt Jerry.

Ich reiche ihm Farbe, eine Rolle und zeige auf die Leiter.

»Mein Gott!«, murmelt er wieder und klettert ganz nach oben.

Ich selbst fange an der anderen Ecke an. Ich traue mich nicht, mich unter einen Jerry auf eine Leiter zu stellen. Die Statistiken besagen, dass jeden Tag 51 808 Unfälle passieren, die mit Hausrenovierung zu tun haben. Mit Jerry an Bord besteht zu 89 % die Gefahr, dass genau so etwas hier eintritt. Ich versuche, das Risiko, dass der Unfall mich trifft, zu minimieren.

Oben von der Leiter ist ein Stöhnen und Ächzen zu hören.

Ich beiße die Zähne zusammen.

Es wird geseufzt und gestöhnt und das Gras unter der Leiter bekommt eine hübsche weiße Dusche, während Malermeister Jerry ansonsten fast schweigend arbeitet.

Ich halte mich an meine Ecke und rolle weiße Farbe

auf, die alle alten Flecken überdeckt, rolle über Regenabnutzung und Sonnenbleiche.

Jerry hört sich an wie ein kleines Tier, das auf dem Operationstisch leidet. Leises Jammern und Keuchen, wenn er den Atem krampfhaft einzieht und anhält, bevor er ihn in einem langen Ausatmen wieder freigibt.

Die Laune, mit der dieser Tag angefangen hat, beeinflusst mich. Der Tagtraum von einem verfressenen Tag verabschiedet sich winkend und verschwindet aus dem Garten, den Hügel hinunter. Er stellt sich an die Bushaltestelle und nimmt den ersten Bus, der aus Tipling hinausfährt.

Vielleicht sollte ich auch schnell mal abhauen? Nur einen Meter weit? Um die Ecke hüpfen und mit der Ostwand anfangen? Um dem König der Seufzer oben auf der Leiter für eine Weile zu entkommen.

»Mein Gott!«, klingt es erneut oben von der Leiter.

Aber seine Stimme hat sich verändert.

Weg ist der deprimierte Klang.

Jetzt redet ein anderer Jerry.

3. NEUE LAUNE, NEUER JERRY

Jerry starrt auf etwas auf der anderen Seite der Hecke.

Ich drehe die Ohren und höre die Haustür des Nachbarhauses ins Schloss fallen.

Anschließend Schritte die Treppe hinunter.

Es sind Selmas Füße, die so klingen.

»Hoi-oi!«, ruft Jerry und winkt.

Fast fällt er dabei herunter, die Farbe spritzt hierhin und dorthin und überall an die Wand. Doch das kümmert ihn nicht. Er winkt noch einmal.

»Huhu!«, erwidert Selma freundlich.

Dann trippelt sie über den Kies, setzt sich aufs Moped, lässt es anspringen und dröhnt davon.

Jerry ist auf dem Weg die Leiter hinunter. Er hat noch nie etwas davon gehört, wie man normal eine Leiter hinuntersteigt. Stattdessen nimmt er immer zwei Sprossen auf einmal und springt die letzten fünf Sprossen hinunter. Landet wie ein Idiot fast kopfüber auf dem Boden. Es fehlt nicht viel und Selma hätte ihn überfahren, sie muss bremsen und hart nach rechts lenken. Doch in dem Moment, als Jerry das Moped zu fassen kriegt, findet er sein Gleichgewicht wieder. Das Ergebnis ist, dass das Moped umkippt und beide ins Gras fallen, johlend vor Lachen.

Sie haben etwas Kindliches an sich. Irgendwie süß und unschuldig.

Gleichzeitig ist das so privat, dass es mir schon peinlich ist. Jetzt bekomme ich wirklich Lust, um die Ecke herum zu verschwinden und mit dem Pinsel irgendeinen Fleck auszubessern.

»Wollt ihr denn nicht zur MOTO-Show?«, fragt sie, bevor ich verschwinden kann.

Jetzt erinnere ich mich daran, dass Maggie das gestern erwähnt hat. Aber ich dachte, sie hätte sich im Datum geirrt. Denn die MOTO-Show ist etwas, das ich eigentlich nie verpasse. Die MOTO-Show in Vanger ist legendär. Dorthin kommen Leute, die ihre alten Autos vorführen, die sie aufgepeppt, zusammengeschraubt und restauriert haben. Und Leute, die alles verkaufen, von alten Handbüchern für einen Mercedes Modell 1969, Original-Vergasern und Gangschaltungen für alte Fords bis zu Automodellen, die sie selbst gebaut haben, oder Autowerkzeugen aus Eigenproduktion. Nicht zuletzt kommen jede Menge Autobegeisterte, ein fahrender Zirkus, Leute mit Imbissen und Hunderte von Neugierigen.

Aber jetzt sieht es schlecht aus. Wir sitzen hier fest.

»Wir müssen – äh ... streichen!«, sage ich sauer.

»Ich kenne deine Eltern genauso gut wie dich«, erklärt Jerry überraschenderweise. »Ich weiß, dass sie nichts dagegen haben, wenn wir auch ein bisschen Spaß haben. Ich glaube sogar, dass sie uns selbst zur diesjährigen MOTO-Show schicken würden, wenn sie hier wären. Vergiss nicht, das Leben soll auch Spaß machen. Mädchen. Essen. Das ist das Leben. Nicht immer nur Arbeit, Arbeit, Arbeit.«

Wo ist derjenige geblieben, der nach dem Sinn des Lebens gefragt hat?

Oder derjenige, der meinem Vater versprochen hat, das Haus fertig zu streichen?

Ich verdrehe die Augen und breite die Arme aus. Ich werde dem Glück nicht im Wege stehen, wenn es so ist.

»Wenn das Moped es aushalten würde, könntet ihr gern bei mir mitfahren«, erklärt Selma traurig. »Aber das ist zu klapprig. Und wenn ihr keine Mitfahrgelegenheit organisiert habt, dann ist es zu spät, Jungs. Der Bus ist schon weg. Ich war so sicher, dass ihr alles geregelt habt, um hinzukommen, sonst hätte ich doch meine Mutter gefragt, ob ihr bei ihr mitfahren könnt. Aber sie ist vor einer halben Stunde losgefahren.«

Jerrys Gehirn kocht. Er MUSS und er WILL auf die MOTO-Show. Nicht nur, weil Selma dorthin fährt. Sondern auch, weil dort etwas los ist.

Wir beide haben eingesehen, dass dieses Hausstreichen einfach zu deprimierend ist.

Jetzt arbeitet Jerrys Gehirn mit Gasenergie, Kohleenergie und Atomenergie gleichzeitig. Es fehlt nicht viel, dann kommt ihm der Dampf aus den Ohren – hitzige, weiße Dampfwölkchen, gefolgt von einem hohen Pfeifton.

»Ich weiß, wie wir nach Vanger kommen«, sagt er. »Das kann doch gar nicht so schwer sein, oder? Wenn wir kein Fahrrad, kein Moped, keinen Bus und keinen Zug haben. Was bleibt dann noch?«

Mein Gehirn köchelt auch vor sich hin, aber das einzige Fortbewegungsmittel, das mir einfällt, ist ein Auto. Und ein Auto haben wir nicht, soweit ich weiß.

»Ich habe eine Idee«, sagt Jerry.

Ein grausamer, schauriger, kalter Schauer durchfährt mich.

4. MIT DEM TEUFEL HUCKEPACK

Jerry führt mich zu dem Biodieselwunder meiner Eltern. Zwar steht es meistens nur zur Zierde da, aber …

»Nein, nein, nein«, rufe ich erschrocken aus.

»Lass mich dir ein paar einfache Fragen stellen«, sagt er.

»Kommt gar nicht infrage!«, antworte ich, drehe mich um und laufe davon.

Aber Jerry hechtet nach meinen Beinen, bekommt mich zu fassen und wirft mich zu Boden. Während Selma kichert, setzt er sich auf meine Schultern und presst mein Gesicht und meine Brust auf den Boden. Ich bin viel zu erstarrt, um ihn abzuschütteln.

»Hast du Lust, zur MOTO-Show zu fahren, Bud?«, fragt er.

»… ja klar, aber …«, gebe ich zu.

»Psst! Ich will kein Aber hören«, sagt er. »Gibt es eine andere Möglichkeit, dorthin zu kommen, außer mit einem Auto?«

»Nein, aber …«, keuche ich. Seine Knie reiben auf meinen Schultern.

»Hör auf mit deinem ›Aber‹«, sagt er ruhig. »Und wer von uns kann fahren?«

»Ich … zum Glück … nicht«, antworte ich. »Könntest du so nett sein … jetzt runterzugehen?

»Nun, ich kann fahren«, erklärt Jerry. »Ja, ich weiß, dass ich das nicht darf & so weiter, aber nachdem ich meinen Vater zwei Jahre lang bearbeitet habe, hat er nachgegeben & plötzlich waren wir dabei & ich habe festgestellt, dass ich ein Naturtalent im Autofahren bin. Ich habe nicht die blasseste Ahnung, was da unter der Haube ist, aber was auf dem Armaturenbrett zu sehen ist, das weiß ich, & wie ich es benutzen soll auch, um es mal so zu sagen.«

»Okay, okay, dann kannst du … fahren«, stöhne ich und versuche, mich auf den Rücken zu drehen. Aber er hält mich auf.

»Ich bin noch nicht fertig, mein Kleiner«, sagt er mit einem boshaften Lächeln. »Das Problem ist, dass uns der Schlüssel für den Wagen fehlt. & es gibt nur einen Autoexperten hier.«

»Nein, nein, nein«, keuche ich.

»Oh doch, ja!«, sagt er und drückt meinen Kopf auf den Rasen, dass ich Gras in den Mund kriege.

Ich stöhne mit Grün zwischen den Zähnen und dann beugt er sich zu meinem Ohr hinunter und flüstert, damit Selma es nicht hören kann: »Du bringst uns dahin, indem du den Wagen in Gang kriegst. Dann wird dein genialer Cousin das mit der Lady für dich regeln. Ist das ein Deal? Oder? Ja, ist es das?«

Ich bin immer noch nicht überzeugt. Aber ich weiß, wann ich mich geschlagen geben muss. Der Gedanke an die Lady lockt. Maggies Bild flattert mir durch den Kopf, verschwindet aber wieder, als der Teufel Jerry hinter mir weiterflüstert: »Du kannst es vor dir sehen: das schicke Auto deines Vaters. Wir preschen über den Asphalt & immer neue Aussichten kommen uns vor die Augen. Die Landschaft rast vorbei & wir fliegen durch die Welt wie die Sieger, die wir auch sind. Nichts kann uns aufhalten. Wir haben ein Auto. Wir haben Benzin. Wir haben Geld. Wir trauen uns alles zu & uns gelingt alles. Wir haben alles, was der moderne Mann braucht, um Eindruck auf dieser Welt zu machen. Du kannst die Welt vor dir sehen, Bud! Sie ist groß & saftig wie ein Stück Wassermelone. Du brauchst nur reinzubeißen & dir deinen Teil zu holen. Wie schwer kann das sein? Was willst du eigentlich aus deinem Leben machen? Oder willst du gar nichts erreichen?«

Der Teufel hinter mir lockt.

Wie schwer kann es schon sein?

Meine Eltern sind den ganzen Tag weg.

Niemand wird das Auto vermissen.

Andererseits – ich weiß, dass es jedes Jahr 3416 Unfälle gibt, weil Leute ohne Führerschein sich ein Auto »ausleihen« und verunglücken. Es besteht zu 57 % die Gefahr, dass das auch uns passieren wird.

Wie soll ich mich also entscheiden?

Denk, denk nach!

»Also, was sagst du?«, fragt er.

»Ich … ich sage …«

Ich nehme die Chance wahr.

5. DREISSIG SCHÖNE MINUTEN

Zehn Minuten später habe ich das Schloss aufgekriegt. Und den Biodieselwagen kurzgeschlossen.

Ich bin ein Superganove.

Ein nervöser, instabiler Ganove.

Allein der Gedanke an meinen Vater lässt mir die Haare zu Berge stehen.

Aber ich lasse es nicht zu, dass die Angst siegt.

Sie schwimmt ganz unten in der Tiefe wie ein heimtückischer Riesenhecht.

»Du bist genial, Bud!«, sagt Jerry und setzt sich hinters Steuer, zieht den Motor hoch und ist fertig zur Abreise. Bevor er aus der Auffahrt draußen ist, hole ich Sonnenbrillen und zwei Käppis. Das muss als Verkleidung genügen. Wir sehen aus wie zwei Diebe.

Ich betrachte mich im Spiegel. Nun ja … vielleicht, aber nur vielleicht wie neunzehn.

Oder achtzehn.

Oder genau so alt, wie wir auch sind.

Wird uns jemand erkennen, wenn wir durch Tipling fahren?

Mein Atem geht immer schneller. Und die Lunge schafft es nicht mehr, genug Sauerstoff aufzunehmen. Es prickelt an den Schläfen.

Der heimtückische Hecht aus zwanzig Kilo reiner, unverfälschter Angst und Sorge schlägt mit dem Schwanz und schwimmt an die Oberfläche.

Doch ich zwinge ihn wieder hinunter in die Tiefe.

Zwinge mich selbst, eine halbe Minute lang den Atem anzuhalten.

Zwinge mich, einen Song zu summen.

»Entspann dich, Bud«, sagt Jerry verständnisvoll. »Jetzt werden wir unseren Spaß haben. So ist das Leben. Vergiss nicht, wenn jemand eine Strafe kriegt, dann bin ich das. Vergiss nicht, wenn deine Mutter & dein Vater das hier erfahren sollten, dann bin ich gefahren. Nicht du. Du kannst ja nicht einmal fahren. Die Schuld liegt ganz bei mir. Ganz allein.«

Schon merkwürdig, dass genau diese Sätze dazu führen, dass ich ruhiger werde.

Selma lehnt das Angebot mitzufahren dankend ab. »Tut mir leid, aber ich habe keine Lust, mich da mit reinziehen zu lassen, kurz bevor es bei mir losgeht«, sagt sie. Aber sie wirft Jerry einen Handkuss zu. Er lächelt zufrieden und wir biegen ab auf die Straße.

Und fahren.

Jerry fährt gut. Ich hatte gedacht, er würde wie ein Känguru fahren – hopp – und stopp – und hopp – und plötzlicher Stopp und Abwürgen des Motors. Aber wenn ein Auto seine Gefühle ausdrücken kann, dann genießt der Wagen offenbar Jerrys Fahrstil. Er läuft besser als bei meinen Eltern. Er legt sich perfekt in die Kurven, lässt sich einfach super schalten und fühlt sich wohl. Straße und Auto und Jerry werden zu einer Einheit und plötzlich verstehe ich, was Jerry meint mit dem Leben, der großen Wassermelone und dem Stück davon.

Das Leben ist perfekt!

Die Sonne und die Umgebung, die Fahrt und das Auto, das sich wohlfühlt, und Jerry, der munter vor sich hin plappert, wie er es immer tut – aber selbst das erscheint gemütlich und gibt eine Art von Sicherheit –, all das ist perfekt.

Der heimtückische Hecht verschwindet zu 100 % – in tiefere Tiefen einer unbekannten, dunklen Schlucht in dem schwarzen Wasser.

Nach dreißig perfekten Minuten nähern wir uns Vanger und der Verkehr wird dichter. Es wird enger und uns wird klar, dass wir gar nicht damit zu rechnen brauchen, in der Nähe der MOTO-Show einen Parkplatz zu finden.

Fünfhundert Meter davor sehen wir eine riesige Lücke in der Reihe der parkenden Autos. Es ist nicht ganz einfach zu verstehen, was dann passiert. Ein anderes Auto ist direkt davor stehen geblieben. Vielleicht will das ja den Platz haben. Vielleicht auch nicht.

Jerry nimmt an, dass der andere nicht rückwärts

einparken will. Deshalb fährt Jerry schräg in die Lücke hinein. Leider war das ein Irrtum. Ein riesiger Irrtum.

Das andere Auto setzt im gleichen Moment zurück.

Damit rammen wir den Wagen, der sich gerade rückwärts in Bewegung setzt. Kein großer Rums. Aber er ist zu spüren.

»Das geht schon klar«, sagt Jerry und setzt wieder zurück. Er winkt und lächelt dem Fahrer des anderen Wagens zu, um ihm zu zeigen, dass er alles unter Kontrolle hat.

Aber der andere Fahrer ist da ganz anderer Meinung. Denn er hupt. Und zwar wütend! Das Auto bleibt stehen und der Motor wird abgestellt.

Die Tür geht auf. Ich erwarte das Schlimmste … Aber …??!!

Heraus kommt Maggie!

Das ist keine freundliche Maggie.

Das ist eine Maggie mit knallrotem Kopf. Ihre Hände sind zu Fäusten geballt, die Muskeln in ihren Armen angeschwollen. Sie kommt auf unser Auto zu wie ein Panzer, ein Bulldozer.

»Was für ein Zwerg von einem Blödmann von total idiotischem Dummkopf bist du denn?«, ruft sie. »Das war mein Platz!«

Jerry lächelt schafsähnlich, kurbelt die Seitenscheibe herunter und steckt den Kopf heraus.

»Wie kannst du nur …«, setzt sie an. Doch da nimmt Jerry Sonnenbrille und Käppi ab und lächelt, so breit er kann. Jerry kann das. Mit Mund und Augen lächeln – selbst Nase und Ohren lächeln mit. Er kann die Leute wirklich beeindrucken.

»Du …?«, sagt sie und dann hockt sie sich hin und guckt mich an. »Ihr …?«

»Hallo, Maggie«, sagt Jerry mit warmer Stimme, die nur er in den ungewöhnlichsten Situationen zustande bringt.

Maggies Wut schmilzt wie ein Klecks Butter in der Pfanne. Sie zischt zwei Sekunden lang, verschwindet und wird zu – nichts. Mischt sich mit der Wärme und wird zu Wärme. Weicher Wärme.

Ihre Mundwinkel – die vorher nach unten zeigten – zeigen jetzt in einem weißen Zahnpastalächeln nach oben.

Doch dann zeigt sich eine Falte zwischen ihren Augen. »Hast *du* denn überhaupt einen Führerschein?«, fragt sie und hört sich an wie ein Verkehrspolizist.

Jerry wird zunächst ernst. Dann schraubt er sein Lächeln noch um zwanzig Grad weiter. »Ich weiß, das hört sich vielleicht dumm an«, sagt er. »Aber Bud hat die MOTO-Show total vergessen & wir wollten doch – nein, wir MUSSTEN – WIR WAREN EINFACH GEZWUNGEN zu kommen. Da gab es nur noch eine Möglichkeit & die hat Bud hingekriegt. Er weiß alles über Motoren. Ich kann fahren, aber Motoren, das ist sein Bereich. Du kannst ihn darüber fragen, was du nur willst.«

Maggie nickt nachdenklich.

Wir steigen aus dem Wagen und inspizieren Maggies Auto.

Ist da möglicherweise eine winzige graue Spur an der Stoßstange?

Dann drehen wir uns zum Auto meiner Eltern um.

Der heimtückische Hecht – 105 Kilo reine, absolute Angst – schießt mit aufgerissenem Maul aus der Tiefe hoch! Auf der Jagd nach dem kleinen Fisch, der meine Seele ist. Dem kleinen Mäusefisch, der zwei Zehntel vom Hechtfutter ausmacht.

Ich habe es gewusst!

6. DOKTOR DIESELDUNST LAUERT ÜBERALL

Es sieht aus, als hätte ein Nashorn sein Horn an der Stoßstange gerieben. Es ist unglaublich, dass eine winzige graue Spur an einer Stoßstange mit einer großen, deutlichen Beule an der anderen zusammenpassen soll.

Der Hecht fängt die Seele des Mäusefisches Bud. Lässt die Kiefer fest zusammenschnappen und schleudert den Kopf von einer Seite zur anderen.

Das werden meine Eltern nie vergessen. Das werden sie immer wieder auf den Tisch bringen. Täglich. Mir unter die Nase reiben. Salz und Pfeffer in die Wunde streuen.

Ich fange an zu hyperventilieren.

Die Lunge macht Überstunden, um Luft aufzuschnappen, obwohl das gar nicht notwendig ist. Der Körper funktioniert, auch das Gehirn reagiert, nur der Gleichgewichtssinn setzt aus und die Augen füllen sich mit grauen Pünktchen.

»Ruhig, ruhig, Bud«, sagt Jerry, während er mich vorsichtig in eine sitzende Position auf der Kühlerhaube des ramponierten Autos schiebt. »Das kriegen wir hin. Aber Bud …«

Er hebt mein Kinn und schaut mir tief in die Augen.

»Bud … hör auf mich!« Er sieht aus wie ein Arzt, der testet, ob sein Patient eine Gehirnerschütterung hat.

Er schnipst vor meinen Augen mit den Fingern und erwartet, dass ich ihm mit dem Blick folge. »Es gibt eine Sache, die verdammt wichtig ist. Wir sind hier, um uns zu vergnügen. Das soll witzig werden hier, Bud! Wir wollen unser Leben genießen. Wir wollen uns die tausend Dinge anschauen, die uns die Welt zu bieten hat. Wir wollen Sorgen & Stoßstangen & Eltern vergessen & nur unser Geld ausgeben & einen großen Happen von der Wassermelone des Lebens kaufen.« Er klopft mir auf die Schultern und ich wiege nicht mehr 105 Kilo. Ich wiege 105 Gramm und kann weggepustet werden, wenn mir nur jemand zu nahe kommt.

»Nun komm schon! Drück den Joker«, sagt er und schiebt seinen Arm unter meinen, verknotet seinen anderen Arm mit Maggies, und somit ziehen wir los Richtung Eingang zur MOTO-Show.

Da gibt es eine Riesenschlange.

»Ich kenne einen Trick«, sagt Jerry und zieht eine Plastikkarte aus der Tasche. Und dann zerrt er uns an all den Wartenden vorbei, bis zur Einlasskontrolle hin, zeigt dieser die Karte und sagt: »Wir sind vom Online-Magazin ›Wheels‹ & wollen einige Interviews rund um die Messe machen. Stoff, den wir von der nächsten Stunde an fortlaufend ins Internet stellen. Die Deadline ist verdammt kurz, deshalb ist es äußerst wichtig, dass wir so schnell wie möglich hineinkommen.« Er hält dem Wachmann die Karte direkt vor die Augen und wedelt mit ihr. »Cathrine hat gesagt, ich solle einfach mit dir reden & du würdest dann schon dafür sorgen, dass wir reinkommen. Hähä, ich hatte das Gefühl, dass sie dich ziemlich gut findet. Ziiieeeemlich gut, ehrlich gesagt.«

Jerry zeigt sein charmantestes Lächeln und auch der Wachmann lächelt.

»Von WHEELS, sagst du?«, fragt er und scheint nachzudenken. Aber in erster Linie wohl darüber, wer diese Cathrine sein könnte. Ob es die Süße in Rot ist. Oder die Kleine in Blau.

»Das hier sind übrigens unsere Tester Martin Shoke & Mag Fender«, stellt Jerry uns stolz vor. »Ich selbst bin der berühmte Dr. Dieseldunst.«

»Ja, ja«, sagt die Wache unsicher. »Dann gehe ich mal davon aus, dass es schon in Ordnung ist. Also, legt nur los, Leute. Wir brauchen in den nächsten drei Tagen jede Werbung, die wir kriegen können.« Er stempelt unsere Handrücken mit einem roten Stempel, auf dem steht: »V.I.P.«

»Drückt den Joker!«, ruft Jerry und zieht uns mit hinein. Wir verschwinden in der Menge, bevor jemand protestieren kann.

»Hier braust das Leben«, seufzt Jerry hingerissen und dreht sich um 360 Grad, während er all die Menschen in sich aufsaugt, Leute jeder Größe und jeden Aussehens, all die Stände, alle Autoteile und all die anderen merkwürdigen Dinge, die verkauft werden sollen.

»WHEELS?«, frage ich.

»Das ist der Name & die Visitenkarte einer billigen Tankstellenkette, bei der wir in Angler immer unser Auto füttern«, antwortet Jerry mit einem Grinsen. »Hübsche Karte, nicht wahr? Viele nette Angebote für Mitglieder!«

»Du bist unglaublich!«, sagt Maggie.

»Ich weiß«, erwidert Jerry, schaut zu Boden und errötet.

Dann kichern beide.

Ich schüttele den Kopf und verschwinde, um Trostfutter zu holen.

Hier werde ich nicht gebraucht.

7. ESSEN FÜR EINE MAUS

Etwas im Magen, das bedeutet Sicherheit.

Mit Essen im System kann ich weiter ertragen, Bud zu sein.

Ich mag jede Form von Essen. Das Wichtige ist ein großes Quantum.

Ein schlechter Tag wird mit zehn dicken Pfannkuchen leichter – garniert mit Sirup und Vanillesauce.

Ein anstrengender Tag wird einfacher mit sieben dicken Sandwiches mit Schinken, Kräutern, Paprika, Gurke und Mayonnaise, Mayonnaise, Mayonnaise.

Ein schrecklicher Tag, an dem große Anforderungen bevorstehen, wird zumindest ein bisschen netter mit einer extragroßen Pizza mit einer zentimeterdicken Schicht Käse und zwanzig bis dreißig Peperonistückchen.

Seit die Ferien angefangen haben, hat es viele schreckliche Tage gegeben. Es hat sich gezeigt, dass für jeden Tag ein Trostessen nötig war. Weil jeder Tag Glasscherben hatte, Beulen, traurige Ränder oder einen explosiven Inhalt.

Deshalb sind der Kühlschrank und ich seit vielen Jahren sehr enge Freunde.

Während die Waage von XXL zu XXLLL anstieg – wenn es das überhaupt gibt.

Jetzt trage ich nur noch Hosen mit Gummizug.

Und Hemden, die laut Kleiderladen in Tipling »XXL extra Size« heißen und von denen der Ladenbesitzer speziell für mich zwei, drei extra kauft.

Es besteht eine 77%ige Chance, dass ich eines Tages aufgrund meines Gewichts Probleme bekommen werde. Aber soll ich deshalb dieses kleine Fastglück aufgeben?

Nein, das werde ich nicht.

8. EINE DUSCHE VON ESSENSRESTEN

Nachdem ich sieben Paar Würstchen mit Brot gegessen habe, glaube ich zunächst, ich hätte nicht richtig gesehen. Ich hätte Essenshalluzinationen. Denn meinen Augen bietet sich plötzlich ein Anblick, der so schön ist, dass ich Tränen in den Augenwinkeln bekomme.

Ich stehe an einem Tresen mit der Reklame für »Essen, direkt in den Mund!« und habe das in mich hineingeschaufelt, was der Verkäufer die besten Würstchen der Welt im besten Brot der Welt nennt.

Sie sind saftig, genau richtig gesalzen, mit weichem Brot und zehn verschiedenen Beilagen zur Auswahl – wie zum Beispiel Chili-Ketchup, süßer Ketchup, grober Senf und Estragonsenf, Krabbensalat, Zwiebeln usw.

Doch dann – die Zähne solide in dem leckeren Würstchenpaar Nummer sieben vergraben – sehe ich zehn Meter entfernt etwas, das alle Unruhe und Depression in mir erblühen lässt. Ich hätte etwas anderes als Würstchen brauchen können, um mich abzustützen.

Das süßeste Mädchen der Welt steht an »Donalds BurgerBar« und schaufelt einen dreifachen Kebabburger in sich hinein.

Sie ist die Königin aller Königinnen und eine Prinzessin, die alle bekannten Prinzessinnen meilenweit schlägt – Aschenputtel, Schneewittchen und Dornröschen.

Sie ist einfach schön, alles an ihr ist schön!

Ihre Zähne sind schön, wie sie über und unter dem Burger zum Vorschein kommen.

Und ihre Augen sind schön, wie sie den Geschmack genießen.

Und ihr kräftiger Körper mit dem groben Knochenbau ist schön, wie er sich gegen den Tresen lehnt.

Selbst ihre Füße sind schön, sicher auf den Boden gepflanzt.

Ich verstehe nicht, wieso Maggie hier steht. Ich dachte, Jerry und sie würden für den Rest des Tages zusammenkleben. Aber hier steht sie also, ganz allein – genau wie ich!

Ich bitte ja nicht um viel, aber gerade jetzt bitte ich darum, dass ich es schaffen möge, cool zu bleiben, während ich zur Burgerprinzessin Maggie gehe.

Ich gehe selbstsicher zu ihr. Erwidere ihren Blick und installiere mich neben ihr am Tresen, an dem sie lehnt.

Doch dann tritt alles in mir auf die Bremse. Ich horche in mich hinein, doch der selbstsichere Bud ist abgehauen. Wo ist er geblieben? Was hätte er gemacht?

Ich verstehe so wenig von Charme.

Ich verstehe jede Menge von Motoren. Aber Charme habe ich nur von fern gesehen. Ich habe Jerry gesehen.

Was hätte der Charmeur also getan?

Jerry hätte mit ihr geredet, als würden sie sich schon seit Ewigkeiten kennen. Innerhalb von zehn Sekunden hätte er die Worte gesagt, die sie dazu brächten, dass sie sich wünschte, ihn näher kennenzulernen. Er hätte diese so speziellen Sätze gefunden, die sie innerlich zu Wachs und Gelee machen.

Ich versuche, mir so einen Satz auszudenken.

Das Einzige, was mir einfällt, ist die Beule an der Stoßstange und wie leid sie mir tut. Oder wie mühsam es ist, im Sommer ein Haus zu streichen. Oder …

Nein, mich hat bereits der Mut verlassen, nur deprimierende Gesprächsthemen. Und das, bevor ich auch nur den Mund geöffnet habe. Bevor die Zähne das Würstchenpaar losgelassen haben!

Ich weiß nur, dass sie schön ist.

Voller Panik schiebe ich mir das letzte Drittel des

Wurstpaars in den Mund und frage: »Ist es nicht geil hier?«

Das kommt heraus – zusammen mit ungefähr hundert winzig kleinen Würstchenstückchen – wie »Isä ne geil hä?«.

Die Frage ist unglaublich blöd. Und wird nicht besser dadurch, dass ich sie mit Essen serviere – auf ihrer Jacke.

Sie bohrt ihren Blick in mich. Aber das ist kein saurer Blick – trotz des wilden Splattermusters, das das Würstchen mit Brot auf ihrer Jacke hinterlässt. Das ist auch kein wütender Blick – obwohl wir ihr Auto angefahren haben.

Stattdessen wird sie … nervös? Oder ist das panisch? Oder ist es verwirrt?

Sie errötet.

Sie räuspert sich.

Sie öffnet den Mund, um etwas zu sagen.

Und macht das Gleiche mit mir.

Sie schiebt sich den Rest ihres Hamburgers rein und sagt etwas, das ankommt wie: »Dnke, gnz gt.«

Damit einher geht eine Dosis Burger und Burgerbrot und anderes, das ich mir lieber nicht ausmale. Das legt sich auf meine Wange. Trotzdem ist sie – für mich – Königin und Prinzessin zugleich.

Maggie muss husten, da der Rest ihres Essens im falschen Halsloch gelandet ist. Ich klopfe ihr auf den Rücken und ich spüre den maggieschen Körper unter der Jacke und denke nur an ihren Körper und ihre Haut. Das fährt wie eine Flamme durch mich hindurch und ich sterbe tausend Tode.

Ich rufe nach dem selbstsicheren Bud, der sich vielleicht irgendwo in mir versteckt hat.

»Hallo, hallo?«

Doch der ist in Urlaub oder mit Jerry zusammen und isst von der Wassermelone des großen Lebens.

»Das wird gleich besser«, sage ich, nachdem ich runtergeschluckt habe. Mir fällt sonst kein guter Satz ein. Nur ein ganzer Sack voll anderer solch dummer, platter Floskeln.

»Danke«, prustet sie, hustet und räuspert sich und macht solche Reinigungsübungen mit dem Hals, wie man sie macht, wenn Essen, Atmen und alles durcheinandergekommen sind.

Sie ist immer noch rot. Was mich auch erröten lässt.

Das wird nichts, also grinse ich wie doof und sage: »Ich muss nur mal … äh … nur mal … 'ne Kupplungsstange … äh checken. Die Kupplung, weißt du … äh … die Stange, um … äh … na, für die Kupplung. Glaub ich jedenfalls … äh … so eine … ist verloren gegangen.«

Und dann verschwinde ich, bevor sie antworten kann.

Ich bin kurz vorm Platzen.

Möchte aber nicht, dass das hier passiert.

Renne zwischen zwei Zelte und komme in eine Art Niemandsland. Wo zwei Zeltreihen mit dem Rücken zueinander stehen.

Ich senke den Kopf und lasse meinen Tränen freien Lauf.

Richte mich nach einer halben Minute wieder auf

und sehe Jerry ganz in der Nähe der kleinen Freilichtbühne.

Jerry und Selma stehen zusammen an einer der Lautsprechersäulen.

9. MERKWÜRDIGE SCHATTEN

Sie stehen ganz dicht beieinander, höchstens mit zwei Zentimetern Abstand. Das erinnert mich an einen Liebesfilm, den ich einmal gesehen habe. Der Held und die Heldin haben während des größten Teils des Filmes miteinander gestritten und gekämpft. Dann kommt der Wendepunkt, an dem sich alles beruhigt.

Alle Worte sind gesagt.

Alle Gesichtsausdrücke verbraucht.

Alles, was sie zu Feinden gemacht hat, ist weg.

Sie nähern sich und bleiben wortlos stehen – in der Kurz-vor-dem-Kuss-Stellung – und ihre Gesichter sind absolut ausdruckslos. Nur die Augen sind aufeinander fixiert.

Geigen sind im Hintergrund zu hören. So habe ich es in Erinnerung.

Und auch hier geschieht das Magische. Auf der MOTO-Show in Vanger wird es absolut still. Getränkeverkäufer, Glücksrad und Leute, die für Kupplungen Reklame machen, und Maggie und Bud und die Wachleute und die Imbissverkäufer und ein Typ, der einen gebrauchten Volvo Amazon loswerden will, und der Mann, der in seiner Bude Rostentferner für den Unterboden anbietet, und die Dame, die einen graublauen Sitzbezug für einen Vierradantriebstrecker kaufen will, und Hunde und Motoren und alles, was einen Laut von sich geben kann – alles hört auf, auch nur einen Laut von sich zu geben.

Stille – Stille.

Lautlos. Ohne Ton.

Es bleiben nur Jerrys und Selmas Gesichter, zwei Zentimeter voneinander entfernt, sodass sich sein Atem mit ihrem mischt.

Jerry hat plötzlich etwas an sich, was Selma an Tom Darter erinnert. So sieht er jedenfalls in der Sekunde aus, bevor er sich charmant einen Kuss erobert. Ich mag gar nicht mehr hingucken. Ich sinke auf dem Gras nieder und starre in den Himmel.

Die Geräusche kommen zurück wie der Knall eines Jagdflugzeugs, das die Schallmauer durchbrochen hat.

Warum kann ich nicht genau das sagen und tun, was Jerry sagt und tut?

Ich bin in allem das Gegenteil von Jerry. Er traut sich alles. Und ich traue mich nichts. Er kann reden. Ich kann nur stottern und mich räuspern. Er versteht von vielen verschiedenen Dingen etwas. Ich verstehe nur von einem etwas – von Motoren. Er hat jede Menge Energie. Ich bin müde. Er ist dünn. Ich bin fett.

Ich denke an Selma und plötzlich habe ich Angst, dass sie mit ihm verschwindet und ich sie niemals wiedersehen werde. Der Gedanke daran, allein in dem Wartehäuschen zu sitzen, ist fürchterlich. Dort eifersüchtig zu hocken, weil sie mich vergessen hat – seinetwegen!

Ich tue mir selbst leid.

Weil er alles hat, was ich nicht habe. Er ist genau so, wie ich gern wäre. Er verkörpert alles, was ich niemals erreichen werde.

Um nicht weiter daran denken zu müssen, studiere ich stattdessen intensiv die Wolken.

Eine Wolke, die fast wie eine Gießkanne aussieht. Ich sehe direkt vor mir, wie sie umkippt und einen Schwall Wasser über mir auskippt. Ich werde nass wie ein Fisch im Aquarium und schlecht gelaunt wie eine rasierte Katze.

Eine dicke, schlecht gelaunte Katze, den Bauch voll mit Würstchen, aber trotzdem untröstlich.

Die nächste Wolke am Himmel ist ein Auto – eine verbeulte, wütende Ausgabe des Autos meiner Eltern. Es überfährt mich langsam und zermalmt meinen Körper zu Hackfleisch und Knochenmehl.

Die nächste Wolke hat die Gestalt eines Mädchens, von dem Jerry gesagt hat, er wolle das mit ihr für mich regeln. Sie ist durchsichtig und löst sich in Wasserbäuschchen auf.

Die folgende Wolke am Himmel ist die Öffnung zu meinem Mäuseloch, auf das ich zulaufe.

Die nächste Wolke …

Ich schlafe dort auf dem Gras ein, während die MOTO-Show weiter redet, verkauft, kauft, diskutiert, rattert und Lärm macht – alles um mich herum. Ich tauche in den besten Schlaf ein, den ich seit mehreren Jahren gehabt habe.

Ich denke nicht mehr an Maggie, an Jerry und Selma und an alles, was ich hätte tun sollen oder was ich gern getan hätte oder hätte tun müssen, wenn ich nur gewusst hätte, wie ich es hinkriege, keine Maus mehr zu sein.

Ich wache auf, weil die Lautsprecheranlage der Freilichtbühne einen hohen Pfeifton von sich gibt. Jemand hustet ins Mikrofon, dass die Trommelfelle erzittern.

Ich höre meinen Namen.

10. VOM SCHERZ ZUM REINEN ERNST

»DER KLEINE BUD MARTIN MÖCHTE SICH BITTE AN DER BÜHNE MELDEN!«, ertönt es.

Ich schüttele Schlaf und Wolken ab und öffne die Augen.

»DER KLEINE BUD MÖCHTE SICH BITTE AN DER BÜHNE MELDEN. SEINE ELTERN SUCHEN IHN. KOMMT DER KLEINE BUD BITTE ZUR BÜHNE?«

Mir wird kochend heiß und ich wünsche inständig, dass die Wolke, die wie eine Gießkanne aussah, jetzt eiskaltes Wasser über mir ausgießen könnte.

Ich wünschte, ich wäre ein Maulwurf und könnte mich eingraben.

Wie haben meine Eltern mich – uns – hier auf der MOTO-Show nur gefunden?

Sind sie nach Hause gekommen, haben gesehen, dass das Auto weg ist, haben eins und eins zusammengezählt und sich ausgerechnet, wo wir sind?

In Gedanken sehe ich mich selbst auf der Landstraße wandern, einen Rucksack geschultert. Jedes

Mal, wenn ein Auto kommt, strecke ich den Daumen hoch und versuche zu trampen. Ich bin von zu Hause weggelaufen, um niemals wieder zurückzukehren.

Ich wünschte, ich hätte mich getraut, das zu tun.

Um irgendwo anders allein von vorne anzufangen. Einen neuen Namen annehmen. Als Mechaniker in einer Werkstatt anfangen, in der niemand Fragen stellt. In einem dreckigen Zimmer über der Werkstatt schlafen. Allein vom Vogelgezwitscher aufwachen. Den ganzen Tag arbeiten, ohne dass jemand erwartet, dass ich auch nur ein Wort sage.

Oder etwas tue, was ich nicht will.

Oder mein Zimmer aufräume.

Oder ein Haus streiche.

Oder ein Mädchen bezirze.

Ein Leben, das mir ganz allein gehört.

Stattdessen holt die Lautsprecherstimme mich zurück in das Leben, das leider meines ist. Es sitzt ein Haken in meinem Hintern und zieht mich aus dem sicheren Wasser heraus. Und in diesem Augenblick kann ich mir vorstellen, wie es dem großen Hecht geht, der da unten im Wasser herumpaddelt. Er ist allein und genau so will er es haben. Deshalb ist er jedes Mal sehr vorsichtig, wenn er nach etwas schnappt.

Dem großen Hecht geht es genau wie mir – er ist zufrieden mit dem Leben im Halbdunkeln.

Aber ab und zu begeht der Hecht einen Fehler. Er beißt doch an.

Und dann sitzt dieser Hecht – der Bud-Hecht – leider am Haken fest und kommt nicht mehr los.

Ich stehe mühsam auf, bürste mir Gras und Erde

von den Beinen, trotte zwischen den Zelten hervor und gehe zur Bühne. Ich sehe meine Eltern nicht, aber den Mann, der da oben steht und von dem »kleinen Bud« gelabert hat.

Ich gehe zu ihm und zupfe ihn am Ärmel.

»Okay«, sage ich. »Ich bin Bud.«

»Hä?«, sagt er und kann die Tatsache nicht verbergen, dass er einen schlaksigen Zehnjährigen erwartet hat, stattdessen jedoch ein Teenager von mehr als hundert Kilo vor ihm steht.

»Surprise!«, ruft es hinter mir.

Ich drehe mich abrupt um, Jerry und Selma grinsen mich an. »Ich habe gewusst, dass dir dieser Scherz gefallen wird«, sagt Jerry und klopft mir auf die Schulter. »›Selma‹, habe ich gesagt, ›Bud liebt practical jokes. Das wird er für Jahre nicht vergessen.‹ Du hättest mal dein Gesicht sehen sollen, als du zur Bühne gelatscht bist & gedacht hast, dass Mama & Papa irgendwo da stehen & auf dich warten, & du am liebsten gestorben, im Boden versunken wärst & dir gewünscht hast, nur ein kleiner Pups zu sein, der sich in Luft auflöst. Das werde ich nie vergessen.«

So geht es in einem fort, bis Selma sagt: »Vielleicht solltet ihr mal an die Beule denken, Jungs. Buds Mutter wird sich bestimmt nicht freuen, wenn sie die sieht. Leider habe ich Frank hier noch nicht gesehen. Frank kann so eine Beule im Handumdrehen wegkriegen.«

Deshalb sind wir die nächsten Stunden auf der Suche nach einem Beulenwegmacher. Ohne Erfolg.

»Das wird schon gut gehen, Jungs«, sagt Selma nervös, als wir uns vor dem Messegelände voneinander verabschieden. Sie, um auf dem Moped zu einem netten Familienabend nach Hause zu fahren. Wir, um ein zerbeultes Auto nach Hause zu unserer Hinrichtung zu bringen.

»Das denke ich auch«, antwortet Jerry nachdenklich. »Wir brauchen nur einen Plan B. Hast du einen Plan B, Bud?« Er dreht sich zu mir um.

Meine Pläne sind so weit hinten im Alphabet, dass sie nicht mehr zählen. Das sind Pläne, die sich nur darum drehen, ob ich mich traue, von zu Hause abzuhauen. Und wann. Oder ob ich einfach das Auto anzünden soll, damit niemand die Beule entdeckt.

»Hmm, denk, denk«, sagt Jerry. Er zieht die Augenbrauen zusammen und blinzelt in die Welt wie ein jüngerer Bruder von Sherlock Holmes.

Vielleicht passiert es deshalb? Weil Jerry zu viel nachdenkt.

Er sieht das Auto nicht, das hinter uns angefahren kommt. Er denkt so viel, dass er, ohne zu schauen, aus unserem Parkplatz rückwärts rausfährt, als das Auto hinter uns angetuckert kommt.

Wir haben nicht viel Fahrt.

Und der hinter uns auch nicht.

Aber es genügt, um es knallen zu lassen. Es knallt gründlich.

Ich kann nicht mehr.

Ich registriere nur das Geräusch eines ziemlich schrecklichen, entsetzlich lauten Rums plus Glas, das auf den Asphalt rieselt.

Ich höre das Geräusch eines Autos, das jäh bremst, und einer Wagentür, die knallt.

Ich höre einen Mann fluchen, dass es bei uns im Wageninneren zu hören ist.

»@£$#◘%&«, schimpft er und baut sich vor unserer Windschutzscheibe auf.

11. DER FOLTERMEISTER DES JAHRES

Das erinnert an die Situation vor drei Stunden, als wir Maggie angefahren haben. Doch jetzt steht keine süße Maggie da draußen. Stattdessen sehen wir einen großen, bärtigen Typ mit Messern, dort, wo die Augen sein sollten. Und Klauen statt Händen. Und einem Strich von einem Mund. Der ist so hasserfüllt, dass nur ein Teufel mit entzündeten Kratern in allen Zähnen ihm das Wasser reichen könnte.

Er macht mit dem Zeigefinger eine Kurbelbewegung und Jerry kurbelt gehorsam das Fenster hinunter.

»Was für verfluchte Ringelaffen seid ihr denn?«, zischt er. Ich meine, ihn wiederzuerkennen.

»Guckt euch mein Auto an!« Er zeigt auf den weinroten Kombi. Der Seitenspiegel baumelt an zwei Kabeln. Der Spiegel selbst ist kaputt und die Karosserie hat einen hässlichen Kratzer abbekommen.

Aber gleichzeitig gucke ich mir auch unseren Seitenspiegel an. Unser Spiegel hängt nämlich auch missmutig an der Karosserie herunter.

»Aber …« Der Mann bekommt eine tiefe Falte zwischen den Augenbrauen. »Ihr seid doch noch gar nicht alt genug, um Auto zu fahren!«

Jetzt erkenne ich ihn.

Es ist Riksen, der ehemalige Leiter der Tiplinger Gesamtschule, die ich gerade beendet habe. Zum Glück hatte er Urlaub, als der Krieg zwischen Valen und mir eskalierte. Sonst wäre ich zu ihm zitiert worden.

Schulleiter Riksen ist für seine Verhörtechnik und seine scharfen Antworten gefürchtet. Im letzten Jahr ist er inoffiziell von den Schülern zum »Foltermeister des Jahres« ausgerufen worden. Er hat Voldemort um Längen geschlagen.

Riksen schiebt sein hässliches Gesicht fast ins Wageninnere hinein und mustert uns. Lange. »Kommt raus, Jungs«, sagt er.

Das ist wie in einem amerikanischen Krimi, in dem der Polizist auf dem Motorrad ein Auto stoppt und jede Menge unangenehmer Fragen stellt. Und dann – ganz plötzlich – öffnet er den Knopf seines Revolvergürtels und bittet die Leute im Auto auszusteigen.

Dann weißt du, dass bald jemand sterben wird.

Entweder der Polizist oder die beiden im Auto.

Jemand wird einen Schuss abfeuern und jemand wird draußen im Staub liegen. Und dann wird es nicht mehr sein wie vorher.

Wir schälen uns widerstrebend aus dem Auto und sehen ihn ernst an.

»Und jetzt eure Ausweise, Jungs«, sagt er, den Finger am Abzug.

Jerry reicht ihm seinen, während ich in meinen Taschen wühle.

»Ist der echt?«, fragt er Jerry. Und mich überfällt ein

Schauder. Jerry ist der Typ, der ein Dokument fälschen könnte. Aber niemand, absolut niemand gibt Riksen einen falschen Ausweis. Er kann es riechen, wenn jemand versucht, ihn reinzulegen.

Dann hebt Riksen nachdenklich seinen Blick und schaut mich an: »Habe ich dich nicht schon mal gesehen? Gehst du nicht in Tipling auf die Schule?«

Seine Augen sind Röntgenstrahlen und durchbohren meinen Körper, mein Herz und mein Gehirn. Lesen und bewerten mich wie ein Buch. Seite für Seite. Nach zwei Sekunden hat er eine Übersicht über mein Leben. Er weiß, wer ich bin, wo ich wohne, was ich wiege, welche Schuhgröße und wie viel Kleingeld ich in der Tasche habe.

»Ja«, antworte ich.

»Ihr habt also keinen Führerschein, Jungs«, stellt er triumphierend fest. Als wäre er bei der Arbeit und hätte plötzlich eine Verschwörung aufgedeckt, die kein anderer Lehrer vorher gesehen hat.

Wir treten ein paar Kiesel von der Fahrbahn. Antworten jedoch nicht. Schauen weg. Räuspern uns. Sagen nichts. Treten noch ein bisschen. Schweigen.

»Das ist kein Spaß«, sagt er. »Das muss ich melden …«

»Was ist denn hier los?«, ist eine Stimme zu hören. »Immer mit der Ruhe. Die Jungs gehören zu mir.«

12. DIE RETTUNG

Riksen hebt seinen Blick, schaut über unsere Schultern und ich erwarte, dass er einen Magnumrevolver herausholt und wild um sich schießt.

Stattdessen guckt er ganz überrascht. »Hallo, Maggie«, sagt er. »Hast du etwas mit diesen Quatschköpfen zu tun?«

»Ja, ich habe sie hier zur MOTO-Show gefahren und …«, setzt Maggie an.

»Schau dir nur an, was sie gemacht haben!«, ruft er und zeigt auf die Spiegel.

»Nun beruhige dich, Onkel«, antwortet Maggie trocken. »Natürlich war es dumm von mir, ihnen zu erlauben, den Wagen vom Parkplatz runterzufahren. Ich hätte es ihnen nie erlauben dürfen. Aber ich musste schnell aufs Klo und wir hatten so wenig Zeit, deshalb ist es so gekommen. Ich bin natürlich diejenige, die sie nach Hause fährt.«

Rektor Riksen hat große Lust, uns richtig die Meinung zu geigen. Uns mit Zins und Zinseszins den Spiegel und den Schock heimzuzahlen und die Tatsache, dass wir keinen Führerschein haben.

Aber offenbar ist Maggie seine Nichte. Sie sind verwandt. Und Maggie verbreitet eine Autorität, die selbst er nicht zu meistern weiß.

Sein Gesichtsausdruck zeigt, dass sein rachsüchtiges Gehirn rotiert und versucht, ein Schlupfloch zu finden, um uns dennoch die Hälse umzudrehen.

»Okay«, sagt er schließlich mit einem Seufzer. »Dann lassen wir das dieses Mal mit der Polizei. Aber das wird eine Versicherungssache. Und ich muss mit euren Eltern reden.«

»Das wird schon in Ordnung gehen«, sagt Maggie ruhig. »Kommt, wir fahren nach Hause, Jungs.«

Sie setzt sich hinters Lenkrad und gibt uns mit einem Wink zu verstehen, dass wir einsteigen sollen. Wir trotten wie Zombies zu ihr und finden jeder unseren Platz in dem ramponierten Fahrzeug. Riksen setzt zurück und gibt Maggie die Bahn frei und dann rollen wir langsam nach vorn und verschwinden.

Ich nehme allen Mut zusammen und drehe mich um. Riksen bohrt seinen Röntgenblick in unsere Nacken und unser Auto und notiert unser Kennzeichen, während er den Kopf schüttelt.

Wir fahren aus Vanger hinaus. Alle sind still. Was gibt es noch zu sagen?

»Jetzt sitzt ihr aber ziemlich in der Tinte, Jungs«, sagt Maggie. »Mein Onkel ist wie ein Hecht. Er beißt sich fest und lässt erst los, wenn die Knochen zersplittern.«

13. EIN SCHLECHTER NACHMITTAG

Wir lassen Maggie gleich hinter dem Zentrum raus, sodass sie sich zurückschleichen und ihr eigenes Auto holen kann. Währenddessen fahren Jerry und ich schweigend zurück nach Tipling.

Die Landschaft ist sonnenverbrannt und trocken.

Langweilig.

Dahin sind die Möglichkeiten und Chancen, das Schöne und Exotische.

Wir schwitzen und wissen, dass daheim ein Wahnsinnsmalerjob wartet.

Und das ist noch das kleinste Problem.

Denn was sollen wir meinen Eltern sagen?

Jerry erwähnt keinen Plan B. Oder C. Oder …

Und ich sage nicht, dass wir eigentlich davonlaufen sollten.

Oder uns am besten umbringen würden.

Oder …

Weiter reichen meine Pläne nicht.

Wir erreichen die Anhöhe, auf der unser Haus liegt, und Jerry hält an dem letzten Haus rechts an. Schweigend läuft er in den Lebensmittelladen. Kommt mit einer Plastiktüte wieder heraus.

»Süßigkeiten. Wir brauchen Trost, Bud«, sagt er. »Und eine Jumbopackung Fischstäbchen.«

Ich schaue Jerry an.

»Wir haben versprochen, dass es jeden Tag Fisch gibt«, sagt er. »Wir müssen unser Versprechen halten, weißt du.«

Zuerst halte ich das für einen Scherz. Aber er meint es ernst.

»Da werden sie sich … äh … aber wirklich freuen«, sage ich. Und habe plötzlich eine blendende Idee: »Wir können doch sagen … äh … dass wir … äh … uns keine Zeit fürs Angeln gegönnt haben, sondern … äh … stattdessen in den Laden gelaufen sind … und das hier gekauft haben.«

Jerry sieht nachdenklich aus. Dann erscheint ein Strahlen in seinen Augen. Er setzt sich ins Auto, startet und rast das letzte Stück hoch.

»Ich glaube, es ist ganz schlau, das so darzustellen, Bud«, sagt er, während er einparkt. »Hmm, manchmal hast du richtig gute Ideen. Jetzt brauchen wir nur noch eine Erklärung für diese Bagatellen am Auto.«

Ich weiß nicht, was mit meinem Gehirn los ist. Vielleicht liegt es an Jerrys Nähe? Oder es ist einfach nur reine, unverfälschte Panik, die dazu führt, dass plötzlich immer neue Gedanken in meinem Kopf aufpoppen. Aber ich sehe es direkt vor mir. Ich sehe die Leiter und ich sehe, wo das Auto vor ein paar Stunden stand.

»Wir können doch sagen ... äh ... dass die Leiter auf das Auto gefallen ist«, sage ich.

»Bud, nicht alle Gedanken sind gleich ...«, setzt Jerry an. Doch dann hebt er seinen Blick und schaut zu der Leiter hinüber.

»Hmm«, sagt er, während wir aus dem Auto steigen. Wir nehmen Auto und Leiter in Augenschein.

»Hmm«, sagt Jerry noch einmal und reibt sich das Kinn. »Das könnte klappen.«

Er hebt die Leiter versuchsweise an und lässt sie scheinbar zu Boden fallen. Es ist genug Gewicht und Wucht dahinter.

»Und dann sagen wir ... äh ... dass sie in zwei Teile zerbrochen ist und ... äh ... dass ...«, beginne ich erneut.

»Habe ich dir schon gesagt, dass du genial bist, Bud?!!«, ruft Jerry und drückt mich begeistert an die Brust. Er hat Superkräfte bekommen und schafft es, mich zehn Zentimeter über den Boden zu heben. »Du hast alle unsere Probleme gelöst! Wir haben die Leiter angehoben. Sie ist in zwei Teile zerbrochen. Der eine

Teil hat die Stoßstange zerdellt. Der andere den Spiegel zerbrochen. Wir sind gerettet.«

Jerry dreht ein paar Runden auf dem Vorplatz. Macht schnelle Tanzschritte. Wippt mit den Hüften und dem Po. Grölt: »Wir sind gerettet! Wir sind gerettet! Bud hat ein Goldei gelegt! Es lebe Bud!«

Er schließt seinen Tanz damit ab, dass er den einen Leiterteil an die Wand lehnt und laut über die ganze Gegend schreit: »Wir sind gerettet!!!! Hurra!! BUD IST GENIAL!!!«

Dann schauen wir auf die Uhr. Es ist schon spät. Wir schmeißen uns in die Malerkluft und machen uns ans Werk wie Sträflinge, die für eine Strafmilderung kämpfen. Klatschen die weiße Farbe um uns, als gäbe es morgen keine mehr.

»Und was ist mit Maggies Onkel?«, frage ich.

»Immer ein Problem nach dem anderen«, erklärt Jerry elegant. »Weißt du, Bud, die Welt ist eigentlich eine einzige endlose Strecke von Problemen. Die nehmen nie ein Ende. Daher gilt es, sich nicht zu sehr an Einzelproblemen aufzuhängen. Sondern sie lieber zu lösen, eines nach dem anderen. Jetzt haben wir eine wunderbare Erklärung dafür, warum das Auto ein paar Schrammen bekommen hat. Und wenn der Onkel auftaucht, müssen wir wieder improvisieren. Wer weiß, vielleicht gelingt es Maggie, ihn zu überreden, gar nicht herzukommen. Sie ist eine tolle Frau, Bud. Was mich übrigens auf etwas bringt.«

Er schaut mich ernst an und senkt die Farbrolle.

»Das ist nicht ganz einfach zu erklären«, erklärt er und wird leicht rot.

Ich breite wortlos die Arme aus, um ihm zu verstehen zu geben, dass er losschießen soll.

»Nun«, sagt er, räuspert sich und wird noch röter. »Ich mag Maggie.«

Etwas zieht mir den Boden unter den Füßen weg.

»Mag mag MAG sie sehr sehr SEHR gern«, sagt er, rot wie ein Feuerwehrauto.

»Äh ... du magst sie?«, frage ich. »Heißt das .... mögen ... auf diese Art?«

»Ja, sie ist fantastisch«, seufzt er. »Eine richtige Powerfrau!«

»Oh ja«, nicke ich. Was soll ich sagen? Schließlich habe ich ja kein Monopol auf sie.

»Ich muss einfach versuchen, etwas bei ihr zu erreichen«, erklärt er nachdenklich.

»Und was ist mit Selma?«, frage ich. Hat er etwa Selma nicht geküsst? Hat er nicht davon geredet, ihr zuliebe den Riesenhecht zu fangen?

»Man lebt sich einfach auseinander, Bud«, antwortet er und hört sich an, als wäre er schon hundert Jahre alt und wüsste alles über Mädchen. »Als Maggie da im Auto saß & fuhr & dann anhielt & rausging, da wurde mir klar, dass die Art, wie sie sich bewegt, etwas ganz Besonders hat. Der Rücken, der Po, diese Beine – so etwas Süßes, dass ich einfach –, ich wusste auf einmal, ich MUSS einfach – mit ihr zusammen sein. & deshalb sage ich das – nicht, weil ich glaube, dass du so ein Typ bist, der es auf die Frauen von anderen anlegt oder so, sondern nur, damit es einmal gesagt ist & es nicht später zu Missverständnissen kommt – ich hoffe, dass du nicht versuchst, mit ihr zu flirten oder ihr näherzukommen – Maggie, meine ich. Wir haben schon einen speziellen Ton miteinander, Maggie & ich, & eigentlich ist es nur eine Frage der Zeit, dass es mehr wird, & da möchte ich möglichst nicht durch irgendwelche Verwicklungen mit dir, meinem besten Freund, gestört werden, Bud.«

»Schon klar«, knurre ich, obwohl mir gar nichts klar ist.

Oder – doch, mir ist schon klar, dass er sie für sich haben will. Aber will Jerry jetzt alle Mädchen auf der ganzen Welt für sich haben? Zuerst Selma und jetzt Maggie. Und wenn die Mannschaftskapitänin der Tipling Tigers auftaucht, dann wird er die sicher auch für sich reservieren lassen. Bleibt da überhaupt noch etwas für uns andere übrig?

Kann es noch schlimmer kommen?

Oh ja, aber nicht mehr viel schlimmer.

14. BUDS DRITTER BRIEF AN STARBOKK

Als meine Eltern nach Hause kommen, schlucken sie die Erklärung mit der Leiter. Vater inspiziert die Wand und findet, dass wir nicht sehr weit gekommen sind. Aber es gefällt ihm, dass wir keine Pause gemacht haben.

»Ich muss schon sagen, du bist hartnäckig, Jerry«, sagt er. »Ich wünschte, eine gewisse andere Person hier hätte die gleiche Einstellung zum Leben wie du. Die gleiche Einsatzbereitschaft und Beharrlichkeit.«

»Danke, Onkel«, antwortet Jerry mit einem bescheidenen Lächeln. »Was das Auto betrifft, so zahlen wir natürlich die Reparatur der Schäden.«

»Nein, das ist kein Problem«, wehrt mein Vater ab und mein Mund fällt bis zum untersten Knopfloch herunter. Das hätte er niemals zu mir gesagt. Auch nicht vor dem Feuer.

»Darüber mach dir nur keine Gedanken«, fügt meine Mutter hinzu.

Anschließend gehen sie in die Küche und überprüfen die Liste der lebensgefährlichen Zusätze im Essen. Dann beschließen sie, dass Fischstäbchen genau das Richtige sind. Sie braten sie und kochen Naturreis dazu.

Das Leben ist merkwürdig und ähnelt einem grünen Dingsbums mit gelbem Haar. Einem Dingsbums, das sich dreht und ein leises Quieken von sich gibt. Mit anderen Worten: Das Leben ist ein ulkiges Teil, von dem ich nicht einmal einen Millimeter kapiere.

Zwanzig Minuten später essen wir Fischstäbchen und Reis, und es schmeckt überraschend gut.

Dann ziehe ich mich unter dem Vorwand zurück, dass ich Kopfweh hätte – von der Farbe.

»Bud kann so wenig ab«, höre ich meine Mutter leise hinter meinem Rücken sagen. »Als er klein war, hatte er jede Menge Allergien, und jetzt, nach …«

Ich lasse die drei Menschen im Wohnzimmer sitzen, sich miteinander vergnügen, einander anlächeln und sich den Rücken tätscheln. Ich habe einen Job zu erledigen. Einen unangenehmen, schrecklichen Job. Aber genau in diesem Moment erscheint es mir besser, Starbokk zu schreiben, als meinen Eltern und Jerry zuzuhören.

Ich gehe ins Kellergeschoss und fange an zu schreiben:

An: Herman_Starbokk@schulpsychologischerdienst.tipling
Von: bumartin@ishmaelpost.net
Betreff: Dritter Bericht

Ich glaube, es ist im Nachhinein einfacher zu beurteilen, wann Valen und ich hätten aufhören sollen. Mit Sicherheit ist es auch für Außenstehende leichter zu erkennen. Aber wir beide hatten uns verrannt. Plötzlich handelte es sich um viel mehr als um einen Lehrer und einen Schüler, die um einen Bocksprung stritten.

Es ging um größere Dingen.

Für Valen war es wohl so, dass ihn noch niemals jemand so herausgefordert hatte wie ich. Und ich war nicht einmal einer der Schüler, die er respektierte – soweit er überhaupt einen von uns respektierte. Ich war ein Kerl, den er als faulen Fettsack ansah, und der erdreistete sich, ihm offen in jeder Stunde »Nein!« zu sagen. Ich glaube, Valen spürte, dass er die Achtung der anderen verlor. Er verlor seine Autorität. Er wurde vom Lehrerthron heruntergezerrt und wurde fast einer von uns. Und er fürchtete, dass sich das rumsprechen könnte.

Ich meinerseits hatte das Gefühl, als stünde alles Mögliche auf dem Spiel. Ich war plötzlich bereit, für mich einzutreten. Zum ersten Mal in meinem Leben seit dem Trotzalter sagte ich »Nein!« zu einem Erwachsenen. Das war das wichtigste Nein in meinem Leben. Bis dahin hatte ich immer nur das getan, was die anderen wollten.

Jetzt wollte ich das tun, was ich selbst wollte.

Ich wollte Aufruhr machen. Ich wollte bestimmen. Und wenn es nur darum ging, eine ganze Stunde hinter einer Absprungmarke zu stehen. Das Weiß hatte meine Freiheit herausgefordert. Ich musste ihm ein absolutes »Nein!« entgegenschleudern.

Vor der vierten Stunde unseres Krieges nahm Valen mich in der Pause zur Seite. »Auf ein Wort, Martin«, sagte er und zog mit mir davon.

Wir gingen, bis wir zwanzig Meter von den anderen entfernt waren. »Wir haben ein Problem«, sagte er.

»Ja, das stimmt«, antwortete ich und erwiderte seinen Blick.

»Ich weiß, dass du sauer bist«, sagte er und eine Spur von schlechtem Gewissen war in seinen Augen zu sehen. »Ich weiß, dass ich manchmal etwas schnoddrig bin und sicher etwas Dummes zu dir gesagt habe – wie zu allen anderen Schülern auch. Und dafür möchte ich dich um Entschuldigung bitten.«

Er machte eine Pause und wartete wohl, dass ich ihm die Hand hinstrecken und ihm verzeihen würde. Aber ich war nicht bereit, klein beizugeben.

»Wie wäre es, wenn wir …« Er suchte nach den passenden Worten. »Wenn wir eine Verabredung träfen?«

Ich starrte ihn wortlos an.

»Wenn wir sagen, ab jetzt brauchst du nicht mehr über den Bock zu springen, wenn du die anderen Geräte in der Turnhalle benutzt? Und damit reden wir nicht mehr drüber, ja?«

»Nein«, antwortete ich.

»Nein?«, fragte er aufgebracht. »Nein?! Was meinst du damit? Nein wozu? Kannst du nicht einmal in ganzen Sätzen antworten, du Tollpatsch?«

»Ich werde … äh … keines der weißen … äh … Geräte benutzen«, antwortete ich.

Valen sah mich an, als wollte er mich umbringen und überlegte nur, welche Methode wohl die grausamste wäre. Sein Mund wurde zu einem auffallend weißen Strich. Ich sage auffallend, weil sein Gesicht ansonsten knallrot war und ihm der Schweiß von den Schläfen rann. Sein Mund war ein weißer Schnitt in dem Rot. Ich fürchtete, er könnte einen Anfall kriegen.

»Äh … na gut«, sagte er, drehte sich auf dem Absatz um und ging energisch Richtung Lehrerzimmer.

Und ich denke, ab da gab es nur noch eine Möglichkeit.

Das war nun wohl so ausführlich, dass es genügen sollte. Sie wissen ja selbst, wie es ausgegangen ist, deshalb sehe ich den Bericht jetzt als beendet an. Ich habe nur wenig Lust, noch weiterzuschreiben.

Viele Grüße

Bud Martin

15. WOLFSTRÄUME

Ich falle ins Bett und lese ein Mangaheft über den »Wolfsjungen«. Es handelt von einem Jungen, der jede Nacht aufwacht und ein Wolf ist. Kein Werwolf, sondern ein Jäger und Krieger. Er kann immer noch wie ein Mensch denken, wird aber von Instinkten und seinem Trieb gesteuert. Außerdem hat er ein Fell und geht auf allen vieren – wie ein echter Wolf.

Der Wolfsjunge passt nicht dorthin, wo er wohnt – mitten in einer Großstadt, in einer Familie mit sechs Geschwistern und einem Vater, der nachts ständig auf ist und arbeitet. Dadurch kann er jeden Moment entdeckt werden. Denn wenn er zum Wolf wird, dann MUSS er einfach raus und auf Jagd gehen. Nicht, um zu fressen oder Blut zu trinken oder solche ekligen Dinge zu tun, sondern weil sein Jagdinstinkt ihm das befiehlt.

Ich wünschte, ich wäre eingeschlafen und hätte geträumt, der Wolfsjunge zu sein. Stattdessen träume ich, dass ich zu einem Arzt komme, der sagt, dass er mir dabei helfen will, der zu werden, der ich gerne sein will. Er unterzieht mich einer Menge von Behandlungen – schält sieben Hautschichten ab, um einen anderen, besseren Bud darunter zu finden – gibt grüne Spritzen, die meine Zellenstruktur vollkommen ändern sollen – setzt mich Gammastrahlen aus, mit denen er den Aufbau meines Körpers zu verändern versucht.

Ohne dass etwas davon hilft.

Der Arzt schwitzt und versucht zu lächeln und erklärt, dass einzelne Organismen sehr widerspenstig seien, er jedoch einen Superapparat habe, mit dem er selbst mich hinkriegen werde. Er schiebt mich in etwas, das aussieht wie eine kompakte Autowaschanlage.

Dadrinnen werde ich mehrere Minuten lang mit einer warmen roten Flüssigkeit gespült, wonach vier Sets mit rotierenden Bürsten meine Haut sauber schrubben. Schließlich ist meine Haut ganz rot und fleckig und die Bürsten schneiden mir ins Fleisch. Ich schreie und flehe darum, die Maschine abzustellen. Aber es gelingt mir nicht, den Motorenlärm zu übertönen. Mein Fleisch hängt mir in dicken Fetzen vom Leib, ich sehe aus wie etwas im Schlachtertresen und kann sehen, wie meine Eingeweide herausquellen.

Dennoch bin ich immer noch genau der Gleiche wie vorher.

Ich schlage um mich und schrecke aus dem Traum auf, als ich gegen meine Nachttischlampe stoße. Ich verbrenne mich an dem Metallschirm und fluche so laut, dass selbst Jerry aufwacht, der auf der Matratze auf dem Boden geschlafen hat.

»Was machst du denn da?«, fragt er.

»Keine Ahnung«, antworte ich.

»Gute Nacht.« Und damit schläft er wieder ein.

Ich schaue auf die Uhr. Es ist halb zwei.

Ich bleibe noch eine halbe Stunde liegen.

Dann richte ich mich im Bett auf. Gehe davon aus, dass Jerry tief und fest schläft.

Ich schleiche mich hinaus.

16. HINUNTER IN DEN ABGRUND

Draußen herrscht eine schöne Sommernacht. So eine, wie ich sie mag.

Ich husche in die Küche und hole mir zwei Pappteller mit Nachtspeise.

Es ist an der Zeit, Stille, Frieden und die Aussicht

von Großvaters Gartenpavillon zu genießen. Ich balanciere alles auf den Händen und verliere auf dem Weg hinauf höchstens ein oder zwei Hähnchenkeulen.

Ich wünschte, ich könnte ein Wolfsjunge sein. Ein Wolfsjunge, der seine Sachen tut, ohne viel darüber nachzudenken. Ein Wolfsjunge, der weiß, dass das Leben unbegreiflich ist, und sich nicht weiter darum schert.

Dann setze ich mich gemütlich hin, das Essen vor mir, eine frisch geöffnete Bierflasche in Reichweite, und versuche, ein bisschen Wolf zu spielen.

Essen, Bier, Sterne und der Geruch nach Holz in dem Pavillon ergeben zusammen ein Gefühl der Seligkeit.

Ich schließe die Augen und spüre die Welt. Es ist, als würde sie sich ausbreiten, sich entfalten, öffnen und mir alles geben. Genau in diesem Augenblick gibt sie mir alles.

Ich weiß nicht, ob ich eingeschlafen bin – sitzend, mit der Gabel in der Hand und einer unglaublichen Auswahl an Aufschnitt, Brot, Kartoffelsalat, Spargel, Bohnensprossen und eingelegtem Gemüse, mariniert in einer Fleischsoße mit Knoblauch vor mir.

Vielleicht geschieht es gerade, weil ich fast einschlafe?

Denn wenn wir kurz vorm Einschlafen sind, sind wir besonders wachsam gegenüber Überraschungen und können mit einem Ruck zurück in die Wirklichkeit gelangen.

Auf jeden Fall glaube ich, den Schrei eines Vogels zu hören.

Ich habe mir gerade vorgestellt, wie ein Wolfsjunge hinter einer wunderbaren Maggie, die auch ein kleiner Wolf ist, im Gras herläuft. Doch da schreit der Vogel.

Und ich zucke zusammen.

Ich erschrecke mich.

Ich fluche.

Ich breite die Arme aus.

Ich werfe Essen und Bier um. Die Teller fallen herunter und das Essen verteilt sich auf dem Boden. Die Bierflasche fliegt gegen das Geländer, das um den Pavillon führt.

Als würde alles um mich herum explodieren.

Und darüber erschrecke ich noch mehr und schiebe meinen Stuhl zurück, weg vom Tisch, weg von den Glasscherben, die sich um mich herum verteilen, weg vom Salat, der mir um die Ohren fliegt. Ich schiebe den Stuhl nach hinten, der jämmerlich unter mir knarrt.

Er erträgt den Druck nicht und wird zu Kleinholz.

Ich komme wieder zu mir und schaue mich um. Es sieht aus, als hätte jemand im Pavillon ein Massaker veranstaltet. Oder als hätte ein Schwein größerer Dimension einige Mahlzeiten um sich verteilt.

Ich stütze mich auf den Tisch, seufze und denke, dass …

Nein, ich schaffe es nicht, zu denken. Das ist zu viel für mich. Das war so ein … merkwürdiger Tag. Mit Selma und Maggie, dem Auto und allem. Und jetzt das.

Ich muss wieder klar im Kopf werden.

Ich muss … muss … ich brauche eine Mülltüte und einen Lappen. Das werde ich ja wohl hinkriegen. Aber nicht gerade jetzt. Das kann bis später warten. Alles lässt sich regeln, Bud, denke ich – es besteht überhaupt keine Gefahr, dass das jemand entdecken könnte. Ich trete einen Schritt zurück und betrachte das Massaker und gebe mir selbst das Wort, dass ich das hier schon regeln werde.

Aber nicht jetzt.

Nicht heute Abend.

Morgen werde ich das mitbringen, was ich brauche, und hier aufräumen und sauber machen.

Im Augenblick muss ich meinem Instinkt folgen – wie ein Wolfsjunge – und zusehen, dass ich ins Bett komme.

Wie ein Wolfsjunge.

Der Wolfsjunge regelt das alles ganz souverän. Morgen wird er das tun.

Ich gehe nach Hause – instinktiv und wolfsjungenartig.

Morgen werden er und ich alles regeln.

ZITAT AUS: »Henry Walden: Der Fisch meines Lebens. Die Jagd auf den Riesenhecht.«

»Für mich ist jede Zeit im Jahr geeignet für das Hechtangeln. Ich wusste, dass es da draußen den großen Hecht gab, zu jeder Zeit, in jeder Saison, morgens, abends und nachts. Er wartete nur auf mich.

Als ich die Jagd auf den Riesenhecht begann, da hörte ich auf, mich um die Zeit zu kümmern. Alles handelte sich nur noch um ein Duell zwischen ihm und mir. Ein Duell, das meiner Meinung nach nur ein Ergebnis haben konnte.

Aber es ist richtig, dass Hechte in bestimmten Perioden besser beißen – in anderen schlechter. Das hängt von der Jahres- und der Tageszeit ab, von der Wasser- und der Lufttemperatur und davon, wo die kleinen Fische – das heißt die Nahrung des Hechts – hinwandern. Davon, wie hungrig er ist.

Besonders gierig ist er im April/Mai, wenn er abgelaicht hat. Dann beißt er bei allem an. Dann liegt er mit knurrendem Magen im seichten Wasser auf der Lauer. Aber wenn der Sommer sich nähert, dann zieht er weiter in tieferes Wasser. Er mag keine Wärme.

Juli und August werden als die schlechteste Zeit angesehen, um einen Hecht zu fangen. Da sind die meisten Hechte nur in der Dämmerung oder bei Sonnenaufgang bereit zuzubeißen.

Aber wie gesagt – ein hungriger Hecht beißt so ziemlich auf alles. Mein Freund, der Sportfischer Ahab, hat ein eigenes Hechtmuseum eingerichtet. Zwischen den Bildern von Hechten und ausgestopften Fischen stehen auch Vitrinen mit allem möglichen merkwürdigen Zeug, das er von Hechtfischern zugeschickt bekommen hat, um zu zeigen, wie gierig der Hecht ist. Da gibt es Schafsknochen, die Überreste von Schwalben, Mäuse, Ratten und Frösche, Schinken, Käse und Kaninchenohren, die in Hechtmägen gefunden wurden. Die Sammlung umfasst außerdem Münzen, Uhren, Löffel, eine Sardinenbüchse mit Öffner und eine Bierflasche.

Ich wusste, dass mein Riesenhecht ein gieriger Fisch war. Gierig, aber gerissen. Und nachdem ich erst einmal beschlossen hatte, ihn zu fangen, da war die richtige Ausrüstung natürlich wichtig.

Aber meine allerwichtigste Waffe, das war die Ausdauer. Nicht aufzugeben. Es immer wieder aufs Neue zu versuchen, bis ich den Fang sicher im Hafen hatte.«

4. EIN DICKER BROCKEN = DONNERSTAG

1. DAS FRÜHSTÜCK DES WOLFSJUNGEN

Ich bin der Wolfsjunge! Das ist mein erster Gedanke, als ich im Kellergeschoss in meinem Bett aufwache.

Nur ein Wolfsjunge wacht von allein um fünf Uhr morgens auf. Die Sonne schläft noch hinter dem Horizont, mit eingeschaltetem Licht. Aber ich bin wach und voll da. 105 Kilo Wolfsjunge schleichen sich durchs Zimmer, ziehen sich an und suchen Jacke und Schuhe. Sind bereit für den Tag, auch wenn der Tag nicht bereit ist für mich.

Ein Wolfsjunge hat Unmengen an Dingen zu tun. Ganz gleich, ob es spät oder früh am Tag ist.

Mein Plan sieht vor, erst einmal ein wahnsinnig umfangreiches Frühstück zu mir zu nehmen. Etwas, das wirklich Platz im Magen einnimmt und meine Maschine für den Rest des Tages aktiv halten kann. Es besteht eine 87%ige Chance, dass ich in den letzten Tagen einige Kilo verloren habe – trotz der gestrigen Würstchen und Würstchen und Würstchen.

Ich schenke mir einen halben Liter Saft ins Glas ein und trinke es in einem Zug aus. Schlage drei Eier und Schinken in die Pfanne und schiebe das Brot in den Toaster. Decke den Tisch und lausche der Stille.

Die Stille ist schön in Tipling. Ich höre nicht einmal

den Müllwagen. Nur Vögel, die das verkünden, was Vögel an einem schönen Morgen nun einmal zu verkünden haben.

Meine Wolfsjungen-Instinkte befehlen mir, von hier wegzukommen. Abhauen! Weglaufen! Sich auf und davon machen! »Iss schneller!«, zischt der Wolfsjunge. Aber ich zwinge mich, jeden Bissen ausgiebig zu kauen. Den Saft mit Speichel zu vermischen und ihn im Mund kreisen zu lassen, um alle Reste von Ei, Schinken und Toast auf dem Weg zum Magenmotor mitzunehmen. Mein Magenmotor ist diesbezüglich ein wenig empfindlich. Er will nicht gedrängt werden. Aber Wolfsjunge und Magenmotor werden sich einig.

So isst der Wolfsjunge mit empfindlichem Magen Frühstück, während er Pläne für den Tag schmiedet.

Doch da gibt es ein Problem. Abgesehen von dem Wunsch, in die Natur, dem Sonnenaufgang entgegenzustürzen, habe ich keine Ahnung, was ein Wolfsjunge wohl denken oder tun würde. Ich habe Probleme, mir vorzustellen, welches Tagesprogramm so ein Pelztier wohl haben könnte. Deshalb versuche ich, so zu tun, als hätte ich ein Fell, und rede mir selbst ein, dass ich jetzt nur noch mit Wolfsideen durch die Welt gehe.

Aber weiter als bis zu dem Gedanken, dass ein Wolfsjunge seinen Instinkten folgt, komme ich nicht. Er würde kein Haus streichen oder versuchen, Beulen in Autos wegzureden, oder sich große Sorgen machen.

Er würde in den Wald gehen und sich auf die Lauer legen, um Beute zu machen. Sich sonnen, wenn es warm ist, und versuchen, die Wärme zu halten, wenn es kalt ist. Er würde versuchen, ein möglichst angenehmes Leben zu leben. Und dann hätte er keine Menschensprache. Nur Laute.

Würde er es schaffen, ein Glas in der Hand zu halten?

Würden ihm Eier und Schinken schmecken?

Mitten in meinen Spekulationen taucht Jerry auf. Er scheint ebenfalls auffallend morgenwach zu sein – wirkt aber noch etwas mundfaul.

»Morgen«, sagt er, legt sich zwei Scheiben Knäckebrot auf einen Teller und zwei dünne Käsescheiben darauf. Nicht gerade ein Frühstück für einen Wolfsjungen. Aber Jerry gehört in eine andere Gewichtsklasse.

»Hmf«, antworte ich in Wolfsjungen-Sprache.

»Ich habe nachgedacht«, setzt er an. »Wir haben ein Problem.« Er macht eine unheilschwangere Pause. »Das bringt uns um, Bud. Diese Kreativität bringt uns um. Sie wird uns noch das Leben kosten.«

Ich frage mich, wovon er wohl redet, bringe aber nur ein »Mmm?« heraus.

»Ich rede von dem Anstreicherjob«, erklärt er und sieht mich mit ehrlichem Bedauern an. »Du hättest es nie zulassen dürfen, dass ich deinen Eltern anbiete, wir könnten diesen Job übernehmen. Manchmal bist du so … Bud.« Er breitet resigniert die Arme aus. »Du musst auf mich aufpassen. Ich springe in alle Richtungen, & jetzt fürchte ich, dass ich zu weit gesprungen bin. Dieses Haus liegt hart an der Grenze dessen, was wir schaffen können.« Er steht auf, schenkt sich ein Glas Milch ein und betrachtet nachdenklich die weiße

Flüssigkeit. »Aber ich glaube, wenn wir dieser Aufgabe noch zwei Tage opfern, dann können wir es vielleicht doch schaffen & dann können wir es die letzten Tage, die ich hier bin, ruhig angehen lassen. Wenn wir um vier oder fünf Uhr aufstehen, dann können wir es hinkriegen. Wir quälen uns ein bisschen, aber dann können wir hinterher entspannen. Ein Versprechen ist trotz allem ein Versprechen & wir müssen einfach versuchen, es zu halten. Komm!«

Damit ist das Frühstück zu Ende und wir stehen im nächsten Moment vor der schrecklichen Nordwand. Hier fehlen noch drei Meter, bis die Ecke erreicht ist.

Als meine Eltern um halb acht aufstehen, ist die Nordwand fertig.

Mein Vater kommt zum Inspizieren und scheint erleichtert zu sein. »Ich muss mal zum Haus vom Schwiegervater gehen und nachsehen, ob es noch steht«, erklärt er.

Ich schaue ihm hinterher. Bin mir zu 100 % sicher, dass das mit einer Katastrophe enden wird. Aber ich kann ihn nicht aufhalten. Stattdessen gebe ich mir alle Mühe, nicht so nervös zu erscheinen.

Nach dreißig Sekunden hören wir einen Laut, der an ein Bellen erinnert. Und dann einen Schrei.

2. DIE GROSSE SELMA

»Wir müssen die Polizei anrufen«, verkündet mein Vater nervös. Er kommt zu unserem Haus zurückgelaufen. »Jemand hat im Pavillon vom Schwiegervater eine Party gefeiert. Möbel sind kaputt, es ist alles verdreckt und überall liegen die Scherben von Bierflaschen herum.« Er verschwindet im Haus.

Ich umklammere die Farbrolle. Streiche weiter die Wand an. Jerry dagegen bleibt stehen und sieht mich verwundert an. Ich kann nur immer wieder denken, dass ich doch gleich hätte aufräumen und sauber machen sollen. Was für ein Idiot kann man nur sein? Einen Tatort zu verlassen – voller Spuren. Die Wahrscheinlichkeit liegt bei 89 %, dass man entdeckt oder überführt wird.

»Hnn?«, frage ich in Wolfsjungen-Sprache.

»Bud«, grinst Jerry. »Ich bin schwer beeindruckt. Was für Ideen du hast … jede Nacht im Pavillon hocken & den Mond antrinken … das ist eigentlich ein echt guter Stunt.«

»WAS?«, platzt es aus mir heraus, wobei ich vergesse, dass ich eigentlich der Wolfsjunge bin.

»Ich weiß alles«, sagt er gespielt pathetisch und tippt sich an die Stirn. »& ich sehe alles.« Er zeigt auf seine Augen.

Ich weiß nicht, was ich dazu sagen soll. Ich drehe mich zur Wand um, ganz rot im Gesicht. Habe das Gefühl, als bliebe die Farbrolle in der weißen, zähen Farbe kleben. Als hätte mein Arm keinerlei Kräfte mehr. Als wäre mein Körper aus Leim gemacht, der langsam eintrocknet.

Kann ich mich auf Jerry verlassen?

Was ist, wenn er alles ausplaudert, was er weiß? Etwa beim Essen? Mittags oder abends? Wenn wir mit jemandem reden, den wir kennen? Ohne sich daran zu erinnern, dass es ein Geheimnis ist? Er ist schließlich die größte Plaudertasche, die ich kenne.

Ich hocke mich ins Gras, weil mir die Knie ihren Dienst versagen. Versuche es zu tarnen, indem ich langsam immer wieder den gleichen Fleck an der Wand streiche.

»Keine Panik«, sagt er und hockt sich neben mich. »Du kannst mir vertrauen. Ich werde niemandem etwas davon erzählen. Schon gar nicht deinen Eltern. Du darfst mich nicht falsch verstehen, Bud. Sie sind wirklich reizend, aber so richtig verständnisvoll sind sie nicht. Abgefahren ist nur die Sache mit der Kleidung. Oder besser gesagt, der fehlenden Kleidung.«

Er packt meinen Arm. »Nun komm schon. Wir können doch nicht bis in alle Ewigkeit weiße Farbe auf die gleichen zwei Zentimeter an der Wand klatschen. Wir haben noch ein halbes Haus vor uns. Aber vertraue mir. Ich werde die Schnauze halten. Das ist zwar nicht leicht, aber selbst ich werde es schaffen, wenn ich muss …«

Wir streichen weiter, während Vater die Polizei anruft und anschließend die nächste Stunde nervös zwischen unserem Garten und Großvaters Pavillon hin- und herläuft. Er bemerkt kaum, was wir da treiben. Nicht einmal, als Jerry mit großen Buchstaben »SELMA« an die Wand malt. Die frische weiße Farbe ist gut auf der wettergegerbten Unterlage zu erkennen.

»Wow! Das gefällt mir!«, hören wir eine bekannte Stimme. Wir zucken zusammen und drehen uns schnell um.

3. ZWEI QUATSCHKÖPFE UND EIN IDIOT

Wir versuchen, »Selma« an der Wand überzustreichen.

Aber das lässt sich nicht so einfach machen.

Wir streichen noch ein zweites Mal drüber.

Aber es sieht aus, als wäre ihr Name in die Bretter eintätowiert.

»So einfach ist es nicht, mich loszuwerden«, erklärt sie triumphierend. »Selbst wenn ich bereits das Leben im Fernsehcamp genieße, wird das hier noch stehen. Kommt, Jungs, ich helfe euch!«

Sie nimmt Jerry die Rolle aus der Hand und dreht sich zur Wand, doch im letzten Moment knickt sie die Hand zur Seite und streicht Jerry weiße Farbe über die Wange.

»Oh, Entschuldigung, Herr Storm«, kichert sie. »Ich habe den Unterschied zwischen Ihnen und der Wand nicht gesehen.«

»Ich werde dir zeigen, wie hier gemalt wird!«, johlt er, reißt mir die Farbrolle aus der Hand und zielt auf ihre Wange. Aber sie kann noch davonlaufen.

Dann wirft er sich jedoch über sie, sodass beide zu Boden stürzen, küsst sie aufs Ohr, und zusammen rollen sie über das Gras, prügeln sich spaßeshalber, machen Blödsinn und grinsen.

Das ist ein merkwürdiger Vormittag.

Jerry und Selma albern herum, turteln miteinander, er kocht ihr Tee und sie lässt sich von ihm bedienen, bevor sie Fangen ums Haus herum spielen, sodass die ganze Nachbarschaft hören kann, wie sie lachen und sich verrückte Sachen zurufen. Sie jagen sich gegenseitig durch die Johannisbeersträucher, Selma bekommt Brennnesselblasen an den Knöcheln und muss getröstet werden, und Jerry tröstet sie.

Das sind zwei verliebte Quatschköpfe. Es ist niedlich, sie anzuschauen. Und gleichzeitig so schmerzlich einsam und fast ärgerlich. Ich fühle mich auch wie ein Quatschkopf – aber in erster Linie wie ein Idiot.

Wozu noch streichen, wenn die beiden Quatschköpfe nur herumalbern und flirten?

Das hat doch keinen Sinn.

Ich sehe, wie die beiden um die Ecke laufen. Sie kommen an mir vorbei – zuerst Selma, Jerry hinterher –, und gerade als Jerry die nächste Ecke nehmen will, ruft er mir über die Schulter zu: »Halte aus, Bud. Halte aus! Wir schaffen das!«

Ich werfe die Farbrolle in den Eimer und gehe.

Schnappe mir die Angel, die in meinem Zimmer in der Ecke steht, und verschwinde in Richtung Wald. Denn genau das hätte der Wolfsjunge getan. Er wäre seinen Instinkten gefolgt und hätte eher ans Fressen als ans Hausstreichen gedacht. Und das erst recht, wenn der Rest der Welt sich sowieso nicht darum kümmert.

Das Gelächter im Garten ebbt hinter mir ab und bald bin ich im Wald. Der Wolfsjunge federt munter über Moos und Gras, mit lockerem Schritt. Er summt ein Wolfsjungenlied unter den hohen Bäumen und genießt den Geruch des Waldes und das Gefühl, eins mit ihm zu sein.

Doch dann verändert sich alles – ein Stück vor mir sehe ich das schwarze Wasser vom Digern. Es ist magisch. Kein Ort mit positiver Aura. Sondern ein Ort für schwarze, dunkle, böse Magie. Vielleicht bin ich der Einzige, der es sieht, aber das Wasser hat eine besondere Dunkelheit an sich.

Der Wolfsjunge wird plötzlich neugierig auf das dunkle Wasser. Ich dagegen werde wieder zu Bud, der sich nur zurück in sein Mauseloch wünscht. Ich nähere mich dem Digern und denke an den Traum, den ich einmal von ihm geträumt habe.

4. EINE STIMME IM WALD

Ich habe einmal geträumt, dass ich mitten in der Nacht aufgewacht und dann aufgestanden bin, weil ich einen Ruf gehört habe. Ich lief wie ein Schlafwandler. Die Hände vor mir ausgestreckt, mit steifem Körper und zombieartigen Schritten.

Der Ruf zog mich aus dem Bett, aus dem Haus, in den Wald hinein. Und es war immer wieder der gleiche Ruf, der wiederholt wurde: »Komm, Bud!«, rief es. »Komm, Bud!«

Wie ein Schlafwandler folgte ich dem vertrauten Weg. Ich brauchte kein anderes Licht als den schwachen Mondschein, der wie Silber über dem Wald lag.

Ich wollte nicht aus dem Bett, nicht aus dem Haus, nicht in den Wald.

Doch als es zwischen den Bäumen rief, da musste ich dorthin gehen, wo die Stimme herkam.

Wobei die Stimme dem Dröhnen einer Basstrommel ähnelte.

»Bud!«, hallte es in der Erde, durch das Gehölz und über das Gebüsch. »Komm, Bud!«

Ich versuchte, meine Beine zurückzuhalten, die Geschwindigkeit zu bremsen, den Lauf zu stoppen, indem ich mich an den Zweigen festhielt, durch die ich hindurchbrach.

Doch es war, als hätte ich an einem Köder angebissen, der tief und fest in meinem Hals saß. Und jetzt war eine XXL-Angel dabei, mich einzuholen. Eine Angel, die aus dem dunklen Digernwasser herausragte.

Ich wollte die Augen schließen.

Doch nicht einmal das gelang mir.

Ich konnte nicht anders, als dem Weg zu folgen.

Bis ans Ufer.

Wo ich das schwarze Wasser sehen konnte.

»BUD!«, donnerte es aus dem Wasser.

Als ich hineinschaute, sah das Wasser aus wie ein Mund.

Ein Maul.

Ein Hechtmaul – das meinen Namen rief.

Ich wollte nichts hören.

Ich wollte nichts sehen.

Wurde jedoch dazu gezwungen.

Dann kippte ich langsam vornüber und fiel.

Ins schwarze Wasser.

Ins Maul.

Hinunter zwischen die hunderttausend Zähne, die weiß und feucht grinsten und meinen Namen formten.

»B…U…D…«, sagte die Stimme und das Wasser schlug über mir zusammen.

5. DER NEBELFÜRST KOMMT

Ich will heute nicht am Digern vorbeigehen, aber es gibt ja keinen anderen Weg. Ich blinzele mit halb geschlossenen Augen und denke, dass es weiter hinten viel nettere Seen gibt.

Ich will gar keinen Fisch mehr fangen.

Nur noch an diesem dunklen Waldsee vorbeikommen.

Der Wolfsjunge steht wieder auf dem Weg hinter mir und späht in die Ferne. Wirft einen kleinen Stein ins Wasser – einen Hüpfstein, der fünf perfekte, magische Ringe bildet, die bis ans Ufer ihre Kreise ziehen.

Bud möchte nur ein paar Stunden Ruhe haben. Er will die Angel auswerfen und dieses schöne Geräusch hören, wenn der Köder die Wasseroberfläche durchbricht.

Und das Echo dieses schönen Plopps in sich selbst widerhallen lassen.

Und spüren, wie eine schläfrige Müdigkeit seinen Körper überzieht.

Und nichts anderes hören als das leise Flüstern des Waldes in den Zweigen.

Und vielleicht ein Eichhörnchen, das einen Baumstamm hinaufsaust.

Und vielleicht einen Igel, der missmutig zwischen den Grasbüscheln herumschnüffelt.

Doch da höre ich ein allzu vertrautes Geräusch.

Jemand angelt im Digern.

Ich höre das Geräusch einer Angel, die ausgeworfen, und einer Spule, die aufgerollt wird.

Und obwohl es sich um den Digern handelt – bei dem ich mir zu 100 % sicher bin, dass ich mich von ihm fernhalten sollte –, kriecht der Wolfsjunge zurück in meinen Körper.

Ich setze ganz leise einen Fuß vor den anderen, sodass es nicht zu hören ist, schiebe die Blätter zur Seite und gucke.

Schaue und schaue.

Und sehe das süßeste Mädchen der Welt.

Maggie.

Sie ist so schön, wie sie da auswirft und wieder einholt.

Obwohl sie ihre waldgrüne Tarnkleidung trägt. Mit dieser Kleidung würde sie niemals einen üblichen Schönheitswettbewerb gewinnen. Höchstens einen Schönheitswettbewerb, der von einem Wolfsjungen ausgerufen und veranstaltet wird. Ein Wolfsjunge würde sie sofort bemerken und wüsste: SIE – JA, genau SIE muss einfach den Wettbewerb gewinnen.

Ich lasse den Wolfsjungen die Führung übernehmen.

Ist mir doch egal, dass das hier der Digern ist.

Und dass Maggie und ich noch nie ein vernünftiges Wort miteinander gewechselt haben.

Der Wolfsjunge will wissen, was Sache ist.

Deshalb trotte ich ans Ufer und hebe die Pfote zu einem kleinen Winken.

Sie zuckt zusammen, winkt zurück und der Wolfsjunge zieht Bud mit sich und kommt näher.

»Beißen die Fische?«, fragt er.

»Oh ja, und wie!«, antwortet sie. »Die Barsche beißen momentan richtig gut.«

»Barsche sind prima«, sagt der Wolfsjunge und schmatzt. »Einer meiner Favoriten.« Ich muss zugeben, dass der haarige Kumpan besser in der Konversation ist als ich selbst.

»Ja, nicht wahr?«, erwidert sie und wir lächeln uns an. Ganz natürlich. Weil es eine Erleichterung ist, dass unser Gespräch so einfach verläuft. »Panierter Barsch, das ist mein Leibgericht!«

»Ja, das kann ich mir gut vorstellen, das müsste ich auch mal ausprobieren«, erklärt der Wolfsjunge. Jetzt sollte er Maggie eigentlich fragen, wie sie es schafft, mitten am Tag – noch dazu an einem warmen Sommertag – zu angeln, wo es doch allgemein bekannt ist, dass die meisten Fische dann nicht gerne anbeißen. Stattdessen kommt: »Du hast wirklich Angelglück!«

»Weißt du«, lächelt sie verschmitzt. »Glück beim Angeln, das bedeutet ...«

»Glück beim Angeln, Pech in der Liebe«, unterbricht sie der Wolfsjunge grinsend. »Ich weiß, wie das ist.«

Und hier hängt sich das Gespräch auf.

»Äh ... nein, das ... das glaube ich nicht, dass du das weißt«, erwidert sie steif. »Das Sprichwort geht so: Glück beim Angeln, Glück in der Liebe.«

»Äh ... ja ... ja, genau«, antwortet der Wolfsjunge. Plötzlich ist er genauso intelligent wie Bud. Er begreift, wie dumm sein Kommentar war.

Der Wolfsjunge bittet Bud um Entschuldigung und zieht sich zwischen die Bäume zurück, zu einem anderen, netteren See hin. Bud hat den Schwarzen Peter und steht mit seinem riesigen, schwitzenden, hoffnungslosen Körper da und tritt von einem Fuß auf den anderen.

»Dann … äh … dann hast du also Glück … in der Liebe?«, fragt der dumme, dumme Bud, der seinen dummen, dummen Mund nicht halten kann, sondern dieses dumme, dumme Gesprächsthema noch weiter platt walzen muss, obwohl er es doch lieber möglichst bald hätte vergessen sollen.

»Ja, ich glaube schon«, antwortet sie ungehalten. »Kann jedenfalls nicht klagen.«

»Äh … ja … genau«, quatscht die dumme Klappe weiter und möchte am liebsten nur dem Wolfsjungen folgen, der einen Vorsprung von zweihundert Metern hat. »Ist es in Ordnung … äh … in Ordnung für dich … äh … wenn ich … äh … dahinten angle?«

Sie wedelt mich mit einer Hand fort.

Ich ziehe den Kopf ein und verschwinde zum anderen Ende des Sees.

Schwer, traurig, resigniert. Es ist zu 95% wahrscheinlich, dass ich jeden Wettbewerb verloren hätte, bei dem Geistesgegenwart und Schlagfertigkeit wichtige Instrumente wären. Und es ist zu 100% sicher, dass die meisten Zuschauer mich aus jeder Dokuserie hinausgewählt hätten.

Selbst ich hätte mich hinausgewählt.

Nur dass ich mich nicht aus meinem eigenen Leben hinauswählen kann.

Ich seufze und bereite die Angel vor.

Weit in der Ferne sehe ich, wie das süßeste Mädchen der Welt auswirft.

Und ich weiß, dass sie für mich unerreichbar bleiben wird.

Bei diesem Gedanken werde ich ganz krank. Hinzu kommt noch, dass ich vom Streichen abgehauen bin und Jerry mit allem allein zurückgelassen habe. Was habe ich nur getan?

Ich stoße sauer auf, muss schlucken und denke an all die Fische, die ich jemals gefangen habe, um meine Verdauung wieder zur Ruhe zu bringen.

Aber die Magensäure steigt auf, bis sie kurz vor dem Adamsapfel steht.

Ich denke panisch an Barsche, Hechte, Lachse, Forellen, Heringe, Dorsche, Wale, Seeteufel, Sardinen, Thunfische und Haie und versuche, sie alle vor mir zu sehen. Wie es wohl wäre, hier im Wald einen Wal zu fangen?

Wohl etwas überraschend, oder?

Die Schnur einzuziehen, bis ein weißer Wal von mehreren Tonnen aus dem Wasser auftaucht und dich mit blassen Augen anstarrt!

Das ist ein bisschen Comic und ein bisschen Abenteuer und ziemlich schräg.

Meine Mundwinkel zucken und meine Magensäure sinkt um zwei Einheiten.

»Wie wäre es mit einer Mittagspause?«, ruft Maggie plötzlich.

Ich wünschte, ich könnte Ja dazu sagen.

Vielleicht will sie Frieden schließen und bereut es, so mürrisch gewesen zu sein. Aber mein Magen zwingt mich, mit einem »Nein!« zu antworten. Keine Chance, momentan etwas in ihn hineinzupressen. Um höflich zu sein, füge ich ein paar Sekunden später ein »Danke« hinzu.

»Äh ... Bedeutet das ein Ja oder ein Nein?«, fragt sie.

»Äh ... das bedeutet ... äh ... also nicht ... äh ... das heißt ein Nein zum Essen ... äh ... aber ansonsten vielen Dank, aber ... äh ... nein danke«, antworte ich klar wie ein mittlerer Nebelfürst.

»Oh«, antwortet sie und packt ihr Brot aus, setzt sich auf ihren Stuhl und isst.

Wieder steigt in mir der Gedanke auf: Was soll das eigentlich? Ich bin hierhergekommen, um Ruhe zu finden. Um ein Wolfsjunge zu sein, der das Leben ein bisschen nett haben möchte. Stattdessen brülle ich dumme, dumme Antworten übers Wasser. Und mache mir den Stress, Fische fangen zu wollen. Wo ich doch gar keinen Fisch fangen muss. Schließlich stehe ich hier nur an diesem unheimlichen See, weil Maggie hier ist.

Wann werde ich endlich lernen, etwas zu tun, was NUR ICH tun will?

Ich habe das miese Gefühl, dass ich mit einer Wahrscheinlichkeit von 73 % niemals die Dinge tun werde, die ich selbst tun will. Nein, der Prozentsatz ist noch höher! Mindestens 95 %!

Was hätte der Wolfsjunge getan?

Wahrscheinlich genau das, was er getan hat: Er ist abgehauen. Hat eine andere Situation gefunden, die ihm besser gefällt. Gerade jetzt liegt er pelzig und entspannt am nächsten Fischteich und sagt zu sich selbst: »Angeln? Oder nicht angeln? Pah! Brauche ich heute etwa Fisch? Eigentlich nicht. Deshalb werde ich einfach spaßeshalber ein paarmal die Angel auswerfen, mich dann ans Ufer legen, mich entspannen und Wolfsjungengedanken denken. Z-z-z.« Und dann schläft er ein – er ist tatsächlich glücklich.

Ich seufze zum zwanzigsten Mal schwer und treffe eine Entscheidung.

6. DER WAHNSINNSFANG

Wenn das alles keinen Sinn hat, muss ich etwas anderes machen. Ausbrechen.

Jetzt werde ich drei Würfe machen. Drei perfekte Würfe – nur um Maggie zu zeigen, dass ich zumindest mit der Angelrute umgehen kann. Und dann melde ich mich ab. Dann gehe ich woandershin, lege mich an einen See und denke träge Bud-Gedanken.

Der erste Wurf wird richtig gut.

Körper, Arme und Beine tun, was sie tun sollen. Der Haken bleibt nicht in den Bäumen hinter mir oder in meinem Haar hängen.

Ein perfekter Bogen. Ein perfekter Plopp.

Ich hole ein, unter der Wasseroberfläche windet sich der Köder lockend und winkt den Fischen zu, die eine Runde schwimmen. Aber noch nicht verlockend genug, sodass sie bessere Ideen haben, als anzubeißen.

Der zweite Wurf ist nicht ganz so phänomenal.

Er fällt ein wenig zur Seite ab und ein paar schreckliche Sekunden lang fürchte ich, er könnte im Schilf links von mir landen und sich dort so gründlich festhaken, dass ich peinlicherweise dorthin waten muss, dann ziehe und zerre, ihn losschneide, nass werde und mich vor Maggies Augen blamiere.

Aber er entkommt der Schilffalle.

Ich hole den Köder ein, die Spule dreht sich und die Fische suchen sich ein besseres Mittagessen und lieber eine Tasse lauwarmes Seewasser. Kein Interesse. Was für mich aber auch in Ordnung ist.

Der dritte und letzte Wurf ist von Anfang an eine Katastrophe. Während ich das Gewicht auf den vorderen Fuß verlagere, verliere ich das Gleichgewicht. Der Haken saust noch weiter nach links und landet im Schilf.

Und setzt sich fest.

Ich wippe mit der Angel ein wenig hoch und ziehe vorsichtig. Doch der Haken sitzt fest.

Ich senke die Angel und hole die Leine ein. Wippe wieder mit der Rute und ziehe. Vorsichtig. Ganz vorsichtig.

Die Fische, die gerade Mittagspause machen, kichern über mich und gönnen sich noch eine Tasse klares Wasser. Das ist die Mittagsshow hier im Digern.

Ich gebe der Schnur wieder ein paar Meter und hole sie dann ein.

Gebe der Rute einen kräftigen Ruck, wütend und energisch.

Und das war es, was fehlte.

Der Haken löst sich. Der Blinker huscht durchs Wasser, tanzt und hüpft und ruft »Hallo, ich bin ein leckerer fetter Happen«, und davon wird einer der trägeren Fischkumpel im Fischcafé reingelegt. Er stößt sich vom Tresen ab und ruft: »Der gehört mir!«

Und beißt an.

Es ist verrückt und unwahrscheinlich, aber es hat einer angebissen und dabei ist die Rede von einem richtigen Fang!

Der Fischkumpel begreift schnell, dass er sich geirrt hat. Er ist in eine Falle gegangen. Es zerreißt ihm das Maul und er versucht, loszukommen. Doch seine Zähne klappern wiederholte Male gegen den harten, kalten Blinker.

Der nächste Trick ist: Anlauf nehmen und in die entgegengesetzte Richtung loszusprinten.

Wir befinden uns in einem Duell!

Ich halte am Ufer dagegen und er braust unter Wasser los.

Maggie ist von ihrem Stuhl aufgestanden und verfolgt interessiert das Geschehen.

Meine Angelrute biegt sich deutlich. Hier ist keine Rede von einem Fisch. Sondern von einem FISCH!

Er strebt hinunter in die Tiefe.

Ich halte an Land dagegen. Und wenn er eine Pause macht, dann hole ich Meter um Meter ein. Bevor er wieder losschwimmt.

Zerren und schwimmen.

Wegziehen und dagegenhalten.

Ich bekomme ihn heraus – Meter um Meter. Maggie kommt mit einem Kescher angelaufen.

»Nun komm! Nun komm schon!«, sagt sie leise.

Und ich kämpfe mit dem Fisch und bekomme ihn immer näher an Land.

Mache einen Versuch, ihn herauszuholen.

Aber er hält dagegen, weigert sich, das Wasser zu verlassen.

Einen Wahnsinnsmoment lang fürchte ich, ihn verloren zu haben. Dass es ihm gelungen ist, den Blinker abzubeißen. Dass die Schnur gerissen ist. Denn es gibt einen Ruck und dann wird die Rute so leicht, so schrecklich leicht.

»Jetzt!«, sagt Maggie. »Mach es jetzt!«

Und ich hole ihn in Windeseile ein, ziehe die Angelrute hoch und lasse den Fisch an Land fliegen.

Maggie fängt ihn mit dem Kescher auf. Ich knie mich hin und töte ihn mit einem Messerstich hinter dem Kopf. Er zappelt, blutet und stirbt.

7. NACH HAUSE ZU ALL DEM MIST

Das ist ein schöner Fischkumpel. Der größte, den ich jemals gefangen habe. Eine hübsche Forelle von mehr als drei Kilo.

»Das ist vielleicht ein Fang«, sagt Maggie lächelnd.

Ich will gerade das Lächeln entgegennehmen und es mit einem Lächeln erwidern, als die Zweige zur Seite gebogen werden und Jerry atemlos durchs Blattwerk stürzt. »Wow!«, sagt er, als er den Fisch sieht. »Was ist das für ein Brocken!«

Dann blickt er Maggie und mich an. Und seine Augen werden schwarz. Das klingt merkwürdig, aber seine Pupillen vergrößern sich tatsächlich und verdecken alles Weiße in den Augen. Seine Augen werden magisch, wütend und mir fällt wieder ein, wie er mich darum gebeten hat, mich von Maggie fernzuhalten. Und ich weiß, was er denkt.

»Vielleicht solltest du lieber nach Hause gehen, Bud«, erklärt er kurz. »Dein Vater ist gelinde gesagt etwas sauer auf dich & war ziemlich wütend, als er entdeckt hat, dass du dich trotz unseres Malerjobs aus dem Staub gemacht hast. Da stand ich nun & habe gemalt & hatte keine gute Erklärung dafür, warum du nicht da warst. ›Ist er einfach abgehauen?‹, hat dein Vater gefragt & ich konnte nur antworten: ›Ja‹ & ›Hmm‹, & und dein Vater hat geschäumt & eine ganze Menge gesagt, was ich lieber nicht wiederholen möchte. Aber auf jeden Fall ist er stinksauer auf dich & deine Mutter auch. Ich konnte nichts daran ändern. Das war auch dumm von dir, einfach so abzuhauen. Schließlich tragen wir eine Verantwortung. Vergiss unser Versprechen nicht. Du kannst dich nicht einfach abmelden.«

»Okay«, antworte ich und mir ist klar, dass das Leben wieder einmal seinen Haken in meinen Mund geschoben und die Kiefer zusammengedrückt hat. Da heißt es nur, sich einholen lassen.

»Lass das Angelzeug ruhig liegen«, sagt Jerry. »Geh lieber nach Hause & besänftige deine Mutter & deinen Vater. Ich werde das hier schon regeln & nachher alles mitbringen. Geh einfach. Ich muss erst noch ein paar Worte mit Maggie wechseln.«

Ich habe meinen tollsten, schönsten, herrlichsten Fisch gefangen und muss ihn im Gras zurücklassen, stattdessen mache ich mich auf, um mit eingezogenem Kopf nach Hause zu latschen.

Wo ist da der Sinn?

Das ist die große Frage des Tages und ich habe genug Zeit, sie mir immer wieder zu stellen, bis ich zu Hause angekommen bin. Vater sitzt in seinem Liegestuhl und guckt mich sauer an. »Ach, ist es dem Herrn auch mal recht, hier aufzutauchen?«, fragt er. »Stinksauer« beschreibt noch nicht annähernd den Ton seiner Stimme.

Meine Mutter hört uns und schaut durch die Terrassentür heraus: »Einfach ohne ein Wort abzuhauen! Und Jerry mit der ganzen Arbeit alleinlassen. Du solltest dich schämen.«

Ich weiß nicht warum. Denn als ich sehe, wie wenig Jerry geschafft hat, während ich auf Angeltour war, erkenne ich keinen Grund, weshalb ich mich schämen sollte.

Ich rufe den Wolfsjungen.

Doch der Wolfsjunge hat andere Dinge zu tun und zeigt kein Interesse, einen peinlichen Quatschkopf zu retten, der sich am liebsten in seinem Schrank in seinem Zimmer verstecken würde.

Ich antworte gar nicht auf diese Anklagen. Ziehe wortlos die Malerklamotten über und mache mich daran, das Haus weiter weiß zu streichen.

Wo ist da der Sinn?

8. WIE EINE STUNDE ENDLICH ZU EINER STUNDE WIRD

Ich streiche und die Zeit steht still.

Ich denke, ich hätte schon eine ganze Stunde gearbeitet, aber als ich auf die Uhr sehe, sind gerade erst fünf Minuten vergangen.

Die Sonne brennt und selbst in der weißen Kleidung habe ich das Gefühl, ich würde in einer Sauna joggen.

Ich streiche noch eine Stunde lang.

Und es sind sieben Minuten vergangen.

Ich schwitze, dass man ein ganzes Schwimmbad damit füllen könnte, und nehme die Küchentür ins Visier, um drinnen einen Liter Wasser zu trinken. Doch schon ist er da – mein Vater – der Sklaventreiber. Er ist jetzt ganz nackt – bis auf die roten Plastiksandalen. »Ja, ja«, sagt er sauer – um zu betonen, dass er mich im Blick hat.

»Mmm«, antworte ich mit meinem Wortschatz als Wolfsjunge.

»Soso«, sagt er und schaut sich den riesigen noch nicht gemalten Teil der Wand an.

»Hmm«, lautet meine Antwort.

Ich meine, was sollte ich antworten? Etwas in der Richtung: »Ja, diese Wand ist wirklich verdammt groß! Und wie schön, dass ich den Job allein machen darf? Warum sucht ihr eigentlich nicht Jerry?«

Wo ist da der Sinn?

Ich gehe hinein und trinke sieben Liter Wasser wie ein durstiges Kamel. Fülle meinen Höcker und kehre zu der farbhungrigen Wand zurück und zu meinem Vater, der ihr beim Warten Gesellschaft leistet.

»Oh Bud, oh Bud«, sagt mein Vater, dreht sich um und latscht zurück, in Richtung Terrasse und Liegestuhl. Er sagt das mit einem Unterton von Resignation, vielleicht Verachtung. Aber der Anblick des nackten Mannes, mit leicht schlaffen, schaukelnden Pobacken und diesen unglaublich hässlichen Sandalen macht einen so komischen Eindruck auf mich, dass ich mich zurückhalten muss, um nicht laut zu kichern. Niemand kann ihn ernst nehmen. Ob nun als schrecklich wütenden Vater, strengen Professor oder sonst als Autoritätsperson.

Kann sein, dass er es doch merkt.

Jedenfalls hört er irgendetwas und dreht sich plötzlich um. Ich drehe den Kopf zur Wand und klatsche die Farbe drauf und tue, als hätte ich etwas ins Auge gekriegt. Reibe mir mit der Hand hektisch im Gesicht herum und verstecke so mein Kichern.

»Was nicht in Ordnung?«, fragt Vater.

»Äh«, antworte ich und schüttele den Kopf.

Er wirft mir einen misstrauischen Blick zu und verschwindet um die Ecke.

Ich streiche eine Stunde lang und sehe, dass nur zehn Minuten vergangen sind.

Ich streiche noch eine Stunde und dieses Mal sind ganze *zwölf* Minuten vergangen.

Immerhin ein Trost, dass die Zeit schneller zu werden scheint.

Aber immer noch ist es noch lange hin.

Weiter als von hier bis zum Mond.

Ich beschließe, lieber nicht daran zu denken, und ab da vergeht die Zeit schneller. Ich streiche im Schlaf, die Gedanken ganz woanders. Folge einem rastlosen, behänden Wolfsjungen bei seinem eichhörnchenschnellen, unruhigen Herumtreiben um die Welt, während die Hände automatisch mit weißer Farbe, Rolle und Eimer beschäftigt sind.

Der Wolfsjunge wittert die Farbe und den Geruch des Hauses, den Gestank der roten Plastiksandalen und den intensiven Kaffeeduft aus Vaters Kaffeetasse. Und er hasst alles zusammen. Für ihn ist das alles wie ein Gefängnis und er fragt sich, wie er nur verschwinden kann, ohne dass ihn jemand vermisst oder irgendwer merkt, dass er weg ist.

Ich streiche eine Stunde lang und sehe, dass fünfunddreißig Minuten vergangen sind.

Jetzt kommt Fahrt in die Sache.

Die Sonne packt den Schaltknüppel, drückt aufs Gas und braust los. Verschwindet hinter dem Baum, sodass ich endlich Schatten habe, und das hilft wirklich.

Ich war inzwischen mehrere Male drinnen, um meinen Kamelhöcker zu füllen. Unter mir ist das Gras feucht von meinem Schweiß und weiß nach einer Runde mit frischen Pinselstrichen über die untersten Holzbretter.

Ich male noch eine Stunde und sehe, dass eine Stunde vergangen ist.

Da höre ich meinen Vater etwas mit fröhlicher Stimme sagen.

9. EIN SCHÖNER SCHLAF WIRD ZU EINEM ALBTRAUM

Es ist vier Stunden her, seit ich Jerry, Maggie und den wunderschönen Fisch verlassen habe. Jetzt kommt Jerry endlich. Mit dem Fisch in einer Tüte, die Maggie ihm gegeben haben muss. Ich komme in dem Moment um die Ecke, als mein Vater gerade die Tüte öffnet, und sehe, wie groß seine Augen werden, als sein Gehirn den Inhalt registriert.

»Das ist ja eine prächtige Forelle, Jerry!«, ruft er aus. »Du bist ja ein Meisterangler!«

»Nein, ich war das nicht, der …«, sagt Jerry.

»Und bescheiden bist du auch noch«, strahlt mein Vater und sieht Jerry an, als wäre er eine Mischung aus dem neunten Weltwunder, Superman und die Antwort der Angler auf Albert Einstein.

»Bud hat ihn geangelt …« Jerry versucht verzweifelt, zwischen Vaters Lobpreisungen und Ausführungen über geschickte Jungen zu Wort zu kommen. Aber aus Vaters Mund schießt eine wahre Flut an Feiertagsreden. Da kommt niemand dagegen an. Niemand sonst kann gehört werden.

Mein Vater eilt ins Haus, um meiner Mutter die Forelle zu zeigen, und sie jubelt, das werde das tollste Essen des Jahres!

Jerry dreht sich zu mir um und kratzt sich resigniert am Kopf. »Ich komme nicht dagegen an. Dein Vater ist taub geworden«, sagt er. »Was soll ich machen? Was soll ich sagen? Schließlich ist es ja dein Fisch.«

Ich zucke mit den Schultern und gehe zur Hauswand zurück. Registriere ohne Gefühlsregung, wie meine Mutter Jerry mit Komplimenten überschüttet. Man könnte meinen, es wäre der exklusivste Fisch der ganzen Erde, den ich da gefangen habe.

Jerry versucht wirklich, meinen Fisch zu verteidigen, versucht die Wahrheit zu sagen. Doch irgendwann gibt er auf. Stattdessen wird er zu Saft eingeladen, auf den Stuhl neben meiner Mutter gedrückt und muss eine halbe Stunde mit ihr Konversation treiben, während mein Vater den Fisch zubereitet.

Was ich tue?

Natürlich die Wand streichen.

Wo ist der Sinn, etwas anderes zu tun?

Dabei höre ich meinen Vater in der Küche herumwirtschaften, wie er die Kartoffeln in Wasserdampf gart (viel gesünder so), Gemüse für einen Salat schneidet (gesund) und den Fisch in minimalem Fett brät (gut fürs Herz, wie man sagt).

Während des Essens sitze ich schweigend am Tisch. Genieße jeden Happen. Genieße zu wissen, dass es trotz allem mein Fisch war!

Er und ich.

Er ist mir an den Haken gegangen.

Soll doch der Rest der Welt denken, was er will. Jerry wirft mir schräge Blicke zu, während meine Eltern sein Anglerglück loben, den Fisch sowieso und ihr unglaubliches Glück betonen, dass sie von jemandem wie Jerry besucht werden.

Mit der Zeit löst sich auch Jerrys Zunge und er plaudert mit.

Nach dem Essen lasse ich mich vom Wolfsjungen

feiern, der alles und alle hasst, und verschwinde zu der halb fertigen Wand.

Male eine Stunde, und es vergehen zwei Stunden.

Was ich kaum bemerke.

Auch für jemanden wie mich wird es irgendwann Abend.

Ich ziehe die Malerklamotten aus, wasche mich und lege mich ins Gras, starre all die Quadratmeter an, die ich geschafft habe, während die anderen Kaffee getrunken und über den Fisch geredet haben.

»Ja, ja, Bud«, sagt mein Vater, als er ums Haus geschlendert kommt. »Ehrgeiz und Ausdauer sind nicht gerade deine Stärken. Das muss herrlich sein. Besonders, wenn wir anderen immer dafür sorgen, dass die Karre weiterläuft.«

Dann verschwindet er wieder um die Ecke und die Welt versinkt erneut in Ruhe und Frieden. Der Wolfsjunge hat keine Lust, auf die Beleidigungen eines nackten Mannes in Sandalen zu antworten. Er schickt nur ein leises, sehr verhaltenes Geheul zum Himmel hinauf.

Nach einer Weile lässt sich Jerry neben mir nieder.

»Wie läuft es?«, fragt er.

»Das ist … äh … schon in Ordnung«, antworte ich.

»Bud …«, sagt er, nachdem er eine Weile geschwiegen hat. »Ich bin ein schlechter Freund.«

»Häh?«, wundere ich mich.

»Ich hätte sagen müssen, wie es wirklich war«, sagt er verzweifelt. »Schließlich war es dein Fisch, Bud! Ich hätte mich nicht damit schmücken dürfen. Ich bin der schlechteste Freund auf der ganzen Welt. Kannst du mir nicht einfach eine runterhauen, damit ich mich besser fühle?«

»Du hast doch … äh … wirklich versucht, es zu sagen«, erwidere ich verlegen.

Jerry lässt den Kopf hängen und sieht aus wie ein geprügelter Hund.

»Tut mir leid, dass ich so egoistisch bin«, sagt er leise.

»Meine Eltern hören ja doch nicht zu«, sage ich. »Vergiss es.«

»Ja, es scheint oft so, als würden die Worte gar nicht zu ihnen durchdringen«, seufzt er. »Die reden & reden & du kannst sagen, was du willst – beispielsweise: ›Jetzt habe ich wohl gerade einen fahren lassen‹ –, & die hören gar nicht zu.«

Jerry fällt wahrscheinlich gar nicht auf, dass er damit auch eine ganz gute Beschreibung von sich selbst gegeben hat.

»Ich … äh … ich weiß«, nicke ich und strecke mich. Schließe die Augen und lache über die Welt.

Jerry setzt zu einem seiner langen Monologe an darüber, wie schlau ich doch bin und wie schön es hier in Tipling ist und wie sehr er mich beneidet. Und nicht zuletzt darüber, was für ein schlechter Mensch er ist. Es tut ihm aufrichtig leid. Aber seine Stimme summt monoton und wiegt mich in den Schlaf.

Während ich noch wach daliege, sage ich einmal »Scheiße« und zweimal »Furz«. Nur um zu überprüfen, ob das, was er über meine Eltern gesagt hat, auch auf ihn zutrifft. Jerry zuckt nicht einmal mit einer Wimper.

Ich schlafe und mein Kopf schaltet in einen angenehmen Ferienmodus. Trotz dieses sinnlosen Tages. Ich schlafe mit einem Lächeln ein. Doch dann zucke ich zusammen. Denn im Traum taucht Maggies Onkel auf. Schulleiter Riksen steht plötzlich in Oberfeldwebeluniform direkt vor mir und brüllt mir mitten ins Gesicht: »Ist hier ein Auto kaputt gemacht worden? Bist du dir klar darüber, was dich das kosten wird?«

Bei so einem Kerl hat eine Wolfsjungen-Antwort überhaupt keinen Sinn.

Ein leichter Mix aus Knäckebrotkrümeln und Kaffee spritzt mir ins Gesicht, gefolgt von Übelkeit und saurem Aufstoßen: »ÜBERNIMMST DU DIE VERANTWORTUNG? ODER WILLST DU LEUGNEN? WAS FÜR EIN MENSCH BIST DU EIGENTLICH?«

Ich wache mit einem Ruck auf. »Riksen!«, sage ich laut.

»Was?«, fragt Jerry, der sich gerade mitten in einem langen, komplizierten Satz befindet.

»Riksen!«, wiederhole ich heiser. »Er wird meine Eltern anrufen. Wegen der Versicherungsgeschichte mit dem Auto.«

»Da hast du wohl recht«, antwortet Jerry und ich höre, wie er schwer schluckt.

Ich zittere, und obwohl mein Skelett gut in Fett eingepackt ist, fühlen sich die Knochen wie Eiszapfen an.

»Aber er ist ja Maggies Onkel«, meint Jerry zögernd.

»Ja … und?«, frage ich.

»Maggie & ich hatten es richtig nett heute«, sagt Jerry.

Am liebsten würde ich ihn umbringen. Aber wenn es Jerry ist, der Maggie haben will, dann … Ich weiß, das ist jämmerlich. Aber der Krieg gegen Valen, der so eine dramatische Wendung genommen hat, hat mich gelehrt, dass ich lieber eine jämmerliche Figur abgebe als mutig und wütend zu sein.

»Vielleicht kann Maggie uns helfen«, bemerkt Jerry nachdenklich. »Das kann doch nicht so schwer sein, oder?« Aber ich kann seiner Stimme anhören, dass er auch Zweifel hat und dass die ganze Sache ihm richtig Sorgen macht. Ausnahmsweise hat er keine Idee, wie wir hier rauskommen können.

Im Augenblick bin ich bereit, jede Absprache mit wem auch immer einzugehen, nur um zu vermeiden, dass Riksen vor der Tür steht.

»Denk nach! Denk nach!«

10. BUDS VIERTER BRIEF AN STARBOKK

Jerry geht ins Haus, um ein bisschen Kaffee zu bunkern und mit meinen Eltern Kekse zu essen.

»Ich komme nach. Lass mir noch ein paar Kekse übrig«, erkläre ich nachdenklich und frage mich, ob es nicht möglich wäre, in meinem Gehirn einen Ölwechsel durchzuführen, damit alles ein wenig geschmeidiger läuft.

Ich drehe an allen Rädern und Hebeln, checke die Muttern und Schrauben im linken wie im rechten Hirnteil. Aber ich finde keinen Fehler. Und auch keine Antwort.

Ich gehe in mein Zimmer und checke meine E-Mails.

Das hätte ich nicht tun sollen. Denn jetzt habe ich nur noch mehr, worüber ich nachdenken muss. Da gibt es nämlich eine Antwort von Starbokk.

Er will mich nicht vom Haken lassen und akzeptiert meinen Vorschlag nicht, dass ich schon genug geschrieben hätte. Ganz im Gegenteil. Er will die ganze Geschichte. Bis zum bitteren Ende.

Riksen und Starbokk, das Haus streichen und Jerrys wahnsinnige Ideen.

Ich weiß – ich darf nicht daran denken – zumindest nicht an alles auf einmal.

Ich sehe Punkte vor den Augen und in meinem Körper rumort es. Ich beuge mich vor auf die Tischplatte, lege den Kopf in die Hände und konzentriere mich darauf zu atmen. Mein Herz rast, als nähme es an einer Rallye teil. Doch ich zwinge es zunächst in den dritten, dann in den zweiten und schließlich in den ersten Gang. Hier ist die Kriechspur angebracht.

Kekse wären schon verlockend.

Kaffee wäre schon verlockend.

Es wäre äußerst verlockend, alles Mögliche zu machen – nur das hier nicht. Doch da erinnere ich mich daran, was Selma im Fernsehen gesagt hat: dass ich nicht vergessen darf, etwas zu wagen.

Also tue ich es.

Ich gucke mir die E-Mail von Starbokk an und drücke auf »Antworten« und schreibe:

An: Herman_Starbokk@schulpsychologischerdienst.tipling
Von: bumartin@ishmaelpost.net
Betreff: Vierter Bericht

Der Krieg wurde in der nächsten Sportstunde fortgesetzt.

Valen kommandierte uns, die Geräte aufzustellen. Ich konnte seinem Gesicht ansehen, dass er etwas ausbrütete. Wir wollten uns alle in eine Reihe stellen, als er sagte: »Nein, nur Bud stellt sich an die Absprungmarke.«

Und das tat ich. Ich war es ja gewohnt, die Stunden dort zu verbringen. Hatte den Boden schon etwas matt gerieben, dort, wo ich immer stand. Die Stelle hatte bereits etwas Vertrautes an sich.

»Und los!«, rief er.

»Nein«, antwortete ich.

»Nun komm schon, Martin!«, rief er.

»Nein«, war meine Antwort.

Er kam auf mich zu, während er brüllte: »Soll ich das so verstehen, dass Du Dich weigerst? Du hast jede Menge Chancen gehabt und Du weigerst dich weiterhin, so eine einfache Aufgabe auszuführen?«

»Ich weigere mich«, bestätigte ich.

»Dann gehen wir«, sagte er kalt und zog mich am Arm mit sich aus der Turnhalle.

Die anderen blieben sprachlos stehen, während Valen mich über den Schulhof zerrte. Durch den Haupteingang hinein. Die Treppen hinauf. Rechts den Flur entlang. Unter dem riesigen Porträt des Schulgründers entlang. Noch eine Treppe hinauf und hinein zum Schuldirektor.

Sie hatten das Schild noch nicht ausgewechselt, es stand immer noch »Schulleiter Riksen« drauf.

Valen hämmerte gegen die Tür, dass der Rahmen schepperte.

»Herein!«, rief eine etwas müde Stimme.

Ich hatte den Nachfolger von Riksen noch nicht kennengelernt, aber das sollte ich jetzt. Es war ein junger Mann – Elias hieß er –, der fast so aussah, als käme er selbst gerade erst von der Schule. Alles an ihm hing ein wenig. Er hatte große Ringe unter den Augen und einen Bart, der ihn traurig aussehen ließ. Sein Haar war nicht gekämmt und hing in Zotteln herab. Ein ungebügeltes Hemd, das zu groß war, schlackerte ihm um den Leib. Er sah aus, als wäre er ein Mensch, dem das Leben übel mitgespielt hatte.

Valen setzte sich und erklärte schnell, worum es ging, und wies auf etwas hin, das er den »Fall Martin« nannte – worauf Elias eine gelbe Mappe mit meinem Namen darauf herausholte.

Er blätterte darin, während Valen ohne Punkt und Komma redete.

»Stimmt das, was Herr Valen sagt?«, fragte er mich.

»Ich werde doch wohl nicht lügen«, unterbrach Valen ihn. »Du glaubst doch wohl nicht …«

Elias bremste ihn und sah mich an.

»Ja«, antwortete ich, denn auch wenn Valen übertrieb, so stimmte doch alles im Großen und Ganzen.

»Ich möchte mit ihm reden«, erklärte Elias Valen. Und als Valen sich auf seinem Stuhl zurücklehnte, fügte er »allein« hinzu.

Bevor Valen ging, warf er mir noch einen misstrauischen Blick zu.

Das war eine merkwürdige halbe Stunde. Wir sprachen wie erwachsene Menschen miteinander. Elias verstand mich und ließ mir die Zeit, die ich brauchte, um alles auszudrücken, was ich zu sagen hatte. Und dann sprachen wir über Valen und darüber, wie es zu diesem Krieg gekommen war. Und dass es keinen Sinn hatte, Krieg mit einem Sportlehrer zu führen.

»Er ist schon ziemlich alt«, sagte Elias. »Eigentlich sollte er gar nicht mehr unterrichten. Aber wie wäre es: Könntest Du ihm nicht seinen Willen lassen? Indem du einfach ein paar der anderen Geräte benutzt und auf den Krieg und den Bock pfeifst und darauf, wie provoziert Du Dich fühlst? Vergiss nicht – das ist alles nur ein Spiel. Und manchmal müssen wir beim Spiel mitmachen, um auf der anderen Seite wieder rauszukommen.« Er zeigte mir den Kalender. »Schau mal, bis zu den Ferien sind es nur noch wenige Wochen. Könntest Du Dir nicht vorstellen, dem alten Kerl das Gefühl zu geben, dass er seinen Willen gekriegt hat, nur in den paar Stunden, die noch übrig sind?«

Hier wurde mir ein gutes Angebot gemacht. Das weiß ich. Ich hätte zuschlagen sollen. Elias sagte, wie es war.

Aber ich war inzwischen so unglaublich stur.

»Nein«, antwortete ich.

Und Elias nickte schweigend und schaute finsterer drein als je zuvor. Wir wussten, das war die falsche Entscheidung. Und wir wussten auch, dass ab jetzt nur noch ein Weg übrig blieb.

Und das war mein Weg.

Freundliche Grüße

Bud Martin

Ich schicke die E-Mail an Starbokk ab und atme erleichtert auf. Noch ein Stück der Geschichte ist abgeschickt worden. Das befreit. Aber gleichzeitig wird mir auch schwerer zumute – denn bei jeder Email, die ich an Starbokk schreibe, muss ich mich an die Details von etwas erinnern, das sehr wehtut. Als würde ich den Schorf von einer Wunde abreißen, die schon ziemlich zusammengewachsen ist.

Ich trotte hinaus auf die Terrasse.

Schiebe mir vier Kekse auf einmal rein und hocke den Rest des Abends auf dem Sofa.

11. ZWEIMAL WORTLOSER SCHOCK

Jerry und ich, wir sind beide müde. Wir gehen hinunter in mein Zimmer, obwohl meine Eltern mit Süßigkeiten und einem coolen Film im Fernsehen locken.

»Er ist so müde, nachdem er den Brocken gefangen hat«, höre ich meinen Vater sagen. »Der arme Jerry.«

Aber als wir im Bett liegen, können wir doch nicht schlafen.

Als würde der Tag uns keine Ruhe lassen.

Mein Wolfsjunge taucht wieder auf und läuft in meinem Körper hin und her. Schafft jede Menge Unruhe, pfeift und flüstert vor sich hin.

Jerry redet von Maggie, ich höre nur mit einem viertel Ohr zu.

»Wollen wir heute Abend zusammen in den Pavillon?«, fragt er plötzlich.

»Okay«, stimme ich verwundert zu. Ich hatte vergessen, dass er mich entlarvt hatte. Schaue auf die Uhr. Ich dachte, wir hätten so eine halbe Stunde gequatscht. Aber tatsächlich sind schon drei Stunden vergangen. Es ist ein Uhr.

Wir schleichen uns hinaus, in Großvaters Garten. Gehen hinauf zum Satelliten und setzen uns hinein. Teilen uns eine Bierflasche, während wir den Mond anstarren.

Jerry schafft es fast, den Mund zu halten. Es ist aber auch zu friedlich und schön. Wir lassen das Bier glucksen und rülpsen laut.

Es ist eine schöne Nacht und ich erzähle ihm von den anderen Abenden, an denen ich hier gesessen habe. Auch davon, wie ich es geschafft habe, hier alles zu verdrecken. »Ich hatte ... äh ... eigentlich vor, aufzuräumen ... aber ... äh ... es passiert die ganze Zeit so viel ...«, sage ich. »Dieser Vogel muss mich mehr erschreckt haben ... äh ... mehr, als ich ... äh ... gedacht habe.«

»Keine Angst, heute Abend wird er nicht auftauchen«, erklärt Jerry grinsend. »Ich glaube, er macht Ferien.«

»Was?«, erwidere ich und sehe ihn an. »Warst du das? Das ist doch wohl nicht wahr, oder?«

»Doch, doch«, antwortet er. »Es hat mich zu sehr verlockt, ich musste dich einfach ein bisschen erschrecken. Musste sehen, was dann passiert.«

Ich seufze. Und seufze noch einmal schwer. Sehe sein Grinsen und denke, wie gut, dass es nicht mehr so viele Tage sind.

Ich bin von Wahnsinnigen und Idioten umgeben! Ist es da ein Wunder, dass die Welt zum Teufel geht?

Sprachlos stehe ich auf.

Sprachlos gehe ich nach Hause.

Sprachlos lege ich mich schlafen.

Was hat das für einen Sinn? Wenn hier überhaupt die Rede von irgendeinem Sinn sein kann?

Ich schlafe unglaublich gut. Und vielleicht ist das ja der Sinn überhaupt.

ZITAT AUS: »Henry Walden: Der Fisch meines Lebens. Die Jagd auf den Riesenhecht.«

»Wir wissen viel über den Hecht. Und gleichzeitig wenig. Es ist ein gieriger, grausamer Fisch. Aber zugleich ein würdiger Gegner für denjenigen, der seit Jahren angelt.

Als ich beschloss, den legendären Riesenhecht zu fangen, der seit Jahren in den Seen von Tipling herrschte, versuchte ich, meine Chancen zu verbessern, indem ich mich darum bemühte, die Position des Hechts herauszufinden.

Wir wissen, dass der Hecht den Hinterhalt liebt. Er fühlt sich in dichter Grundvegetation oder in einem Schilfgürtel sehr wohl. Dort steht er – gespannt wie eine Metallfeder – und wartet darauf, sich auf seine Beute zu stürzen, sobald sie zwischen dem Schilf zu sehen ist. Wie tief er geht, hängt von der Jahreszeit ab.

Ich wusste, dass mein großer Hecht andere Fische jagte und sich am liebsten dort aufhielt, wo sie sich zum Laichen versammelten. Aber als ich die Jagd auf meinen Traumfisch begann, da war es Oktober. Da war diese Möglichkeit ausgeschlossen. Aber in welchem Gewässer musste ich dann suchen?

Ich konnte natürlich zu den Wasserstellen gehen, an denen alle anderen Hechtfischer stehen und hoffnungsvoll ihre Angel auswerfen. Ein See, in dem der Riesenhecht gesehen worden war und in dem möglicherweise ein Sportangler-Veteran ihn sogar im Jahr zuvor am Haken gehabt hatte. Aber kurz vor der Wasseroberfläche konnte er sich losmachen.

Ich dachte: Und was, wenn der Hecht sich irgendwo versteckt, wo ihn niemand vermutet und niemand nach ihm angelt? Und er deshalb all die Jahre überlebt hat? Also setzte ich mich mit einer Karte hin und traf eine Entscheidung.

Ich entschied mich für den Ekkovannet, den Echosee. Zum einen, weil er abgeschieden in einer Senke im Gebirge liegt, mit steilen Berghängen an fast allen Ufern. – Man muss den ganzen See umrunden, um einen Weg hinunter ans Wasser zu finden. – Zum anderen ist es ziemlich weit bis dahin und die meisten Angler behaupten, dass es dort nur wenige Fische gibt.

Somit entschied ich mich für den Ekkovannet. Der unwahrscheinlichste, aber vielleicht gerade deshalb auch der wahrscheinlichste Ort, um meinen Traumfisch zu fangen.«

5. TAKE-AWAY-FLUSSBARSCH = FREITAG

1. EINE TICKENDE BOMBE

Ich schlafe in einem Uhrwerk. In einer tickenden Bombe, die den Countdown zählt bis zum schrecklichen, explosiven Nullpunkt. Meine Ohren sind Elefantenohren, die jedes kleinste Kratzen, Ticken, Klacken, Hacken und Pochen auffangen. Meine Trommelfelle drohen fast zu platzen. Die Geräusche dringen vor, bis tief in die Gelenke, und mein Rückgrat fühlt sich an, als wäre es voller Glassplitter – winzige Diamantstückchen, die ins Fleisch schneiden.

Über mir sehe ich einen großen Hammer hängen, der bald ausholen und gegen die Glocke schlagen wird, sodass der Alarm ertönt. In diesem Fall ist mein Kopf die Glocke. Der Hammer ist riesig und mit einer Kraft wie die Tritte von vierzehn Nilpferden versehen. Ich weiß nicht, woher die Nilpferdinformation stammt. Aber sie ist so blöd, dass ich fast grinsen muss. Lachen und grinsen, immer abwechselnd. Ich sehe, wie der Sekundenzeiger rennt, dorthin, wo der Alarm ausgelöst und mein Kopf zertrümmern wird.

Ich lache laut auf. Ein todesschwangeres Lachen, als der Sekundenzeiger sein Ziel erreicht und ein hartes »Tock!« verkündet, mit dem der Hammer sich löst und sich auf den Weg zu meiner Stirn begibt.

Und ich hoffe nur, dass es schnell geht.

Und ich finde es jammerschade, dass ich nicht alles habe machen können, was ich habe machen wollen.

Und ich danke der Erde, dass ich ein wenig auf ihr leben durfte.

Dann wache ich davon auf, dass es Morgen ist. Meine Wange tut weh und ich stelle fest, dass ich mit dem Ohr auf meinem Wecker geschlafen habe. Ich öffne den Mund, schiebe die Kiefer zurecht und es knackt tief in den Gelenken.

Jerry liegt auf der Matratze auf dem Boden. Und ratzefatz schläft. Er hört sich an wie ein cooler Kater, der vor einem Kamin entspannt schnurrt. Es fehlt nicht viel und ich sehe ihn vor mir, wie er mit der Schwanzspitze im Maul schläft.

Ich drehe mich auf den Rücken.

Noch ist nicht alles an mir wach. Teile meines Kopfs sind noch damit beschäftigt, sich aus dem Uhrentraum herauszufinden. Es ist, wie an einer lockeren Seilleiter zu klettern. Ein Schritt hinauf und die Leiter gibt nach und du sinkst wieder einen halben Schritt hinab.

Es herrscht eine Unruhe, die an ein lang gezogenes, schrilles, heulendes Geräusch erinnert – als hörte man die Aufnahme von Walen unter Wasser.

Ich entdecke, dass in der Decke ein tiefer Riss verläuft. Den sollte man sicher spachteln und überstreichen. Aber ich werde das nicht tun.

Die Unruhe erinnert an einen riesigen Fisch, der an die Wasseroberfläche geschwommen kommt. Noch unbekannt. Noch ohne Namen oder Körper oder Aussehen. Nur eine unangenehme Unruhe mit vielen Zähnen und viel Kraft in sich.

Dann fällt mir ein, woher diese Unruhe rührt. Heute gibt Selma ihre Party.

2. EINE PARTY, DAS IST DIE HÖLLE

Ich hasse Partys. Da werde ich zu einem Fisch, der Auto fahren muss und keine Ahnung hat, wie er die Pedale treten oder das Lenkrad halten soll. Oder zu einer Giraffe, die einen Hecht fangen soll und glaubt, dass ihr Hals als Angelrute dienen kann. Ich werde zu einem Hecht, der sich plötzlich in einem Aquarium befindet und sich fragt, wie er dorthin gekommen ist und wie man sich hier wohl aufführt.

Bud auf einer Party, das ist eine Katastrophe.

Das war schon immer eine Katastrophe und so wird es auch weiterhin sein. Immer.

Bud + Party = geht gar nicht.

Das ist, als wollte man einen Delfin mit einem Baum paaren.

Wenn ich genauer nachdenke, kann ich mich an so einige Feiern erinnern.

Zum Beispiel an eine Feier, bei der nicht einer, sondern *drei* der schönen alten Holzstühle des Gastgebers unter meinem Gewicht zusammenbrachen.

Oder eine Party, bei der ich zu viel getrunken hatte und am nächsten Tag mit einem Lampenschirm um den Hals aufwachte, in einem Blumenbeet, mit ekligem Shampoo im Haar.

Oder eine Party, bei der ich versuchte, einem süßen Mädchen näherzukommen, sie hieß Moa, und sie kippte mir ein volles Glas in die Hose. (Warum sie das tat, daran kann ich mich dagegen nicht mehr erinnern.)

Oder ein Party, bei der ich auf dem Sofa einschlief und erst aufwachte, als die Gastgeberin mich rüttelte und meinte, ich solle langsam mal nach Hause gehen, da ich der letzte Gast war, der noch übrig war. (Nicht nur der letzte, sondern der allerallerletzte.)

Oder eine Party, bei der ich so voll guter Ideen war, dass ich plötzlich das Bedürfnis hatte, Reden zu halten, für die ich mich am nächsten Tag bei neun Menschen entschuldigen musste. (Und ich wusste nicht mehr so recht, bei wem ich mich eigentlich für was entschuldigen musste. Oder umgekehrt.)

Oder eine Party, bei der die Leute über mich lachten. Mir mitten ins Gesicht oder auch hinter meinem Rücken.

Oder eine Party, bei der ich der Einzige war, der *nicht* im Swimmingpool im Garten baden wollte. (Ratet mal, warum.)

Oder unzählige Partys, bei denen ich bereits um elf Uhr nach Hause gegangen bin, weil es dort so schrecklich war.

Oder Tausende von Partys, bei denen ich mich einsam und verlassen fühlte und am liebsten eine Ameise gewesen wäre, die zwischen den Spalten der Bodenbretter verschwinden konnte.

Ich erinnere mich an so viele Partys und nicht eine einzige davon war wirklich schön. (Für alle anderen schon. Für mich nicht.)

3. ZWEI MORGENNUDISTEN AUF JOGGINGTOUR

Ich schwinge die Beine über die Bettkante und erkenne sie nicht wieder. Etwas an mir ist verändert. Als wäre »ich« nicht länger »ich«.

Ich fühle an meinem Körper, dass ich anders gehe. Dass die Arme auf eine andere Art und Weise schwingen und die Beine nicht so stampfen wie sonst.

»Was machst du?«, fragt Jerry verschlafen von seinem Niedrigbett her.

»Training … äh … ein bisschen Stretchen, weißt du«, antworte ich.

»Das ist schlau von dir, Bud«, sagt er. »Seele & Körper müssen morgens in Form kommen. Sich strecken & sich frisch machen, dass die Zellen neue Wärme kriegen & der Kreislauf in Gang kommt & alles so in Fahrt gerät, dass es ein glücklicher Körper wird. Komm, wir machen eine Runde ums Haus. Das ist unglaublich erfrischend.«

Er zieht sich sein T-Shirt aus, öffnet die Tür und stürmt hinaus. Splitterfasernackt. Ich mache ein paar zögernde Schritte hinter ihm her. Starre ihm von der Türöffnung aus nach, die Hände vor dem Schritt.

Er dreht sich verwundert nach mir um. »Nun komm schon, Bud! Du kannst doch nicht dein Leben lang da stehen bleiben. Es ist herrlich, den kleinen Freund ein bisschen in der frischen Luft hüpfen zu lassen. Frag nur deinen Vater.« Letzteres sagt er leise. Dann winkt er mir eifrig zu und läuft zur Hausecke.

Ich schaue mich um. Überprüfe, ob die Nachbarn etwas sehen können. Spähe zu den Fenstern meiner

Eltern hinauf und überlege, ob sie wohl schon wach sind.

Dann seufze ich schwer und jogge vorsichtig hinter Jerry her. Das wird eher ein schlaffes Trotten als ein Joggen.

Ich habe gerade die erste Ecke umrundet, als er mich überholt. »Jippie!«, ruft er. »Da überholt das Streckenphantom Jerry Storm – oder einfach ›der Sturmjunge‹ unter den Fans. Er überholt den Veteran im Nacktlauf, Bud Martin. Mister Martin strebt offenbar die diesjährige Meisterschaft nicht an. Denn soweit ich es beurteilen kann, läuft es bei ihm in ziemlich schwerem Trab …« Den Rest höre ich nicht mehr, weil er schon wieder um die Ecke gebogen ist.

Ich erhöhe das Tempo, aber Jerry schafft es, mich noch einmal zu überholen, bevor ich wieder am Ausgangspunkt ankomme.

Wir keuchen – das heißt, Jerry atmet fast wie immer, während ich heftig schnaufe – und stehen vor dem Eingang zu meinem Zimmer, als meine Eltern ihre Fahrräder schiebend ankommen. Ich hatte vergessen, dass zu ihren festen Freitagsroutinen eine Fahrradtour am Morgen gehört.

»Guten Morgen«, sagt Jerry, als wäre es für ihn das Natürlichste auf der Welt, um neun Uhr morgens nackt an der frischen Luft zu stehen.

Was mich betrifft, so versuche ich, mit aller Macht so zu tun, als wäre ich angezogen. Meine Hände schleichen sich hinunter und bleiben irgendwie zufällig vor meinen vitalen Teilen in einer Art verschränkte-Hände-Haltung hängen, während ich woanders hingucke und pfeife. Ich bin ein lächerliches Beispiel für »so tun als ob«.

»Hallo, Jungs«, ruft meine Mutter strahlend. Als gefiele ihr das, was sie sieht.

Mein Vater jedoch, der kümmert sich nicht um unseren Nudistenauftritt.

Stattdessen runzelt er die Stirn und fragt: »Was ist das denn?«

4. »OH JERRY. OH JERRY. OH. OH!«

Wir drehen uns um und sehen eine Plastiktüte, die an der Tür zu meinem Zimmer hängt. Komisch, dass wir sie nicht bemerkt haben, als wir zu unserer Joggingtour gestartet sind.

Jerry schaut in die Tüte.

»Das ist ein Fisch«, sagt er verwundert und zieht einen klasse Flussbarsch heraus.

Es ist ein Prachtexemplar. Ich weiß, wer den da hingehängt hat. Und im nächsten Moment weiß Jerry es auch.

Das erinnert mich an das Verhalten von Katzen. Sie kommen mit »Geschenken« für die Menschen. Mäuse, Ratten und andere Beute, die sie gefangen haben. Mit etwas, von dem sie glauben, dass es geschätzt wird, wollen sie Eindruck machen.

Das ist ein Katzengeschenk.

»Oi! Oi!«, ruft mein Vater verschmitzt, stellt sein Fahrrad ab und schaut Jerry an. »Das muss von dieser Maggie sein, von der du erzählt hast.«

Jerry hat also bereits meinen Eltern von ihr erzählt. Wie ich gesagt habe – Diskretion ist nicht gerade seine Stärke.

»Da hat aber jemand Eindruck gemacht«, sagt meine Mutter und löst ihren Fahrtcomputer vom Fahrradlenker. Die Daten kommen in ihre Wochenstatistik. Dann grinst sie Jerry an.

»Als hätte sich da jemand selbst zum Essen eingeladen«, sagt mein Vater. »Vielleicht sollten wir sie bitten, herzukommen. Um heute Abend mit uns Fisch zu essen.«

Jerry ist schon versucht, dem zuzustimmen, als ich mich räuspere.

Alle sehen mich an, als hätte ich eine nette Gesellschaft gestört, indem ich mit einem toten Stinktier im Schlepptau ankomme.

»Wir sollen … äh … heute Abend … äh … zu einer Party«, sage ich.

»Ach ja!«, nickt meine Mutter. »Ach, wie schade. Maggie scheint ja wirklich …«

Ich nutze die Gelegenheit, um im Haus zu verschwinden und unter die Dusche zu huschen.

Unruhe! Unruhe!

Ich schmeiße mich in meine Klamotten und mustere mich im Spiegel. In meinem Gesicht sehe ich immer noch den Abdruck des Weckers.

Unruhe! Unruhe!

Ich sehe einen runden Rand an meiner Wange und den Abdruck der Alarmglocken auf meiner Stirn.

Die Unruhe nagt und vibriert.

Und dafür gibt es mehrere Gründe:

Heute Abend ist Selmas Geburtstagsfeier.

Und da ist der ehemalige Schulleiter Riksen, der wahrscheinlich bald hier auftauchen wird!

Und wenn Maggie jetzt bei Selma aufkreuzt?

Es gibt so viel, was passieren kann.

Und viel, was passieren wird.

Und ich hasse es.

Die Unruhe ist eine Lunte, die zischend an einer riesigen Bombe hängt. Und niemand weiß, wie lang die Lunte ist. Nur, dass sie gezündet ist. Die Unruhe lässt mir keinen Frieden, es ist ein Gefühl, als krabbelten tausend Ameisen unter der Haut.

»Na, so was!«, sagt mein Vater plötzlich. »Da steckt ein Zettel im Fischmaul.«

5. UGH UGH UGH

Er muss ein bisschen fummeln, bis er den zusammengefalteten Zettel herausbekommt. Dreht und wendet ihn, bevor er liest: »Rezept für panierten Barsch.«

Maggies Lieblingsessen! Von dem sie MIR erzählt hat.

Ich könnte den Tag in wütende Fetzen zerreißen – Bomben-Bud!

Könnte schreien, das hier der Beweis ist, dass es *mein* Barsch ist.

Von Maggie für MICH.

Es hat etwas zu BEDEUTEN, dass es ein panierter Barsch ist.

ICH bin derjenige, der mit Maggie essen soll.

Soll doch JERRY schon zum Fest gehen.

Bomben-Bud fühlt, dass hier einiges klargestellt werden müsste.

Doch es kommt nur ein leises: »UGH!«

Bomben-Bud sollte sie ausschimpfen und ihnen erklären: »Hallo! Ich bin auch ein Mensch! Nicht nur jemand, den man hierhin und dahin schicken kann.«

Stattdessen murmele ich: »UGH!«

Bomben-Bud hätte eigentlich so viel zu sagen.

Aber Bud ist eine Maus und keine gefährliche Bombe.

Und wie soll eine Maus, die sich wegen Valen, der Schule, Starbokk, des Autos, Riksen, des Feuers und der Polizei – und wegen allem zusammen! – in ihrem Mauseloch versteckt hat, wie kann diese Maus erwarten, dass sich jemand daran erinnert, dass es da drinnen in dem Mauseloch noch etwas Lebendiges gibt? Wer tritt denn für die Maus ein, wenn die Maus es nicht selbst tut?

Ugh.

Bomben-Bud ist deprimierter als jemals zuvor.

Was stimmt nur nicht mit mir?

Ugh.

Ich so traurig, dass keine ganzen Sätze.

Nur einzelne Worte.

Nur Ugh. Traurig. Traurig. Ugh. Ugh.

Schnappe mir eine Scheibe Brot. Verschwinde.

Im Schrank.

Denken. Schule. Weiße. Geräte.

Allein.

Ugh.

Lange Tränen.
Ugh ugh.
Bomben-Bud sitzt im Schrank und denkt dumme Mausegedanken. Traurige Mausegedanken. Winzig kleine Mausegedanken, die zu einem dunklen Loch in der Ecke des Schrankes trippeln und sich dort hinausstürzen.

Dann rollt eine unendlich lange Träne die Wange und das Kinn hinunter. Die Augen lecken und ich schaffe es nicht, das Loch zu stopfen. Nicht mehr lange, dann habe ich keine Flüssigkeit mehr in mir. Wenn ich nicht vorher im Schrank ertrunken bin.

»Bud …?«, flüstert es auf der anderen Seite der Schranktür.

6. EIN MANN MIT EINEM LECK IM SCHRANK

Ich sitze still da und tue so, als wäre ich gar nicht hier. Das klappt genauso gut wie vorhin, als ich versuchte, so zu tun, als hätte ich Kleider an.

»Bud …?« Die Stimme kommt von einem Punkt, direkt hinter der Tür.

»Ja … okay«, antworte ich und wische mir den Rotz ab.

»Kann ich reinkommen?«, fragt Jerry da draußen. Und dann lacht er. »Oder … vielleicht ist es besser, wenn du rauskommst. In solchen Schränken ist es ziemlich eng. Außerdem riecht es da. Entschuldige, Bud. Aber wann hast du das letzte Mal hier sauber gemacht? Nicht, dass es wirklich stinkt. Aber es riecht …

merkwürdig. Irgendwie merkwürdig. Als hättest du geputzt, aber ohne Seife, sondern mit irgendwie süßlichem, altem Brackwasser. Was meinst du, magst du rauskommen?«

Er versucht, die Schranktür zu öffnen.

Aber ich halte von der Innenseite dagegen.

»Gleich«, antworte ich.

»Okay«, erwidert er. »Wenn du nicht rauskommst, dann werde ich in deinen Sachen wühlen.«

»Mach ruhig«, entgegne ich trotzig und versuche, diese dumme, lang gezogene Träne aufzuhalten, die immer noch aus meinem Auge rinnt.

»Mal sehen«, höre ich ihn sagen. Er geht zu meinem Schreibtisch und öffnet die Schubladen. Soll er nur. Nachdem ich einmal meine Mutter erwischt habe, wie sie in einem Tagebuch gelesen hat, in das ich drei Seiten geschrieben hatte, habe ich aufgehört, Geheimnisse in den Schubladen zu verstecken.

Dann geht er zum Bücherregal. Aber da findet er nur einen Meter mit Zappa-CDs und einen Meter mit Autozeitschriften.

Er pfeift – irgendwie vergnügt – und murmelt: »Mal sehen … mal sehen …«

Er setzt sich an meinen Schreibtisch und es wird still. Jetzt verschafft er sich bestimmt einen Überblick über das Zimmer. Da gibt es nicht viel zu sehen. Aber das tut er auch gar nicht, denn jetzt kann ich ein Geräusch hören, das mir nicht gefällt. Er hat den Computer eingeschaltet und die vertraute Empfangsmelodie dringt bis zu mir herein.

Meine E-Mails! Starbokks Antwort! Aber der private Teil der Festplatte ist mit einem Passwort geschützt. Habe ich sonst noch etwas Privates auf dem Rechner? Die Gedanken rasen wie durchgedrehte Rennautos auf einer Rennbahn ohne Geschwindigkeitsbegrenzung davon.

Mir fällt nichts ein.

Die Gedanken purzeln übereinander und landen in einem Chaos.

Ich drücke die Schranktüren auf und falle aus dem Schrank.

Stürze zum Schreibtisch. Sehe, dass Jerry schon tief in »Mein Computer« steckt und versucht, sich eine Übersicht über meine Dateien zu verschaffen. Ich greife mir die Maus und drücke auf den Startknopf. Finde »Ausschalten« und logge mich aus, bevor er überhaupt etwas sagen kann.

»Ich war da schon etwas auf der Spur«, grinst er. »Man sollte nie private Sachen auf einem Computer haben, weißt du. Aber du hast es sicher mit Passwort & so geschützt. Sagen wir mal – ein Passwort … ein Passwort … ein Passwort, das zu Bud passt. Was mag Bud gern? Essen natürlich. Ich kann mich nicht an dein Lieblingsgericht erinnern. Aber das kann man herausfinden. Wenn du es nicht wie die meisten anderen gemacht hast & dein Passwort irgendwo ganz in der Nähe deines Sitzplatzes aufgeschrieben hast.«

Er dreht die Maus um. Nichts da.

Er schaut hinter den Bildschirm. Auch nichts.

Er guckt unter die Schreibtischplatte. Nichts.

Aber er hat natürlich recht. Mein Passwort lautet

»1Würstchen&Pizza« und der Zettel klebt unter dem Stuhl, auf dem er sitzt.

Aber jetzt reicht es mir.

Ich ziehe ihn vom Stuhl hoch und verfrachte ihn Richtung Bett. Er segelt durch das Zimmer und plumpst auf die Matratze, als hätte ich ein Kissen geworfen.

»Du hast unglaubliche Kräfte, Bud«, grinst er, als er Arme und Beine wieder eingesammelt hat. »Du weißt es nur selbst nicht. Aber tatsächlich bist du der Stärkste, den ich überhaupt kenne. Du schaffst alles. Das heißt – du könntest alles schaffen, wenn du dir nur selbst darüber im Klaren wärst.«

Ich antworte nicht einmal mit »Ugh« auf dieses Gelaber.

»Aber was ist das denn?«, wundert er sich plötzlich. »Du weinst ja.«

»Scheiß drauf!«, erwidere ich und drehe mich weg. Überlege, ob ich mich wieder im Schrank verstecken soll.

»Wein bitte nicht, Bud«, fleht er mich an. »Sonst fange ich auch noch an.«

Ich stehe mit dem Rücken zu ihm und studiere den Meter mit Autozeitschriften.

»Sei nicht traurig«, sagt er. »Ich weiß, dass ich ab & zu die reinste Pest bin.«

»Scheiß drauf«, ist alles, was ich herausbringe.

»Du denkst an mich & all die Frauen, nicht wahr?«, fragt er. »Aber irgendwann bist du auch an der Reihe. Eines Tages, da kommt ein Mädchen mit einem Fisch zu dir. Oder was einem Mädchen sonst so alles einfallen kann. Eines Tages! Ich glaube, es gibt da draußen ein Mädchen, das deinen Namen in seiner Seele eintätowiert hat, Bud. Es kommt nur darauf an, sie zu finden. Um sie zu finden, musst du nach ihr suchen. Da nützt es nichts, hier drinnen zu sitzen & zu heulen & Depri zu schieben & tausend andere trübsinnige Sachen oder auf die Tasten dieser Höllenmaschine zu hacken. Vergiss nicht: Du bist stark. Kannst du dich nicht einfach trauen, es zu sein? Der Stärkste der Welt, damit ich weiß, dass du es kannst! Bitte, tue es mir zuliebe!«

»Was ... äh ... was willst du ... äh ... heute Abend anziehen?«, frage ich und ziehe den Rotz hoch. Will weg von diesem Gesprächsthema.

»Heute Abend?« Jerry hat sich weit draußen am Rande der Galaxie befunden. Aber jetzt kommt er zurück. »Ach ja, die Party, ja ... nun ... Oh nein!«

Plötzlich zeigt sein Gesicht einen bestürzten Ausdruck. »Nein! Das darf doch nicht wahr sein!«, sagt er.

»Was ist denn?«, frage ich und versuche zu begreifen, in welchen Verwicklungen wir jetzt gerade stecken. Denn seine Mimik sagt mir, dass wir direkt auf dem Weg in eine typische Jerry-Krise sind.

»Ich habe vergessen, Selma ein Geschenk zu kaufen!«, sagt er. »Was soll ich jetzt tun, Bud?«

7. JERRY + DONALD = DIE WAHRHEIT

Jerry hat etwas Donald-Duck-Artiges an sich, wenn er in Stress gerät. Er läuft in drei Richtungen gleichzeitig. Plappert – leicht hysterisch – in einem fort und bringt nichts zuwege. Wiederholt nur immer wieder seine Probleme und stolpert über die eigenen Füße, sodass alles durcheinandergerät.

Alles ist nur noch Stimmvolumen und Armbewegungen.

Das endet jedes Mal damit, dass jemand eingreifen und ihn retten muss.

In diesem Falle ist es meine Mutter, die ihn stoppt, als er wie von Sinnen durch den Garten stürzt, um nach Tipling zu laufen.

Sie hört konzentriert seinem Geplapper zu und redet zu ihm, wie man zu einem Patienten im Schockzustand spricht: »Das geht schon in Ordnung, Jerry. Lass uns nach Vanger fahren und dort einkaufen. Ich kann mir denken, was Selma gefällt.«

Jerry und ich, wir setzen uns schwer atmend ins Gras. Das heißt – ich keuche am lautesten. Mich macht es völlig fertig, wenn Jerry so manisch ist. Das steckt an. Und jetzt laufe ich mit dieser Unruhe schon den ganzen Morgen herum.

Meine Eltern kommen heraus und Vater schließt den Wagen auf. Ich will mich gerade auf die Rückbank fallen lassen, als er sagt: »Nee, nee, einer von euch muss hierbleiben und streichen. Und das bist du, Bud. Denn du hast in Vanger nichts zu erledigen.«

Bombe Bud wäre am liebsten explodiert.

Zum zweiten Mal an diesem Tag.

Aber stattdessen krabble ich aus dem Wagen heraus und sehe ihnen nach, wie sie losfahren.

Und ich lache. Ich lache das lauteste, gluckernste Lachen der Welt.

8. LOSES GELÄCHTER

Ich sehe ihnen hinterher.

Die Welt ist komisch. Die Welt ist ein ulkiger, lächerlicher Ort. Wir werden andere Menschen niemals wirklich sehen und verstehen können. Ich kann ja mich selbst kaum verstehen. Meine Eltern fahren mit Jerry davon und sind nur damit beschäftigt, für ihn alles leichter zu machen.

Mich sehen sie gar nicht. Aber schließlich lebe ich auch seit mehreren Wochen ziemlich zurückgezogen. Weshalb es wohl kein Wunder ist.

Das ist witzig und tut nur ein bisschen weh, in erster Linie ist es einfach komisch. Als wären sie drei eifrige Eichhörnchen, die emsig durcheinanderplappern, sich gegenseitig über den Haufen laufen, übereinander hinwegklettern und immer wieder hinpurzeln.

Und Jerry ist so mit sich selbst und seinen eigenen Projekten beschäftigt, dass er nicht kapiert, dass Maggies Fisch für mich gedacht ist. Es interessiert ihn wohl schon, warum ich weine. Aber nur, bis ihm etwas Wichtigeres einfällt. Selma glaubt, dass Jerry in sie verliebt ist. Jerry glaubt, dass er in Selma/Maggie/… usw. verliebt ist, bis er wieder ein neues Mädchen trifft, das er süß findet. Jerry meint übrigens, dass alle Mädchen süß sind. Wer kann eine Welt verstehen, die aus lauter Missverständnissen eingekocht ist?

Ich nicht. Ich stelle nur fest, dass es so ist.

Ich weiß nicht, warum das so komisch ist. Aber ich

finde es unglaublich lächerlich und lache, dass mir der Bauch wehtut.

»Was ist denn über dich gekommen?« Plötzlich taucht Selma auf.

»Nichts … hehehe … nichts Besonderes«, gluckse ich.

Sie sieht mich zwei Minuten lang mit wachsender Irritation an.

»Willst du mir nichts sagen?«, fragt sie schließlich.

»Hahaha … ich wüsste nicht … hahaha … was das sein sollte.«

Das Lachen lässt mich nicht los und ich setze mich auf einen der Stühle auf der Terrasse. Beide Hände auf den Bauch gepresst, der sich schüttelt und Lachsalven von sich gibt.

»Männer!«, schnaubt sie und macht einen Schmollmund, dass man die Unterlippe als Hängematte benutzen könnte.

Das Lachen macht eine Pause, während ich sie ansehe und mir die Lachtränen abwische. Doch dann verkrampft sich mein Bauch wieder und ich muss mich krümmen und kichern. »Was hätte ich denn sagen sollen?«

»Na, du könntest es ja mit ›herzlichen Glückwunsch‹ versuchen«, erwidert sie und ihre Stimme erstarrt zu kaltem, hartem Eis.

»Ach ja«, sage ich, schaffe es jedoch nicht, ernst zu werden. »Herzlichen Glückwunsch zum Geburtstag!« Sie schnaubt und dreht sich halb zur Seite. »Warte mal«, sage ich. »Geh nicht weg.«

Ich renne so schnell ins Haus, wie es ein Mann von

105 Kilo kann, hole Kaffee und trockene Kekse in einer Schale. Das lässt ihre Stimme auf eine Temperatur von ungefähr 10 Grad plus schmelzen.

»Bin noch nicht fertig. Warte!«, rufe ich noch einmal und laufe zu meinem Zimmer und wieder zurück. »Hier!«, sage ich und überreiche ihr mein Geschenk. Herzlichen Glückwunsch!«

Damit schmilzt Selma und erreicht wieder ihre normalen 37 Grad, drückt mich an sich und gibt mir einen Kuss auf die Wange und sagt: »Das sollst du doch nicht!«

Und öffnet das Päckchen und ruft: »Du bist ja verrückt!«

Und dann trinken wir Kaffee.

Und essen trockene Kekse.

Und die Welt ist schön und sie fragt: »Worüber hast du denn so gelacht?«

»Über die Welt«, antworte ich und füge hinzu: »Jetzt sind es nur noch zwei Tage, bis du fährst, nicht wahr?«

»Hier bin ich diejenige, die die Fragen stellt«, schneidet sie mir energisch das Wort ab. »Was war denn nun so komisch?«

»Das war wirklich die Welt«, antworte ich auf der Hut. Ich will dieses Thema nicht auf dem Tisch haben. »Die Welt und das Leben sind komisch.«

»Hat das etwas mit Jerry … und mir … zu tun?«, fragt sie ebenso auf der Hut.

»Nein, nein«, wehre ich ab. »Das war nur so ein… äh … so ein eher generelles Lachen. Weil alles komisch und merkwürdig ist und …«

»Schmerzhaft?«, fragt sie. Sie kennt mich nur zu gut.

Ich fange an, in den Händen zu schwitzen, und wünsche mich zurück in den Schrank, um die Unruhe zu bekämpfen, die sich gleich wieder in die Gelenke schleicht. Mit Selma hatte ich sie für ein paar Minuten vergessen.

Und in diesem Moment biegt ein Wagen in unsere Einfahrt und unterbricht unser Gespräch.

Normalerweise hätte ich mich über jeden gefreut, der dieses Nachbohren in meinem Privatleben unterbricht. Aber als ich sehe, wer hinter dem Steuer sitzt, lasse ich nur ein leises »Ugh!« vernehmen.

9. BOMBEN-BUD MACHT WEITER MIT …

Ich wusste, dass das passieren würde!

Natürlich hatte ich gehofft, dass Jerry mit Maggie und diese wiederum mit ihrem Onkel gesprochen hat. Aber gleichzeitig wusste ich, dass ich damit nicht rechnen durfte.

Bomben-Bud steht auf und geht unsicher dem ehemaligen Schulleiter Riksen entgegen. Es scheint, als wäre ich von Gott, dem Tod oder dem da unten geladen worden. Jetzt wird es ernst.

Riksen steigt aus seinem Auto, als wäre er ein Sheriff, der in eine gesetzlose Stadt kommt. Er hat die Halterung seines Revolvers geöffnet und den Schussarm bereit, um in 0,3 Sekunden ziehen zu können.

Er starrt mir Löcher in den Leib.

Wirft Selma einen Blick zu.

Mustert das Haus.

Lässt den Blick über den Rasen fahren.

Nimmt alles auf und hat jeden Schusswinkel parat – falls er sich auf den Boden werfen, herumrollen, den Revolver ziehen und drei Mann erschießen muss, die sich hinter den Büschen verstecken, um abschließend noch den Heckenschützen auf dem Dach zu töten.

Wir geben uns die Hand und er fragt, ob meine Eltern da seien.

»Die sind in Vanger«, sage ich.

»Um gleich zur Sache zu kommen – es geht natürlich ums Auto«, sagt er. »Ich habe die Schäden beseitigt.«

Ich starre auf seinen Spiegel, der hängt, wie er soll. Der Kratzer in der Karosserie ist verschwunden. Ich schaue zu Boden, warte ab. Er ist so ein Typ, der Pausen liebt. Endlose Pausen, in denen sein Gesprächspartner ins Schwitzen gerät und sich fragt, was wohl als Nächstes passiert.

»Ihr habt eine gute Freundin«, sagt er dann.

Maggie! Hat Jerry das doch geregelt?

»Aber …« Er lässt den Satz in der Luft hängen. Ich merke, wie heiß es ist. Bud ist zu einem Schneemann geworden, der bedrohlich schnell in der Sonne schmilzt. Das Schmelzwasser läuft an mir herunter. Das heißt – das Wasser, das nach den langen Tränen am Morgen noch übrig ist. Ich schaue zu Boden und erwarte fast, dass es überläuft.

»… ich kann nicht …« Er schmatzt bei den Worten.

Um zu überprüfen, ob sie den richtigen Klang und den richtigen Geschmack haben. Langsam irritiert er mich gefährlich stark. Ich könnte mir vorstellen, ihn einfach niederzuschlagen.

Die Bombe hat gesprochen.

Ugh!

Ihm eine zu verpassen.

Dass er zu Boden geht.

Auf den Kies.

Ugh!

»… einfach die Rechnungen …« Riksen arbeitet sich weiter im Satz vor. Seine Zunge braucht eine Gehhilfe.

Die Bombe macht einen Schritt nach vorn.

Ballt die Faust.

Ugh!

»… für die Schäden übernehmen. Ich musste zu einer Vertragswerkstatt. Und das hat richtig Geld gekostet. Das kann ich nicht bezahlen. Das wäre nicht gerecht.« Die Zungen-Gehhilfe klappert weiter.

Die Bombe geht nicht den nächsten Schritt nach vorn. Der sie in Reichweite von Riksen gebracht hätte.

»Das müsst ihr Jungs … das müsst ihr bezahlen. Oder deine Eltern. Wann kommen sie nach Hause?«

Ich lockere die Faust. Der Schweiß tropft.

»Weiß ich nicht«, sage ich. »Aber die müssen nicht zahlen.«

Riksen kämpft mit der Antwort. Er hasst Leute, die sich ihm widersetzen.

»Ach ja?«, erwidert er mit geballten Fäusten und einem Springmesser in der Stimme.

Damit er mich nicht dreimal hintereinander erschießt, laufe ich hinein und hole das Geld, das ich für den Malerjob bekommen habe. Plus ein paar Scheine von Jerry.

Ich bezahle den Schulleiter bar auf die Hand. Es ist nicht genau der Betrag, aber ich gebe ihm lieber mehr als zu wenig.

»Warte mal«, sagt er und zieht seine Brieftasche heraus, um mir rauszugeben.

»Ist schon gut so«, entgegne ich. »Das ist … äh … das ist Trinkgeld.«

Einen Moment lang starrt er mich an und versteht nichts. Dann zuckt es in seinen Mundwinkeln und seine Lippen werden zu einem schmalen Strich. Er wird sauer. »Ach so, na gut«, sagt er, als hätte ich ihm Schafskot in die Hand gegeben. Sieht es als Beleidigung an.

»Dieses Mal kommt ihr noch davon, aber glaube ja nicht, dass ihr das in Zukunft noch einmal machen könnt«, erklärt er. »Ich habe auf Maggie gehört und Gnade vor Recht walten lassen. Obwohl ich es jetzt schon bereue. Ich kenne solche Typen wie euch.«

So macht er weiter, eine Drohung nach der anderen.

Dann räumt er das Feld und hofft das Gleiche wie ich. Dass wir uns nie wiedersehen werden.

»Wo ist Jerry hin?«, fragt Selma.

»Nun ja …«, antworte ich und habe so meine Schwierigkeiten, mich von der Begegnung mit Riksen auf ein Gespräch über Jerry umzustellen.

Ob er möchte, dass ich verrate, dass er in Vanger ein Geschenk für sie kauft?

Spielt es überhaupt eine Rolle, ob ich es verrate?

Wirkt es albern, wenn ich es verschweige?

Wirkt es nicht idiotisch, wenn ich mir eine Lüge ausdenke?

»Sonst ist er doch immer dort, wo du auch bist«, sagt sie.

»Kann schon sein«, antworte ich, darüber habe ich noch nie nachgedacht.

»Er ist doch ganz und gar abhängig von dir«, erklärt sie.

»Red keinen Quatsch!«, entgegne ich und kann mir nicht vorstellen, dass Jerry von irgendjemandem abhängig sein kann.

»Du bist doch wie ein großer Bruder für ihn«, fügt sie hinzu. »Ich glaube, dass es ihn unheimlich inspiriert, mit dir zusammen zu sein. Er lernt eine Menge von dir.«

Jetzt verstehe ich gar nichts mehr. Solche Behauptungen bringen mich total aus der Fassung. Das kann doch nicht stimmen?

Ich hole noch mehr Kekse, während Selma weiterhin versucht, herauszubekommen, wo Jerry sich aufhält. Ich antworte nur »kein Kommentar«, was sie nur noch neugieriger macht.

»Und wie läuft es mit dem Streichen?«, fragt sie.

Ein Blick auf das Haus gibt die Antwort.

Wir liegen hinter dem Plan zurück. Wir liegen so weit hinter dem Plan zurück, dass es unmöglich ist, ihn noch einzuholen, bevor Großvater auftaucht. Da besteht keine Chance. Ich weiß, dass mein Vater mir die Schuld daran geben wird.

»Das läuft … nicht so gut«, antworte ich. »Aber wir geben nicht auf.« Mit diesen Worten ziehe ich mir die Malerklamotten über und hole Farbe, Pinsel und Rolle.

»Du willst mir also nicht sagen, wo Jerry ist?« Sie verfolgt mich.

»La-la-la«, summe ich und tauche den Pinsel in den Farbeimer.

»Quatschkopf«, sagt sie künstlich verächtlich. »Ich muss nach Hause und alles vorbereiten. Bringst du Maggie mit?«

Das lässt mich mitten im Pinselstrich anhalten.

»Maggie?«, frage ich.

»Ja, Maggie«, bestätigt sie. »Du erinnerst dich doch an Maggie?«

»Maggie?« Im Sprachbereich meines Gehirns hat sich etwas aufgehängt. Also wiederhole ich zum dritten Mal: »Maggie?«

Sie seufzt. »Ja … Maggie. Soll ich es dir lieber aufschreiben?«

Sie schnappt sich den Pinsel aus meiner verdorrten Hand und schreibt schnell mit großen Buchstaben an die Wand: M A G G I E.

Ich starre auf die Buchstaben. Als hätte eine unsichtbare Hand sie gemalt.

»Ist auch nicht so wichtig«, sagt sie. »Ich glaube, sie hat die Einladung bereits gekriegt. Meine Freundin kennt sie auch und wollte ihr eine SMS schicken.«

Mein Kopf füllt sich mit tausend Fragezeichen.

Da die Welt ein ulkiger Ort ist, sollte ich jetzt traurig sein. Oder »Maggie« zum vierten Mal wiederholen. Stattdessen sage ich: »Ugh!«

»Ja, denn sie mag dich schließlich, Bud«, fügt Selma hinzu. »Na, jetzt muss ich aber wirklich los. Wir sehen uns um sieben.«

»Ugh!«, erwidere ich und frage mich, was das wohl zu bedeuten hat, dass Maggie mich mag.

11. GEDANKEN EINER MAUS

Ich muss mich ins Gras setzen.

Starre auf »M A G G I E« an der Wand. Habe es noch nicht ganz kapiert – dass Maggie mir den Fisch geschenkt hat, *weil sie mich mag.*

Wenn jemand jemanden mag, dann kann das bedeuten, dass jemand den anderen gern näher kennenlernen möchte.

Wenn jemand jemanden mag, dann kann das bedeuten, jemand mag den anderen – mag ihn so gern, dass jemand ihn wirklich MAG.

Ich weiß nicht, ob ich diese Entwicklung zu schätzen weiß. Doch, ich tue es. Aber ich habe Angst.

Es war besser, als Maggie noch ein süßes Mädchen

war, das im Wald angelte und in das Jerry sich verknallt hatte und von dem ich fand … ja, dass es süß war.

Wenn Leute anfangen, Fische zu verschenken, dann wird es gleich ernster!

Muss ich einen Fisch zurückgeben? Und welche Sorte Fisch muss es dann sein? Was ist die richtige Antwort auf einen Barsch?

Bedeutet die Tatsache, dass es ein Fisch war, etwas Besonderes? (Wie etwas in der Art: »Ich will dich füttern« oder »Ich will dich fressen« oder »Ich will dich angeln«?)

Meine Gedanken springen und hüpfen und laufen voreinander davon und knüllen sich zusammen zu einem Knotengewirr im Gehirn.

»M A G G I E.«

Der Name steht an der Wand. Ich versuche, ihn überzustreichen, weiß jedoch, dass das so gut wie unmöglich ist. Selbst nach mehreren Schichten scheint der Name noch durch.

Du kommst niemals darüber hinweg, wenn dir jemand einen Fisch schenkt.

Und da fällt mir die Feier heute Abend ein.

»M A G G I E.«

»Ugh!«, sage ich leise.

Meine Lunte ist inzwischen gefährlich kurz.

Doch was geschehen wird, wenn die zischende Lunte die Sprengladung erreicht, davon habe ich keine Ahnung.

Vielleicht eine Explosion, von der die Leute noch jahrelang reden werden?

Vielleicht laufe ich Amok, töte meine Familie und werde als Massenmörder von Tipling berühmt?

Vielleicht geschieht auch gar nichts. Jedes Mal, wenn du eine Silvesterrakete abfeuerst, besteht zu 99,9 % die Chance, dass sie losgeht. Aber vielleicht gehöre ich ja zu den 0,1 % an Raketen, die nicht knallen. Die nur sagen: »Putt …«, und eines jämmerlichen Todes sterben?

»M A G G I E.«

Die Unruhe in mir dreht und wendet sich und auf einmal weiß ich, wovor ich am meisten Angst habe. Im tiefsten Inneren habe ich Angst vor Jerry.

Er ist der Grund dafür, dass die ganze Welt ins Wanken gerät. Seinetwegen ist mein Leben aus dem Gleichgewicht geraten. Er stört meine Ruhe – die Ruhe der Maus im Mäuseloch. Jetzt ist er seit fünf Tagen hier und es kommt mir vor wie fünf Jahre.

Genau wie am Montag spüre ich, wie Jerry sich wie ein riesiger Hüne nähert, wie eine Flutwelle, wie eine Sturmböe, wie eine Naturkatastrophe. Nicht einmal in meinem Mäuseloch bin ich mehr sicher. Da pflanzt er seine riesigen Schuhe vor mir ins Gras.

Der Albtraum erscheint so wirklich, dass ich das Auto nicht höre.

»Hallo, Bud«, sagt Jerry plötzlich. »Was malst du denn da an die Wand?« Er blinzelt mit den Augen und liest langsam: »M A G G I E!« Er wendet sich mir zu. Seine Augen sind schwarz. Hart wie Stahl. »Was soll das bedeuten?«

»Bud!«, knurrt er. »Du weißt doch wohl noch, was ich über sie gesagt habe!«

»Aber …«, versuche ich einzuwenden.

»Da denkt man sich nichts Böses. Ist nur mal eben los, um ein Geburtstagsgeschenk für jemanden heute Abend zu kaufen, & kommt nach Hause & da schlägt es einem direkt ins Gesicht! Was für ein Typ bist du eigentlich, Bud? Schnappst dir die Ladys von anderen auf diese Art und Weise! Das hätte ich nicht von dir gedacht. Was geht eigentlich in deinem Schädel vor?«

Er klopft mir auf die Stirn. Das tut ziemlich weh und ich schiebe seine Hand weg. Härter, als ich wollte. Irgendwie schiebe ich sie nicht nur weg. Meine Faust holt aus und landet auf seiner linken Augenbraue.

»AUUU!«, jammert er und reibt sich über dem Auge. Er sieht mich verwundert an. Doch dann verhärtet sich sein Gesicht. Er beißt die Zähne zusammen und wirft sich auf mich.

Das ist, als würde ich von einem wütenden kleinen Tier angegriffen werden. Es fehlt nicht viel und es wachsen ihm Klauen an den Fingern und Reißzähne im Maul.

Ich gebe mir alle Mühe, mich zu verteidigen. Boxe und trete in seine Richtung. Aber er kann einen heftigen linken Haken landen und trifft mich direkt über der rechten Augenbraue.

»AUUU!«, jammere ich jetzt auch und krümme mich, die Hand auf der schmerzenden Stelle, während er immer weiterschlägt und alles mit einem heftigen Schlag in meinen Bauch beendet. Ich winde mich auf dem Gras und erwarte mehr.

Aber es kommt nichts.

Ich drehe mich auf die Seite und taste die Rippen ab. Fühle, wie empfindlich sie nach dieser Serie von harten Knüffen sind. Es vergeht eine Minute, in der ich ein wenig jammere und höre, wie auch er ein wenig jammert.

Doch dann höre ich, wie er kichert.

Zuerst glaube ich, das wäre ein Vogel, ein Grashüpfer oder vielleicht irgendein komisches Geräusch von einem Lastwagen mit Baumstämmen.

Aber da kichert jemand. Ich öffne die Augen und sehe Jerry an. Sein Anblick lässt mich schnell auf die andere Seite rollen und hoffen, dass ich nicht richtig gesehen habe.

13. BUDS FÜNFTER BRIEF AN STARBOKK

»Ist schon in Ordnung«, sagt er, immer noch kichernd.

Ich schaue ihn noch einmal an und sehe seine blutige Lippe und ein blaues Auge.

»Du siehst auch nicht gerade gut aus«, sagt er.

Ich wische mir den Rotz von der Nase und sehe, dass die Nase blutet.

Mit dem Ergebnis, dass ich auch anfange zu kichern. Das ist einfach zu blöd. Das ist so kindisch und erinnert mich an früher, als Jerry und ich noch klein waren. Da haben wir uns dauernd geprügelt. Aber nur zum Spaß, woraus jedoch ab und zu ein ernster Kampf wurde.

Wir gehen zum Wasserhahn an der Ecke und waschen uns das Blut ab. Aber ein Schwall kaltes Wasser kann nicht unsere blauen Augen wegzaubern.

»Was ist denn hier passiert?«, fragt meine Mutter.

»Wir sind von der Leiter gefallen«, erklärt Jerry schnell.

»Ihr müsst vorsichtiger sein«, bemerkt sie besorgt.

»Ja, ja«, antworten wir im Chor. Jerry holt die Farbe und wir beginnen zu streichen. Halten uns fern von der Stelle, an der man immer noch »M A G G I E« erahnen kann.

Ich versuche, ihm zu erklären, dass es Selma war, die den Namen an die Wand gemalt hat. Aber Jerry glaubt mir nicht. Er schüttelt nur traurig den Kopf und sagt: »Lass das nicht zwischen uns kommen, Bud. Ich will das nicht & ich denke, dass du das auch nicht willst. Dazu sind wir doch zu gute Freunde. Ich habe dir gesagt, was ich denke, & ich glaube, dass du es diesmal nicht wieder vergisst – auch, wenn wir sie gleichzeitig treffen. Ich glaube wirklich, dass sie die Frau meines Lebens ist, & es ist sehr wichtig für mich, dass ich dir vertrauen kann. Ich meine, ist es denn so schwer, seine Gefühle unter Kontrolle zu haben? Das mache ich doch die ganze Zeit. & es kostet mich nichts. & das solltest du auch versuchen, Bud. Es ist nicht nötig, hinter jedem Rock, der dir über den Weg läuft, herzuhecheln. Lass uns einfach weiterstreichen & dann ziehen wir uns um, essen den fantastischen Barsch, erholen uns ein bisschen – denn Fisch essen macht die Leute ja immer müde – & dann gehen wir zu Selma & machen dort richtig Party. Ist das nicht ein prima Plan?«

Abgesehen von einem Abstecher zum Laden, in dem wir heimlich Bier kaufen, gehen wir nach dem Plan vor. Arbeiten, essen, entspannen uns. Jerry zumindest. Ich nutze die Gelegenheit, während Jerry »kurz die Augen schließt«, wie er es nennt, an Starbokk zu schreiben. Das muss einfach gemacht werden.

An: Herman_Starbokk@schulpsychologischerdienst.tipling
Von: bumartin@ishmaelpost.net
Betreff: Fünfter Bericht

Ich habe wohl geglaubt, dass der Krieg zwischen Valen und mir abebben würde. Aber weil ich mich weiterhin weigerte zu tun, was er mir sagte – auch nach dem Gespräch bei dem Direktor –, wurde er wahnsinnig. Sportlehrer Valen wurde jedes Mal, wenn er mich sah, total wahnsinnig. Auch wenn wir uns nur zufällig begegneten. Und nachdem er mich einige Male angefaucht hatte, spürte ich, wie sein Anblick mich unberechenbar machte, meine Stimmung schwanken ließ. Nach einer Weile reichte es schon, sein Auto auf dem Parkplatz zu sehen, und der Tag war gelaufen.

Ganz zu schweigen von den Sportstunden.

Es wurde so schlimm, dass die anderen in der Klasse die dümmsten Ausreden anbrachten, um nicht am Sportunterricht teilnehmen zu müssen. Die Vibrations zwischen Valen und mir verwandelten jede Stunde in ein dumpfes, finsteres Minenfeld.

Doch zum Schluss wurde es endlich Juni. Nach all diesen Wochen hatte ich jeglichen Heldenstatus verloren. Meine Popularität war genauso am Boden wie die von Valen.

Inzwischen waren nur noch zwei Wochen vom Schulhalbjahr übrig. Danach war es vorbei, zumindest was mich betraf. Valen aber hatte einen Plan. Einen bösartigen Plan.

Alle Schulen haben so ihre Traditionen.

In Tipling fordert die Tradition, dass man als Abschluss des Schuljahres ein Sportfest veranstaltet. Andere Schulen spielen Theater, führen eine Revue auf oder andere nette Dinge, die alle mögen. Unsere Schule macht eine sogenannte Sportshow, die kaum jemand mag. Zu der aber dennoch alle Eltern kommen.

Bei diesem Event sollten die Besten der Schule im »großartigen sportlichen Geist« miteinander konkurrieren, wie es in der Einladung hieß.

Und so war es auch dieses Jahr.

Nur dass es einen Sportler auf der Teilnehmerliste gab, der weder freiwillig dort stand noch weil er besonders tüchtig war. »Bud Martin – Bockspringen«, stand da.

Sportlehrer Valen war darauf aus, Rache zu nehmen. Er wollte, dass ich mich vor der ganzen Schule blamierte. Er war sich nämlich sicher, dass ich mich nicht weigern würde, wenn Hunderte von Menschen zusahen.

Und damit hatte er ja vielleicht sogar recht.

Freundliche Grüße

Bud Martin

Damit war die E-Mail abgeschickt. Eigentlich sollte ich mich langsam besser fühlen. Aber ich fühle keine

Erleichterung. Ganz im Gegenteil. Es ist ein Gefühl, als würde die Wunde wieder weit aufreißen.

Ich lege mich auf meine Matratze und schließe die Augen.

Doch ich schlafe keine Sekunde. Ich denke nur daran, was beim Schulabschluss passiert ist, und an das, was dann folgte. An all das Schreckliche.

Jerry wacht auf. Wir machen uns fertig. Suchen Kleidung, die nicht zu zerknittert und nicht zu schmutzig ist. Und um halb acht – weil Jerry darauf besteht, dass man nie pünktlich erscheinen darf, denn das ist unhöflich – gehen wir zum Nachbarhaus, zu Selma.

Mir graust vor den kommenden Stunden. Ich kann weitere Verwicklungen in dem Dreieck oder besser dem Viereck Maggie-Jerry-Selma-Bud nicht mehr ertragen.

14. WAS FÜR EIN FEST ...

Wir kommen an und Selma und Selmas Freunde lieben Jerry. Natürlich.

Und sie liebt sein Geschenk und gibt ihm einen soliden Schmatzer direkt auf den Mund, doch zuvor gibt sie noch einen Kommentar zu seinem Auge ab, woraufhin Jerry erklärt, dass er von der Leiter gefallen wäre. Dann lacht er. Erwidert ihren Kuss und alle grinsen, als hätte er etwas Geniales gesagt.

Jerry und der Rest der Gesellschaft verstehen sich ebenso gut wie ein Waldbrand, der auf ein Lagerfeuer trifft. Alles steht in Flammen, brennt und zischt und amüsiert sich.

Jerry bekommt den letzten freien Sitzplatz.

Also bleibe ich stehen.

Aufrecht.

Allein.

Einsam in einem Meer aus plappernden, zufriedenen Menschen, die sich zuprosten und Chips essen.

Direkt neben dem Fernseher stehe ich. Mit einer Bierflasche in der Hand. Sehe dumm aus. Versuche, schlau auszusehen, weiß aber, dass ich dumm aussehe. Ich wippe auf den Zehenspitzen und Hacken auf und ab – als meditierte ich tiefschürfend über das Leben.

Trinke einen Schluck.

Überlege, ob ich eine Runde in die Küche machen soll, nur der Abwechslung halber.

Überlege, ob ich aufs Klo gehen soll – nur um wegzukommen.

Doch da kommt endlich noch so ein armer Kerl – ohne Sitzplatz.

Er stellt sich neben mich. »Wahnsinnsauge!«, lautet sein Kommentar.

»Bin – äh – von der Leiter gefallen«, erkläre ich.

Er nickt, als wäre das nichts Besonderes.

Wir prosten uns zu und stoßen mit den Flaschen an. Beide schweigend. Beide gleich dumm. Beide eifrig nach etwas Tiefschürfendem suchend.

Währenddessen plaudert die Gesellschaft, als gäbe es in einer Stunde keine Worte mehr auf dieser Welt. Mittendrin sitzt Jerry, mehrere Mädchen dicht neben ihm. Sie lachen über alles, was er sagt. Und wenn es nur ein kleiner Rülpser ist – den er durch den Mundwinkel hinausschmuggelt. Eine von ihnen streicht ihm vorsichtig übers Haar – um zu testen, ob er auch echt ist.

Jerry erzählt eine Geschichte, die allen erst den Mund offen stehen, anschließend vor Spannung den Atem anhalten und schließlich in eine Lachsalve ausbrechen lässt. Selma rückt noch dichter an ihn heran und legt ihm eine Hand aufs Knie, während sie sich die andere unters Kinn schiebt. Es sieht aus, als würde sie sich ihm hingeben. Aber da kapiere ich, dass sie nur sein Geschenk zeigt. Jerry hatte so große Pläne dahingehend, was er ihr schenken wollte … alles in dieser Welt. Etwas Erinnerungswürdiges, war es nicht so? Ein Erlebnis. Stattdessen hat er ihr ein Herz gekauft, das sie sich um den Hals hängen kann. Aber während es bei mir ein Silberherz war, so hat er eins aus Gold gekauft. Er hat meine Idee geklaut und sie noch getoppt.

Sie schaut ihn mit diesem Blick an, den Mädchen haben, wenn sie … nun ja, eben so.

»Schön«, höre ich ihn sagen. »Der dir das Goldherz geschenkt hat, der muss dich richtig, richtig gernhaben!«

Sie errötet und schlägt die Augen nieder, zieht aber ihre Hand nicht von seinem Knie zurück.

Der stumme Typ neben mir und ich, wir wechseln vielsagende Blicke.

»John«, sagt er und streckt eine Hand vor.

»Bud«, erwidere ich und schüttele seine Hand.

Und das bleibt unser Gespräch für die nächsten zwei Stunden.

Irgendwie vergeht die Zeit.

Die Zeit spielt das Zeitlupenspiel und streckt mir und John die Zunge raus. Nach zwei Stunden war ich dreimal in der Küche und habe mir den Terminkalender der Familie angesehen. Und viermal auf dem Klo, wo ich mich selbst im Spiegel betrachtet habe. Ich habe überlegt, wie man den Getriebekasten eines Springer-Motors ausbaut, und aufgezählt, wie viele verschiedene Sorten an Autoreifen »Auto Innvik« im Zentrum von Tipling führt.

Doch dann ändert sich alles.

Das Universum wechselt den Kurs oder den Sinn oder das Energiefeld. Auf jeden Fall habe ich das Gefühl, als drehe jemand an einem Rad und verschiebe die Balance. Das erinnert mich an die Magenerlebnisse in einer Berg-und-Tal-Bahn.

Ich kann es nicht erklären. Es ist einfach eine Energie, die mich plötzlich erfüllt. Und dann spüre ich, dass sie von einem Punkt hinter mir kommen muss.

15. WEICH WEICH DICHT DICHT

»Hi … äh … Bud«, sagt Maggie.

»He … äh …«, lautet meine Antwort. Ich vermisse den Wolfsjungen und seine Gesprächstalente!

»Party«, sagt Maggie und nimmt einen guten Schluck aus ihrer Flasche und nickt Richtung Menschenmenge, die von Selmas Freunden gebildet wird.

»Äh …«, nicke ich zurück und trinke. »John«, sage ich und nicke in Richtung John.

John und Maggie schütteln sich die Hände.

Jetzt sind wir drei, die sich außerhalb der Welt gestellt haben.

Drei schweigende Dummköpfe. Die Einsamkeit wabert um uns herum.

»Dein … Auge«, murmelt Maggie.

»Leiter«, antworte ich kurz. Langsam nervt das Auge.

»Ist gefallen«, fügt John hinzu.

»Krass!«, ruft Maggie.

Es vergehen zehn Minuten.

Ich werfe einen Blick auf Maggie und John, die beiden starren wie Zombies auf das Gewimmel.

Jerry sitzt immer noch mit Selmas Hand auf dem Knie da. Aber jetzt liegt seine Hand auf ihrer und er starrt ihr in die Augen und redet, während sie ihn mit Blicken auffrisst. Sie hört nicht, was er sagt. Starrt ihn nur intensiv an, während das Goldherz schaukelt.

Hinter mir kann ich Maggies Duft riechen. Er besteht aus Zitrone, etwas wie kleine Blümchen, vielleicht ein Gewürz. Es ist so merkwürdig, sie in etwas anderem als ihrem Waldoutfit zu sehen. Jetzt trägt sie schwarze Jeans mit Löchern an den Knien. Ihr Top ist türkis und lässt mehrere Zentimeter herrlich festen Bauch frei. Plötzlich würde ich ihr am liebsten über den nackten Bauch streichen. Mit der Hand den Bauch entlang, über die Hüften und die Rundung ihres Bauchnabels spüren. Mit den Fingern über die Hüften und die Mulden in ihrem Kreuz fühlen.

Ich atme schwerer und gebe mir alle Mühe, nicht laut zu seufzen.

Dann mache ich das Verwegenste, was ich, soweit ich mich erinnern kann, jemals getan habe. Das hört sich lächerlich an. Aber für mich ist es riesig.

Ich manövriere meine Hacken ein winziges Stückchen weiter nach hinten. Nur einen oder zwei Millimeter jeweils. Schiebe mich unmerklich nach hinten. Bis ich ganz dicht vor ihr stehe.

Der Maggie-Duft ist jetzt stärker. Ich bemerke Zitronen-Blumen-Gewürze und etwas, das an Vanille erinnert. Und etwas, das einfach nur Haut ist. Und ich spüre etwas, das einfach die Wärme von Haut ist. Vielleicht von einem nackten, schönen Bauch hinter mir.

Ich beuge meinen Körper nach hinten. Aber ich bin nicht nah genug. Ich schiebe meine Füße noch zwei Zentimeter weiter nach hinten.

Jetzt habe ich bei dem Duft das Gefühl, in einem Treibhaus mit tropischen Blumen zu stehen. Er ist stark, intensiv in der Nase, schön und sanft.

Ich beuge mich vorsichtig nach hinten. Und plötzlich fühle ich ihre Brüste an meinem Rücken. Nur ganz leicht und vorsichtig. Als wäre das der reine Zufall. Ich beuge mich wieder nach vorn und bin bereit. Und dann wippe ich langsam wieder nach hinten und noch einmal trifft mein Rücken auf ihre Brüste, und sie sind so weich, dass ich sterben könnte.

Und sie weicht nicht aus.

Erwidert den Druck aber auch nicht.

Da stehen wir – so nah, wie Menschen stehen können, die einen Fisch ausgetauscht haben – ohne einen Skandal zu machen.

Da entdeckt Jerry sie und steht auf.

16. FISCHGEREDE

»Hi, Mag!«, sagt er und durchquert den Raum. Bahnt sich seinen Weg. Schiebt mich zur Seite. Drückt Maggie an sich. Er riecht nach Parfüm, Bier und Party. Irgendwie frisch und lebendig.

»Hi!«, antwortet sie und erwidert seine Umarmung.

»Was ist denn mit deinem Auge passiert?«, fragt sie.

»Bin die Leiter runtergefallen«, erklärt Jerry. »Ein unglaublicher Unfall. Du hättest mich sehen sollen, Maggie. Und Bud natürlich auch.«

»Seid ihr beide gestürzt?«, fragt John.

»Du hättest es sehen sollen«, bestätigt Jerry. »Zuerst bin ich gefallen & dann ist Bud runtergekommen. Das war urkomisch.«

»Hast du da auch die dicke Lippe gekriegt?«, fragt Maggie.

»Ja, wir sind irgendwie … irgendwie ganz komisch gefallen«, bestätigt Jerry. »Übrigens ist so eine Leiter lebensgefährlich. Ich hatte ja keine Ahnung davon. Aber jedes Jahr stürzen mehr Menschen von der Leiter, als Leute bei Flugzeugunfällen ums Leben kommen. Habt ihr euch das schon mal überlegt?«

An dem, was er sagt, ist was Wahres dran. Ich hätte zum Beispiel auch erzählen können, dass jedes Jahr mehr als 10 000 Unfälle, die mit Toiletten zu tun haben, auf der Welt passieren. Oder dass die Chance, beim Lotto zu gewinnen, nur minimal größer ist als die, von einem Meteoritenteil aus dem Weltraum getroffen zu werden. (Oder war es sogar so, dass es eher möglich ist, von einem Meteoriten getroffen zu werden?) Außerdem geschieht es im Jahr ungefähr fünf Mal, dass eine alte Dame ihr kleines Hündchen in die Mikrowelle steckt, um es zu trocknen. (Puff!)

Aber ich erzähle es nicht.

Ich sage ja nie etwas.

»Danke für den Fisch, Mag«, sagt Jerry plötzlich etwas verlegen.

»Hä?«, erwidert sie und sieht mich dabei an. Das dauert nur einen kurzen Moment und ich weiß nicht, wie ich ihn deuten soll. Schaut sie nicht irgendwie fragend drein? Oder verständnislos? Oder etwa sauer? »Oh, ja. Kein Problem «, fügt sie dann hinzu.

»Superfisch!«, fährt Jerry fort. »Der Flussbarsch gehört ja zu den Fischen, die der Hecht am liebsten frisst. Aber der muss dem Riesenhecht wohl jahrelang entkommen sein. Es ist selten, dass die so groß werden.«

»Hast du von dem Riesenhecht gehört?«, fragt John.

»Ja, ich habe schon versucht, ihn zu fangen«, antwortet Jerry überlegen.

»Der alte Ramton oben aus dem Bullsvingen hat ihn vor ein paar Jahren am Haken gehabt«, erzählt John.

»Der alte Ramton hatte schon immer eine große Klappe«, winkt Maggie ab.

»Ich war selbst dabei«, erwidert John.

»Dann hast du wohl auch eine große Klappe«, bemerkt sie höhnisch.

»Nein, wir haben gesehen, wie er aus dem Wasser gesprungen ist. Der muss mehr als fünfundzwanzig Kilo gewogen haben«, fährt John eifrig fort. »Du hättest mal sein Maul sehen sollen!«

»Den werde ich mir schnappen«, sagt Jerry entschlossen.

»Hehe«, kichert Maggie. »Niemand fängt den Riesenhecht, mein Lieber. Ich habe es selbst versucht. Er ist einfach zu schlau. Der hat schon zu lange gelebt und viel zu viele Haken vorbeitreiben lassen.«

»Warte nur ab, du wirst schon sehen!«, erklärt Jerry und dann nimmt er Maggie am Arm und führt sie zur Terrassentür. »Übrigens, ist dir schon aufgefallen, was für einen unglaublich schönen Garten sie hier draußen haben?«

Er zieht sie einfach mit sich, während John neidisch murmelt: »Der weiß, wie man es macht. Das hätten wir auch schon lange tun sollen. Einfach ein Mädchen beim Arm packen und mit uns ziehen. Was für ein Typ!«

»Mein Cousin«, erkläre ich.

»Mit dem an der Seite wird es bestimmt nie langweilig«, meint John. »Die ganze Zeit viel Spaß.«

»So viel Spaß … äh … dass man ein blaues Auge davon kriegt«, beende ich seinen Satz, während Jerry und Maggie im Garten verschwinden.

Das Letzte, was ich sehe, ist, dass sie sich zu mir umdreht und mich ansieht. Da ich in Sachen Mädchen so ein Idiot bin, begreife ich nicht, was das bedeuten soll. Vielleicht: »Siehst du! So wird's gemacht!« Oder vielleicht: »Und was ist mit dir?« Oder einfach: »Das mit dem Barsch habe ich nicht kapiert.« Vielleicht hat es aber auch gar nichts zu bedeuten.

Aber nicht nur ich habe gesehen, wie Jerry Maggie mit sich in den Garten gezogen hat.

Sondern auch Selma.

17. DANKE. VIELEN DANK. ES KOMMT ALLES ZUSAMMEN!

Es fängt damit an, dass auch Selma in den Garten geht. Während John und ich dastehen und uns an unseren Bierflaschen festhalten. Es kommen immer noch neue Leute und wir grunzen ab und zu etwas vor uns hin und prosten uns zu.

Ich bin deprimiert, weil mein Cousin mit dem süßesten Mädchen der Welt abgehauen ist. Aber es ist nicht schlimmer als sonst. Ich weiß, dass die Welt nun einmal so tickt. Ein Fettsack hat nicht viel zu erwarten. Da nützt auch ein Stoßgebet zu Gott nichts.

Ein wenig schadenfroh bin ich allerdings, denn jetzt muss er mit beiden Mädchen zurechtkommen. Zwei Mädchen, in die er verliebt ist. Und zwei Mädchen, die ihn mögen. Das sollte das Gespräch vorsichtig ausgedrückt etwas schwierig gestalten. Doch mein Cousin kann sich aus allen Verwicklungen herausreden. Er sollte sich einen Job als professioneller Redner suchen. Er kann bestimmt Eiswürfel am Nordpol oder Sandkisten in der Sahara verkaufen.

Etwas, das mir an Jerry gefällt: Er hat die Fähigkeit, sich in eine Chaosmaschine zu verwandeln – in jemanden, der die ganze Zeit herumwirbelt. Ein Tornado, der alles mit sich reißt. Das heißt – das gefällt mir, solange er mich nicht mitreißt.

»Jetzt kann ich mich endlich bei dir bedanken«, sagt ein Mädchen und wirft sich mir um den Hals.

Ich fürchte, ich bin gestorben und in Jerrys Körper gelandet. Mein Körper ist derartige Umarmungen nicht gerade gewohnt.

»Du bist unser Held!«, sagt sie und hält mich auf Armlänge von sich. Sie ist groß und schön und jetzt erkenne ich sie, es ist die Mannschaftskapitänin von TIGERS OF TIPLING. Die Chefin des Handballteams, für das ich am Dienstag den Bus repariert habe.

»Wir haben gewonnen!«, erklärt sie mir. »Wir stehen jetzt an der Tabellenspitze. Und das haben wir nur dir zu verdanken, du Mechanikgenie.«

Und damit beugt sie sich vor und pflanzt einen weichen, dicken Kuss mitten auf meine Stirn. »Sag nur Bescheid, wenn ich dir einmal helfen kann. Du kennst ja meinen Namen. Ruf einfach an!« Und damit verschwindet sie in der Menge.

Nur zwei Minuten später kommt ein anderes Mädchen aus der Mannschaft zu mir. »Ich habe gehört, dass du hier bist«, sagt sie und küsst mich auf die Stirn. Sie bedankt sich bei mir und verspricht, mir einen Gefallen zu tun, wenn ich einmal etwas brauche. Und verschwindet in der Menge.

Wird vom dritten Mädchen aus der Mannschaft abgelöst.

Sie küsst mich auf die Wange.

John sagt: »Na, bei dir ist es ja auch nicht gerade langweilig.« Plötzlich ist er neidisch auf mich, hasst mich und kann seine ganze Eifersucht in die wenigen Worte legen.

Ich lächle nur überlegen und erwidere: »Die Welt ist schon merkwürdig.«

Und dann hören wir laute Stimmen aus dem Garten. Und dann ein Klatschen.

18. ZWEI DUMMKÖPFE TANZEN

Nur Sekunden später stürmt Jerry herein. Er hält sich mit einer Hand die Nase, kommt zu mir angekeucht und ruft: »Wir hauen ab, Bud!«

Im Vorbeirennen schnappe ich mir die Tüte mit dem Bier. Und wie eine lebendige Windhose saugt er mich mit sich aus dem Raum, weg vom Fest, aus dem Haus, hinaus auf die Straße.

Ich kann nicht einmal eine Frage anbringen. Denn nachdem er noch einmal besser nachgegriffen hat, zieht er mich an meinem Hemd über die Straße, hinüber zu unserer Auffahrt. Und obwohl ich nicht gerade ein Leichtgewicht bin, lasse ich mich von der Windhose Jerry Storm mitreißen.

Es ist gegen zehn Uhr und wir sind bereits auf dem Heimweg. Das ist ein Rekord. Das schlägt alle meine früheren Niederlagen an der Partyfront.

Ich kann ihn nur bremsen, indem ich mich auf den Asphalt fallen lasse. Nicht einmal ein Jerry Storm schafft es, 105 widerstrebende Kilo mitzuzerren. Wir befinden uns direkt unter einer Straßenlaterne, deshalb kann ich klar und deutlich sehen, dass er jetzt zwei blaue Augen aufzuweisen hat. Plus eine rote Wange. Plus Nasenbluten.

»Bist du … äh … bist du im Krieg gewesen?«, frage ich schockiert.

»Du, mein sogenannter Freund«, sagt er und stößt mir einen harten Zeigefinger in die Brust. »Du bist NICHT witzig. Jedenfalls im Augenblick nicht.«

»Ein Bier?«, frage ich und ziehe eine Flasche aus der Tüte. »Ein Bier ist immer … äh … beruhigend.«

»Danke«, nickt er, nimmt die Flasche und fährt sich mit dem Handrücken über die Nase.

»Taschentuch?«, frage ich und gebe ihm ein Taschentuch.

»Nochmals danke«, sagt er kurz.

Wir ändern die Richtung und setzen uns lieber in das gute alte Wartehäuschen unten an der Straße.

»What a life!«, sagt Jerry.

»Hm«, antworte ich und nehme einen großen Schluck.

Da sitzen wir. Zwei Dummköpfe. Zwei schweigende Dummköpfe an einer Bushaltestelle und trinken uns einen an. Der Mond hängt silbern an einem dunkelblauen Himmel. Die Holzlaster unten auf der Hauptstraße sind wie immer auf ihrer ewigen Jagd nach einem anderen Ort.

»Ich wollte nur …«, sagt Jerry, aber ihm fällt nicht mehr ein, was er wollte. Er hebt die Hände. Resigniert.

»Hm«, antworte ich.

»Mädchen … Du weißt ja, wie das ist«, sagt er ein paar Minuten später.

Ich habe niemals geahnt, wie etwas ist. Und schon gar nicht bei Mädchen. Und werde es wohl auch kaum jemals tun, aber ich gebe ihm die bestmögliche Antwort von einem Bomben-Bud: »Ugh!«

»Du hast vollkommen recht«, sagt er mit leichtem Grinsen. Drückt sich das Taschentuch gegen die Nase und wischt wieder Blut ab. »Ugh! Ugh! Das ist die einzige Antwort, die überhaupt Sinn macht. Du bist schlau, Bud. Du hast die richtigen Worte zur richtigen Zeit. Ich wünschte, ich würde auch die richtigen Worte finden, wenn ich etwas sagen will. ›Das kann doch wohl nicht so schwer sein, oder?‹, frage ich mich selbst, aber es sieht so aus, als ob es tatsächlich schwer ist, zumindest für einen wie mich, der sich abmüht, die richtigen Worte zu finden.«

Für einen wie mich erscheint es nicht gerade so, als ob es die Worte sind, mit denen er sich am meisten abmüht. Aber ich lasse ihn weiterreden über das Leben und Mädchen und Wünsche und Träume, während der Mond schweigsam da oben entlangsegelt und Silber auf uns hinabrieseln lässt.

»Guck dir den Mond an, Bud«, sagt Jerry. »Das ist magisches Silber, wusstest du das?«

Ich sehe den Mond an und sehe, dass er recht hat.

»Ich kann mich daran erinnern, wie mein Vater mal zu mir gesagt hat, wenn du es schaffst, wach zu bleiben, & dann mitten in der Nacht rausgehst & dich direkt unter den Mond stellst, dann rieselt ein bisschen von seinem Silber auf deinen Kopf & das verleiht dir magische Kräfte. Später habe ich begriffen, dass es ein Märchen war. Aber in letzter Zeit habe ich wieder angefangen zu glauben, dass doch etwas dran ist. Das Problem im Leben ist, dass es nicht so leicht ist, sich direkt unter den Mond zu stellen.«

»Ugh!«, erwidere ich und schaue zum Mond hinauf.

»Genau! So soll es sein!«, sagt er und betrachtet auch den Mond. »Ugh!« Er steht auf, wippt mit den Hüften und fängt an zu singen: »Ugh-ugh-ugga-bugga. Ugh-ugh-ugga-bugga. Nun komm schon, Bud!«

Ich stehe auf und folge ihm und wir tanzen einen kranken Kreistanz an der Haltestelle, wobei wir die Flaschen heben, uns grüßen, zuprosten und immer wieder singen: »Ugh-ugh-ugga-bugga. Ugh-ugh-ugga-bugga.«

Jerry macht dabei wilde Grimassen, dann gluckst er und ruft: »Mein Gott, was hat dieses Mädchen für einen Linkshaken.« Er reibt sich Wange, Auge und Nase und tanzt weiter.

Zwei Dummköpfe tanzen der Nacht entgegen, bis es fast ein Uhr ist.

»Ist wohl an der Zeit, Schluss zu machen«, sagt Jerry.

»Ja«, bestätige ich. »Folge mir!«

19. MEIN VATER LIEGT IM HINTERHALT

Was natürlich bedeutet, dass wir in den Pavillon meines Großvaters gehen, um von dort über die Häuser und in die Nacht hinauszuglotzen. Sogar nach ein paar Pils sind wir noch in der Lage, den steilen Hang hinaufzukommen.

Jerry führt noch einen kleinen Mondtanz vor dem Geländer auf – direkt bei der Eisenleiter, sodass ich ihn bremsen muss. Wir können hier jetzt keine Katastrophe gebrauchen – mit Leuten, die in den Abgrund stürzen.

»Möchte nur wissen, wann dieser Kerl – wie hieß er noch – Schulleiter Striksen? –, wann der wohl auftaucht«, sagt Jerry plötzlich. Und da fällt mir ein, dass ich vergessen habe, ihm etwas zu erzählen.

Ich könnte es ihm jetzt erzählen.

Aber da kommt mir plötzlich der Gedanke: Lass ihn noch ein bisschen schwitzen. Die ganze Sache ist zwar schon geregelt, aber Jerry soll ruhig noch nervös wegen des Treffens sein. Schließlich habe ich auch tagelang geschwitzt, bis Riksen aufgetaucht ist.

»Ich hätte mit Mag darüber reden sollen«, sagt Jerry. »Aber wenn ich in ihrer Nähe bin, dann vergesse ich einfach alles.«

»Ja, ja«, nicke ich unbeteiligt, leere meine Flasche und will sie auf den Tisch stellen. Doch das Glas ist feucht. Meine Hände sind feucht. Und die Flasche rutscht mir aus den Fingern. Fällt zu Boden und endet mit einem klirrenden Geräusch auf dem Absatz unterhalb des Pavillons.

In dem Moment wird unten in Großvaters Garten eine Taschenlampe eingeschaltet. Der Lichtstrahl fällt auf die Büsche auf dem Absatz. »Kommt raus, ihr Drecksäcke! Ich weiß, dass ihr da seid!«

Mein Vater!

Nur durch ein Wunder hat er uns nicht zum Pavillon hinaufgehen gehört. Er glaubt, dass die Flaschenschmeißer unten auf dem Absatz sind. Wir ducken uns, damit er uns nicht sieht.

Währenddessen kommt mein Vater angelaufen, die Taschenlampe hoch erhoben.

Er hat keine Angst. Er ist so wütend, dass er jeden zusammenprügeln könnte. Er erreicht den Absatz unter uns und Glas knirscht unter seinen Schuhen. Er flucht und Jerry und ich sehen einander an.

»Ich glaube, es ist überlebenswichtig«, sagt Jerry, »dass wir zusehen, dass wir runterkommen. Bevor dein Vater hochkommt, um hier zu inspizieren.«

Wir hören meinen Vater etwas in der Art vor sich hinmurmeln, dass die Übeltäter davongekommen sind.

»Wir können weder die Leiter noch den Weg nehmen, ohne ihm direkt in die Arme zu laufen!«, sage ich ängstlich.

»Das regele ich schon«, sagt Jerry und steht auf, obwohl ich versuche, ihn wieder nach unten zu ziehen. »Alter Indianertrick!«

Und damit wirft er die letzte Bierflasche, die ich noch in der Plastiktüte hatte, gegen Großvaters Haus. Die Flasche segelt in einem eleganten Bogen davon und trifft auf die Hauswand.

Mein Vater erstarrt, läuft dann wieder hinunter in den Garten.

Währenddessen schleichen wir uns hinter seinem Rücken nach unten. Kommen am Absatz vorbei. Kommen hinunter in den Garten. Halten uns von der Stelle fern, wo mein Vater flucht und mit der Taschenlampe herumfummelt. Wir huschen durch das Loch in der Hecke und sprinten zu unserem Haus.

In dem Moment ertönt die Stimme meiner Mutter aus dem Schlafzimmerfenster: »Ich glaube, da ist jemand in unserem Garten, Georg! Du musst herkommen!«

Wir laufen dicht an der Wand entlang, kommen um die Ecke und sprinten wie die Idioten zu meinem Eingang. Schaffen es gerade noch, die Tür hinter uns zuzuwerfen, bevor mein Vater um die Ecke kommt.

»Wo sind sie abgeblieben?«, fragt er.

Wir werfen uns unter die Bettdecken und versuchen, ruhig zu atmen. Antworten nicht, als mein Vater an die Tür klopft und anschließend hereinguckt. »Nein, die schlafen wie die Engel«, sagt er und schließt leise wieder die Tür.

Wir warten eine Weile, bevor wir etwas sagen.

»Ugh …«, flüstere ich schließlich.

»Ugh … ugh…«, flüstert Jerry als Antwort und wir kichern wie zwei Zehnjährige.

»Mir ist was eingefallen«, sagt Jerry. »Wir haben das große Ziel aus dem Auge verloren. Ja, vielleicht bin ich vor allem derjenige, der es verloren hat. Aber wie dem auch sei, es geht um den Riesenhecht, Bud.

Wir wollten ihn doch fangen. Man darf vor lauter Details nicht die großen Dinge vergessen.«

»Und wem … äh … wem willst du ihn … äh … dann geben?«, frage ich.

»Es geht nicht mehr darum, dass ihn jemand bekommen soll«, unterbricht er mich abrupt. »Der Punkt ist, dass ich ihn fangen will. Ich werde ihn ausfindig machen & einfangen. Man setzt sich ein Ziel & dann kommt es darauf an, es zu erreichen, Bud. Du solltest nicht so einer sein, der seine Ziele aufgibt, sobald ein Hindernis auftaucht. Hindernisse sind dazu da, überwunden zu werden. Hindernisse sind dazu da, dass wir etwas lernen. Was willst du eigentlich aus deinem Leben machen? Nur eine flache, öde Ebene mit möglichst wenigen Hügeln? Was hast du dann davon gelernt? Nein, mein Freund, so ist das Leben nicht. Da braucht es Herausforderungen. Denn erst dann macht es Spaß!«

»Hm«, antworte ich und denke im Stillen, dass ich bereits ausreichend Spaß für das ganze Jahr hatte.

ZITAT AUS: »Henry Walden: Der Fisch meines Lebens. Die Jagd auf den Riesenhecht.«

»Ich haben den ersten Tag dazu benutzt, die Seen zu studieren. Herauszufinden, wo der Hecht sich höchstwahrscheinlich aufhielt – bereit zuzubeißen. Wo die Untiefen und wo die Tiefen waren. Wo es gute Möglichkeiten für einen gierigen Riesenhecht gab, im Hinterhalt zu liegen.

Wie bereits erwähnt, ziehe ich es vor, mit einem Blinker zu angeln. Ich angele vom Ufer aus. Ja, ich weiß, dass man mit dem Boot viel größere Bereiche der Binnenseen erreichen kann. Aber wer schafft es, ein Boot durch den Wald zu tragen? Ich wandere lieber mit leichtem Gepäck. Wenige Dinge. Nicht viel Ausrüstung. Aber gute Ausrüstung – wie ich schon beschrieben habe. Und nur das Beste ist gut genug für die Bestie, die ich fangen will.

Über meine Wurftechnik will ich nicht viel verraten. Ich habe die Technik mehrere Jahre lang eingeübt. Habe einen Spezialgriff an der Rute und einen ganz besonderen Wurf über den Kopf und inzwischen weiß ich haargenau, wann ich die Schnur und den Blinker auslaufen lassen muss. Bitte verstehen Sie, dass auch ich ein paar Geheimnisse für mich behalten will.

Ich hatte geplant, es wie immer zu tun – da ich glaube, dass Hechte es vorziehen, in der Nähe des Grundes zu stehen – und den Blinker so dicht wie möglich über den Grund zu ziehen. Deshalb sollte die Wassertiefe bestimmen, wie schwer der Blinker sein musste.

Das Wichtigste war also herauszufinden, wo der Grund war. Deshalb war der erste Wurf nur zum Messen. Ich ließ den Blinker sinken und zählte so lange, bis er den Boden erreichte. 1 – 2 – 3 – usw. Ich kam bis 15.

Wenn das die Stelle war, wo ich angeln wollte, musste ich beim nächsten Wurf anfangen einzuholen, wenn ich bis 14 gezählt hatte. Dann würde mein Blinker direkt an einem eventuell im Hinterhalt liegenden Hecht vorbeikommen. Vorzugsweise am Riesenhecht …«

6. DÜNNE FISCHSUPPE = SAMSTAG

1. EIN MORGENDLICHES TREFFEN

»Tock! Tock!«

Ich öffne die Augen, als ich das leise Geräusch höre. Wie ein Vogel, der gegen die Scheibe pickt.

»Tock! Tock!«

Ich massiere meine Schläfen und mein Gesicht und versuche, die Augen aufzukriegen. Meine Augenlider sind festgeklebt.

»Tock! Tock!«

Ich hebe den Kopf vom Kissen und öffne mit den Fingern die Augenlider. Schiebe sie nach oben, um sehen zu können. Ziehe die Gardine zur Seite und schaue hinaus, kann jedoch keinen nervenden Vogel entdecken.

Lasse mich wieder ins Bett fallen. »Tock! Tock!« Fahre erneut hoch.

Ich schaue wieder hinaus.

Kein Vogel.

Versuche zu schlafen.

»Tock! Tock!«

Scheißvogel! Ich rolle aus dem Bett und wäre fast auf Jerry getreten. Aber im letzten Moment kann ich noch über seinen Kopf hinwegsteigen und gehe zur Tür. Drücke die Türklinke hinunter und spähe hinaus in die Welt. Mache ein paar Schritte hinaus in den Garten und schaue um die Ecke.

Da steht Selma.

Und da stehe ich – verschwitzt, nur in Unterhose, mit rotem Gesicht, noch nach Alkohol und unruhigen Träumen stinkend.

»Oi!«, sage ich.

»Oje«, sagt sie.

Peinliche Augenblicke schleichen wie Schnecken in langsamer Gangart davon.

»Ich würde gern mit dir reden«, sagt sie.

»Oi oi!«, bringe ich gerade noch heraus. Ungefähr so intelligent wie meine »Ugh ugh«-Antworten am Tag zuvor.

Wir kommen überein, uns in einer halben Stunde an der Bushaltestelle zu treffen. Ich schleppe meinen Körper unter die Dusche und mein Kopf wird langsam klar.

Ich esse fünf Scheiben Brot. Mein Magen ist leer wie eine verlassene Doppelgarage, da ist es dringend nötig, Flüssigkeit und feste Nahrung aufzunehmen. Ich schnappe mir eine Packung Kekse und gieße Kaffee in eine Thermoskanne, bevor ich mich auf den Weg zu Selma mache.

»Ich bin so verzweifelt«, sagt sie, sobald ich mich gesetzt habe. »Du musst mir helfen.«

»Nun ja«, sage ich. »Vielleicht war es ja nicht besonders schlau, Jerry eins zu verpassen.«

»Ich? Ich soll ihm eine verpasst haben?«, erwidert sie überrascht. »Das war ich nicht, die ihn verprügelt hat. Das war Maggie.«

»WAS?«, rufe ich aus.

»Er hat sich vorgebeugt, um sie auf den Mund zu küssen«, berichtet Selma.

»WAS?!«, ist meine Antwort. Ja, ich weiß, was er über Maggie und seine Gefühle für sie gesagt hat. Trotzdem kann ich es nur schwer ertragen, Einzelheiten zu hören.

»Er hat sie doch rausgelockt – ganz nach hinten in den Garten«, sagt Selma. »Wir haben eine Bank dort, unter einer Eiche, mit Blick auf den See. Ist richtig hübsch da. Und da saßen sie nebeneinander und haben miteinander geredet. Ich habe sie von Weitem beobachtet. Und als ich noch ungefähr zehn Meter entfernt war, hat Jerry sich zu ihr gebeugt, eine Hand um ihren Kopf gelegt und sie zu sich herangezogen. Und als er sie gerade küssen wollte, hat sie ihm die Hand gegen die Stirn gedrückt und versucht, ihn wegzuschieben. Und als er nicht aufgegeben hat, da hat sie ihm links und rechts eine gefeuert. Die Schläge hättest du sehen sollen!«

Selma hat jedes Detail mitbekommen. In meinem Kopf spielt sich die Szene ab und ich muss glucksen bei der Vorstellung, wie Jerry ein paar gut platzierte Schläge ins Gesicht bekommt. Aber ich reiße mich sofort zusammen, als Selma mir einen tief verletzten Blick zuwirft.

»Und dann hat er wohl etwas gesagt, was sie total geärgert hat, denn sie hat noch einmal zugelangt und ist dann durch das hintere Gartentor verschwunden. Gerade, als ich bei ihnen angekommen bin«, fährt Selma fort.

Ich sehe, wie sie mit den Tränen kämpft, da sie in ihn verliebt ist, in diesem Blödhammel, der versucht, mit einer anderen zu knutschen.

Und das ist so traurig. Und das tut so weh.

Und so sollte Selmas vorletzter Tag daheim in Tipling nun wirklich nicht aussehen. So sollte ihre Party nicht ablaufen. So darf das Leben nicht sein. Ganz gleich, ob sie nun ein Fernsehsternchen wird, schick, dünn und glücklich. Die Selma, die ich hier vor mir sehe, ist ein kleines Wrack.

»Ein Keks?«, frage ich ratlos und halte ihr eine zerknitterte Packung hin.

»Danke«, sagt sie und gräbt einen Keks mit Zitronenfüllung hervor.

Sie schiebt ihn in den Mund und versucht zu kauen, aber ein wahrer Schwall an Tränen schießt ihr aus den Augen und zugleich aus Nase und Mund. Und sie vergräbt ihren Kopf in den Händen und ich weiß nicht, was ich tun soll, bin hilflos, weil ich keine Ahnung habe, was man mit Mädchen tut, die weinen.

»Ich fühle mich soooooo verletzt«, schluchzt sie und wirft sich mir an den Hals.

2. DUMM UND DÜMMER. DAS IST DAS MOTTO DES TAGES

Es duftet nach Selma. Es duftet nach Mädchen. Wäre sie nicht mein bester Kumpel und mein unglücklichster Kumpel, ich hätte vielleicht ein Fünkchen Eifersucht verspürt, weil dieses tolle Mädchen sich in einen anderen verliebt hat.

Was soll ein Mann mit einem Mädchen machen, das weint?

Das macht mich vollkommen hilflos.

Ich kann nur mich selbst zurate ziehen – das, was ich denke, und das heißt: Dumm und dümmer. Ich kann Selma einfach nur umklammern.

Vorsichtig lege ich ihr meine Hände auf den Rücken.

Ich weiß nicht, ob man einem weinenden Mädchen den Rücken streicheln darf.

Ich traue mich nicht.

Lasse einfach ihren Kopf auf meiner Schulter ruhen.

Weiß nicht, ob man seinen Kopf vielleicht an ihren lehnen könnte.

Traue mich nicht.

Wir sitzen etwas schief da, unbequem, und es tut mir im Kreuz weh.

Ich weiß nicht, ob ich die Stellung ändern darf, sodass sie besser in meinen Armen liegt.

Traue mich nicht, etwas zu verändern.

Sicher erwartet sie von mir, dass ich etwas sage.

Ich suche in meiner Wörterliste im Gehirn, um etwas Passendes zu finden.

Finde sogar ein paar Sätze.

Traue mich aber nicht, solche starken Worte zu benutzen.

Bin nur Dumm und Dümmer.

Deshalb halte ich sie einfach nur im Arm – dicht an mich gedrückt –, bis sie fertig ist mit dem Weinen.

»Jetzt habe ich genug geheult«, sagt sie und windet

sich aus meinem Griff heraus. Meine Arme sind steif geworden und es knackt, als sie sich losmacht.

»Warum verliebt man sich auch in solche unfähigen Kerle!«, sagt sie leicht wütend.

Ich biete ihr noch einen Keks an und wir mümmeln schweigend unsere Zitronenkekse.

»Glaubst du, dass er mich mag … jedenfalls ein bisschen?«, fragt sie mit Tränen in den Augenwinkeln.

Ich seufze und bin so hilflos, dass ich sogar meine Wörterliste im Kopf verloren habe.

»War das ein Ja oder ein Nein?«, fragt sie und zieht die Augenbrauen zusammen.

Ich breite die Arme aus, um ihr zu zeigen, dass ich es nicht weiß. Und ich weiß es wirklich nicht. Mit Jerry wird es nie langweilig. Aber fragt mich bitte nicht, was er denkt oder meint – oder was er in der nächsten Minute denken oder meinen wird. Jerry ist eine gezündete Rakete, die in vielen schönen Feuerwerksfiguren, Farben und Mustern am Himmel explodiert. Aber voraussagen, was er mag? Unmöglich.

Da höre ich hinter mir ein Räuspern, dass ich fast aus der Rolle des Dummen und Dümmeren falle. Und stattdessen zum Toten und Toteren werde.

3. JERRY AUF DEN KNIEN

Jerry steht da. Ganz plötzlich. Unerwartet. Frisch geduscht. Sauber angezogen. Mit gekämmtem Haar. Sieht ganz anders aus als die verheulte Selma und der erschöpfte Dumm und Dümmer.

»Es tut mir so schrecklich leid, Selma«, sagt er mit diesem manischen Blick in den Augen.

»Bleib mir vom Leib!«, zischt sie.

»Aber ich …« Er gibt sich Mühe. Er gibt sich wirklich Mühe. Und Dumm und Dümmer wünschte, er selbst könnte einfach schmelzen und verschwinden.

»Kein Wort mehr!«, sagt sie und dann packt sie das Herz, das immer noch um ihren Hals hängt, reißt die Kette durch und wirft sie ihm vor die Füße.

»Selma«, sagt er und hockt sich hin. Hebt das Herz und die Reste der Kette auf.

Sie steht auf, geht aber nicht. Ihre Füße würden schon gern. Aber der Rest des Körpers bleibt stehen. Lehnt sich verzweifelt gegen die Wand des Wartehäuschens.

Da tut er etwas, das mich vorsichtig auf der Bank nach hinten rutschen lässt. Bis mein Rücken und mein Hintern gegen die Wand stoßen. Jerry geht vor ihr auf die Knie.

Jetzt möchte Dumm und Dümmer wirklich sterben.

4. GESPRÄCH IM GRAS

Jerry geht tatsächlich auf die Knie und überreicht ihr die Kette.

Selma kann sich nicht entscheiden. Es zuckt in ihren Mundwinkeln und es zuckt in ihrer Hand.

»Ich war ja so dumm, Selma«, sagt Jerry und starrt sie wie ein Cockerspaniel an, der um Schokolade bettelt.

»Ja, das warst du wirklich«, bestätigt sie und kann sich immer noch nicht entscheiden.

»Nimm dieses Herz ...«, sagt er und fängt fast an zu heulen.

Da hebt sich der Hintern von Dumm und Dümmer von der Bank.

Die beiden sind so tief in ihre Romeo-und-Julia-Szene vertieft, dass sie gar nicht bemerken, wie ich mich aus dem Wartehäuschen schleiche. Vorsichtig ziehe ich mich zurück. Aber die beiden machen einfach weiter. Jerry redet und redet und hat wieder an Tempo gewonnen.

Ich laufe zurück zum Haus. Es ist erst halb neun, aber meine Eltern sind schon weggefahren. Ich kann mich nicht mehr daran erinnern, was sie gestern gesagt haben. Aber irgendetwas haben sie zu erledigen.

Auf dem Küchentisch liegt ein Zettel. »Wir sind bis 12 Uhr weg. Kaufen einen neuen Stuhl für Großvater«, hat mein Vater aufgeschrieben. Und dann hat er unten noch hinzugefügt – gleich doppelt unterstrichen: »JETZT MÜSST IHR ABER MALEN, JUNGS! ES SOLL MORGEN FERTIG SEIN!!!«

Ich mache eine Runde um das Haus.

Nun ja, es ist nicht schwer zu erkennen, dass das unmöglich ist. Wir haben mit der letzten Wand noch nicht einmal angefangen. Und davon abgesehen sind wir noch beim ersten Anstrich. Die Wände brauchen zwei.

Wie kann er also annehmen, dass wir damit fertig werden?

Allenfalls, wenn wir behaupten, dass die anderen

drei Wände schon zwei Anstriche haben. Ob Vater darauf hereinfällt?

Das wäre zumindest ein Fünkchen Hoffnung.

Sogar so viel, dass ich mich ins Gras lege und einschlafe. Und erst aufwache, als der Mann, der gerade noch auf Knien lag, sich neben mich fallen lässt.

»Nun ist das Durcheinander geregelt«, sagt er zufrieden.

»Was?«, erwidere ich.

»Selma«, erklärt er lächelnd. »Ich habe sie um Entschuldigung gebeten.«

»Entschuldigung?«, wiederhole ich und werde ausnahmsweise richtig sauer auf ihn – ohne das zu verbergen. »Durcheinander? Du hast vor ihr gekniet! Sie denkt doch, dass du um ihre Hand angehalten hast!«

»Nein, nein, sie kennt mich & weiß, was Sache ist & was nicht drin ist«, antwortet er ganz entspannt. »Jetzt gibt es kein Durcheinander mehr. Wir haben ganz klare Grenzen in unserer Freundschaft.«

»Du bist d-d-dumm, Jerry!« Ich bin so aufgebracht, dass ich anfange zu stottern. »Du bist t-t-tatsächlich s-s-saud-d-dumm!«

»Wie bitte?«, fragt er. »Sag so etwas nicht.«

»Sie glaubt, dass du sie l-l-liebst und dass das mit M-M-Maggie bestimmt nur ein M-M-Missverständnis war«, antworte ich. »Du bist vor ihr auf die Knie g-g-gefallen und hast ihr ein Herz g-g-geschenkt, d-d-du Idiot! Das hat d-d-doch nichts mit Freundschaft z-z-zu tun.«

Ich bin ungewöhnlich redegewandt, obwohl ich doch heute Dumm und Dümmer bin.

»Glaubst du nicht, dass sie es kapiert hat?« Er sieht mich verständnislos an.

»Mein Gott!«, seufze ich.

»Aber noch was anderes«, sagt er plötzlich, »du hast nicht zufällig meinen Schlüsselbund gesehen? Ich habe ihn bestimmt an einen ganz sicheren Platz gelegt. Ich muss ihn auf jeden Fall wiederfinden, bevor ich nach Hause fahre. Mein ganzes Leben hängt daran, weißt du. Wir müssen eine große Suchaktion veranstalten, um ihn zu finden. & außerdem sollten wir ja wohl versuchen, den Riesenhecht zu fangen, nicht wahr? Damit hat doch im Prinzip alles angefangen. Ich habe fast schon vergessen, was der Sinn war, aber …«

»Jerry!«, schreie ich ihn an. »Wir liegen total und absolut hinter unserem Plan mit dem Streichen und mein Vater wird fuchsteufelswild, wenn wir das nicht schaffen. Wir haben keine Zeit, weder für Schlüssel noch für Hechte!« Ich weiß selbst nicht, woher ich so viele vollständige Sätze bekomme. Ohne ein einziges »Äh«. Vielleicht bin ich doch nicht Dumm und Dümmer? Vielleicht bin ich ein Mann der Taten?

»Hm, du hast recht«, seufzt er und schaut das Haus an. »Wir müssen hart arbeiten, um das zu schaffen. Aber dennoch, ey, Bud … Was willst du eigentlich aus deinem Leben machen? Soll es nur aus Malen, Terpentin & unendlichem Jobben bestehen? Oder willst du den Geschmack von Abenteuer schmecken? Ich frag ja nur.«

Wieder seufze ich.

Aber nachdem Jerrys große Klappe in Fahrt gekommen ist, finde ich, dass sich seine Idee gar nicht so schlecht anhört. Jedenfalls besser, als hier zu stehen.

Nach nur wenigen Minuten sind wir auf dem Weg.

5. NATÜRLICH IST DAS BUDS TAG

»Immer mit der Ruhe, Bud«, sagt er und klopft mir auf die Schulter. »Wir machen nur einen kurzen Abstecher in den Wald, um den Hecht zu fangen, & dann kehren wir zu unserem Anstreicherjob zurück. Deine Eltern werden es gar nicht merken. Genial, deine Idee, dass wir einfach behaupten, das Haus hätte zwei Anstriche gekriegt. Ich glaube nämlich nicht, dass dein Vater so genau zugeguckt hat.«

»Aber ... äh ... wenn wir den Riesenhecht ... äh ... am Haken haben, dann werden sie es doch ... äh ... mitkriegen«, erwidere ich. Der Mann der Taten hat irgendwo anders Zuflucht gesucht. Dumm und Dummer plus »äh« sind zurück.

»Wenn wir den dicken Brocken am Haken haben, dann ist alles vergessen & vergeben«, erklärt Jerry überlegen. »Dann schreiben wir Angelgeschichte, Bud. Deine Mutter & dein Vater, die werden uns dafür lieben.«

»Mhh«, keuche und zische ich.

Wir kommen in den Wald und sofort fällt die Anspannung von uns ab. Es passiert etwas, als wir zwischen den Bäumen hindurchgehen – als strichen die Äste und Blätter uns vorsichtig über den Rücken und würden uns Frieden bescheren.

Vom Digern her dringen wohlbekannte Geräusche zu uns.

»Traust du dich?«, fragt Jerry.

»Ne, ich glaube nicht … äh … nicht wirklich«, antworte ich. »Du?«

»Nein, lassen wir das lieber«, sagt er und lächelt traurig, wobei er sich über sein blaues Auge Nummer zwei streicht. »Vielleicht später im Laufe des Tages. Ich glaube schon, dass ich dort eine Chance habe. Aber das erfordert Einsatz. Du weißt, ich kann einen toten Mann aus dem Grab herausreden, nicht wahr?«

Ich nicke. Jerrys Mundwerk ist berühmt. Nein, berüchtigt!

»Ich glaube, mit der richtigen Einstellung & im richtigen Augenblick lässt sich alles lösen.« Jerry hebt seinen Blick zum Himmel und sieht aus wie ein Prediger, der dabei ist, seinen Motor in Schwung zu bringen. »Wenn wir beispielsweise – & beachte, dass ich nicht behaupte, dass wir es auf jeden Fall schaffen werden –, wenn es uns also gelingt, den Riesenhecht zu fangen, & ich ihn Maggie schenke, dann bin ich sicher, dass es perfekt zwischen uns ausgehen wird.«

»Nur wegen … äh … wegen eines Fischs?«, frage ich leicht amüsiert.

»Ja, aber das ist nicht irgendein Fisch, mein lieber Freund«, erwidert er grinsend. »Wir reden hier vom Fischchef aller Fischchefs. & den soll sie von mir kriegen! & plötzlich habe ich nicht mehr den geringsten Zweifel, dass ich das hinkriegen werde! Es geht hier nur um Einsatz & Selbstvertrauen! & das habe ich tonnenweise!«

Jerry schraubt sich in einem hysterischen Enthusiasmus hoch. Er holt aus und bald sind wir am nächsten See, am Dyptjern.

»Hier gibt es … äh … so gut wie keine Fische«, sage ich. »Das wissen alle.«

»Quatsch mit Soße! Du hast den Walden nicht von der ersten bis zur letzten Seite gelesen – aber ich. Sonst wüsstest du, dass es immer möglich ist, Fische zu fangen. Es kommt dabei nur auf den Zeitpunkt, das Wasser, die Temperatur und die Ausrüstung an. Es dreht sich um die Einstellung, Bud. Du musst wirklich alles loslassen«, erklärt er und wirft als Erster aus, dicht gefolgt von mir. Der Blinker ploppt ins schwarze Wasser und die Ringe breiten sich aus. Es erinnert an ein Ziffernblatt, dabei schaue ich heimlich auf meine Armbanduhr. Es ist halb zehn. Wir haben gut zwei Stunden Zeit.

Bereits bei meinem ersten Wurf beißt einer an. Das ist schon unglaublich genug.

»Von wegen kein Fisch, du«, grinst Jerry und zeigt mir eine Nase. »Zwar ist es wahrscheinlich nicht gerade der Riesenhecht, aber ein Fisch ist es.«

Aber was für ein Fisch. Ein kleines Ding, das jämmerlich an meinem Haken zappelt. Ich übertreffe nicht gerade die Plötze vom Montag, denn die war doppelt so groß!

Werfe erneut aus. Und es ist wie ein Wunder. Auch beim zweiten Versuch fange ich einen Fisch. Hier stehen sie unter der Wasseroberfläche Schlange. Sie haben eine Wartenummer gezogen, um anbeißen zu dürfen.

Offenbar ist das mein Tag. Endlich!

Im Laufe von zehn Minuten habe ich fünf kleine Burschen geschnappt, die im Gras neben uns zappeln. Das heißt – ich hatte noch einen sechsten. Aber der hat abhauen können. »Hm, er wird bei den anderen petzen«, murmelt Jerry. »Sag mal, was meinst du, wo der Hecht in diesem Gewässer stehen würde?«

Ich studiere den Waldsee eingehend. Betrachte das Schilf und die Tiefe weiter hinten und die lang gestreckte Untiefe links von uns. Versuche mich an das wenige zu erinnern, was ich über das Raubtier Nummer eins der Binnengewässer weiß. Was es mag und was nicht. Wo es gern steht und im Hinterhalt lauert.

»Er mag sicher solche Schilfgebiete wie das dahinten«, antworte ich und zeige auf einen dichten Schilfgürtel am schmalen Ende des Sees.

»Dann lass uns dort einen letzten Versuch machen«, nickt er und stapft davon.

»Warte!«, rufe ich hinter ihm her.

6. DAS SUMPFLOCH

Jerry dreht sich um. »Ja, natürlich sollten wir eigentlich zurückgehen«, besänftigt er mich. »Aber dieser Fisch ist meine einzige Chance, wieder Fahrwasser zu kriegen. Mit ihm wird sich alles regeln lassen. Du hast ja keine Ahnung, wie viel ich von diesem Burschen erwarte.«

»Ja, aber ...« Ich versuche, zu Wort zu kommen.

»Schau dich um!«, sagt er, hebt seine Stimme und

klingt wie ein religiöser Prediger. »Denk an all die Möglichkeiten überall. Überall, Bud! Hast du jemals versucht, sie dir auszumalen? Wenn du nur eine Entscheidung anders triffst als geplant, wenn du nach links statt nach rechts abbiegst, wenn du Baguette statt Muffins kaufst, wenn du die eine CD statt einer anderen wählst … – die ganze Zeit sind da Möglichkeiten, die verstreichen, & neue Wege, die sich einem öffnen, & manchmal musst du dich ziemlich bemühen, um an die neuen Möglichkeiten ranzukommen – wie ich jetzt, wo ich versuche, den Riesenhecht zu fangen. Es kostet etwas, im Leben immer an Ort und Stelle zu sein, lieber Cousin. Alles hat seinen Preis. Aber wenn du das begriffen hast, dann wird das auch dein Tag.«

Im Grunde genommen bin ich mit meinem Tag hier am Waldsee bis jetzt ganz zufrieden. Ich habe fünf Fische geangelt. »Aber hör doch …« Ich versuche es noch einmal.

»Unendlichkeiten! Myriaden! Fantasie! Das Leben an sich!« Er brüllt fast über das Wasser und jeder Hecht mit ein bisschen Verstand zwischen den Kiemen flieht in die tiefste Tiefe und paddelt mit den Flossen zwischen Seegras und anderer Tarnung.

»Ich wollte nur sagen, dass du nicht zu nahe an den Schilfgürtel gehen sollst«, brülle ich, damit er mich überhaupt hört. »SONST ERSCHRICKST DU DEN FISCH!«

»Hmm«, bemerkt er misstrauisch und zieht Waldens Buch aus dem Rucksack. Schaut im Register nach und schlägt die Seite auf. Folgt den Worten mit dem Zeigefinger und glotzt zu mir hoch: »Du hast recht, Bud. Das steht hier.«

Er zeigt mir Waldens Text, als wäre es die Heilige Schrift. Dann liest er weiter und murmelt etwas: »Aber … da steht auch, dass man nicht so schreien soll, wenn man in die Nähe von Fischgewässern gerät. Die haben nämlich eine Art Gehör, mit dem sie so etwas mitkriegen. Bud! Du musst aufhören, so zu schreien! Warum redest du nicht ganz normal mit mir?«

Ich zucke mit den Schultern und folge Jerry, während er sich voranschleicht, bis wir fünfundzwanzig Meter vom Schilfgürtel entfernt sind. Ich setze mich, schaue auf die Uhr und spüre, wie es bei dem Gedanken an die Malarbeiten, die wir hätten machen sollen, nervös in meinem Körper prickelt. Vater kriegt in diesem Moment wahrscheinlich einen Nervenzusammenbruch und ist sicher schon dabei, einen Galgen für uns zu zimmern. Doch ich habe keine Lust, weiter herumzunörgeln. Soll Jerry doch seine letzte Chance kriegen.

Ich lege mich auf den Rücken ins Gras. Schließe die Augen und versuche, mir vorzustellen, wie ich einen riesigen Burger esse, während Maggie neben mir steht und angelt. Was natürlich nie passieren wird, nachdem sie Jerry eine gefeuert hat. Sicher hasst sie jetzt uns beide. Aber es ist ja wohl noch erlaubt, ein bisschen zu träumen.

Ich wache von einem heiseren Schrei auf.

Und springe auf.

Und sehe, wie Jerry bis zu den Knien in der Erde

steht. Das sieht ganz mysteriös aus. Als wollte die Erde ihn verschlucken.

»Hilfe!«, jammert er leise. Ich weiß nicht, ob er nicht lauter ruft, weil er die Fische nicht erschrecken will. Oder ob sein Sprachzentrum vor Schreck gelähmt ist.

Er ist in ein Sumpfloch getreten oder was immer das auch sein mag. Momentan steht er jedenfalls bis zu den Knien drin und sinkt weiter.

Ich strecke ihm die Hand entgegen, die er wie ein Ertrinkender packt, voller Panik, sodass ich Gefahr laufe, mit unterzugehen.

Aber schnell lehne ich mich zurück.

105 Kilo sind angesagt!

Ich lehne mich zurück und ziehe und zerre Jerry mit mir, und ich bin auf dem besten Wege, ihn aus dem Loch herauszuziehen. Seine Hose hat von den Knöcheln abwärts eine braune Farbe angenommen. Und plötzlich ist ein »Schwups!« zu hören, das sich feucht, eklig und schleimig anhört.

Dann steht er da: mein Cousin. Teilweise braun. Weiß im Gesicht. Mit einer merkwürdigen Stimme. Und mit nur noch einem Schuh.

7. EIN SEERÄUBER BEGEGNET EINEM MONSTER

Wir sind auf dem Heimweg. In ruhigem Tempo. Jerry geht voran und bestimmt den Weg. Wir haben um seinen schuhlosen Fuß ein Handtuch gewickelt und er wackelt dahin wie ein Seebär mit Holzbein.

Deshalb singt Jerry auch ein Seeräuberlied von Long John Silver und seinem einbeinigen Papagei. Über alles, was sie geraubt haben, alle, die sie getötet haben, alle Städte, die sie geplündert, und wie viel Rum sie getrunken haben.

Es hallt durch den Wald wie der Lockruf eines betrunkenen Ziegenhirten, der seine Tierchen ruft. Jerry hat keine Gesangsstimme, nur Enthusiasmus. Das ist auch der Grund, dass ich ihm reichlich Vorsprung gebe. Das »Lied« ist so laut, dass man es unmöglich ignorieren kann.

Wir haben ungefähr den halben Weg hinter uns gebracht und Jerry muss bei Strophe 37 angekommen sein, als es im Laub raschelt. Jerry kann es nicht hören, weil er aus voller Kehle grölt. Aber die Geräusche im Gebüsch und in den Blättern sind heftig und bedrohlich. Ich rufe Jerry eine Warnung zu, aber dieser bemerkt weder mich noch den Feind, der sich von rechts her annähert. Ich fühle mich in einen Horrorfilm versetzt, bin der hilflose Zuschauer, der zusehen muss, wie ein Alien, ein Tyrannosaurus Rex, ein Monster aus den Sümpfen oder ganz einfach King Kong einen Kollegen und Freund angreift.

Plötzlich merkt Jerry, dass da etwas im Busch ist.

Er macht einen nervösen Schritt zur Seite und bleibt stehen.

Aus dem Gebüsch kommt eine wütende Maggie herausgerannt.

Und ich schwöre, dass Folgendes geschieht: Maggie packt Jerry beim Kragen. Und obwohl er eigentlich viel größer ist als sie, so ist sie plötzlich zwei Meter und zwanzig Zentimeter groß geworden. Eine Amazone von einem Mädchen.

Sie zieht ihn zu sich hoch. Bis sich ihre Köpfe berühren. Dann zischt sie mit einer Stimme, die dem erkälteten Cousin von Frankensteins Monster gehören könnte: »WENN! DU! NICHT! DIE! KLAPPE! HÄLTST! DANN! WERDE! ICH! DIR! DIE! EIER! ABSCHNEIDEN!«

Ich dachte, nur Jerry verstünde die Kunst, auf jedes Wort die Betonung zu legen. Aber Maggie kann es auch – und wie! Hier ist Nachdruck genug für eine ganze Gruppenreise.

Jerry schließt die Augen und nickt wie eine Marionette.

»Hier gibt es jemanden, der versucht, einen Fisch zu fangen«, fährt Maggie leiser fort. »Ich weiß nicht, was ihr vorhabt, aber …«

»Von Seeräubern singen«, piepst Jerry.

»WAS?«, knurrt sie.

»Ein Seeräuberlied singen«, erklärt er.

»Ich sollte …«, zischt sie und schüttelt resigniert den Kopf. »Seeräuber?« Sie lässt ihn los. Und er fällt mehrere Meter tief. Und bleibt mitten auf dem Weg auf seinem Po sitzen.

»Und du?«, fragt sie mich. »Hast du auch noch etwas auf dem Herzen … Bud?«

Ich bin so überrascht, dass sie mich mit Namen anspricht, dass ich versuche, freundlich zu lächeln, und dabei den Kopf schüttele.

»SCHÖN!«, sagt sie. »Dann könnt ihr beiden Clowns ja nach Hause gehen. Aber leise!«

Sie verschwindet wieder im Gebüsch und der Wald schließt sich hinter ihr, als wäre er verzaubert.

Er schließt sich, abgesehen von einem einzelnen Zweig in der Höhe von Jerrys Kopf. Dieser widerliche, hinterlistige Zweig, der sicher der Meinung ist, dass mein Cousin in der Waldesruhe viel zu viel gejohlt und geschrien hat. Dieser einzelne Zweig, der sich jetzt rächt. Der herausgefahren kommt und Jerry hart über die Nase fährt.

»AUAUAU!«, ruft er, so laut er sich traut. Er reibt sich die Nase, die einen deutlichen roten Striemen bekommen hat, sodass er aussieht, als hätte ihm jemand eins mit der Peitsche übergezogen.

Das ist wirklich nicht Jerrys Tag.

Und bald wird klar, dass das nur die Aufwärmphase vonseiten des Schicksals war.

8. VATER IST SHERLOCK

Es ist halb zwölf, als wir endlich nach Hause kommen und in die Malerklamotten springen. Wir streichen und streichen und sind wirklich wie Tom & Jerry am Werk, als das Biodieselauto meiner Eltern um halb eins vor dem Haus einbiegt. Ich finde, mein Vater wirkt etwas merkwürdig, als er sich hinter uns stellt und uns bei der Arbeit zuschaut. Er schimpft nicht. Er lobt Jerry nicht.

Er wirkt so abwesend. Als hätten seine Gedanken seinen Körper verlassen und ein anderes Gehirn gefunden, in dem sie arbeiten können. Er verschwindet mit einem merkwürdigen Knurren hinter dem Haus. Jerry und ich sehen einander an.

»Das läuft ja besser, als ich gedacht habe«, sagt Jerry, aber er zittert dabei.

Und auch ich spüre dieses Zittern. Als wäre da so ein Bibbern in der Erde, das vor einem bevorstehenden Erdbeben warnt.

»Bibber-bibber-bibber«, murmelt es im Rasen.

»Bibber-bibber-bibber«, erzittert das Haus.

»Bibber-bibber-bibber«, raschelt es ganz, ganz leise in den Blättern der Bäume.

Wir streichen viereinhalb Minuten lang weiter. Es sind viereinhalb Minuten vergangen, seit wir das erste Zittern gespürt haben. Viereinhalb Minuten in absoluter Unschuld.

Da kommt mein Vater um die Ecke.

Er sieht aus wie die Operation Gewitter, wie ein Tief mit vierzehn Orkanen, wie ein bleigrauer Himmel mit genügend Blitzen, um Tipling für die nächsten hundert Jahre mit Strom zu versorgen.

Wir heben langsam unsere Köpfe und sehen in zwei Augen, die an Raketen mit panzerbrechenden Granaten erinnern.

»Hilfe!«, flüstert Jerry leise und das erinnert mich an seinen Gesichtsausdruck, als er in dem Sumpfloch feststeckte. Denn Jerry ist es, den mein Vater im Fokus hat. Mich beachtet er kaum. Ausnahmsweise bin ich begeistert, dass ich für meine Eltern so gut wie unsichtbar bin.

»Gehört das nicht dir?«, fragt er Jerry und zieht einen großen Schlüsselbund hervor.

Jerry hätte es leugnen können. Wenn nicht sein Name auf dem Schlüsselanhänger stehen würde.

»Ja«, antwortet Jerry. »Habe ich wohl verloren. Wo hast du ihn gefunden?«

»Ich habe Sherlock Holmes gespielt«, antwortet mein Vater und versucht es mit einem Lächeln. Aber das ist ein Lächeln wie aus der Kammer des Todes.

9. JERRY WIRD ABGESCHOSSEN

»Ich habe mich im Garten und im Pavillon von meinem Schwiegervater umgesehen«, erklärt Vater. »Und merkwürdigerweise habe ich das hier unter dem Tisch im Pavillon gefunden.«

»Na, so etwas!«, ruft Jerry.

»Ja, so etwas«, wiederholt mein Vater ernst. »Und als ich mir die zerbrochenen Bierflaschen näher angeguckt habe, da habe ich die auch wiedererkannt. Das waren meine Bierflaschen, denn es gibt wohl kaum viele hier in Tipling, die diese Spezialmarke trinken. Irgendein Kommentar, Jerry?«

Aber Jerry hat keinen Kommentar.

»Dann kann man also den Schluss ziehen, dass du es warst, der die Flaschen zerschlagen und überall Essensreste verstreut hat?« Mein Vater kämpft mit den Tränen und ist gleichzeitig stinkwütend. Es wäre besser gewesen, er hätte da oben etwas gefunden, das mir gehört. Aber Jerry …!

Jerry hat keinen anderen Kommentar, als bestätigend zu nicken.

»Äh …«, setze ich an, schließlich kann ich Jerry nicht alle Schuld zuschieben.

»Einen Augenblick, mein Sohn«, sagt mein Vater und bremst mich. »Zu deiner möglichen Rolle dabei komme ich noch. Aber ich bin hier noch nicht fertig.«

Jerry senkt den Kopf, vielleicht rinnt sogar etwas aus seinen Augenwinkeln.

»Ich bin enttäuscht, Jerry«, sagt mein Vater. »Das hätte ich niemals von dir erwartet.«

Das sind Worte, die brennen, beißen und Jerry wie Raketen treffen. Er zuckt zusammen, als hätte mein Vater ihn aus nächster Nähe abgeschossen.

Jerry verliert an Höhe. Er schrumpft vor unseren Augen. Ich schaue, ob er vielleicht wieder in einem Sumpfloch steht. Aber es sind nur sein Rückgrat und seine Beine, die einige Zentimeter an Länge verlieren. Er sackt wie ein Schneemann im strömenden Regen in sich zusammen.

»Warum, Jerry?«, fragt mein Vater.

Doch bevor Jerry antworten kann oder auch nicht – und bevor ich ihm zu Hilfe kommen kann –, biegt ein Mädchen in unsere Auffahrt ein.

Es ist Maggie.

10. JERRYS FALL

Meine Mutter und mein Vater sehen sie an, als wäre Gott persönlich herabgestiegen, um sein Urteil über die Lebenden und die Toten zu sprechen. Und in gewisser Weise ist es ja auch so. Denn sie geht geradewegs auf Jerry zu und sagt: »Tut mir leid, Jerry.« Sie hebt seinen Kopf und mustert die Veilchen und die rote Nase. »Manchmal geht mein Temperament einfach mit mir durch. Tut mir wirklich leid wegen gestern. Und wegen vorhin.«

»Ist schon in Ordnung«, murmelt Jerry.

»Es war gestern eigentlich nett, sich mit dir zu unterhalten«, sagt sie. »Aber plötzlich habe ich begriffen, dass du andere Pläne hast. Und das waren ganz andere Pläne als die, die ich für diesen Abend hatte.«

Maggie wird rot. Sie sieht meinen Vater an, der aufmerksam zuhört. Und dann meine Mutter und zuckt mit den Schultern. Dann wirft sie mir einen Blick zu, den ich nicht verstehe.

»Das ist … schon … in Ordnung«, murmelt Jerry.

»Du bist wirklich ein süßer Typ. Aber du bist nun einmal nicht mein Typ«, sagt sie und streicht ihm über die Wange. »Du hast viel aufzuweisen, viel Gutes. Auch wenn du nicht gerade ein Experte im Autofahren bist.«

Sie versucht, ihn aufzumuntern, aber spricht damit das Einzige aus, was sie auf keinen Fall hätte sagen dürfen.

»Auto!«, braust mein Vater auf. »Was ist mit dem Auto? Wer ist Auto gefahren? Jerry, bist du Auto gefahren?«

Wir sehen, wie sein Gehirn eins und eins zusammenzählt und auf die einzige schockierende, logische Antwort kommt. »Nein!«, ruft er aus. »NEIN! Das kann NICHT sein!!! Ist das etwa wahr?«

Den letzten Satz richtet er an Jerry. Packt ihn am

Arm und wiederholt: »Ist das wahr? Du bist Auto gefahren? Du hast es kaputt gemacht?«

Maggie hält sich die Hand vor den Mund. »Dieses dumme, dumme Maul«, flüstert sie und verschwindet nach rechts, zur Straße hin. Schleicht sich fort und ist verschwunden.

Mein Vater dagegen ist getroffen.

Meine Mutter und ich sind getroffen.

Jerry ist nur noch ein Krater.

Alles ist tot oder liegt im Sterben und ist tragisch wie ein verlassenes Parkhaus.

Das ist ein böser Tag in Tipling. Die Vögel singen in Moll und die Blätter rascheln traurig. Der Himmel zeigt einen fast schwarzen Ton in seinem Blau – als hätte das frohe Sommerblau seine Glut verloren. Der Tag ist umgekippt in Tod und Verderben gleichzeitig.

Der Fall ist tief für Jerry. Der eben noch von meinen Eltern heiß geliebte und verehrte JERRY!, ist jetzt nur noch … Jerry … Ein ganz normaler, sterblicher … Jerry.

Seine Trauer darüber, vom Prinzenthron gestürzt worden zu sein, ist gewaltig. Er hat sich immer aus allem herausreden können, mit seinem Charme, hat die Leute mit seinen Worten in bessere Laune versetzt. Aber jetzt liegt er so platt am Boden, dass nicht einmal eine Haarsträhne aufragt. Jetzt liegt er so platt, dass er verschwindet. Verdunstet wie Dampf. Verschwindet wie alle Farben der Blätter, nachdem der Herbst explodiert ist.

Ich wünschte, ich könnte ein paar Missverständnisse richtigstellen. Ich könnte meine Eltern daran erinnern, dass sie all die coolen Dinge vergessen haben, die Jerry getan und gesagt hat. Wie viel Spaß er ihnen bereitet hat. Welche spannenden Diskussionen er in Gang gebracht hat.

Aber das gerät alles in den Hintergrund … Ja, ein Auto ohne Erlaubnis zu nehmen und ohne Führerschein zu fahren, das ist dumm und nicht erlaubt. Darin haben sie natürlich recht. Aber trotzdem … Wenn sie wüssten, wie unschuldig Jerry eigentlich ist.

Das Bier habe ich genommen. Und den Pavillon habe ich verdreckt. Aber niemand will meine Erklärungen hören.

Ich verschwinde um das Haus herum – nur um wegzukommen. Papas Operation Gewitter donnert weiter da draußen auf der Terrasse über undankbare Menschen und so weiter. Bis er endlich leiser wird. Aber da ich nicht weiß, ob er nicht noch auf die Idee kommt, dass sein Sohn vielleicht auch so eine Gardinenpredigt braucht, schleiche ich mich lieber hinunter in mein Zimmer, um mich für eine Weile in den Schrank zu setzen.

Das alles ist traurig genug, um eine riesenlange Träne zu vergießen.

Aber als ich mein Zimmer erreiche, höre ich ein merkwürdiges Geräusch.

Es kommt aus dem Schrank.

Ich schleiche mich näher.

Mein Ohr wird zu einem zwei Meter großen Hörrohr und lauscht an dem Spalt zwischen Tür und Rahmen.

Da ist jemand, der schluchzt.

Das ist Jerry.

Er sitzt dadrinnen und heult.

Ich habe kein Recht, hier zu sein. Ich muss raus. Das ertrage ich nicht.

Bis jetzt hatte ich noch nicht herausgefunden, wer ich heute bin. Aber jetzt weiß ich es. Ich bin Niemand. Also steht Niemand hier und lauscht. Niemand schleicht sich wieder hinaus. Niemand streicht weiter das Haus, als wenn nichts geschehen wäre oder geschehen wird.

Niemand schweigt und wartet, dass das Leben besser wird.

11. DER TOD, DEPRI, DOWN UND BESCHISSEN

»Du kannst eine Fischsuppe kochen. Die ist wahnsinnig gesund und ihr Lieblingsgericht«, schlage ich Jerry vor, als wir über die abendliche Mahlzeit sprechen. Er ist wieder aus dem Schrank herausgekommen und möchte gern versuchen, die Stimmung im Haus zu heben. Und Essen ist dabei die Lösung.

»Fischsuppe? Meinst du wirklich?«, fragt er, vollkommen am Boden zerstört.

»Was sollen wir denn sonst mit diesen fünf Fischteenagern hier machen?«, frage ich.

»Fischsuppe?«, fragt er noch einmal und sein Gehirn ist so zerbrochen, dass es nicht begreift, was das bedeutet.

»Nun ja, wird wohl eher eine dünne Fischsuppe«, erkläre ich. »Mach die Fische sauber und filetiere sie.

Dann Wasser, Gewürze, Fischbouillon dazu, Gemüse klein schneiden, vielleicht ein Schuss Sahne. Ungefähr so?«

»Fischsuppe«, sagt mein zerschmetterter Cousin und geht auf zerschmetterten Füßen in die Küche und findet dort alles, was er braucht.

Meine Mutter huscht an ihm vorbei und beachtet ihn gar nicht. Kommentiert seine Kochkünste nicht. Sagt kein Wort.

Mein Vater kommt herein, gießt sich eine weitere Tasse Kaffee ein, murmelt etwas Gehässiges und Unverständliches und verschwindet wieder. Für sie ist Jerry unsichtbar geworden.

Jerry sinkt auf die Höhe der Arbeitsplatte zusammen. Du siehst nur noch einen dünnen Stiel, der Gemüse schneidet. Das Messer in seiner Hand ist größer als er selbst und kommt seinen Fingern gefährlich nahe. Ich schiebe ihn freundschaftlich zur Seite, bevor er Fleischbrühe statt Fischsuppe macht – und erledige den Job für ihn.

Dann stelle ich die Zutaten in der richtigen Reihenfolge auf die Arbeitsplatte. Schneide das Gemüse und lege es in kleine Schalen. Mache den Fisch zurecht. Hole den Topf heraus. Stelle ihn auf den Herd. Zeige auf die verschiedenen Dinge, die hineinsollen, und sage, in welcher Reihenfolge.

»Lass mich nicht allein«, flüstert er, als ich abhauen will.

Das ist vielleicht ein trauriger Abend. So ein trauriger Abend mit mürrischen Gesichtern auf der Terrasse und betretenem Schweigen in der Küche. Und einem Jerry, der nur noch ein Schatten seiner selbst ist.

»Meinst du, das wird gut gehen?«, flüstert er, während er in der Suppe rührt.

Ich schaue zur Terrasse. Meine Eltern sind zwei Tiefdruckgebiete, die über den Möbeln hängen. Mit einem bleigrauen Ausdruck im Gesicht trinken sie ökologischen Kaffee. Lesen die Zeitung und lesen sie eigentlich doch nicht. Halten sie nur vors Gesicht, während sie alles und alle hassen – und ganz besonders Jerry.

»Ich gieße extra viel Sahne hinein«, flüstert Jerry. »Vielleicht verbessert das die Laune.«

Dann schmecken wir ab und es schmeckt nicht nach viel. Es schmeckt wie Gemüse und vielleicht irgendwie Fisch in Litern von heißem Wasser. So muss ungefähr das Abwaschwasser in einem Fischrestaurant schmecken.

»Können wir den Tisch nicht etwas dekorieren?«, flüstert Jerry.

Wir decken mit den schönsten Suppentellern und nehmen das gute Besteck und mischen Zitronenwasser und stellen die dünnen, hohen Weingläser hin und versuchen sogar, die Servietten auf besonders kunstfertige Art und Weise zu falten.

Die beiden Tiefdruckgebiete draußen beachten uns überhaupt nicht. Tun verbissen, als läsen sie die Zeitung.

»Kannst du sie nicht zu Tisch bitten?«, flüstert Jerry.

Ich grunze etwas, das bedeuten soll, dass es etwas zu essen gibt.

Ich kapiere überhaupt nicht, dass nicht nur ich zu Niemand geworden bin. Jerry ist auch Niemand geworden. Sogar noch weniger als Niemand. Wir sitzen da – die beiden Niemand – und essen zusammen mit zwei Tiefdruckgebieten, die ihre Suppe schlürfen, ohne sich zu äußern, ob sie nun gut oder schlecht ist. In den guten alten Tagen, als Jerry noch der Prinz war, hätten sie vor Begeisterung herumgetönt – ganz gleich, wie die Suppe wirklich schmeckt.

Jetzt, seit er Niemand ist, essen sie die Fischsuppe ohne Kommentar. Und ehrlich gesagt verstehe ich das. Denn die Suppe ist reichlich dünn. Nach dem Sahnezusatz schmeckt sie wie Abwaschwasser, dem ein dicker, trübseliger, fetter, milchiger Rotzauswurf beigefügt wurde.

Mein Vater murmelt etwas wie, dass es ihm geschmeckt hat, und dann empfängt uns der Samstagabend mit all seinen Möglichkeiten. Nur dass bei uns Spaß und Unterhaltung von der Speisekarte gestrichen wurden. Bei uns herrscht der Tod. Der Tod, Depri, Down und Beschissen. Die vier munteren Kerlchen legen ihre kalte Hand auf die Möglichkeiten des Abends.

»Ich drehe mal eine Runde«, flüstert Jerry und macht sich auf und davon.

Er verschwindet in dem schönen Wetter. Vielleicht Richtung Selma. Vielleicht Richtung Wartehäuschen.

Ich selbst nutze die Gelegenheit, zwei Dinge zu erledigen, die gemacht werden müssen.

12. BUDS SECHSTER BRIEF AN STARBOKK

Niemand soll behaupten, dass ich mir keine Mühe gebe, wenn es darum geht, den Schorf von alten Wunden zu reißen. Und da es sowieso der Abend ist, an dem der Tod, Depri, Down und Beschissen regieren, kann ich es auch gleich hinter mich bringen.

Ich logge mich auf meinem Computer ein und lese eine Mahnmail von Starbokk. Er erinnert mich daran, dass morgen die Frist abläuft und dass ihm immer noch der Rest meines Berichts fehlt.

Ich sammle Tod, Depri, Down und Beschissen um mich und fange an:

An: Herman_Starbokk@schulpsychologischerdienst.tipling
Von: bumartin@ishmaelpost.net
Betreff: Sechster Bericht

Ich kann mir denken, dass Valen genauso nervös vor dem Fest war wie ich. »Ob Martin wohl springt oder versucht zu springen? Oder macht er es nicht?« Das war die Frage, die er sich vor dem Tag, an dem das Sportfest vom Stapel laufen sollte, stündlich stellte.

Und ich tat es auch.

Ohne die Antwort zu ahnen.

Ich wusste die Antwort noch nicht einmal, als der Tag kam.

An dem Morgen beschloss ich dann, nicht anzutreten. Einfach alles sein zu lassen. Sollte Valen doch mit der Teilnehmerliste in der Hand dastehen und sich darüber ärgern, dass er einen Punkt der Show streichen musste.

Aber damals war ich noch ein anderer.

Nachdem ich reiflich überlegt hatte, entschied ich mich anders. Ich fand, dass ich zum ersten Mal etwas nur für mich allein entschieden hatte. Ich war standhaft geblieben. Hatte einen Krieg geführt – und auch wenn das vielleicht dumm war, so war es mein Krieg.

Und ich dachte, ich kann diesen Krieg nicht beenden, bevor nicht die letzte Schlacht geschlagen ist.

Also suchte ich meine Sportsachen heraus, packte sie ein und ging zum Umkleideraum der Schule. Ich sah, wie Valen zufrieden meinen Namen auf der Liste abhakte, während ich mich umzog.

Ein Sportfest macht nicht viel her. Die Leute laufen, springen, werfen, schwitzen und ein paar gewinnen und die meisten verlieren. Pokale werden ausgeteilt und das Publikum ist WAHNSINNIG begeistert, weil es ja ihre Kinder sind, die sich da unten auf der Grasbahn abmühen. Es gibt Schweiß, Hormone und Geflenne für diejenigen, die gerne flennen.

Dann war der Augenblick gekommen: Ich sollte über den Bock springen.

Und da stand er.

Weiß und bedrohlich.

Eklig und mich verhöhnend.

Ich stand an der Absprungmarke und Valen stand mit der Pfeife in der Hand bereit.

»Und … Sprung!«, rief er und pfiff.

Und ich stand da. Ganz ruhig.

Valen schaute sich um und lächelte dumm. Holte tief Luft. »Und … Sprung!«, rief er.

Ich hatte ein Bein vor das andere gestellt. Bereit loszulaufen. Ohne jedoch loszulaufen. Ich stand einfach so da.

Hasste den Bock und Valen und das Sportfest und zeigte das, indem ich nicht lief und nicht sprang. Valen begriff das.

Er musste noch einmal tief Luft holen, bevor er sich mit einem entschuldigenden Lächeln umschaute, dann pfiff er wieder und rief, ich solle springen, zum dritten Mal. Jetzt lachten schon einige auf der Tribüne und zeigten auf mich.

Ich stand wie eine Schaufensterpuppe da. Bereit loszulaufen, lief aber nicht: Lächelte nur höflich, als würde ich ja gern zu Diensten stehen, verstünde jedoch nicht, was Valen von mir eigentlich wollte.

Circa dreihundert Menschen starrten mich an.

Und ich hielt der Herausforderung stand – fand ich selbst jedenfalls. Führte weiter Krieg. Gewann die letzte Schlacht gegen Valen und den Bock. Verteidigte meinen Platz.

Valen war derjenige, der zum Megafon griff und mir noch einmal befahl, über den Bock zu springen. Als ich mich nicht rührte, fing er an, mich auszuschimpfen. »Du verfressener Ochse von einer Scheißwurst! Nun komm endlich über das Gerät oder soll ich persönlich meinen Fuß auf deinen fetten Arsch pflanzen und dich rübertreten? Zeig mir, dass du ein Mann bist und keine Maus, du Fettwanst! Ich glaube, du hast Blei im Hintern, Bud Martin. Es kann keinen anderen Grund geben, warum du dich sonst wie ein zickiges Fräulein aufführst, du Miststück, du Drecksack, du Fleischberg von einem Menschen. Du biologische Minusvariante. Dich sollte man erschießen!«

Und so weiter.

Anfangs fand ich das noch komisch. Aber dann war es nur noch tragisch. Es war der Tod, Depri, Down und Beschissen zugleich.

Und dann kam der Schulleiter zu Valen, nahm ihm das

Megafon weg und versuchte, ihn mit sich zu ziehen. Aber Valen hielt dagegen, sodass zwei Lehrer nötig waren, um ihn vom Platz zu holen.

Zu diesem Zeitpunkt hatten einige der Zuschauer angefangen zu rufen: »BUH!«

Zu mir.

Obwohl ich mich doch nur in einem Krieg verteidigt hatte.

Ich hatte sogar gewonnen. Fand ich zumindest.

Die »BUH«-Rufe wurden immer lauter und ich verließ den Platz. Als wäre es meine Schuld, dass Valen herumschrie und mich beschimpfte.

Es war genau wie dieser Samstag heute. Das ist eine zu lange Geschichte, um sie in einem Brief wie diesem zu erzählen, aber auch dieser Samstag sah zunächst so aus, als wäre es mein Tag. Aber dann wurde er es doch nicht. Es gab keinen Sieg. Es gab keinen Triumph.

Ich ging nach Hause und fühlte, dass mich der weiße Bock trotz allem besiegt hatte.

Und bevor ich an diesem Abend zu Hause angekommen war, da war mir klar, dass es nur noch eins zu tun gab. Der Krieg war noch nicht beendet.

Mit freundlichen Grüßen

Bud Martin

Ich schicke die E-Mail los und hoffe, dass Starbokk sieht, dass ich sogar an einem Samstagabend Einsatz zeige. Dass er sich das merkt und versteht, dass ich wirklich versuche, es hinzukriegen. Jetzt fehlt nur noch das Schlimmste.

13. DER REST DES ABENDS

Über den Rest des Samstagabends ist nicht viel zu sagen. Ich finde Jerry und Selma im Wartehäuschen. Da hocken sie und stopfen sich mit Schokolade voll, die Selma gekauft hat.

»Ich drehe eine Runde«, sage ich und drehe eine Runde.

Ertrage nichts mehr von Tod, Depri, Down und Beschissenem, das wie eine Stimmungswolke über dem Häuschen hängt.

Ich drehe eine Runde und schiebe das vor mir her, was getan werden muss.

Was mir gar nicht ähnlichsieht.

Das heißt – es sieht der Maus im Mäuseloch gar nicht ähnlich, so etwas zu tun.

Ich hole mein Handy heraus, gucke es an und denke – es ist ja nur ein Anruf. Ich muss dem Betreffenden ja nicht ins Gesicht sehen. Ich muss den Mund nicht sehen, wenn er Nein sagt. Ich muss nicht nach Entschuldigungen suchen, während ich davontrotte. Ich komme um viele der schlimmsten Sachen herum.

Andererseits – ein Abend so voll mit Tod, Depri, Down und Beschissen kann bestimmt noch schlimmer werden.

Doch da fällt mir ein, dass ich ja heute Niemand bin.

Und nichts kann Niemand verletzen.

Niemand hat keine Gefühle. Also heißt es nur anrufen und es hinter sich bringen.

Also wählt Niemand eine Nummer.

Niemand spricht mit Jemandem am anderen Ende.

Niemand beendet schließlich das Gespräch und trennt die Verbindung.

Niemand schlendert zurück zum Wartehäuschen, schiebt sich ein paar Süßigkeiten rein und plaudert darüber, dass Selma morgen abfährt.

Niemand versteht schließlich, dass sie einen Moment privat mit Jerry haben möchte. Deshalb kehrt Niemand frühzeitig zurück. Liest ein paar Comics. Hört eine Zappa-CD.

Niemand ist eingeschlafen, als Jerry hereinkommt, kussrot um den Mund.

»Das wird wohl nichts mit einer Spritztour zum Pavillon heute«, sagt er traurig.

»Nein«, antworte ich. »Wir lassen es lieber hier ruhig angehen.«

»Okidoki«, flüstert er und verschwindet auf seiner Matratze.

»Okidoki«, antworte ich.

Und damit ist es Nacht und nur der Tod, Depri, Down und Beschissen herrschen. Wir überlassen demütig die Bahn diesen vier großen alten Männern – größer als das Meer und älter als das Meer.

ZITAT AUS: »Henry Walden: Der Fisch meines Lebens. Die Jagd auf den Riesenhecht.«

»Es gibt viele schöne Momente beim Angeln. Einer davon ist, morgens bei herrlichem Wetter am Wasser zu stehen, auszuwerfen und das Gefühl zu haben, dass man der Einzige im ganzen Wald ist, der das gerade tut. Dass man ein Teil von etwas Größerem ist. Ein anderer: Man fühlt, dass alles funktioniert, wie es soll. Und zum Dritten: Körper und Angelrute werden eins.

All das ergibt herrliche Momente, wie ich sie im Laufe dieser Jahre häufiger hatte. Aber es gibt nur einen Augenblick, der wirklich magisch ist.

Wenn einer anbeißt.

Kein vorsichtiges Knabbern, wenn ein Fisch am Haken schnuppert oder wenn er in einem Strömungswirbel schnappt oder du fühlst, dass der Haken sich in etwas Schwerem, Unbeweglichem verfangen hat.

Ich denke daran, wie es ist, wenn er zuschnappt und festsitzt und man Leben am anderen Ende der Leine spürt.

Das ist ein magischer Augenblick.

Für ihn leben wir alle zusammen.

Für eben diesen Magischen Augenblick, wenn einer anbeißt.

Von ihm handelt alles, was über das Angeln gesagt wird – er beschreibt das Warten auf den Magischen Augenblick, in dem man eine Verbindung aufbaut mit dem da draußen, das hereingeholt werden muss und zu deiner zweitgrößten Erinnerung an einen Angelausflug wird. Das aber vielleicht auch wieder vom Haken rutscht und nur zu einer guten Geschichte wird, die im Laufe der Jahre zu einer Mordsstory anwächst, über den großen Brocken, der noch einmal davongekommen ist.

Und der Magische Augenblick ist gekommen, wenn einer zuschnappt und wir spüren, dass wir leben.«

7. DER RIESENHECHT = SONNTAG

1. EIN MANN MIT EINEM PLAN UND EIN KRANKER MANN MIT EINEM KRANKEN PLAN

Ich wache davon auf, dass ich von einem geisteskranken Tier angegriffen werde, das meinen Körper mit scharfen Krallen zerkratzt und mir mit langen Zähnen in die Ohren beißt und mir dabei seinen ekligen Atem in den Nacken pustet. Ich wälze mich herum, schlage um mich und versuche, mich zu verteidigen.

Aber das Tier hat mich bald übermannt, und während der Schlaf sich verabschiedet und mein Traum entschwindet – ein XXL-Traum über mich und Maggie –, wird mir klar, dass das Tier doch nicht so geisteskrank ist. Es ist nur Jerry, der mich unsanft an den Schultern rüttelt.

Alles wird größer, wenn man schläft.

»Hey!«, brumme ich. »Was willst du?«

»Wir müssen den Fisch fangen«, sagt er und der Wahnsinn ist in seinen Augen zu sehen. Als hätte jemand hinter den Pupillen eine Taschenlampe eingeschaltet. Richtig unheimlich.

»Du bist ja krank!«, erwidere ich. »Leg dich wieder hin.«

»Wenn wir den Fisch fangen, dann ist alles gerettet«, murmelt er und zieht mir die Bettdecke weg.

Das erinnert mich an einen anderen Morgen. Aber ich kann mich nicht mehr daran erinnern, an welchen. Alle Morgenstunden mit Jerry sind sowieso … anders.

»Hey! Bring sofort meine Decke zurück!«, rufe ich.

Aber Jerry nimmt sie mit zur Tür und wirft sie hinaus. Er selbst ist bereits angezogen, bereit loszuziehen.

»Komm!«, sagt er. Er spricht wie ein Zombie.

Ich schaue auf die Uhr. Es ist sechs Uhr, was bedeutet, dass wir reichlich Zeit haben. Denn jetzt habe ich einen Plan geschmiedet. Jetzt bin ich Ein Mann Mit Einem Plan.

Doch da wird Ein Mann Mit Einem Plan von Einem Kranken Mann Mit Einem Kranken Plan überrannt. Da muss sich Ein Mann Mit Einem Plan einfach fügen.

Denn Jerry schnappt sich sein Portemonnaie, sein Handy und meine Uhr – nur um auch sicher zu sein, dass ich folgen werde – und sagt: »Ich gehe schon mal vor. Komm du nur nach.«

Und damit läuft er hinaus, bevor ich ihn mir schnappen kann.

Ich mache einen Versuch, stolpere jedoch über seine Matratze.

Ein Mann Mit Einem Plan springt in die Kleider, läuft in die Küche, stopft die Angeltasche so gut es geht mit Lebensmitteln voll, ohne dass seine Mutter sauer wird, schüttet sich einen halben Liter Saft rein und läuft hinter Einem Kranken Mann Mit Einem Kranken Plan her.

Er ist nicht mehr zu sehen. Der Kranke Mann muss

bereits den Wald erreicht haben. Ich folge der Straße, biege ab auf den Fußweg, frage ein Eichhörnchen und einen Schmetterling, und beide zeigen wortlos weiter in den Wald hinein, und dabei machen sie eine Kopfbewegung, die mehr als nur andeutet, dass Jerry dort hineinrennt und dass er wirklich gaga im Kopf ist.

Und weit vor mir sehe ich einen dünnen Mann über Gras und Heide marschieren.

»Warte!«, rufe ich und er hebt einen Arm und winkt – ohne sich dabei auch nur umzudrehen und ohne langsamer zu werden.

Ich frage mein Herz, ob es noch mehr Kohle in den Heizkessel schütten kann. Aber es antwortet, dass es bereits auf Höchstgeschwindigkeit läuft, du Dickwanst.

Trotzdem zwinge ich mein Herz zu weiterer Steigerung und es pfeift in der Brust und kneift im Bauch. Aber ich hole den Kranken Mann Mit Einem Kranken Plan ein.

Wir erreichen den Digern. Das heißt, Jerry zuerst, ich ein paar Meter hinter ihm – die Lunge kurz vor dem Kollaps. Wir versuchen, uns vorbeizuschleichen, da wir Maggie dadrinnen hören können.

Wann schläft dieses Mädchen eigentlich? Schließlich ist heute Sonntag!

Den Digern haben wir bald hinter uns gelassen und endlich kann ich Jerry eine schwere Pfote auf die Schulter legen und ihn ein wenig bremsen. Ich wage es nicht, ihm direkt in die Augen zu schauen. Sie sind einfach zu wahnsinnig. Zu außerirdisch. Zu erschreckend.

»Wir gehen zum Ekkovannet«, erklärt Jerry. »Ich habe darüber in Waldens Buch gelesen.«

»OH NEIN!«, lautet meine verzweifelte Erwiderung.

2. DER BLITZ SCHLÄGT BEI JERRY EIN

»Ich glaube, Walden war etwas Großem auf der Spur, als er sich für den Ekkovannet entschieden hat«, sagt Jerry.

»Bist du dir darüber im Klaren, wie weit das zu Fuß ist?«, frage ich.

»Dann müssen wir eben einen Schritt zulegen«, erklärt er. »Das dürfte für uns junge Menschen ja wohl kein größeres Problem sein.« Und damit rennt er in seinem Wahnsinnstempo weiter.

Ich könnte heulen, da ich keine andere Wahl habe, als ihm zu folgen. Ich schaue noch einmal auf die Uhr und eigentlich hat Ein Mann Mit Einem Plan noch genug Zeit. Was jedoch meine Stimmung nicht wirklich aufmuntert.

Ich öffne die Tasche und hole etwas zu essen raus.

Als wir endlich ankommen, ist die Tasche halb leer.

Der Ekkovannet liegt in einer Senke, umgeben von steilen Felswänden, wodurch ein schönes Echo entsteht, wenn du beispielsweise rufst: »Kranke Idee!«

Der Weg hinunter zu dem schmalen Ufer ist natürlich ganz auf der anderen Seite. Was bedeutet, dass wir noch weitere zehn Minuten gehen müssen, um dann fünf Minuten lang einen steilen Pfad hinunterzukraxeln. Es ist kurz nach acht Uhr, als wir endlich unten ankommen und unser Hechtglück versuchen können.

Das Ufer ähnelt hier eigentlich eher einer Geröllhalde. Hier müssen seit Tausenden von Jahren Steinlawinen von den Felswänden heruntergekommen sein und jetzt liegen die riesigen Felsbrocken um den ganzen See herum. Kein gemütlicher Sandstrand. Kein schöner Rasen, um sich niederzulassen. Nur nackte, harte Felsbrocken.

Der Ekkovannet hat etwas Magisches an sich. Als stünden die Berge hier und schauten uns vorwurfsvoll oder verwundert an. Menschen? Hier? Ihr habt hier nichts zu suchen!, flüstern die Berge uns zu. Hier wollen wir unsere Ruhe vor solchen wie euch haben.

Was dazu führt, dass auch wir flüstern.

»… wisper … flüster … wisper … knisper … knüster …«

Doch selbst diese kleine Unterhaltung irritiert die Berge, sie schicken kleine, spitze Echolaute der st- und sp-Geräusche übers Wasser. Also halten wir lieber den Mund. Was Jerry heute besonders schwerfällt. Er ist so voller Dampf und Speed, Action, Ideen und Initiative. Was alles irgendwie rausmuss.

Da reicht es nicht, nur die Angel auszuwerfen.

Er bewegt sich ruckartig und holt bereits die Leine ein, bevor der Blinker überhaupt das Wasser erreicht.

Er MUSS den Hecht erwischen. Und da Walden den Ekkovannet erwähnt hat, MUSS der Hecht hier sein. Und Jerry WILL, dass das klappt. JETZT!

Er besteht aus diversen Kilo reiner Energie, wie er

dasteht, sich schüttelt, auswirft und einholt. Als wäre der Blitz in ihn eingeschlagen und als koche die Elektrizität in ihm über.

Schließlich hält er es nicht mehr aus.

Jerry kocht über!

3. DUELL MIT DEM GROSSEN, WEISS GESTRICHENEN BOCK

Nachdem wir eine Dreiviertelstunde ausgeworfen und eingeholt haben, passiert es.

Plötzlich führt Jerry sich auf, als würden sich alle Muskeln in seinem Körper verknoten und wieder lösen. Verknoten und wieder lösen. Oder als hätte ein unsichtbarer Marionettenspieler die Puppe Jerry genommen und zöge an allen Fäden gleichzeitig, um zu testen, ob die Gelenke und alle Teile funktionieren.

»ICH WILL DEN HECHT KRIEGEN!«, brüllt Jerry plötzlich los. Ich muss zugeben, dass ich zusammenzucke und mir fast die Angel aus der Hand fällt.

»… Hecht … Hecht … Hecht …«, wiederholt das Echo.

»ES IST VORBEI, DU RIESENHECHT!«, fährt er fort und lässt seine Angel fallen. Legt beide Hände um den Mund und formt ein Sprachrohr. »DIE SHOW IST VORBEI. JETZT WIRST DU GEFANGEN! ICH LASSE NICHT LOCKER. MIT DEM BOSS IST NICHT ZU SCHERZEN! & WER MIT MIR SEINE SCHERZE TREIBT, DER MACHT ES MIT DEM BOSS! & NIEMAND TREIBT SEINE SCHERZE MIT DEM BOSS! NIEMAND!«

Das Echo ist ein einziges Gemisch aus Geräuschen und Worten, doch das Letzte, was um den Ekkovannet rollt, ist »… niemand … niemand … niemand …«.

Jerry nimmt das als Beleidigung auf. »NIEMAND? DAS HIER IST NICHT NIEMAND! DAS IST JERRY STORM. & ICH WÜNSCHE MIR ALLES AUF DER GANZEN WELT. MICH KANNST DU NICHT STOPPEN!«

»… stoppen … stoppen … stoppen…«, klingt es höhnisch.

»HOHO!«, antwortet Jerry verbissen. »DU GLAUBST WOHL, DU KÖNNTEST MICH STOPPEN. ABER JETZT KOMME ICH & HOLE DICH!«

Und damit – bevor ich ihn aufhalten kann – wirft er seine Angelrute zur Seite und springt von dem Felsen aus, auf dem wir stehen, ins Wasser. Es ist ein Meter bis zur Wasseroberfläche. Und einen Moment lang fürchte ich, dass es hier richtig tief sein könnte. Aber das Wasser reicht ihm da unten nur bis zu den Knöcheln. Er watet weiter hinaus in den See und schreit dabei: »REDEST DU MIT MIR? NUN, HIER BIN ICH!«

»Jerry!«, rufe ich, um ihn wieder zurück in die Wirklichkeit zu holen. Doch Jerry ist mitten in einem Duell – dem entscheidenden – einem Kampf auf Leben und Tod.

Er watet weiter hinaus: »KOMM! STELL DICH! WENN DU DICH TRAUST! DU FEIGER SCHEISSFISCH! FEIGES SCHOLLENFILET! ICH HABE KEINE LUST MEHR, VERSTECK MIT DIR ZU SPIELEN! JETZT WIRD GEKÄMPFT!«

Er steht jetzt bis zu den Knien im Wasser.

Das Echo verhöhnt ihn weiter und er geht immer

weiter hinaus, bis ihm das Wasser bis zu den Oberschenkeln reicht, während er Flüche und Drohungen über die kleinen Wellenkräuselungen hinausschickt.

Sind die Berge nicht dunkler geworden? Haben sie nicht von Grau zu Bleigrau gewechselt? Zu jener Farbe, die der Himmel zeigt, direkt bevor Blitz und Donner über die Welt losgelassen werden? Scheint es nicht so, als würden sich die Bergwände höher um uns erheben und wirken sie nicht steiler als zuvor? Sieht der Ort hier nicht aus wie ein großes offenes Maul, das nur auf das Stichwort wartet, um die Kiefer zusammenzuklappen, uns mit harten Kiefermuskeln aus Granit zu zermalmen, uns mit Wasser und Kies zu Hackfleisch zu machen, um uns dann hinunter in die Tiefe zu schlucken?

Ich springe hinter ihm her. Ich muss ihn stoppen, bevor er einen Fluch auslöst. Es ist nicht besonders schlau, die Natur herauszufordern. Ich bin kein Waldmensch. Wälder und Waldseen interessieren mich einen Pfifferling. Ich bin ein Mechaniker und glaube nur das, was ich sehe. Aber momentan kriege ich es mit der Angst zu tun.

Ich bekomme Angst, weil Jerry alles und alle herbeiruft, die hier draußen in der Wildnis keinen Namen haben.

Ich bekomme Angst, weil Jerry so wagemutig erscheint, bereit, etwas entgegenzutreten, von dem er noch gar nicht weiß, was es ist.

Ich bekomme Angst, weil ich fast das Gefühl habe, als wären die Berge um mich herum der weiße, riesige

Wal von einem Bock, der mich zum Schluss besiegt hat. Früher habe ich einmal geglaubt, ich könnte gewinnen, aber er hat das letzte Wort behalten.

Es ist wieder die gleiche Situation. Und jetzt will der Bock nicht nur mich zerschmettern. Jetzt will er auch noch Jerry zerschmettern.

Deshalb muss ich ihn aufhalten.

Ich wate hinterher, um Jerry daran zu hindern, den großen, weiß gestrichenen Walbock von einem Gebirge in Wut zu bringen und dazu noch den Riesenhecht, der vielleicht da unten in der Tiefe steht. Damit wir in die Sicherheit des Mauselochs zurückkehren können.

Und da schreit Jerry auf.

Nicht, um den Riesenhecht herauszufordern, sondern weil es wehtut.

4. WIRKLICH WAHR!

Ich schwöre, dass das, was ich jetzt erzählen werde, wirklich wahr ist.

Alle werden glauben, das wäre das größte Anglerlatein der Welt.

Aber ich habe es gesehen. Ich war dabei.

Meine Augen haben wirklich alles registriert, was passiert ist.

Jerry heult auf.

»AUAUAUAUAUA!«, schreit er.

»EIEIEIEIEIEI!«, brüllt er.

»OIOIOIOI!«, jammert er.

Er versucht, seinen Fuß zu sich zu ziehen. Aber es sieht so aus, als hätte das Bein alle Kraft verloren.

Und dann kommt der Fuß mit einem nassen Glupsch aus dem Wasser.

Etwas zappelt an seiner Schuhspitze.

Ich sehe es und bin wie gelähmt.

Der Fuß sieht aus, als wäre er durch etwas Zappelndes verlängert worden.

»NEIN! NEIN!«, schreit Jerry und hinkt im Wasser herum. Es spritzt so hoch, dass es schwer ist, etwas zu erkennen. Zuerst glaube ich – oder möchte glauben –, dass es sich nur um eine Baumwurzel oder etwas in der Art handelt, in die er auf dem Grund getreten ist.

Aber im tiefsten Inneren ahne ich, dass es viel schlimmer ist.

Als wären die Flüche des Wassers, des Bocks und von Valen alle aus dem Wasser heraufgekommen, um uns zu bestrafen.

Wenn es abergläubisch wirkt, dann bitte schön. Aber ich kann es nicht anders erklären.

Ich zwinge mich, ein paar Schritte vorwärts zu machen, und versuche, Jerry daran zu hindern, weiter so chaotisch und panisch herumzuhüpfen.

Er zuckt zusammen, als ich ihn an der Schulter packe.

»ER HAT SICH AN MIR FESTGEBISSEN, BUD!«, ruft er. »HILF MIR!«

»Das ist nur … eine Baumwurzel«, versuche ich ihn zu beruhigen, ohne selbst daran zu glauben. Aber ich habe Angst, Angst, Angst.

Jerrys Fuß führt ein Eigenleben da unten im Wasser. Und so kann sich ja wohl keine Baumwurzel aufführen?

Es brodelt weiße Gischt auf und plötzlich fällt er nach hinten, in meine Arme.

Der Fuß schnellt hoch.

Und jetzt sehe ich es ganz deutlich.

Und ich schwöre, es ist wahr.

Ich schwöre, ich schwöre, ich schwöre.

Ich schwöre, ich sehe den Riesenhecht – denn kein anderer Hecht hier hat mehr als zwanzig Kilo –, ich schwöre, dass er sich richtig in Jerrys Schuhspitze festgebissen hat, zappelt, beißt und mit tausend scharfen Zähnen zupackt.

Ich wage nicht, mir vorzustellen, wie es sein muss, den am Fuß zu haben.

Jerry stößt mich um und wir beide bleiben auf dem Rücken liegen, er mit dem Fuß in der Luft – so sehen wir den Riesenhecht über uns zappeln.

Und seine Augen sind hart wie Patronen und Messerstahl.

Er hasst uns abgrundtief und wünscht uns weg von seinem See.

Dem See, in dem er König ist.

Und jetzt ist es sein Plan, uns beide zu fressen. Und das Schlimmste ist: Ich glaube wirklich, dass er das schaffen kann.

Dass er nur nicht den Schuh loslässt.

Denn sonst würde er direkt über uns herfallen.

Einen von uns an Brust oder Gesicht schnappen und ich wage nicht, mir die albtraumartigen Schmerzen vorzustellen, die man haben muss, wenn so ein Hecht zubeißt.

Das ist der Urfisch in Person. Ein Albtraum von einem Fisch aus der Dinosaurierzeit.

Grün, schleimig, monsterartig, mit harten Flossen, scharfen Zähnen, einem gewaltigen Jagdinstinkt. Bereit, uns zu fressen.

Und dann lässt er tatsächlich Jerrys Schuh los.

Und lässt sich wie in Zeitlupe fallen.

Direkt auf uns zu.

Wir schreien etwas, ich weiß nicht mehr was, und drehen uns zur Seite.

Die Panik verschafft mir eine Geschwindigkeit, von der ich nie gedacht hätte, dass ich sie in mir habe.

105 Kilo reine Panik setzen sich in Bewegung. Schieben erst Jerry zur Seite und dann mich selbst.

Ich höre, wie der Riesenhecht hinter meinem Rücken ins Wasser plumpst.

Denke merkwürdigerweise an meinen Hintern. Meinen dicken Hintern!

Er wird mich in den Hintern beißen!

Das ist das verlockendste Ziel.

Ich meine ihn schon am Hosenboden zu spüren.

Und was dann weiter passiert – ich schwöre, dass es genau so passiert, wie ich es erzähle – was weiter passiert: Ich reiße Jerry aus dem Wasser, werfe ihn mir über die Schulter, dann stehe ich auf und vollbringe ein Wunder. Ich gehe tatsächlich übers Wasser – wie ein heiliger Mann. Nein! Ich laufe auf dem Wasser und entkomme so dem schnappenden Hechtmaul.

Denn das kommt wie ein Torpedo hinter mir angeschossen.

Und schnappt nach meinen Fersen.

Aber ich sprinte zum Ufer – berühre kaum das Wasser.

Der Hecht zielt auf meinen Hosenboden und bekommt ihn beinahe zu fassen.

Er springt noch einmal und fast hätte er Jerry in den anderen Fuß gebissen.

Aber ich bin Superman und Batman in einer Person.

105 Kilo Superheld, der in diesem Augenblick über das Wasser gehen kann.

Meine Leistung hätte selbst Sportlehrer Valen applaudieren lassen. Ich rase mit Jerry auf den Schultern in Richtung Ufer und er johlt und schreit wie ein Cowboy auf einem wilden Pferd.

Ich stürze direkt auf die Felswand zu, die sich wie ein weißer Bock vor mir aufbaut. Wie ein unüberwindliches Hindernis von mehr als einem Meter Höhe.

Hinter uns nähert sich der Monsterfisch aus dem Horrorfilm mit tausend Zähnen, bereit, mir in den Hintern zu beißen.

Und ich nehme Anlauf, so gut ich nur kann.

105 Kilo setzen sich ein – ich schwöre, dass dies alles der Wahrheit entspricht – und ich nehme alle meine Kraft zusammen, stoße mich ab und springe – und somit fliegen wir durch die Luft wie eine Rakete und wie eine Kugel und wie ein durchtrainierter Athlet.

Ich rolle mich zusammen und lande weit hinten am Ufer.

Fast schon an der Felswand.

Mit Jerry auf dem Rücken.

Aber ich habe Jerry und mich gerettet und draußen im Wasser hören wir den Riesenhecht irgendetwas meckern. Ich weiß, Fische können nicht sprechen. Dieser aber doch. Und er sagt: »Kommt nie wieder zurück, Jungs!« Er zischt wie ein Mafiaboss der klassischen Art. Dann grinst er boshaft und verschwindet in der Tiefe.

Ich lasse Jerry auf die Erde gleiten.

»Danke ...«, sagt er matt.

Und wir schauen beide seinen Fuß an und sehen, dass er blutet.

5. STERBENDER MANN?

Die ganze Schuhspitze ist abgebissen. Als hätte jemand den Schuh auf einen Holzklotz gelegt und mit einer Axt zugeschlagen.

Und durch das Loch im Schuh kann ich Jerrys Strumpf sehen.

Und den großen Zeh von Jerry.

Und der blutet.

Ich binde den Schuh auf und ziehe ihn vorsichtig vom Fuß. Jerry legt sich auf den Rücken, jammert und stöhnt, und einen Moment lang fürchte ich, dass ich mich übergeben muss. Erste Hilfe bei Leuten, die einen Zeh verloren haben, das ist nicht mein Ding.

Aber dann schaffe ich es, den verletzten Zeh freizulegen, und atme erleichtert auf.

»Ist es schlimm, Bud?«, fragt er aus seiner liegenden Stellung heraus. »Ich fühle so gut wie nichts im Fuß. Hat er … hat er alle Zehen aufgefressen?« Er schließt die Augen und murmelt: »Mein Gott! Mein Gott! Ich werde sterben. Jetzt ist es vorbei!«

»Nein, Jerry«, beruhige ich ihn. »Es hätte kaum besser laufen können.«

»Wie meinst du das?« Er zieht sich wütend hoch. »Ich liege hier & bin kurz vor dem Tode. Das Blut rinnt & du wirst den Krankenwagen rufen müssen & ich brauche eine Bluttransfusion, wie sie Leute immer kriegen, wenn sie auf dem Sterbebett liegen – wobei das natürlich die Frage ist – aber vergiss nicht: Ich möchte eingeäschert werden – ich will nicht das Risiko eingehen, dadrinnen aufzuwachen, in einer Holzkiste tief unter der Erde – einäschern, Bud. Vergiss das nicht! Sie können einen Zappa-Song bei der Beerdigung spielen. Mir fällt jetzt kein passender ein. Aber du bist ja Experte auf dem Gebiet. Du wirst schon einen finden. & vergiss nicht, dass ich Nelken hasse. Bei meiner Beerdigung soll es Rosen & Tulpen geben. Übrigens kannst du das erste Zappaalbum erben – die Originalausgabe in Vinyl. Meine Eltern mögen diese Musik sowieso nicht. & vergiss nicht …«

»Jerry«, sage ich und schnipse vor seinen Augen. »Das ist … äh … nur ein kleiner Kratzer.«

»Ein kleiner Kratzer!«, ruft er wütend. »Komm nicht zu einem sterbenden Mann und erzähl ihm was von einem kleinen Kratzer. Das hat keinen Sinn.«

»Guck doch selbst!«, rufe ich und zeige auf den Fuß.

Und wir schauen uns Jerrys verletzten Zeh an. Das Hechtmaul hat gerade mal ein bisschen die Haut am Zeh geritzt. Anfangs hat das reichlich geblutet. Aber jetzt tröpfelt es nur noch ein wenig aus einem Kratzer von ungefähr einem Zentimeter Länge.

»Was für ein Glück ... für mich«, sagt er enttäuscht. Denn er hat sich vorgestellt, der Mittelpunkt in einem großen Drama zu sein – eine sterbende, tragische Person. Der einzige Mensch, der jemals nach einem Unfall mit einem Hecht gestorben ist.

Er steht auf, bleibt auf einem Bein stehen. Und natürlich tut das weh. Und wie weh das tut! Er hinkt seufzend herum.

Ich ziehe ihm den Schuh wieder an und wir machen uns auf den Heimweg.

Ich schaue auf die Uhr. Ein Mann Mit Einem Plan hat immer noch etwas in petto. Das sollte klappen.

6. DAS KOCHT ÜBER!

Wir brauchen lange für den Rückweg. Anfangs stützt Jerry sich auf mich. Und macht eine Show aus seiner Verletzung. Doch dann findet er einen Stock, auf den er sich stützen kann. Und macht auch daraus eine Nummer.

Denn er ist aufgeputscht.

Der Biss hat ihn hochgetrieben. Jetzt hat er eine unglaubliche Geschichte – und es ist auch noch seine eigene. Eine richtige XXL-Geschichte. Denn er kann bezeugen, dass es den Riesenhecht gibt. Und wenn die Leute ihm nicht glauben, dann braucht er nur auf mich zu verweisen.

»Wie viele haben jemals den Riesenhecht am Haken gehabt?«, fragt er und hebt die Hände, als wollte er Gott als Zeugen anrufen. »Nur eine Handvoll Menschen, Bud. & hier siehst du einen davon. Jerry Storm, den Angler des Hechtes aller Hechte. Ein Mann, der sogar sein Leben aufs Spiel setzt, um den Brocken an Land zu holen. Ein Mann, der sein eigenes Fleisch & Blut nicht schont, um das Monster aus der Tiefe hervorzuholen!«

Jerry findet immer größere Worte für das, was er erlebt hat.

Und immer wieder müssen wir anhalten, damit er mir den Fuß und den Schuh zeigen kann.

»Dieser Schuh gehört auf einen Sockel«, sagt er feierlich, als wäre es die größte Angeltrophäe aller Zeiten. »& auf einer Metallplatte müsste eingraviert stehen: ›Hier hat der Riesenhecht zugebissen. Was kann man sich noch mehr vom Leben wünschen?‹ & dann müssten Datum & Ort darunter stehen.«

Schließlich kommen wir irgendwann zu Hause an.

Jerry ist unterwegs zu einem manisch sprudelnden Plappermaul geworden. Die Begegnung mit dem Hecht hat ihm tausend Kräfte und überschüssigen Tatendrang verliehen. Charisma und Charme sprühen nur so aus ihm heraus.

Was wir auch brauchen können.

Denn von oben von der Straße aus sehen wir meinen nackten Vater unten im Garten.

Er wandert in Kreisen auf dem Rasen herum und schaut unser Haus an.

Die ebenso nackte Mutter sitzt auf der Terrasse, trinkt Kaffee und hört zu.

Ab und zu breitet sie die Arme aus.

Und es ist nicht schwer zu verstehen, worüber sie diskutieren. Sie zeigen auf das Haus, reden, zeigen auf das Haus und die Malerutensilien, die dort liegen, auf die Leiter und wieder auf das Haus.

Es fehlt nicht viel und sie kleben Plakate mit Fotos von Jerry und mir an die Wand, auf denen steht: »Gesucht, tot oder lebendig. Am liebsten tot!«.

Das ist nicht gerade unser Fanclub dort.

Wir bleiben stehen und betrachten sie einen Moment lang. »Die sehen ein kleines bisschen erregt aus«, sagt Jerry und scheint wenige Sekunden lang zu zögern, ob er eigentlich weitergehen will.

Aber ich bin immer noch Ein Mann Mit Einem Plan und glaube ausnahmsweise, dass das hier besser laufen wird, als wir befürchten. Ich schaue auf die Uhr. Es ist immer noch ein wenig zu früh, also strecke ich die Zeit, indem ich ihm etwas zu essen aus unserer Angeltasche gebe.

So stehen wir da und stopfen Sandwiches mit Schinken in uns hinein, während die beiden wütenden Eltern im Garten einen Tanz aufführen, der an wütende Wespen erinnert, nachdem jemand ihren Bau kaputt gemacht hat.

Ich schaue auf die Uhr und sehe, dass jetzt der perfekte Zeitpunkt ist.

»Ich glaube, wir können runtergehen«, sage ich.

»Das wird schon schiefgehen. Ich weiß, dass es klappen wird.«

Als hätte ich bei Jerry auf einen Knopf gedrückt. Er ist trotz allem voller Energie und Zuversicht und antwortet: »Ja, Bud. Wir haben schließlich eine unglaubliche Geschichte zu erzählen. Dann kann es ja wohl nicht mehr so schlimm sein, nicht wahr?«

7. EINE HAND WÄSCHT DIE ANDERE

Als wir den Garten betreten, begegnet uns mein Vater, als wollte er uns vors Kriegsgericht bringen, an die Hauswand stellen und uns mit einem scharf geladenen, ökologischen Malerpinsel hinrichten.

»Was um … und so weiter«, beginnt er und dann platzen die Wut und die Verbitterungen und Enttäuschungen der letzten Tage aus ihm heraus. Er ist ein Vulkan negativer Energie und Jerry und ich können nur warten, bis der explosive Ausbruch vorbei ist, bei dem er so viele Beschimpfungen loswird, dass die Flüche der Welt fürchten müssen, vom Aussterben bedroht zu sein.

Aber mit der Zeit wird auch er langsamer. Es vergeht immer mehr Zeit zwischen den Explosionen und den groben Beschuldigungen. Und plötzlich schaut er hinunter auf Jerrys Schuhe und stellt fest, dass es dort ein gewisses Manko gibt.

»Ich muss dir eine unglaubliche Geschichte erzählen«, sagt Jerry. »Du wirst sie nicht glauben. Ab jetzt wird alles besser.«

Dieser Satz ist fast wie ein Code. Ich schwöre, was dann passiert, das ist wirklich wahr. Das ist tatsächlich passiert. Es war geplant von Einem Mann Mit Einem Plan. Und dennoch erscheint es so unglaublich. Als befänden wir uns zum zweiten Mal an diesem Tag mitten im dicksten Anglerlatein.

Wir hören nämlich, wie ein Bus unsere Straße hinauffährt. Er schaltet herunter, bremst und hält direkt vor unserer Auffahrt.

Mein Vater starrt uns an, als würde er von kleinen grünen Marsmenschen eingenommen. Seine Augen sind tatsächlich auf dem Weg hinaus aus seinem Schädel und ich muss mich zurückhalten, damit ich nicht auf ihn losstürze und zu verhindern versuche, dass sie herausplatzen.

Und das erst recht, als eine ganze Truppe niedlicher Mädchen aus dem Bus herausklettert, angeführt von der Mannschaftskapitänin der Tipling Tigers. Sie kommt auf uns zu und fragt: »Ist das das Haus, das gestrichen werden soll?«

Ein Mann Mit Einem Plan nickt zufrieden und wird rot.

Dann sieht sie meinen nackten Vater und sagt: »Oh, hoppla!«

Und ausnahmsweise gehen meinem Vater die Worte aus. Und er wird rot. Das Nächste, was wir sehen, das sind seine nackten Hacken, als er Richtung Tür verschwindet.

»Ja, das ist das Haus«, antworte ich. »Und ihr seid sicher, dass das für euch in Ordnung ist?«

»Eine Hand wäscht die andere«, antwortet die

Mannschaftsführerin und in den nächsten zehn Minuten herrscht ein chaotisches Durcheinander, während die Mädchen sich Maleranzüge anziehen, Käppis aufsetzen und Handschuhe überstreifen.

8. ALLES TANZT

Jerry wird leicht verrückt. Was nicht unerwartet kommt. Alle Tipling Tigers stehen um unser Haus herum und klatschen Farbe an die Wände. Da gibt es Mädchenlocken und Mädchenhaarstoppeln und Mädchenpferdeschwänze und Mädchenstupsnasen und Mädchenwangen mit Farbklecksen und braune Mädchenschenkel und Mädchenmuskeln, Muskeln, Muskeln und große, schöne Mädchen überall.

Jerry wird wirklich fast verrückt. Ihm läuft der Speichel aus dem Mund, er schwitzt, er flirtet mit der einen und dann mit der anderen. Er flirtet mit dreien gleichzeitig, sagt witzige Dinge und lacht hysterisch, sodass alle zusammen mit ihm hysterisch lachen müssen.

Das erinnert an ein Vorspiel zu einem ziemlich verrückten Fest, bei dem die Stimmung bereits bombig ist. Und mitten hinein stößt mein Vater – angezogen – mit beschlagenen Saftbechern und schenkt für alle ein.

Und er ist so nett und strahlt, dass die Sonne Konkurrenz bekommt.

Meine Mutter hat sich auch angezogen und ist offensichtlich in die Gefriertruhe abgetaucht. Sie kommt mit zwanzig Stück Eis am Stiel zurück.

Saft, Eis und Sommer. Es herrscht eine richtige Glücksstimmung. Und dann stellt eines der Mädchen eine Riesenanlage aufs Gras und spielt schweren, funky Soul und die ganze Malerriege tanzt. Jerry und ich tanzen. Selbst mein Vater macht ein paar unsichere Schritte zusammen mit meiner Mutter. Und das erinnert an ein Musikvideo mit Leuten, die breaken, shaken, rocken und rollen und in die Knie gehen und die Malerquaste wie Quasimikrofone benutzen, und das ganze Haus erzittert und der Rasen bebt und die Welt geht auf in einer höheren Einheit.

Und mittendrin bewegt sich Jerry wie ein Fisch, der mit dem Schwanz schlägt, breitet die Arme aus, zeigt den Ententanz und führt den Moonwalk vor. Er imitiert Lachs, Forelle, Plötze und den lebensgefährlichen Hecht.

Der Job am Haus wird in Rekordzeit verrichtet und das Strahlen meines besänftigten Vaters hat schon seit Langem die Sonne übertrumpft, die sich missmutig hinter einer Wolke versteckt. Aber etwas weniger Hitze ist gar nicht schlecht bei der Arbeit, weshalb sie niemand vermisst.

Und dann geht mein Vater plötzlich zu Jerry, drückt ihn heftig an sich und sagt, dass alles vergeben und vergessen ist. Und dann kommt meine Mutter und drückt und küsst ihn und Jerry wird rot und sagt grinsend: »Na, da nicht für.«

»Doch«, erwidert mein Vater. »Es war eine geniale Idee von dir, die Tigers zu diesem Job zu überreden. Wenn ich gewusst hätte, dass du diesen Plan im Hinterkopf hast, dann wäre ich ja nie sauer geworden.

Jetzt kann dieser …« Er hält inne, bevor aus ihm herausrutscht, dass der mürrische Schwiegervater jetzt doch denken soll, was er will.

»Wir ziehen einen Schlussstrich darunter«, erwidert Jerry großzügig.

»Oh ja, einen ganz dicken Strich«, stimmt mein Vater zu.

»Es kann ja wohl nicht so schwer sein, einfach weiterzumachen, nicht wahr?«, erklärt Jerry glücklich und zwinkert mir zu.

»Und die Mädchen haben ja gleich ein richtiges Training durch das Hausstreichen«, fügt meine Mutter hinzu. »Ich hoffe nur, dass sie sich hinterher gut dehnen.«

Und die Stimmung ist so toll, dass es mich gar nicht stört, dass er dafür gelobt wird, dass er die Mädchen angeheuert hat. Ist schon in Ordnung. Alle tanzen, amüsieren sich, malen und man sieht direkt, wie das Haus mit jeder Minute weiter fertig wird. Es ist magisch. Fast, wie von einem Hecht gebissen zu werden. Irgendwie dürfte so etwas auf der Welt gar nicht passieren. Zumindest nicht mir. Doch es passiert.

»Was ist denn hier los?«, fragt eine Stimme hinter mir.

9. ERSTER ABSCHIED

»Selma!« Ich zucke zusammen, sie war mir total entfallen.

Sie steht mit einem Koffer in der Hand da und

schaut sich verwundert die Aktivitäten um uns herum an. Ich hatte ganz vergessen, dass es sie gibt. Dass sie abreisen soll. Dass sie hinaus soll, ihren Traum zu finden und Teil ihres Traums zu werden. Was mich sofort wieder unglaublich traurig macht.

Sie sieht mich und Jerry an, der um die Mädchen und alles herumwieselt, und dann lässt sie ihren Koffer fallen und wirft sich mir in die Arme. »Ich will nicht wegfahren!«, schluchzt sie. »Ich will hierbleiben – sicher und geborgen –, mit dir jeden Abend im Wartehäuschen sitzen und niemals von Tipling weggehen.«

Am liebsten würde ich antworten, dass sie natürlich hierbleiben soll. Sicher und geborgen im Wartehäuschen, zusammen mit mir.

Doch stattdessen fauche ich sie an und schiebe sie auf Armlänge von mir: »RED KEINEN QUATSCH! Warst du es nicht, die mir in der Fat-Vorspiel-Show zu verstehen gegeben hat, dass man etwas wagen soll, Selma? Also, fahr los und wage es! Wage alles!«

»Nur wenn du versprichst, es auch zu tun«, sagt sie.

»Ja, ja klar«, antworte ich ausweichend.

»Versprichst du das?«, fragt sie und nimmt meinen Kopf in beide Hände. »Versprichst du?«

Ich versuche wegzugucken. Meine Augen wollen ihren nicht begegnen. Aber sie bohrt ihren Blick in meinen und ich nicke schwach und antworte: »Ich verspreche es.«

»Okay«, sagt sie. »Ich komme zurück. Entweder als Verliererin. Oder als Gewinnerin. Aber irgendwas wird schon draus werden.«

Sie sucht mit ihrem Blick nach Jerry.

»Er ist total gaga«, sage ich.

»Mmm«, entgegnet sie und lächelt leicht. Es ist ein ganz leichter wehmütiger Ton in den Mmms herauszuhören. Sie lässt mich neben dem Koffer stehen und schnappt sich Jerry. Der sich kaum fangen lässt. Er kann fast nicht still stehen. Doch dann sieht er, dass es Selma ist, und drückt sie lange und fest an sich.

Er will sie auch küssen. Aber sie gibt ihm nur die Wange.

Sie steht etwas unbeholfen da. Streicht ihm über die Wange. Gibt ihm ein Küsschen. Und sieht, wie gaga und wild er ist. Und dass er vielleicht gar nicht gefangen werden kann. Jerry ist vielleicht einer dieser Vögel, die am besten in der Freiheit leben. Und wer es sich als Aufgabe stellt, ihn zu fangen, der wird enttäuscht werden.

Ich glaube, sie denkt so etwas in der Art, während sie ihn noch einmal streichelt, bevor sie sich losreißt, den Koffer schnappt, mir im Vorbeilaufen noch eine Kusshand zuwirft und dann zur Haltestelle läuft, um den Bus zu erwischen.

Jerry schaut ihr lange nach. Einige Sekunden lang erwarte ich fast, er könnte hinter ihr herlaufen oder etwas rufen. Weil sein Mund schon Anstalten macht.

Doch dann wird er von dem Rhythmus und dem Tanz und all den malenden Mädchen um sich herum wieder eingefangen. Und wird wieder ein Teil davon.

Ich dagegen …

10. DAS WÜRSTCHEN BUD

Ich bin nicht gut im Abschiednehmen. Ich bin sogar richtig schlecht darin. Und das erst recht, wenn Selma wegfährt. Das zieht und zerrt in meiner Brust. Und da sowieso alle nur beschäftigt sind mit Tanzen-Malen-Herumalbern-Trinken, wird Ein Mann Mit Einem Plan zu einem Kleinen Schatten Von Einem Würstchen, das sich in seine Kellerwohnung schleicht.

Das Würstchen Bud verschwindet wie der Tau. Wie das Meer bei Ebbe. Wie der Schnee im Frühling. Bud existiert so gut wie gar nicht mehr. Er verschwindet einfach in seinem Zimmer, setzt sich in seinen Schrank, wo es dunkel, traurig und still ist.

Ebenso dunkel, traurig und still wie in mir. Auf der Innenseite meiner Haut.

Mir bleiben ganz genau drei Minuten, bevor es an die Tür klopft.

Ich verdrehe die Augen und frage: »Ja, Jerry?«

»Komm da raus«, sagt er. »Du kannst doch nicht dadrinnen hocken, während draußen ein großes Fest steigt. Von dem man eigentlich nur träumen kann & du auch noch derjenige bist, der das alles in Gang gesetzt hat.«

Ich öffne die Tür einen Spalt weit. »Oh doch«, erwidere ich.

»Was ist denn nun wieder los?«, fragt er. »Ist es, weil Selma weggefahren ist?«

»Nein … äh … doch, schon«, antworte ich.

»Hat das mit dem Feuer zu tun?«, fragt er.

Die Sekunden trippeln durch Raum und Zeit. Ich

starre ihn verwundert an. Schließlich bleibt die Zeit stehen und es platzt aus mir heraus: »Woher weißt du denn von dem Feuer?«

»Ich weiß alles«, antwortet er geheimnisvoll und tippt sich an die Stirn.

Aber das sollte er eigentlich nicht wissen. Er sollte gar nichts davon wissen. Das ist etwas, von dem nur ganz wenige etwas wissen. Der Schulleiter, die Polizei, meine Eltern und Selma. Vielleicht hat Selma ja gequatscht.

»Hat Selma gequatscht?«, frage ich.

»Selma?« Er guckt mich verwundert an. »Du solltest nun wirklich wissen, was für einen unglaublich treuen Kumpel du in ihr hast, Bud. Ich habe sie gründlich in dieser Sache verhört, aber sie hat sich geweigert, irgendetwas davon zu erzählen.«

»Haben meine Eltern gequatscht?«, frage ich, auch wenn ich es mir selbst kaum vorstellen kann.

»Die?« Jerry schüttelt nur den Kopf.

»Dann kapier ich gar nichts mehr«, sage ich.

»Denk nicht weiter darüber nach«, erklärt er. »Vertrau mir einfach! Ich weiß alles. Aber vielleicht solltest du langsam deinen Bericht an Starbokk fertig schreiben?«

»Du hast meinen Computer geknackt, du gemeiner Kerl!«, zische ich.

»Ich weiß nicht nur alles, ich kann auch alles!«, antwortet er souverän und überlegen. »Nun … wie wäre es, ihn endlich fertig zu schreiben? Na? Ich verspreche dir – du wirst dich hinterher viel besser fühlen.«

»Ich … äh … schaffe es nicht«, antworte ich schweren Herzens. »Das verstehst du nicht.«

»Vergiss nicht, dass ich alles weiß«, erwidert er wie ein echter Guru und weiser Mann. »Also? Wirst du schreiben?«

»Nein …«, antworte ich und will gar nichts.

»Du diktierst, ich schreibe«, sagt er und schaltet den Computer ein.

»Nein …«, antworte ich erneut und will die Schranktür zuziehen.

»Ich gehe erst, wenn das erledigt ist«, erklärt er. »Und einen manischen Jerry noch länger hier zu haben … das ist doch sicher nicht gerade dein Wunschtraum, oder?«

»Mein Gott …«, seufze ich und öffne die Tür.

»War das ein Ja?« Er grinst.

11. BUDS SIEBTER BRIEF AN STARBOKK

An: Herman_Starbokk@schulpsychologischerdienst.tipling
Von: bumartin@ishmaelpost.net
Betreff: Siebter Bericht

Kann man sich so weit verrennen, dass man nicht mehr weiß, was noch sinnvoll ist? Oder erkennt, was dumm ist? Ich glaube, nach dieser Sportshow bin ich verrückt geworden.

Mir kam es ja vor, als hätte ich gewonnen, als Valen den Platz verließ und ich noch dort stand. Aber dort am Absprungstrich, da hatte ich das Gefühl, als würde der blöde weiß gestrichene Bock mich auslachen. Mir wurde klar, dass ich trotz allem verloren hatte.

Ich wurde wahnsinnig und fürchtete, diesen Höllenbock nie in meinem Leben wieder loszuwerden.

Obwohl es doch einer meiner allerletzten Tage auf der Schule von Tipling war. Und ich niemals wieder die Sporthalle würde betreten müssen. Trotzdem wurde ich fast verrückt und lebte in dem Wahn, dass der Bock auch in der nächsten Schule, die ich besuchen sollte, stehen würde. Und in der übernächsten. Und er würde ganz hinten in der Werkstatt stehen, in der ich einmal arbeiten sollte. Und er würde vor meiner Kellerwohnung stehen und weiß und eklig grinsen.

Das weiß gestrichene Monstrum würde mich für den Rest meines Lebens verfolgen.

Ich bekam ihn einfach nicht aus dem Kopf.

Auch nicht, als ich im Umkleideraum saß. Oder den Schulhof verließ. Oder als ich in der Aula saß und mir die Abschiedsrede des Schulleiters für dieses Jahr anhörte. Oder als ich nach Hause ging. Oder als ich ins Bett gehen wollte.

Ich war kurz vorm Durchdrehen und wusste, wenn ich die Gardine zurückzog, würde der Bock strahlend weiß da draußen in der Sommernacht stehen.

Und dann übernahm der Wahnsinn das Ruder. Der Bock stand für alles Böse und Gefährliche in der Welt. Hinter dem Bock – tief in dem Weiß – lauerte das Böse an sich und etwas, das mich für den Rest meines Lebens dirigieren wollte.

Es hieß nur noch: der Bock oder ich!

Und ich hatte nicht vor aufzugeben.

Ich kann es nicht anders beschreiben, als dass mich diese

Wahnvorstellungen verfolgten und ich das auch wirklich glaubte. Wie ein Schlafwandler zog ich mich an, holte eine Zweiliterkanne mit Brandbeschleuniger, die mein Vater zum Grillen benutzt, und ging zur Schule zurück.

Der Bock oder ich. Der Bock oder ich.

Ich wusste, dass der Hausmeister normalerweise die Fenster in der Sporthalle im ersten Stock auf Kipp stellte, um den Schweiß und die Käsefüße auszulüften. Ich brauchte nur eine Leiter, um hineinzukommen.

Und dadrinnen in der Dunkelheit stand der weiße Bock zusammen mit seinen anderen weiß gestrichenen Kumpanen und lachte mich aus.

Jetzt war ich ein wahnsinniger Mann.

Hatte wahnsinnige Kräfte in mir.

Dachte wahnsinnig.

Ohne es selbst zu merken.

Ich ging zu den großen Doppeltüren, die von der Turnhalle zum Sportplatz hinter dem Gebäude führten.

Mit wahnsinnigen Kräften schob ich den Bock, das Pferd und all die anderen weiß angemalten teuflischen Geräte auf den Hof.

»Das traust du dich nicht«, zischte mir der Bock zu.

»Du bist ein Weichei, Bud Martin«, fauchte das Pferd.

»Gleich wirst du nach Hause laufen, aber dann kommen wir hinter dir her und werden dich für den Rest deines Lebens heimsuchen«, klapperten die Sprungbretter boshaft und weiß im Halbdunkel.

»Haltet das Maul!«, antwortete ich kalt und begoss sie mit dem Brandbeschleuniger.

Da fingen sie an zu betteln und zu jammern. Sie flehten mich an, es nicht zu tun.

»Fresse!«, antwortete ich kalt und stellte die leere Kanne auf den Bock.

Da versuchten sie mir einzureden, dass mich ein Fluch verfolgen würde, wenn ich das hier zu Ende brächte. Ich würde nie wieder eine ruhige Minute haben. Stattdessen würde ich zu einer Maus tief hinten in einem engen Mauseloch werden.

»Fresse!«, wiederholte ich kalt und zündete ein Streichholz an.

Da wurde es ganz still da draußen auf dem Sportplatz. Nur der Wind war noch zu hören. Leichter Sommerwind mit einem Hauch von Stahl. Ein kalter Luftzug von Norden, der mir durch die Kleidung fuhr, während ich die weiß angestrichenen Geräte zum letzten Mal vor mir sah.

Dann warf ich das Streichholz.

Warf es direkt auf den Bock.

Mir schien, als sähe ich ein letztes Aufblitzen scharfer Zähne – nicht unähnlich denen in einem Fischmaul –, bevor die Flammen hochschossen und alles in sich aufnahmen.

Es brannte explosiv und zischend. Doch das war ein Feuer ohne Hitze. Kaltes, eiskaltes Feuer, das von einem kalten, eiskalten Wind angefacht wurde. Das war das Feuer eines Scheiterhaufens, das da zum Himmel stieg und mitten auf dem Platz knisterte.

Aber ich war wahnsinnig und spürte nur Freude. Ich war zum ersten Mal seit vielen Monaten wieder froh. Ich glaubte an keinen Fluch. Glaubte nur, dass ich jetzt, jetzt JETZT ENDLICH gewonnen hatte.

Bis sich eine harte Hand auf meine Schulter legte und mich brutal herumdrehte.

Eine harte Hand, gefolgt von mehreren harten Händen, die mich auf den Boden warfen und mir die Hände auf den

Rücken drehten. Harte, kalte Hände, die mir kalte, harte Handschellen umlegten. Aber da ich keinen Widerstand leistete, wurden die Hände sanfter. Und die sanften Hände zogen mich wieder hoch.

»Wir sind von der Polizei«, sagte eine Stimme. »Du bist festgenommen. Verstehst du, was ich sage?«

Und da wurde mir klar, dass diese Stimme das bereits mehrere Male gesagt hatte. Wieder und immer wieder die gleichen Worte, und der Mann hinter der Stimme glaubte offenbar, dass ich verrückt war – aber nicht wahnsinnig in der Art, wie ich es war. Sondern total verrückt. Ein Pyromane. Einer, der geistig krank war. Einer, der nicht für sich selbst sorgen konnte.

Wir fuhren zum Tiplinger Polizeirevier, während die Feuerwehrwagen kamen, um den Brand zu löschen. Obwohl es bereits zu spät war. Die weiß gestrichenen Geräte waren nur noch stinkende Kohle und Glut.

Ich kann mich nicht mehr daran erinnern, was bei der Polizei geschah. Nur vage weiß ich noch, dass ein Polizeibeamter versuchte, mich auf freundliche Art und Weise darüber zu befragen, was denn passiert war. Ich weiß, dass ein Psychologe dort war. Ich erinnere mich noch verschwommen an eine Tasse Kaffee – etwas Warmes in der Hand – der beste Kaffee, den ich jemals getrunken habe.

Was ich noch am besten erinnere, ist, dass mein Vater kam. Das heißt, ich erinnere mich nicht daran, dass er gekommen ist oder dass wir zusammen weggefahren sind oder was gesagt wurde. Ich erinnere nur noch seinen Blick – diesen wütenden, verletzten, resignierten, ängstlichen, enttäuschten Ist-das-mein-Sohn-Blick –, der sich für alle Zeiten auf der Innenseite meiner Augen eingebrannt hat.

Es war dieser Blick, der mich zu einer Maus gemacht hat. Von da an lag wirklich ein Fluch auf mir. Ein Fluch, der mich in eine Maus verwandelte. Vaters Blick ließ mich alles glauben, was der weiß gestrichene Bock gesagt hatte. Ich hatte verloren, verloren und noch mal verloren. Und niemals gewonnen. Und würde nie gewinnen können. Und würde niemals irgendwann und irgendwo etwas gewinnen können.

Und so ist alles gewesen.

Freundliche Grüße
Bud Martin

PS: Ich habe nur gehofft, dass ich irgendwann dort herauskommen würde. Und daraus hat sich alles so ergeben. Ich bin nicht wahnsinnig. Nicht mehr.

Jerry schaut mich nicht an. Aber er wartet ab. Ich gebe ihm das eine und andere Signal. Und er klickt auf »Abschicken«. Und damit ist es vollbracht.

»Jetzt ist es vorbei«, sagt er. »Jetzt kannst du aufatmen.«

Und merkwürdigerweise spüre ich den Unterschied.

12. BUD WIRD XXL

Das muss der Tag sein, an dem sich tausend Anglerlateingeschichten um mich versammelt haben. Tausend unerwartete Geschichten, Sprüche und Dinge-die-nicht-passieren-sollten passieren trotzdem.

Ich schwöre, es ist wahr.

Ich habe inzwischen den Überblick verloren, wie oft ich das schon gesagt habe.

Aber ich schwöre es dennoch.

Es passiert nicht Schritt für Schritt, so wie die erste Frühlingssonne morgens dein Gesicht trifft und du spürst, wie Haut und Seele langsam auftauen. Das ist eher wie eine Lawine in mir. Eine ganze Steinlawine kippt zur Seite. Rollt weiter nach draußen. Trägt tausend Millionen kleiner und großer Steine mit sich. Und dort, wo die Steine sich aufgetürmt hatten, da kommt ein Loch zum Vorschein. Und jetzt bewegt es sich in dem Loch. Etwas, das aussieht wie eine Maus, streckt sich und reckt sich. Schüttelt die dünnen Beine und bewegt die Zehen. Beugt den Rücken und bewegt die Finger. Und dann erhebt sich die Maus. Wird größer und größer. Das, was zuerst aussah wie eine Maus, ist jetzt ein Riese. Ein gewaltiger Riese von einer gigantischen Person, die Bud XXL Martin heißt.

Das ist ein befreiendes, merkwürdiges Gefühl. Ich muss aufstehen und meinen Körper spüren.

Ich habe das Gefühl, als wäre ich zwei Monate lang in eng anliegendem Plastik eingepackt gewesen, ohne mich bewegen zu können. Und jetzt, endlich, kann ich mich nach Lust und Laune strecken und spüre sogar, dass ich in dem Plastik noch gewachsen bin.

All diese Gefühle drängen sich mir auf und ich schwöre, dass ich während dieser Momente noch ein paar Zentimeter wachse. Ich schwöre außerdem, dass ich leider auch ein paar Zentimeter um den Bauch herum wachse, während das passiert.

Ich muss aufpassen, nicht bis an die Decke zu wachsen. Meine Kellerwohnung wirkt deutlich kleiner, ich brauche mehr Raum und Licht, also gehe ich hinaus, mit Jerry auf den Fersen, und spüre, wie Musik, Tanz und der Rhythmus in mich eindringen und zu einem Teil meiner Muskeln werden.

Ich drehe und winde mich, tanze und schaue das Haus an, das schwingt und tänzelt, während die Mädchen damit beschäftigt sind, die Farbe ans Haus zu schmeißen. Ich sehe meinen Vater, der auf dem Dach tanzt, und entdecke meine Mutter, wie sie zwischen den Schornsteinen herumturnt. Ich starre alles an, das so schön herumhüpft wie ein frisch gestrichenes Karussell, und ich wachse zu einer wilden Unkrautpflanze und rufe: »Ich will alles haben!«

»Ja! Ja!«, ruft Jerry verrückt und manisch hinter mir. »Das sollst du. Aber du musst es noch lauter rufen.«

Ich sammle Luft in den Lungenflügeln und brülle: »Ich will ALLES haben!«

Und die Musik donnert und dröhnt und schüttelt unsere Körper, und Jerry wieselt mit der Mannschaftskapitänin der Tipling Tigers im Schlepptau um mich herum und ruft: »Ja, BUD. Aber kannst du das nicht noch LAUTER rufen? Das kann doch nicht so schwer sein. Was willst du wirklich aus deinem Leben machen?«

Und ich sammle alle meine Kräfte und alles, was sich an Luft um mich herum befindet – ziehe sie tief in meine Lunge und denke nur daran, dass ich in nur wenigen Minuten so unglaublich gewachsen bin – ich schwöre, das ist wahr – und mit letzter Kraft gröle ich, so laut ich kann: »ICH BIN BUD MARTIN! ICH BIN EIN XXL-RIESE. UND ICH WILL AAAAAAAALLLLL-LEEEEEESSSSS HABEN!!!!!!!«

Und alle Spielerinnen der Tigers umringen mich und wedeln mit erhobenen Händen und rufen im Chor: »Und er will AAAALLLLEEEESSSS! AAAALLL-LEEEESSSS! AAAALLLLEEEESSSS!«

So ist es gewesen. So ist es wirklich passiert.

Es ist zu 100 % sicher, dass alles so passiert ist.

13. ARMES TIPLING UND ARMER BUD

Die Zeit ist gekommen für den zweiten Abschied des Tages.

Das Haus steht fertig da, riecht frisch gestrichen, sieht schön aus und macht meinen Vater zu einem glücklichen Mann. Die Mädchen sind abgefahren und haben Wangenküsse verteilt und gefragt, ob ich nicht ab und zu mal einen Blick auf den Bus werfen könnte – das habe ich zugesagt, worauf die Mannschaftsführerin mir zugezwinkert hat und ich zurückgezwinkert habe. Ich hätte nie gedacht, dass ich das tun würde, aber ich zwinkere flirtend und vollkommen unbudisch zurück.

Und wir sitzen zusammen und trinken Saft, während wir warten, dass Jerry seinen Bus nehmen muss.

In den vergangenen Jahren war es immer schön, wenn er abfuhr. Aber dieses Jahr ist es in erster Linie traurig.

Ich weiß, ich habe geklagt, gejammert und mich

über alles beschwert, was er sich so ausgedacht hat, während er hier war. Aber dieses Jahr ist alles irgendwie so perfekt geworden – und das besonders zum Schluss.

Meine Eltern loben ihn wie üblich über den grünen Klee, sagen nur nette, schmeichelhafte Dinge über ihn, und Jerry kann sogar erzählen, dass das mit den Mädchen meine Idee war. Selbst mein Vater bekommt das anscheinend mit. Sein Blick hat irgendwie diesen resignierten, verletzten Ausdruck verloren. Stattdessen meine ich ein zufriedenes »Das-ist-mein-Sohn« in seinen Augen zu erkennen.

Und das ist ein gutes Gefühl für mich.

Ich nehme dieses Gefühl mit mir in den Tag.

Wir nähern uns dem Abschied und Jerry und ich schlendern zum Wartehäuschen.

Reden über unsere Pläne für den Herbst. Wir machen immer eine Herbsttour am zweiten Wochenende im September, die auch dieses Jahr geplant werden muss. Und wir dürfen das jährliche Zappa-Festival in Kepler nicht versäumen. Normalerweise hören wir die ganze Zeit Zappa, wenn Jerry hier ist. Aber dieses Jahr haben wir nicht einen einzigen Zappa-Ton zusammen gehört. So ist es nun einmal gewesen. Ein merkwürdiger Besuch und ein paar merkwürdige Tage.

Jetzt soll nur noch der letzte Rest der Ferien genossen und langsam verzehrt werden – wie ein Riesenlolly.

Und tatsächlich bekommt Jerry eine Andeutung von Tränen in den Augen, als wir unten in der Senke den Bus sehen, der langsam näher kommt. Und mir geht es nicht anders. Als wäre er mein Bruder und ich würde ihn nie wiedersehen. Und ich denke, dass ich jetzt am liebsten nach Hause gehen und mich in den Schrank verkriechen würde.

Aber das werde ich nicht tun.

Ich werde niemals wieder im Schrank sitzen.

Jerry wirft sich mir um den Hals, als der Bus bremst und die Türen sich quietschend öffnen.

Dann wendet er sich dem Bus zu – drinnen sitzt der gleiche Fahrer wie auf der Hinfahrt.

»Du schon wieder!!?«, ruft der Mann verärgert. »Du!«, ruft er und zeigt mit ernster Miene auf Jerry. »Du setzt dich ganz hinten in den Bus und sagst keinen Mucks.«

Jerry trottet nach hinten und der Bus braust los, sodass Jerry das letzte Stück bis zu der hintersten Bank schießt und gegen die Heckscheibe gedrückt wird, während er hektisch und manisch winkt und Tipling für dieses Mal verlässt.

Aber ich bin immer noch Ein Mann Mit Einem Plan.

14. ALLES

Ein Mann Mit Einem Plan geht nicht nach Hause, nachdem der Bus abgefahren ist. Stattdessen bleibt er ein paar Minuten im Wartehäuschen sitzen und schaut Jerry nach. Und vielleicht schaut er auch ein wenig Selma nach. Ein Abschied nach dem anderen. Viele Leute fahren weg und andere müssen bleiben.

Ich bleibe. Bis auf Weiteres. Die Kfz-Mechanikerklasse in der Tiplinger Berufsschule wird wahrscheinlich meine nächste Station, sofern Starbokk zufrieden ist. Und das müsste er ja wohl sein.

Aber das sind nicht die Dinge, an die Ein Mann Mit Einem Plan denkt.

Er denkt daran, dass er immer noch »ALLES!« haben will.

So ein Mann steht abrupt auf. Du kannst ihm ansehen, dass er ein klares Ziel hat. Du kannst sehen, dass er sich etwas windet, kurz zögert, überlegt, ob es auch klug ist, ein wenig herumfummelt, ein paar Schritte macht – doch dann werden die Füße, die Schritte und der Körper fest und entschlossen und er geht schnurstracks los.

So ein Mann geht auf den Wald zu.

Er kann nicht anders.

Er geht in den Wald und er hat dabei nur ein Ziel und nur einen Gedanken.

Er ist sich sicher, dass Maggie da oben am Digern ist. So ein Mann hat immer noch Angst vor dem Digern. Er hat immer noch Angst vor Maggie. Er macht sich wegen so vieler Dinge Sorgen. Doch er geht trotzdem.

Er geht dorthin mit einem Plan.

Er will Maggie treffen. Er weiß nicht, wohin das führen wird. Aber du kannst dir nicht all die traurigen, peinlichen, blöden, grausamen Dinge im Voraus ausmalen. Ab und zu musst du es einfach wagen.

Er geht dorthin, weil sie dort ist. Die schöne Maggie ist dort, und auch wenn es tatsächlich so ist, dass ein

Fettwanst noch nie etwas Bemerkenswertes in der Weltgeschichte zustande gebracht hat, so will so ein Fettwanst von einem Mann es trotzdem versuchen.

Ich will es versuchen.

Ich will Maggie sehen und die Angel nach ihr auswerfen.

Stottern und stammeln und es trotzdem versuchen.

Es so XXL wie möglich versuchen.

Wie schwer kann es denn sein, das hinzukriegen?

Was will ich denn aus meinem Leben machen?

Ich lege die Hände um den Mund wie ein Sprachrohr, sammle alle Luft in der Lunge und schreiebrülle-gröle: »ICH WILL ALLES HABEN!«

DIESER FISCH VON EINEM BUCH HAT AUCH EINEN SCHWANZ

EIN ÜBERRASCHUNGSEI-BUCH

Ich schreibe oft in meinen Büchern ein Nachwort. Kleine Schwänzchen für die Handlung selbst. Eine Art letzter Schlag mit der Schwanzspitze, bevor ich mein Publikum davonschicke, an andere Orte, in andere Welten, zu anderen Büchern.

Mancher mag glauben, dass ich damit erzählen will, wovon das hier handelt. Aber für mich ist ein Nachwort nur dazu da, um an der äußersten Haut eines Buches zu zupfen. Wie die Schuppen von einem Fisch zu entfernen, den man gerade sauber macht.

Dieses Buch ist auf sehr vielen Gebieten XXL.

Es ist ein Überraschungsei mit einem sehr merkwürdigen Inhalt.

Aber ich glaube, dass eines der wichtigsten Dinge, die man von ihm sagen kann, das ist, dass es unter anderem von der Vielfalt des Lebens handelt. Davon, dass es so viel da draußen gibt. So viel, was wir versuchen und kennenlernen wollen, was wir probieren und daran schnuppern. Und davon, dass wir ein so kurzes Leben haben und es einfach verdammt schade ist, dass man nicht alles schaffen kann.

Und vielleicht besteht der Sinn des Lebens ja gerade darin, herauszufinden, dass das Leben eine große Spannweite hat. Dass die Welt viele Angler hat. Dass wir vielleicht mehrere Personen sein sollen – sowohl Angler als auch Fisch und Angelteich. Dass es wichtig ist zu fühlen, dass man einen ganzen Fächer an Möglichkeiten hat, und dass es, wenn man sich in eine Sache vertieft, nicht ausgeschlossen ist, dass man sich bald für eine ganz andere interessiert.

Das Leben ist ein Menü. Es gibt keinen Grund, bereits bei der Vorspeise aufzuhören.

Dieses Buch ist also nur die alleräußerste Schuppenschicht eines weißen, riesigen Fisches.

FISCH FISCH

Es handelt auch von Fischen. Ich habe über Fische gelesen, Fische gegessen, versucht zu fischen, Fische auf den Papierseiten verschmiert, an Fische gedacht. Aber eigentlich habe ich nur einen Bruchteil von dem verstanden, was einen Fisch und was Sportangeln wirklich ausmacht. Bitte hängt mich nicht auf, wenn ihr Tausende von Fischfehlern findet.

Sonst schicke ich den Riesenhecht zu euch. Spreche einen Hechtfluch über euch aus und dann gnade euch Gott. In einer dunklen Nacht wird er aus dem Wasserklosett herausspringen, dort, wo du wohnst, und dich in unbeschreibliche Körperteile zerlegen.

Es stimmt tatsächlich, dass ein Hecht Menschen gebissen hat. Außerdem hält er den unglaublichen Rekord darin, Tiere und anderes zu verschlingen, von dem man nicht glaubt, dass ein Fischmagen daran Interesse haben könnte.

Ich schwöre, das ist wahr!

INSPIRATIONEN

Für mich gibt es zwei große klassische amerikanische Romane. Das eine ist Herman Melvilles »Moby Dick« und das andere Jack Kerouacs »On the road«.

Beide waren wichtige Inspirationsquellen für mich, Leitfäden und literarische Quellen, mit denen ich versucht habe, einen Zipfel der Vielfältigkeit des Lebens einzufangen.

Wer sie sich einmal anschaut, wird einzelne Ähnlichkeiten hinsichtlich der Namen und anderen Kleinkrams hier im Text finden. Aber das soll bitte nicht als ein Abschreiben aus alten Büchern, die von anderen Autoren geschrieben wurden, aufgefasst werden. Nein, das sind meine Wegweiser hinaus in die gewaltige Landschaft der Bücher dieser Welt.

Lies sie! Kann ich nur empfehlen. Sie handeln von einer großen Vielfalt.

ZAPPA

Frank Zappa war ein vielfältiger, kreativer amerikanischer Musiker, der seine Finger in viele verschiedene Genres gesteckt hat. Er war ein Jerry in musikalischer

Ausgabe. Immer rastlos auf der Jagd nach neuen Melodien und Ausdrucksformen.

In diesem Buch hat er nicht viel Platz bekommen. Aber das soll sich im nächsten Buch ändern!!

DAS NÄCHSTE BUCH

Hier kommt nämlich ein Appetithappen und ein Trailer für ein kommendes Buch: »Am Haken« ist das erste von zwei Büchern über Bud und Jerry. Im nächsten Buch geht es nicht um die Vielfältigkeit des Lebens und die unzähligen Fische. Das Projekt ist genau das Gegenteil.

Wer sich jetzt fragt, was das bedeuten kann, der braucht sich nur hinzusetzen und ein bisschen nachzurechnen. Mehr verrate ich nicht.

Oslo, Sommer 2007
Jon Ewo
mail@jonewo.net